MARCUS IMBSWEILER

Dreamcity

WOLKENKUCKUCKSHEIM Heidelberg erlebt einen Bauboom. Ein komplett neuer Stadtteil mit ökologischen Vorzeigebauten entsteht: die Bahnstadt. Zu den Investoren zählt Lorenz Driehm, der mit Generika reich geworden ist und als Mäzen und Stifter einen hervorragenden Ruf genießt. Nun möchte er seine Konzernzentrale in die Bahnstadt verlegen. Da werden Max Koller Dokumente zugespielt, die auf kriminelle Machenschaften im Driehm-Konzern hindeuten. Bevor er dieser Spur nachgehen kann, werden die Unterlagen wieder entwendet. Kurz danach findet Koller seinen Informanten tot auf dem Bahnstadtgelände. Steckt Driehm dahinter? Und welche Rolle spielt dessen Tochter Therese, die ebenfalls Kontakt zu Koller aufgenommen hat? Ihr Auftrag zählt zum Ungewöhnlichsten, womit der Privatermittler jemals konfrontiert wurde. Eine völlig neue Tragweite gewinnt der Fall jedoch erst, als im Zusammenhang mit der Bahnstadt ein Geigerzähler anschlägt.

Marcus Imbsweiler, im Saarland aufgewachsen, Studium der Musikwissenschaft und Germanistik in Tübingen und Heidelberg, wo er seit 1990 mit seiner Familie lebt. Als freier Musikredakteur arbeitet er für diverse Rundfunksender, Orchester, Festivals und CD-Labels. Seit 2007 ist er auch Autor von Krimis, historischen Romanen (über Franz Liszt und Richard Wagner) sowie Erzählungen. Seine erfolgreiche Heidelberg-Krimireihe startete 2007 mit dem Roman »Bergfriedhof«. »Dreamcity« ist bereits der 7. Fall für seinen Privatermittler Max Koller.

Bisherige Veröffentlichungen im Gmeiner-Verlag:
Glücksspiele (2012)
Schlossblick (2012)
Die Erstürmung des Himmels (2011)
Himmelreich und Höllental (2011, als Peter Paradeiser)
Butenschön (2010)
Altstadtfest (2009)
Schlussakt (2008)
Bergfriedhof (2007)

MARCUS IMBSWEILER

Dreamcity

Kollers siebter Fall

GMEINER *Original*

Besuchen Sie uns im Internet:
www.gmeiner-verlag.de

Im Ehnried 5, 88605 Meßkirch
Telefon 07575/2095-0
info@gmeiner-verlag.de

1. Auflage 2014

Lektorat: Claudia Senghaas, Kirchardt
Herstellung: Mirjam Hecht
Umschlaggestaltung: U.O.R.G. Lutz Eberle, Stuttgart
unter Verwendung eines Fotos von: © city-souvenir-shop.de
Druck: GGP Media GmbH, Pößneck
Printed in Germany
ISBN 978-3-8392-1524-1

Personen und Handlung sind frei erfunden.
Ähnlichkeiten mit lebenden oder toten Personen
sind rein zufällig und nicht beabsichtigt.

PROLOG

Ein Windstoß aus Osten wirbelte feinen Sand auf. Im Hintergrund tanzten die Baukräne Ballett. Das Gerippe eines fünfstöckigen Gebäudes warf einen langen Schatten. Etwas abseits wartete ein Schaufelbagger auf seinen Einsatz, man sah die orange gekleideten Beine des Fahrers aus der Tür baumeln.

Und dann war da noch das große Plakat. »Willkommen in Dreamcity!«, schrie es in die Welt hinaus.

Ich fühlte, wie mein Mund trocken wurde.

Jetzt kam Bewegung in die Gruppe gutgekleideter Herren. Ein Mitarbeiter der Stadt verteilte sechs Spaten. Hemdsärmel wurden aufgerollt, sechs Gebisse entblößt. Die üblichen Scherze flogen durch die Luft. Entschlossenheit demonstrierend, schritt man zur Tat. Der dicke Ministerialdirektor aus Stuttgart schwitzte bereits aus allen Poren. Und da, eine Kamera, eine Journalistin mit Mikro: Der SWR war hier!

Dass der Spatenstich gefilmt würde, hatte mir Therese verheimlicht.

Mit einem gewissen Presseaufkommen war natürlich zu rechnen gewesen. Eine Handvoll Fotografen, aus Heidelberg, aus Mannheim, von der Stadt, von den beteiligten Firmen, ein junger Kerl von den Neckar-Nachrichten, der noch immer Bleistift und Notizblock benutzte, eine Vertreterin der Interessengemeinschaft Bahnstadt – aber der SWR! An den hatte ich nicht gedacht.

Dann würde ich also ins Fernsehen kommen.

»Bisschen nach links, die Herren«, rief einer der Fotografen. »In die Sonne bitte!«

Gehorsam trippelte das halbe Dutzend Krawattenträger weiter. Der Abgesandte des Rhein-Neckar-Kreises klopfte dem Oberbürgermeister im Gehen auf die Schulter. Hinter ihnen betrachtete ein hochgewachsener Mensch, dessen Funktion mir unbekannt war, skeptisch seinen Spaten. Kein Grund zur Sorge, mein Junge! Das Gerät hat unter Garantie noch keinen Krümel Freilanderde berührt. An dem kann man sich nicht dreckig machen!

»So ist es gut, danke! Der Chef des Ganzen in die Mitte, bitteschön.«

Einmal abgesehen von der Tatsache, dass es bei sechs Personen keine exakte Mitte gab, war das ein sinnvoller Vorschlag, denn Lorenz Driehm trug als Einziger der Herren noch seinen schiefergrauen Anzug. Die anderen standen längst im weißen oder blass karierten Hemd da, die Ärmel hochgekrempelt, Schweißflecken unter eng an den Leib gepressten Armen verbergend. Der dunkel gekleidete Driehm stellte sich zwischen seine hellen Mitstreiter, packte den Spaten mit beiden Händen und ein Haifischgrinsen aus. Neben ihm sein Haus- und Hof-Architekt, bloß ein Strich in der Landschaft, Hautfarbe grau. Das war Shaun Dircksen.

Mein Mann.

Reflexartig suchte meine Hand in der Hosentasche nach dem Zettel. Nach dem zerknitterten, abgegriffenen Stück Papier, das einmal ein leserlicher Zettel gewesen war. Überflüssig. Ich kannte den Text seit Tagen auswendig.

»Und jetzt alle zu mir schauen!«

Die blitzblanken Spatenblätter reflektierten das Sonnenlicht. Ringsum klackerten die Kameras. Driehm fletschte sein Gebiss, der Oberbürgermeister grinste, der dicke Ministerialdirektor lachte über das ganze runde Gesicht. Sogar Dircksen schaffte es, sein schmales Lippenpaar ein wenig in die Breite zu ziehen. Der Kameramann vom SWR stand breitbeinig da, ein Fels in der aufgewühlten Landschaft.

»Einmal Erde werfen, bitte!«

Sechs Häufchen Kurpfälzer Grund flogen durch die Luft. Klack-klack-klack. Der Fahrer des Schaufelbaggers fiel vor Lachen fast aus seiner Kabine. Bei seinen Enkeln im Sandkasten ging es wohl ähnlich zu. Noch immer spielten meine Finger mit der Zettelruine in meiner Hosentasche. Dircksen schien nichts zu ahnen.

Ob ich es bis in den Aktuellen Bericht schaffen würde?

»Danke, die Herren!«

Die Fotografenschar ließ ihre Gerätschaften sinken. Hinter den Spaten entspannte man sich. Applaus der Umstehenden.

Mein Auftritt.

Der Oberbürgermeister rammte gerade sein Spatenblatt tief in die Erde, als ich einen kleinen Erdhügel erkletterte, den ich mir im Vorfeld ausgeguckt hatte. Ein paar schnelle Schritte nur, doch sie genügten, um die Aufmerksamkeit aller Beteiligten auf mich zu ziehen. Da stand ich nun. Formte beide Hände zu einem Trichter und rief: »Einen Moment, meine Damen und Herren! Einen Moment!«

Mein Puls raste, aber nicht von dem Minibergsprint. Alles blickte zu mir hoch. Für den Dicken aus Stuttgart war ich wahrscheinlich bloß einer dieser verrückten Studenten, die Leute aus dem Rathaus hielten mich für einen Krawallmacher der Opposition, während Dircksen sich vielleicht fragte, woher er mein Gesicht kannte. Hoffnung und Vorfreude dagegen bei den Pressevertretern: endlich mal eine Abweichung vom langweiligen Protokoll!

Wenn ihr wüsstet, dachte ich noch. Dann legte ich los.

Ich schrie: »SHAUN DIRCKSEN! WOLLEN SIE SICH AN DIESEM ORT, VOR DIESEN LEUTEN NICHT ENDLICH ZU IHREM KIND BEKENNEN?«

Dann ließ ich die Hände sinken.

Die Stille nach meinen Worten war beeindruckend. Selbst der Baggerfahrer in Orange hörte auf, mit den Füßen zu wippen. Der Kerl von den Neckar-Nachrichten zupfte sich am Ohr. Die Fotografen sahen sich ratlos an. Bis der erste seine Kamera hob und zu knipsen begann. Sofort machten es alle ihm nach.

Aber das nahm ich nur nebenbei wahr. Was mich interessierte, war die Reaktion Dircksens und seiner Mitschaufler. Den vom Kreis und den unbekannten sechsten Mann können wir übergehen. Auch der Ministerialdirektor schaute vernachlässigenswert unministrabel. Die anderen drei dagegen …

Beide Fäuste in die Seiten gestützt, blitzte mich der Oberbürgermeister empört an. Der Zeus von Heidelberg schleuderte Blicke. Es war *sein* Stadtteil, der hier entstand, *sein* Projekt, *seine* Zukunft, die ließ er sich von niemandem durch unqualifizierte Zwischenrufe entweihen. Dreamcity: Traum der perfekten Stadt. Vermutlich kannte er mich, schließlich hatte ich innerhalb seines Gemeinwesens schon mehrfach für Ärger gesorgt. Geschenkt.

Dircksen wiederum reagierte irgendwie seltsam. Eher gar nicht nämlich. Glotzte mich bloß aus seinen tiefliegenden Riesenaugen an, wie man glotzt, wenn man glotzt und sonst nichts tut. Er schien nicht einmal zu denken. Hatte er den Satz nicht verstanden? Hatte er nicht kapiert, dass er ihm galt?

Am interessanten war die Reaktion Driehms. Innerhalb von Sekundenbruchteilen lief sein Gesicht rot an. Die Wut eines Mannes, der alles erreicht, der keine Majestätsbeleidigung zu gewärtigen hat, brach aus seinen Zügen. Ich fühlte Driehms Hitzewallungen bis hoch auf den Erdhügel. Er packte seinen Spaten, dass das Weiß auf seinen Fingerknöcheln zu leuchten begann.

Wäre ich in Reichweite seiner Zähne gewesen, hätte er mir den Kopf abgerissen.

»Schönen Tag noch«, sagte ich und stieg von meiner Kanzel. Das Kameraauge des SWR folgte jeder meiner Bewegungen.

KAPITEL 1

Löwe.

Der im Sternzeichen Löwe Geborene zeichnet sich durch Kaltblütigkeit und Tatkraft aus. Er scheut weder Gefahren noch Widerstand. Wohl dem Manne, der einen Löwen zum Freund hat – wehe dem, der ihn Feind nennt! Die Geschichte der Menschheit wird durch Löwen geschrieben.

*

Alles begann eine knappe Woche zuvor mit einem Klopfen an meiner Bürotür. Und so wenig mein Büro das ist, was man sich unter einem Büro vorstellt, sondern bloß eine umfunktionierte Voliere im Hinterhof, so wenig war das Klopfen ein echtes Klopfen. Die Knöchel trafen ja kaum das Holz! Ein Hauch von Einlassbegehren – nein, noch weniger: die zaghafte Bekanntgabe von Anwesenheit nur, so ein richtig mädchenhaftes Klopfen war das.

Brauchte man darauf zu reagieren? Brauchte man nicht. Lieber gab ich meinem Computer einen Fußtritt. Rück die Datei raus, binärer Lümmel! Wo hast du sie versteckt? Ohne Abschlussbericht stand ich blöd da. Mein Auftraggeber, ein schwerreicher Immobilienmakler, wollte schwarz auf weiß lesen, mit wem seine Gattin fremdging, vorher zahlte er nicht. Und ich war so dankbar über die diversen Liebhaber der Dame gewesen, denn mit jedem neuen Namen verdoppelte sich mein Honorar.

Aber wo war der Bericht?

Wieder klopfte es. Eine Frau, ganz klar. Christine konnte es nicht sein, denn erstens pflegte meine Ex nicht an meine Bürotür zu klopfen, warum sollte sie, und zweitens klopfte sie männlich. Also richtig. Draußen im Hof trippelte irgendein Mäuschen auf der Stelle, knabberte an lackierten Fingernägeln und hoffte, dass sich die Tür zum Paradies von selbst öffnete.

Ich durchkämmte sämtliche Verzeichnisse. Meine Fälle. Alles säuberlich dokumentiert, so säuberlich wie mein Büro. Nichts. Der Maklergattinnenbericht war weg. Verschollen im Datenall.

»Ich könnte kotzen!«, brüllte ich.

Das dritte Klopfen. Mit so viel Penetranz hatte ich nicht

gerechnet. Zur Tür stiefeln, aufreißen. Draußen stand ein Typ im Konfirmandenalter, die Faust noch erhoben, Mund offen. Ich schob ihn beiseite und ließ meine Blicke durch den Hof wandern, konnte aber nirgendwo ein Mädchen entdecken.

»Wo ist sie?«, fragte ich.

Der Mund des Knaben klappte zu und wieder auf. »Wer?«

»Die Kleine, die geklopft hat.«

»Aber … Ich habe geklopft.«

»Du?« Ich betrachtete ihn von oben bis unten. Zarte Hände, zarte Finger, ein braver Seitenscheitel und nicht ein einziges Härchen rund ums Kinn. Er trug ein Poloshirt, das er praktisch faltenlos in die Hose gesteckt hatte. Irgendetwas Süßliches kitzelte meine Nase.

»Sind Sie Herr Koller?«, fragte er.

Ich nickte.

»Freut mich.« Lächelnd streckte er mir seine Hand hin. »Leonard Untersteller. Ich bin Ihr neuer Praktikant.«

Hoppla.

Jemand hatte Gießharz über die Szene ausgekippt. Regungslos stak die Hand des Besuchers in der morgendlichen Luft, sein Blick ruhte hoffnungsfroh auf mir, im gesamten Hof regte sich kein Blatt.

Und ich?

Hatte auf Stand-by geschaltet. Energiesparmodus bis zum letzten Atom. Selbst wenn ich gewollt hätte, ich hätte mich nicht rühren können.

Was sollte denn das? Max Koller und ein Praktikant? Warum nicht gleich ein Fahrer für die Stretchlimousine? Und wieso *neuer* Praktikant? Das klang ja, als hätte es jemals einen *alten* gegeben – an den ich mich jedoch ums Verrecken nicht erinnern konnte. Auch der Name Unterstreller produzierte mehr Frage- als Ausrufezeichen. Ganz zu schweigen vom Vornamen dieses Wichts.

Ein Martinshorn draußen auf der Bergheimer Straße brach die Erstarrung. Das Lächeln meines Besuchers erstarb, die Hand wurde zurückgezogen.

»Oder komme ich unpassend?«, fragte er verunsichert.

Ich sah ihn an. Sein Poloshirt hatte so ein unschön neutrales Grün, nichts Freches, nichts Fröhliches, nichts, was auch nur entfernt an Natur erinnerte. Ein echtes Industriegrün. Was man bestimmt nur in den exklusivsten Designerläden bekam.

»Leonard«, sagte ich langsam. »Das letzte Mal, dass dieser Name verwendet wurde, muss in einem Ufa-Film aus den Fünfzigern gewesen sein.«

Wenn ich erwartet hatte, dass er sich auf dem Absatz umdrehen und heulend auf die Straße rennen würde, hatte ich mich getäuscht. Er schüttelte bloß den Kopf und sagte: »In meiner Parallelklasse gibt es auch einen Leonhard. Aber mit h.«

»Eben.«

Fragend zog er eine Augenbraue hoch.

»Was soll dieser Mist?«, rief ich ärgerlich. »Kannst du das mit dem Praktikanten noch mal wiederholen?«

»Gern. Ich trete mein Praktikum bei Ihnen an.«

»Quatsch!«

»Aber Sie haben …«

»Willst du mich verarschen? Versteckte Kamera oder so was? Eher macht man ein Praktikum bei der Queen als bei mir!«

»Sie haben es mir versprochen!«

Ich konnte nicht verhindern, dass mein Kopf nach vorn schnellte. »Hä?«, raunzte ich ihm aus geringer Entfernung ins Gesicht.

»Ja, haben Sie.«

»Völliger Blödsinn.«

»Doch!«

»Wann?«

»Vor zwei Wochen. Am Telefon. Sie haben gesagt, dass ich heute anfangen könnte.«

Mir verschlug es die Sprache. Von wegen Mädchen! Von wegen schüchtern! Bei diesem Kerl handelte es sich um den unverschämtesten Rotzbengel, der mir je untergekommen war. Der log doch, dass sich die Balken bogen!

»Hör mal, Kleiner«, zischte ich und tippte ihm mit dem Finger auf die Brust. Was dem Poloshirt definitiv nicht guttat. »Ich bin kurz davor, meinen Computer in Kleinstteile zu zerlegen, weil er mir blöd kommt. Wenn du so was Ähnliches vorhast, kann ich bei dir ja schon mal üben.«

»Aber, Herr Koller! Erinnern Sie sich nicht?«

»Ich erinnere mich sehr gut daran, dass das Letzte auf dieser Welt, was ich brauche, ein Praktikant ist.«

Herrgott, jetzt kämpfte er mit den Tränen! »Sie haben es versprochen, wirklich. Ich sollte eine Wasserpistole mitbringen, sagten Sie.«

»Eine was?«

Moment. Gehirn einschalten, Max Koller. Was sollte das jetzt? Wie kam der Junge auf eine Wasserpistole? Mir dämmerte da was. Ein Abend im ›Englischen Jäger‹ … ein Anruf auf meinem Handy, als wir die fünfte Runde bestellten … eine aufgeregte Schülerstimme … Dass der Anrufer nach einer Praktikumsmöglichkeit gefragt hatte, hatte ich schon zwei Bier später wieder verdrängt. Erst recht, dass ich ihm zugesagt hatte. Aus Spaß natürlich, schließlich hörte die halbe Kneipe mit.

»Eine Wasserpistole soll er mitbringen!« Tischfußball-Kurt wollte sich gar nicht mehr beruhigen. »Du wirst sehen, Max, der macht das!«

Sogar der schöne Herbert hatte geschmunzelt.

»Nicht wahr, Sie erinnern sich?«, frohlockte mein Besucher. Es war ganz still im Hof. Die Sonne stanzte scharfe Schatten.

Ich räusperte mich. »Und? Hast du sie dabei?«

»Was?«

»Die Wasserpistole.«

Grinsend zog Leonard ein Plastikspielzeug aus der Tasche. Die Pistole war gelb und biss sich farblich mit seinem Poloshirt.

»Super«, sagte ich.

Er strahlte.

»Super, Kleiner. Kannst du mir verklickern, was ein Privatermittler mit einer Plastikwaffe anfängt?«

»Keine Ahnung. Sie sagten doch …«

»Das war ein Test«, blaffte ich. »Ein Test, verstehst du? Wer auf so was reinfällt, ist zu naiv für diesen Job. Quod erat demonstrandum. Also geh nach Hause und setz dich mit dem Ding in die Badewanne!«

An dieser Stelle hätte der Junge, der so jungfernhaft an Türen klopfte, drehbuchgerecht in Tränen ausbrechen müssen. Stattdessen wurde sein Mund ganz klein und spitz, auch die Augen verengten sich. »Sie haben es mir aber versprochen, Herr Koller! Was soll ich denn jetzt tun? Ich habe mich auf Sie verlassen.«

»Eine Wasserpistole!« Ich tippte mir an die Stirn und wollte zurück in meine Voliere.

»Alle aus meiner Klasse haben einen Praktikumsplatz«, hielt er mich auf. »Es ist Pflicht in unserer Stufe. Hat Ihnen mein Klassenlehrer nichts geschrieben? Er fand es gut, dass ich nichts mit Computern machen wollte wie alle anderen. Sondern etwas Besonderes. Sie müssten einen Brief von ihm erhalten haben. Haben Sie? Wie soll ich denn jetzt auf die Schnelle eine Alternative finden?«

»Brief? Was für ein Brief?« Es kam schon mal vor, dass ich Anschreiben, die nichts Gutes verhießen, ungeöffnet liegen ließ. Bis sie abgehangen waren sozusagen. Wenn der Absender nach Stadt, Polizei oder Gericht klang beispielsweise. Oder nach Schule. Von daher war es durchaus denkbar …

»Bitte, Herr Koller, das können Sie nicht mit mir machen!«

»Jetzt pass mal auf, mein Junge. Ich hatte noch nie einen Praktikanten, und ich werde auch nie einen haben. Weiß ja gar nicht, was man mit so einem anstellt!«

Er lächelte schwach. »Das erkläre ich Ihnen.«

»Nein, verdammt! Nichts erklärst du mir. Ich kann nicht mit Fremden zusammenarbeiten. Mit überhaupt niemandem, nicht mal mit meiner Ex-Frau. Es geht einfach nicht. Du würdest nur stören. So wie jetzt. Es tut mir leid, aber du störst. Ich sitze gerade an einer wichtigen …« Ich brach ab. Woran saß ich noch mal?

»Alles Ausreden«, sagte Leonard finster. »Sie stehen nicht zu Ihrem Wort, und das ist … das ist …«

Er schwieg, ich ebenfalls. Auf der Bergheimer Straße trugen zwei Autofahrer ein Hupduell aus. Über uns flatterte eine Taube von Dach zu Dach.

»Schändlich ist das«, stieß er hervor.

Ich kratzte mich am Kinn. Noch nicht mal Abi, aber vokabelmäßig bis an die Zähne bewaffnet!

»Schändlich«, wiederholte er. Trotz umwölkte seine jugendliche Stirn.

»Sag mal, Leonard …«

»Ja?«

»Mir fällt da etwas ein. Du hast vorhin über Computer gesprochen. Dass du der Einzige bist, der kein Praktikum in dieser Richtung macht.«

»Stimmt.«

»Heißt das, dass du dich mit Computerkram nicht auskennst?«

»Doch, besser als die anderen. Deshalb wäre es ja naheliegend gewesen, dass ich zu SAP gehe oder so was. Aber ich wollte etwas wirklich Spannendes erleben.«

»So spannend ist das Ermittlerdasein gar nicht. Und Computer«, ich grinste schief, denn jetzt kam ein ganz bescheuerter Satz, »Computer gehören zu unserem Alltag mittlerweile dazu. Wenn du dich wirklich auskennst, hätte ich eine Aufgabe für dich. Danach könnten wir über dein Praktikum sprechen. Eventuell.«

»Klingt gut!«

»Meinst du, du könntest eine verlorene Datei wiederfinden? Oder wiederherstellen?«

»Das ist doch keine Aufgabe«, winkte er ab. »Haben Sie nicht was Schwereres für mich?«

»Dann komm rein.«

KAPITEL 2

Leonard Untersteller benötigte keine fünf Minuten, um meinen Abschlussbericht aus dem Datenozean zu fischen. Noch einmal fünf Minuten später hatte er ein halbes Tausend Viren auf meinem PC dingfest gemacht, und um sie in die Flucht zu schlagen, brauchte er auch kaum länger.

»So richtig schnell läuft der aber immer noch nicht«, merkte er an. »Ein Privatdetektiv wie Sie sollte über die modernste Technik verfügen.«

»Wenn ich in Computer investiere, muss ich an meinem Praktikanten sparen. Also verkneif dir deine Kommentare.«

Leonard schwieg, aber los wurde ich ihn so nicht. Okay, sagte ich, das sei sehr nett von ihm gewesen, das mit der Datei und den Viren und all dem Kram, ich könne mir durchaus vorstellen, mit ihm auszukommen, einen halben Tag vielleicht, im Notfall sogar einen ganzen.

Er schaute mich groß an. »Wieso nur einen Tag?«

»Meinetwegen auch zwei.«

»Zwei Wochen, Herr Koller! Unser Praktikum geht über zwei Wochen. Wir haben keinen Unterricht in dieser Zeit. Soll ich vielleicht zu Hause sitzen und Däumchen drehen?«

»Verdammt, ich kann mich doch nicht 24 Stunden am Stück um dich kümmern! Ich habe Aufträge, verstehst du, ich bin dauernd unterwegs, aber dauernd.«

»Super! Ich begleite Sie.« Dieser Glanz in seinen Augen!

»Mit Wasserpistole?«, knurrte ich. Der Glanz verschwand.

Aber egal, was ich ihm an den Kopf warf, er blieb sitzen. In meinem Büro, an meinem Schreibtisch. Das muss man sich mal vorstellen: Ich hatte einen Praktikanten! Einen Hiwi, einen Sklaven der modernen Arbeitswelt. Einen, den ich ausbeuten konnte, drangsalieren, auspressen, schikanieren – bis er kapiert hatte, dass er für den rauen Kapitalismus von heute nicht geschaffen war. Ja, das würde mein Ziel sein: dass Leonard Untersteller nach diesen zwei Wochen freiwillig auf Hartz IV machte.

»Mann oh Mann, Herr Koller«, seufzte er. »Sie dürfen Ihren Computer nicht so zumüllen, hören Sie?«

»Sag mal …«

»Was?«

»Kriegst du eigentlich Geld für das Praktikum? Muss ich dir was zahlen?«

Er sah mich an. Ohne mit der Wimper zu zucken, geradewegs würdevoll. »Sie dürfen«, sagte er feierlich. »Sie müssen nicht.«

»Ach.«

»Ja.«

»Und was heißt das?«

»Wir haben keinen Anspruch auf ein Gehalt, sagt unser Klassenlehrer. Aber wenn wir unsere Sache gut gemacht haben, spricht nichts gegen einen Taschengeldzuschuss.«

»Also eine Art Erfolgsbeteiligung. Sehr gut. Damit kann ich leben.« Ich lehnte mich auf dem Besucherstuhl zurück und starrte gegen die Decke des Schuppens. Erfolg wollte definiert sein. Und die Definitionshoheit hatte immer noch ich, der Arbeitgeber.

»Leonard?«

»Ja?«

»Wie alt bist du eigentlich?«

»16.«

16, soso. Schwieriges Alter. Ganz schwieriges Alter. So seufzten sie doch immer, die Eltern Halbwüchsiger. Als er klein war, da war er noch süß, aber jetzt! Hört die nie auf, die Pubertät …? Außerdem wusste ich es selbst. Spritztouren auf frisierten Mofas, dämliche Mutproben, Alkohol, Gekiffe. Nur mit Mädchen war nix. War nie was. Säße jetzt der 16-jährige Max Koller vor mir, würde ich ihn hochkant auf die Straße befördern.

Der 16-jährige Max Koller hätte sich allerdings lieber die Kugel gegeben, als sich irgendwo für ein Praktikum einzuschleimen.

»Leonard?« Noch immer klebte mein Blick an der Schuppendecke.

»Ja?«

»Was machst du eigentlich sonst so? Hobbymäßig, meine ich. Hast du eine Freundin?«

»Nö.«

»Klar, mit 16.«

»Also nicht mehr. War zu zeitaufwendig.«

Schwupp, saß ich wieder normal da. »Zu was?«

»Ich bin im Ruderklub. Da hat es nicht gepasst mit Lena. Und ich muss ziemlich viel Klavier üben.«

»Klavier?«

»Jugend musiziert. Das ist mein Ziel.«

»Verstehe. Da bleibt keine Zeit für 'ne Frau.«

»War bei Lena genauso. Sie macht Ballett. Außerdem sehe ich sie regelmäßig im Afrikaprojekt meiner Mutter. Ich interessiere mich nämlich für Politik.«

»Politik?« Skeptisch ließ ich meinen Blick über Leonards Poloshirt wandern. »Demos und so?«

»Mir geht es eher um Inhalte. Ich war schon ein paar Mal bei den Jungen Liberalen.«

»Wie bitte?«

»Steinbrück finde ich auch gut.«

»Steinbrück ist bei der SPD, Kleiner, wusstest du das nicht? Bei den Roten! Das sind die Feinde der Julis, klar? Die bekriegen sich, bis aufs Messer!«

»Bekriegen?« Leonard schüttelte den Kopf. »Es geht um unterschiedliche Konzepte, nicht um Feindbilder.«

»Nein? Und deshalb kann man politisch die Seiten wechseln, wie man will?«

»Wie gesagt, es kommt auf die Inhalte an. Bei der letzten Landtagswahl haben meine Eltern Grün gewählt. Das haben wir im Familienrat so beschlossen.«

Stöhnend nahm ich wieder Relaxhaltung ein. Diese jungen Leute! Keine Demos mehr, keine Feindbilder und vor lauter politischen Inhalten nicht genug Zeit für ihre Tussi. Das begreife, wer konnte! War das die Generation Praktikum? Die mit Seitenscheitel und Klavierunterricht?

Mitten in mein Stöhnen platzte das Handysignal. Gott sei Dank, eine Ablenkung konnte ich gut vertragen. Aber nicht nur ich: Auch Leonards Brauen hoben sich erwartungsvoll.

»Ja?«, knurrte ich wenig dienstleistergerecht in das Telefon.

Zögern auf der anderen Seite. »Kann ich mit Herrn Koller sprechen?«, meldete sich schließlich eine männliche Stimme.

»Moment, ich verbinde Sie mit seinem Praktikanten.«

Allein zu sehen, wie Leonards Kinnlade nach unten klappte, war die Sache wert. »Tut mir leid, der junge Mann ist gerade extrem beschäftigt. Fängt Fliegen oder so was. Würden Sie mit mir vorliebnehmen? Ich bin Max Koller.«

Nach diesem Geplänkel war der Rest des Gesprächs reine Formsache. Der Anrufer nannte mir sogar seinen Namen. Liebherr, wie die Firma. Was genau er von mir wollte, behielt er für sich, nur, dass ihm an einem Treffen gelegen war. Dringend. Möglichst heute.

»Können wir heute?«, fragte ich meinen Praktikanten.

Der glotzte mich an. »Klar«, sagte er dann hastig. »Immer doch!«

»In einer Stunde«, gab ich dem Anrufer Bescheid. »Ich werde kommen.« Gespräch beendet.

»Sie allein?«, fragte Leonard enttäuscht. »Eben sprachen Sie noch von *wir*. Also von uns beiden.«

»Das war der berühmte Pluralis Majestatis. Wir Chef, du Prakti.«

»Und was soll ich in der Zwischenzeit tun?«

»Deine Waffe föhnen?«

»Ha ha.«

»Kennst du den Kiosk im DLRG-Haus an der Neckarwiese?«

»Ja sicher.«

»Dort treffe ich mich mit diesem Liebherr. Fahr schon mal hin, such dir einen Platz, aber schön unauffällig, und halt die Augen offen.«

»Wie, die Augen offen?«

»Wenn dir etwas auffällt, notier's dir. Sollte dir jemand komisch vorkommen, merk dir sein Aussehen.«

»Ich könnte ihn auch fotografieren.«

»Hast du eine Kamera?«

Er sah mich irritiert an. »Wieso Kamera? Smartphone!«

Richtig. Generation Smartphone. »Mach, was du willst, aber bitte so, dass keiner was merkt. Okay? Und noch eins, Leonard Untersteller.«

»Ja?« Du meine Güte, wie gespannt er aussah!

»Vergiss deine Wasserpistole nicht.«

KAPITEL 3

Skorpion.

Wer als Skorpion die Welt betritt, lebt ewig im Zwielicht. Niedertracht und Tücke sind seine Charaktereigenschaften, selbst für seine Wohltäter hat er nur einen Stich übrig. Und doch kann auch der Skorpion-Mensch erlöst werden: durch ein Weib, das reine Liebe für ihn empfindet.

*

So ganz daneben lag ich mit meinem Hinweis auf das Plastikspielzeug übrigens nicht. Der Neckarwiesenkiosk grenzte an einen Wasserspielplatz, der an heißen Sommertagen von Kindern geradezu überflutet war. Von Wasser und Kindern, genau. Aus einer kreisrunden Öffnung sprudelte das eiskalte Nass über eine künstliche Felslandschaft mit beweglichen Schwellen und Schleusen. Was da plantschte, spritzte und schrie, war kaum jünger als mein Praktikant, altersmäßig jedenfalls näher an ihm als er an mir. Meine Generation saß oben auf der Kioskterrasse und schaute sonnenbeschirmt dem feucht-fröhlichen Treiben zu. Gelangweilt, besorgt, übernächtigt, genervt.

»Amelie, gib Paul das Schäufelchen zurück!«

»Bleib vom Neckar weg, Marlon, hörst du? Weg vom bösen Neckar!«

»Nicht ins Wasser pinkeln, Lucaschatz!«

Marlon konnte nicht ins Wasser pinkeln, auch nicht in den bösen Neckar, denn er trug eine Pampers XXL. Prall gefüllt. Paul regelte das mit dem Schäufelchen schon selbst, woraufhin Amelie heulend gegen den nackten Popo von Lucaschatz purzelte. Oben öffnete ein größerer Junge das Schleusentor, woraufhin ein gewaltiger Schwall Wasser alles – Marlon, das Schäufelchen, die heulende Amelie und Lucas Pipi – aus dem Weg spülte. Auf der Terrasse sprangen entsetzte Eltern auf, um ihr Wertvollstes in Sicherheit zu bringen, bevor es im Fluss landete. Auch der Vater des Schleusenwärters schnappte sich seinen Jungen und zog ihn aus der Reichweite Neuenheimer Lynchjustiz.

Ich fand das gut, denn nun war sein Platz frei.

»Der kommt nicht wieder«, sagte ich zu den beiden, die sich mit dem Papa einen Tisch geteilt hatten, und setzte mich.

Keine Reaktion.

In meinem Rücken verkrümelte sich Leonard Unterstetter hinter einer Speisekarte und vermied jeglichen Blickkontakt. Liebherr schien noch nicht da zu sein. Niemand zwinkerte mir zu, niemand sprach mich an. Abgesehen von der Bedienung. Erst wollte ich einen Kaffee bestellen, schließlich war der Tag noch jung, aber dann spürte ich Leonards verstohlene Blicke zwischen meinen Schulterblättern.

»Ein Hefeweizen«, sagte ich, lauter als notwendig. »Muss sein.«

Nicht nur die Bedienung nickte verständnisvoll, auch die Familienväter ringsum, die mit ihren Gattinnen an Bionade nippten, zwinkerten neidisch. Was machten die eigentlich an einem Werktag um halb elf am Neckar? Lauter Müßiggänger! Die Sonne brannte, Eiswürfel trieben in Kaltgetränken, halb Heidelberg blickte lethargisch auf den Neckar.

Als es hinter mir klapperte, blinzelte ich kurz über die Schulter. Mein Praktikant hatte sein Smartphone fallen gelassen. Mit hochrotem Kopf fischte er es wieder auf.

Dann kam Liebherr. Gemächlich schlurfte er die Treppen zur Terrasse hoch. Er fiel sofort auf, weil er als Einziger auf der gesamten Neckarwiese eine Jacke trug. Ein dünnes Blouson zwar nur, aber trotzdem. Bei 28 Grad im Schatten! Dazu eine blaue Schirmmütze mit Scorpions-Aufdruck, unter der nackenlanges Haar hervorquoll. Rötlich-blonde Koteletten, Hühnerbrust und Wohlstandsbäuchlein. In der Hand eine Plastiktüte. Auf der obersten Treppenstufe blieb er stehen und fixierte mich. Achselzuckend sah ich mich um: kein Platz mehr frei. Liebherr machte eine Kopfbewegung Richtung Spielplatz. Ich stand auf, nahm der Bedienung, die eben angerauscht kam, das Bier vom Tablett, zahlte und folgte dem Typen nach unten. Den ersten Schluck nahm ich im Gehen. Bei 28 Grad schmeckt ein Hefeweizen auch vormittags.

Liebherr schlenderte an den spielenden Kindern vorbei bis zum Neckar. An der Anlegestelle für DLRG-Boote lehnte er sich gegen ein Geländer, von dem die Farbe abblätterte. Ich stellte mich neben ihn, das Glas in der Hand. Sanft plätscherte der Fluss gegen den Steg, über uns spielte der Wind in den Blättern einer riesenhaften Linde.

»Keinen Durst?«, fragte ich.

»Das Labberzeug?« Sein Blick war mehr als geringschätzig. »Bloß nicht.«

»Sie haben recht. Kippe ich es lieber in den Neckar. Aber dann gibt es wieder Ärger mit dem Ordnungsamt wegen der Fische. Also doch trinken.«

»Ich habe einen Auftrag für Sie.«

»Das dachte ich mir.«

»Einen besonderen Auftrag. Nicht das, was Sie sonst machen. Keine Ermittlung, meine ich. Sie sollen etwas an die Öffentlichkeit bringen.«

Jetzt war es an der Zeit, seinen Blick von eben zu imitieren. An die Öffentlichkeit? Ich? Beruf Pressesprecher oder was?

Liebherr kratzte sich im Nacken. Dort, wo seine Haarspitzen auf schwitzende Haut trafen. Was trug er auch im Hochsommer ein Blouson? Labberjacke, genau! »Ich kenne Sie schon lange, Herr Koller«, sagte er. »Verfolge, was Sie so tun. Hab auch gelesen, wie Sie damals den Mord im Theater … Aber egal. Jedenfalls weiß ich, dass Sie ein anderer Typ Ermittler sind als diese Juristen und Versicherungsexperten.«

»Bin ich das?«

»Sie trauen sich, dort hinzugehen, wo es wehtut. Darauf kommt es an.«

Ich drehte mich um und ließ meine Blicke über die Kioskterrasse schweifen. Wer wollte Liebherr da widersprechen? Klang doch prima, was er sagte. Schade, dass mein Prakti das nicht hören konnte! Dort hinten saß er und machte Stielaugen.

»Es geht um Folgendes«, fuhr der Mann neben mir fort. »Nehmen wir den Spielplatz hier. Ist Ihnen das neue Klettergerüst aufgefallen? Gut. Dann drehen Sie sich jetzt mal wieder um und schauen Richtung Südwesten. Die Kräne hinter dem Bahnhof. Haben Sie?«

Ich nickte.

»Jetzt der Yachthafen gegenüber. Da fläzt sich so ein 30-Meter-Luxusschiffchen zwischen all den Minibooten. Und wenn Sie das Klinikgelände dahinter ins Visier nehmen, wird Ihnen ein Altbau mit rotem Dach auffallen. Komplett renoviert, das Ding. Vollmodern ausgestattet. Was ist das Verbindende zwischen all diesen Sachen? Dem Klettergerüst, den Kränen, der Yacht und dem Klinikbau?«

Schweigend nippte ich an meinem Bier. Ein Rätsel kurz nach dem Frühstück. Leonard Untersteller hätte es gefallen. Bestimmt stellte er sich so das Leben eines Privatermittlers vor. Vormittags Rätsel lösen, nachmittags Banditen stellen. »Keine Ahnung«, seufzte ich schließlich.

»Ein Name. Der Name eines Mannes. Er hat all dieses Zeug bezahlt. Es gehört ihm oder er hat es gestiftet. Das und noch viel mehr, was man von hier aus nicht sieht.«

»Schön von ihm.«

»Ja, sehr schön. Deswegen wird dieser Mann auch von allen hofiert. Weil er mächtig ist. Gewissermaßen unangreifbar. Eine Ikone. Über die Jahre hat er ein Netzwerk von Unternehmen aufgebaut, ein Imperium. Aber in seinem Stammhaus, der Firma, die ihn groß gemacht hat, wird gerade ein Betrug aufgedeckt. Oder auch nicht aufgedeckt. Da wurden Gelder unterschlagen, und ich habe die Beweise.«

»Sie?«

Er nickte.

Ich unterdrückte einen Rülpser. »Gratuliere. Aber warum kommen Sie damit zu mir? Gewöhnlich läuft es anders herum, da werden Leute wie ich beauftragt, derartige Beweise erst zu finden.«

»Sie sollen den Skandal öffentlich machen. Wie ich schon sagte.«

Ich schwieg. Meine Augen waren auf den träge fließenden Neckar gerichtet, meine ganze Aufmerksamkeit auf Liebherr. Was war das für ein Typ? Mitte 40, nachlässig gekleidet, noch nachlässiger rasiert. Er roch nach Zigaretten. Zähe Artikulation. In seiner Jugend vielleicht ein cooler Typ, jetzt vor einer ungewissen Zukunft. Sein rechter Daumen strich ohne Unterlass über die rostige Stange. Zwischen seinen Füßen stand die Einkaufstüte.

»Okay«, sagte ich schließlich. »Ich soll also an die Öffentlichkeit gehen. Warum tun Sie es nicht selbst?«

Energisches Kopfschütteln. »Ohne mich, Herr Koller. Ich will nichts mit der Sache zu tun haben. Die Unterlagen bekommen Sie nur, wenn Sie meinen Namen raushalten.«

»Sie könnten mit Ihrem Wissen zur Polizei gehen.«

»Polizei!« Er winkte ab, gab einen verächtlichen Laut von sich. »Die ist doch längst eingeschaltet. Und mit welchem Ergebnis? Am Ende rollen ein paar Köpfe, aber der

Hauptverantwortliche kommt ungeschoren davon. Es wäre nicht das erste Mal. Nein, schauen Sie nicht so skeptisch, ich weiß, wovon ich rede. Der ermittelnde Staatsanwalt ist ein Duzfreund unseres Mannes. Die gehen zusammen Golf spielen und solche Sachen. Wir brauchen öffentlichen Druck, nur dann tut sich etwas.«

»Und diesen Druck könnte man mit Ihrem Material aufbauen?«

»Ja, absolut. Es sind interne Mails dabei, die zeigen, dass der Firmenchef von dem Betrug wusste. Ihn wahrscheinlich sogar initiiert hat. Sie können sich ausmalen, dass ich mir dieses Zeug nicht gerade auf legalem Weg besorgt habe.«

»Verstehe.« Ein roter Ball kam vom Spielplatz auf uns zugeschossen. Ich brachte es fertig, ihn zurückzukicken, ohne mir einen Bänderriss zu holen. Der Knirps, der ihn in Empfang nahm, schaute fast beeindruckt.

»Polizei ist nicht«, bekräftigte Liebherr.

»Und die Zeitung? Das wäre doch ein gefundenes Fressen für die Journalisten, und Ihr Name würde …«

Lachend fiel er mir ins Wort. »Super Idee! Wirklich super, Herr Koller. Wissen Sie, was? Ich habe mein Material der Zeitung angeboten.«

»Welcher Zeitung?«

»Den Neckar-Nachrichten. Es geht schließlich um einen Heidelberger Skandal. Und genau das ist der Punkt. Die wollten nicht. Verstehen Sie, die Chefredaktion hat Muffe, es sich mit einem ehrenwerten Bürger der Stadt zu verscherzen.«

»Dann sind Sie an die Falschen geraten. Ich kenne da jemanden, der …«

»Gut! Sehr gut. Deshalb habe ich Sie angesprochen. Ich hoffe, Sie sind erfolgreicher als ich. Wie Sie den Skandal publik machen, ist mir egal. Hauptsache, er schlägt Wellen. In der Zeitung, im Fernsehen, im Radio – egal. Sie können auch Handzettel verteilen. Nur erwähnen Sie meinen Namen nicht.«

»Klingt nach Rachegelüsten Ihrerseits.«

Er grinste schwach. »Nennen Sie es, wie Sie wollen. Ich habe in der betreffenden Firma gearbeitet. Seit einem halben Jahr bin ich arbeitslos. Aber nicht wegen mangelnder Qualifikation.«

»Sondern?«

»Spielt keine Rolle. Wie sieht's aus? Sind Sie dabei? Dann erkläre ich Ihnen die Details.«

Ich nahm einen Schluck. Verdammt, schmeckte das Hefeweizen lecker! Labberzeug hin oder her. Hoffentlich verging mein Praktikant auf der Terrasse vor Neid. »Klingt interessant«, meinte ich, nachdem ich mir den Schaum von den Lippen gewischt hatte. »Nur: Warum sollte ich es tun? Warum sollte ausgerechnet ich einen Betrug aufdecken?«

»Werbung in eigener Sache.« Liebherr lüpfte seine Scorpions-Mütze, um sich ein paar Haare aus der Stirn zu streichen. »PR-mäßig ist das doch ein Sechser im Lotto. Wenn Sie nicht wollen, versuche ich es woanders. Irgendeiner wird schon anbeißen. Aber Sie wären vom Typ her der geeignete Mann.«

So, wäre ich das? Vergifteter konnte ein Lob kaum sein. He, Leute, wir wühlen da in der Scheiße rum – ruft schon mal den Koller! Andererseits hatte er recht: So ein nettes, hausgemachtes Heidelberger Skandälchen aufzudecken, würde mir Spaß machen.

»Sagen Sie mir erst, um wen es geht. Welchem ehrenwerten Herrn ich da ans Bein pinkeln soll.«

»Also sind Sie interessiert?«

»Fest zusagen kann ich erst nach Sichtung des Materials. Zumindest haben Sie mich neugierig gemacht.«

»Immerhin.«

»Und? Wie heißt der Mensch nun? Kenne ich ihn überhaupt?«

»Ganz bestimmt.« Ein grimmiges Lächeln huschte über Liebherrs Gesicht, bevor er sagte: »Es geht um Lorenz Driehm.«

»Boah«, platzte es aus mir heraus. Dann sagte ich eine ganze Weile nichts mehr.

KAPITEL 4

Lorenz Driehm war nicht irgendwer. Er war der gute Mensch der Metropolregion. Der Mäzen, der Stifter, der Krösus, mit einem Wort: ein Samariter der Neuzeit. Über seinen Reichtum kursierten die wildesten Gerüchte. Mit Generika war er groß geworden, aber längst auf allen möglichen Gebieten tätig. Er investierte in Start-up-Unternehmen, kaufte Traditionsbetriebe auf, gründete Firmen in Asien und Südamerika. Medizin, Versicherungen, die IT-Branche, Energieversorger – überall mischte Driehm mit. Seit einigen Jahren setzte er verstärkt auf Baugeschäfte.

Natürlich leistete er sich Sportvereine in Brandenburg und Österreich, natürlich betrieb er eine Riesenfinca auf Mallorca und natürlich bewohnte er eine Villa oben am Philosophenweg.

Vor allem aber: Lorenz Driehm war der Retter von Heidelberg.

»Im Zuge der Finanzkrise«, dozierte mein Freund Marc Covet, wobei er meinem Lateinlehrer beängstigend ähnlich sah, »geriet die Erschließungsgesellschaft der Bahnstadt in akute Geldnot. In der Gesellschaft sitzen hauptsächlich Banken. Die haben getan, was alle taten, nämlich in großem Stil Immobilienfonds finanziert, die komplett auf Grund liefen. Und während der Gemeinderat noch stritt, ob und wie geholfen werden sollte, schob Driehm mal eben 100 Millionen über den Tisch. Als günstiges Darlehen, einfach so. Problem gelöst.«

»Einfach so? Ohne Gegenleistung?«

»Offiziell ohne. Driehm sagte, er wolle seine Konzernzentrale in die Bahnstadt verlegen, aus Nostalgie und Heimatverbundenheit, da könne er nicht mit ansehen, wie der neue Stadtteil den Bach hinunterginge. Deshalb die Finanzspritze.«

»Und seine Zentrale?«

»Wird gebaut. Ob er Nachlass beim Erwerb der Grundstücke erhielt, eine Vorzugsbehandlung oder sonst eine Vergünstigung – wer weiß das schon? Aber selbst wenn.« Covets Stimme nahm einen präsidialen Ton an. »Sollte nicht jedem Heidelberger daran gelegen sein, einem solchen Mann den roten Teppich auszurollen? Auch dir, Max Koller!«

Ich kratzte mich am Kinn. »Mir? Was geht mich dieser Typ an?«

»Viel.« Covet ging zum offenen Fenster und wies hinaus wie Napoleon am Tag der Schlacht. »Dort am Horizont blüht und gedeiht sie: die Bahnstadt. Die Zukunft Heidelbergs! Nur sie kann das Gespenst der Raumnot vertreiben, von dem die Perle am Neckar seit Jahr und Tag heimgesucht wird. Ich sehe Wohnungen. Gebäude. Stadthäuser, Penthäuser, Mehrfamilienhäuser. Ein Traum in 3D. Und«, er wandte sich wieder mir zu, »ökologisch korrekt. Alles Passivhäuser.«

»Passiv bin ich selbst«, brummte ich. »Da bleibe ich lieber in meiner zugigen Bergheim-Klitsche.«

»So kann nur ein erzkonservativer Sack sprechen. Ein Fossil. Abgesehen von seiner Konzernzentrale lässt Driehm in der Bahnstadt jede Menge Privatbauten errichten. Dafür hat er ganz kurzfristig den Zuschlag gekriegt. Ein Schelm, wer Böses dabei denkt. Es gibt ja auch keinen Grund für böse Gedanken. Driehm hat nämlich schon angekündigt, seine Wohnungen billiger anbieten zu wollen als die Konkurrenz. Ob Miete oder Kauf: Bei Lorenz Driehm wohnst du zum Schnäppchenpreis.«

»Und warum ist er günstiger? Etwa, weil er günstiger bauen konnte? Etwa, weil die Stadt hier und da ein Auge zugedrückt hat?«

»Das kann dir doch egal sein.« Covet zog einen Stuhl heran und setzte sich neben mich. »Hauptsache, alle sind neidisch auf dich. Weil du in einer Traumstadt wohnen wirst. In Dreamcity. Und das auch noch für kleines Geld.«

»Dreamcity!« Ich rollte mit den Augen.

»Da staunst du, was? Das Segment der Bahnstadt, das Lorenz Driehm bebaut, wird so heißen. In ein paar Tagen ist offizielle Einweihung. Spatenstich mit Minister und allem Pipapo.«

»Du verarschst mich.«

Marc verschränkte die Arme vor der Brust und schaute beleidigt.

»Driehm City«, rief ich. »Wer denkt sich so was …«

»Nicht Driehm. English speaking, Sir: Dream! Ein kleiner, aber feiner Unterschied. Lorenz Driehm in seiner grenzenlosen Bescheidenheit würde es niemals zulassen, dass ein Stadtteil nach ihm benannt würde.«

»Das glaube ich erst, wenn es in der Zeitung steht. Aber nicht in deiner.«

Verstimmt sah mich Covet an. Dann schnellte er aus seinem Stuhl, riss die Tür auf und brüllte »Knuppe!« durch den Redaktionsflur. Ein junger Kerl erschien, nickte mir zu und wartete auf Anweisung. Die auch prompt kam.

»Wie soll der neue Teil der Bahnstadt heißen, Knuppe?«, blökte Covet ihn an.

»Dreamcity. Wieso?«

»Wann dürfen wir die Katze aus dem Sack lassen?«

»Erst am Wochenende.«

»Und warum, Knuppe?«

»Befehl von oben.«

»Abtreten, Knuppe.«

Folgsam trollte sich der junge Mann. Covet schloss die Tür und nahm wieder Platz.

»Ein Praktikant?«, fragte ich.

»Freier Mitarbeiter. Glaubst du es jetzt?«

»Dreamcity. Das kapiert sogar der amerikanische Tourist.« Mir kam Christine in den Sinn. Immer, wenn in unserer Altbauwohnung mal wieder der Putz von den feuchten Wänden bröselte, träumte sie sich ein Penthouse in der Bahnstadt herbei. Mit neuer Küche und Kinderzimmer. »Dann such dir schon mal einen Mann für das Kind«, pflegte ich solche Spinnereien vom Tisch zu fegen.

»Was ist nun?«, fragte Marc. »Zeigst du mir die Unterlagen oder nicht?«

Ich drückte ihm Liebherrs Plastiktüte in die Hand. Für mich hatte das Ding jetzt schon Kultstatus. Es färbte ab, wenn man Schweißhände hatte! Und die hatte man in dieser Jahreszeit immer.

Der Inhalt der Tüte war allerdings auch nicht ohne. Marc begann, ihn auf seinem Schreibtisch auszubreiten.

»Da sind ja alle Namen geschwärzt«, moserte er.

»Alle bis auf einen.« Ich tippte auf den Absender einer E-Mail. »Hier: Driehm, Lorenz.«

»Warum gibt man dir überhaupt Ausdrucke? Papier statt USB-Stick, das ist doch vorsintflutlich!«

»Weil sich mein Informant das alles nach und nach zusammensuchen und dabei unterschiedlich vorgehen musste. Hier eine Kopie, da ein Ausdruck. Was er als Datei hat, mailt er mir zu, sobald ich anbeiße. Dann natürlich ungeschwärzt.«

»Und worum geht es jetzt? Du kannst doch von mir nicht verlangen, dass ich auf einen Blick …«

»Marc.« Ich nahm ihm die Blätter aus der Hand und schob sie wieder ordentlich zusammen. »Jammer nicht rum, sondern hör mir zu. Auch wenn ich von diesen Dingen null Ahnung habe, versuche ich es dir so zu erklären, wie ich es verstanden habe. So, wie es Liebherr mir auf der Neckarwiese erzählt hat. Also: Driehm hat vor einigen Jahren beschlossen, Teile seiner Firma auszulagern. Aus Kostengründen.«

»Welcher Firma?«, knurrte Covet.

»Driehm Pharma, sein Stammunternehmen. Steht doch hier überall. In Heidelberg waren nur ein paar Stellen davon betroffen, anderswo, in Sachsen zum Beispiel, wurde eine ganze Abteilung dichtgemacht. Forschung und Testreihen, so was in der Art. Diese personalintensiven Aufgaben wurden an Externe vergeben, und zwar an Unternehmen, mit denen man schon vorher zusammenarbeitete. Macht Sinn, oder?«

Marc schwieg.

»Außerdem«, fuhr ich fort, »hat man nicht beliebig viele Unternehmen damit betraut, sondern möglichst wenige: um die Übersicht zu behalten, die Konstanz zu wahren, den Informationsfluss kontrollieren zu können und so weiter. Ebenfalls sinnvoll, stimmt's?«

Covet grunzte. Jetzt war ich der Lateinlehrer. Was ihm überhaupt nicht passte. Personalintensiv! Informationsfluss! Ja, auch ein Studienabbrecher schwingt zuweilen die ganz große Vokabelkeule.

»Im Endeffekt blieb ein einziges Unternehmen übrig, von dem Driehm Pharma ab sofort Forschungsknowhow, Testergebnisse und all das bezog. Ein Betrieb in China. Und auf deutscher Seite gab es einen Typen, der für den Kontakt mit den Chinesen zuständig war. Ein ziemlich hohes Tier offenbar, eine Ebene unter der Firmenspitze. Der hier.« Ich tippte auf einen der geschwärzten Namen.

»Senior Vice President!« Marc kringelte sich. »Ein Kinderspiel, rauszukriegen, um wen es sich da handelt. Gib mir fünf Minuten, Max, ich renne rüber zu den Wirtschaftskollegen, die werden mir …«

»Weiß ich doch. Liebherr sagte mir, dass der Name kein großes Geheimnis ist. Um diesen Mann geht es ihm auch nicht. Sondern um Driehms Anteil an der Sache. Hör lieber weiter zu. Der Typ hier, der Kontaktmann zu den Chinesen, fädelte folgenden Deal ein: Er sorgte dafür, dass aus einem kleinen Labor vor Ort ein richtig großes Unternehmen wurde – es musste ja groß sein, um exklusiv für Driehm Pharma arbeiten zu können. Statt zehn oder 20 Angestellten waren es plötzlich mehrere 100. Dazu brauchte er natürlich einen Vertrauten in Peking. Der wiederum bugsierte einen Strohmann an die Spitze der neuen Firma, und schon hatte man eine Lizenz zum Gelddrucken. Denn was die chinesischen Angestellten verdienten, war die eine Sache, was man Driehm Pharma in Rechnung stellte, eine völlig andere. Die Differenz strichen der Deutsche und sein chinesischer Partner ein.«

»Und die war erheblich?«

»Sogar sehr. Es ging wohl um den Faktor 4 bis 5. Hinzu kam, dass die meisten Angestellten junge KP-Mitglieder waren, die keine Fragen stellten, um ihre Karriere nicht zu gefährden. Auch bei Driehm Pharma gab es keinen Anlass für Nachfragen. Dort war man zufrieden, dass die Umstellung so reibungslos funktioniert hatte.«

»Aber was hat Driehm mit der Sache zu tun?«

»Genau das ist das Problem. Liebherr meinte, der Betrüger, unser Senior Vice President hier, würde über kurz oder lang hinter Gitter wandern. Da seien bereits Ermittlungen im Gange. Aber für ihn, Liebherr, sei es undenkbar, dass der Deal nicht vom Vorstand abgesegnet worden sei. Also von Driehm persönlich.«

»Und das beweisen diese Unterlagen hier?«

»Wäre zu prüfen. Liebherr behauptete es, klang aber nicht sehr überzeugend.« Ich zog ein Blatt aus dem Konvolut. »Hier, nur als Beispiel. Da schreibt Driehm, unser Unbekannter solle die Sache mit Peking schnellstmöglich in Ordnung bringen. Er könne sonst für nichts garantieren und so weiter. Was heißt das nun? Wusste Driehm von Anfang an Bescheid oder versucht er nur, den Schaden für die Firma zu begrenzen? Solche Mails gibt es viele. Dann ein Reiseprotokoll Driehms in China und jede Menge Abrechnungen, die ich nicht kapiere.«

»Hm.« Covet griff nach dem Stoß Blätter und wog sie abschätzend in der Hand. »Dann mache ich mir mal eine Kopie von dem Zeug und berate mich mit einem Kollegen. Aber ich sage dir gleich, Max: Solange wir keine hieb- und stichfesten Beweise gegen einen Lorenz Driehm haben, wird sich hier keiner aus dem Loch trauen. Keiner!«

»Du auch nicht?«

Er zuckte mit den Achseln. »Ich bin Journalist, kein Träumer. Selbst wenn ich demnächst in Dreamcity leben sollte.«

KAPITEL 5

Natürlich war Marcs letzte Bemerkung nur ein Scherz gewesen. Trotzdem ging sie mir noch eine ganze Weile durch den Kopf. Mit seiner Kulturbeflissenheit und snobistischen Anwandlungen passte mein Journalistenfreund viel besser in Heidelbergs schöne neue Immobilienwelt als die Exfrau eines windigen Ermittlers, keine Frage. Und auf wen würde er dort treffen? In der Bahnstadt sollten schon ganze Straßenzüge fertiggestellt sein, aber ich kannte niemanden, der dort lebte. Niemanden, der einen Umzug erwog. Wer also? Leute von außerhalb vermutlich, Familien aus dem Speckgürtel der Stadt, die endlich eine Chance sahen, zu echten Heidelbergern zu werden. Auch wenn man das Schloss von der Bahnstadt aus nur mit dem Fernglas sah.

Dreamcity … Da hielt einen ja schon der Name ab!

»Wo wohnt ihr eigentlich?«, fragte ich Leonard.

»In der Weststadt.«

»Und was machen deine Eltern beruflich?«

»Meine Mutter ist Lehrerin, mein Vater Mathe-Prof. So, jetzt hab ich's.« Er drehte den Monitor meines PCs in meine Richtung. Ich erkannte die Terrasse des Neckarwiesenkiosks, mich mittendrin.

»Bisschen überbelichtet. So ein Smartphone hat seine Grenzen, findest du nicht?«

»Ich hab alle Gäste drauf, wirklich alle. Hier die linke Hälfte«, er rief das nächste Foto auf, »dann die rechte«, nächstes Foto, »und jetzt auch noch den Typen ganz außen.«

»Entsetzlich«, murmelte ich. So sah ich also von hinten aus! Die haarlose Stelle auf meinem Hinterkopf war mir neu.

»Wie bitte?«

»Mach weiter.«

»Hier bestellen Sie gerade Ihr Bier. Die Bedienung hat übrigens vorletztes Jahr bei uns Abi gemacht.« Bekümmert klickte er weiter. »Erkannt hat sie mich aber nicht.«

»Wie schade«, hauchte ich mitleidig.

Er sah mich groß an.

»Mensch, Junge! Sei froh, dass sie dich nicht erkannt hat. Du solltest verdeckt ermitteln, klar? Bist du nun mein Praktikant oder nicht?«

»Naja, schon. Aber was spielt es für eine Rolle, ob sie mich kennt oder nicht?«

»Eine erhebliche. Du willst doch ein gutes Zeugnis, ja? Also Obacht!«

Leonard nickte eingeschüchtert. Das mit dem Zeugnis war eine prima Idee. Immer noch das schlagkräftigste Argument in unserer gymnasialen Leistungsgesellschaft. Was ich da für Sachen reinbuttern würde! Gebrauch der Wasserpistole: zackig. Arbeitskleidung: ungenügend (Poloshirt!). Demut und Gehorsam: verbesserungswürdig.

»Warum grinsen Sie so?«, fragte der Knabe.

»Nix. Weiter.«

»Da kommt Liebherr. Sie haben Blickkontakt«, klick, »stehen auf«, klick, »bezahlen«, klick, »gehen mit ihm zum Neckar runter.«

»Dass du keine Fingerlähmung bekommen hast, bei der Dauerknipserei!«

»Sie sollten kein Bier vor dem Mittagessen trinken«,

entgegnete er finster. So allerliebst finster, wie nur Mädchen schauen konnten.

Ich lachte.

»Gucken Sie mal hier. Der Mann am Rand der Terrasse. Der benahm sich richtig auffällig, sah immer zu Ihnen beiden rüber.«

»Der wollte auch so ein kühles Weizenbier, aber seine Frau saß daneben.«

»Das ist nicht seine Frau. Die haben kein Wort miteinander gewechselt. Schauen Sie, auf jedem Bild glotzt er rüber zum Neckar.«

»Du meine Güte, wie viele hast du denn noch geschossen?«

»Da auch. Und hier wieder!«

»Okay. Superverdächtig, der Typ. Den merke ich mir. Sei froh, dass er dein hübsches Smartphone nicht in seinen Pranken zerquetscht hat.«

»Sie nehmen mich nicht ernst.«

»Dir fehlt die Erfahrung, das ist alles. Wo du schon mal am PC sitzt: Leg einen neuen Ordner mit der Driehm-Geschichte an. Da kannst du deine Fotos unterbringen und den Bericht über heute.«

»Wo ist der Bericht?«

»Den schreibst du. Arial, 12 Punkte. Denk an dein Zeugnis, Leonie!«

»Leonard!« Er fuhr regelrecht auf.

Ich grinste. Der Mädchenname war mir einfach rausgerutscht. Aber er passte perfekt. Leonie, die Löwin aus der Weststadt! Eine Seele von Raubkatze. Aber wehe, etwas geht ihr gegen die Praktikantenehre! Dann fährt sie die Krällchen aus!

»Leonard, natürlich«, nickte ich. »Wie konnte ich das vergessen? Jedenfalls freue ich mich auf den Bericht. Der erste, den ich nicht selbst schreiben muss. Und dann habe ich noch einen Spezialauftrag für dich. Mein Freund Covet gibt seit einiger Zeit meine spektakulärsten Fälle als Buch heraus. So eine Mischung aus Fakten und Fiktion, darauf stürzen sich die Leute. Du könntest die Satzfahnen meines dritten Falles Korrektur lesen.«

»Korrektur lesen?« Ein Mundwinkel zeigte nach unten.

»Du kannst doch lesen?«

»Nach fehlenden Kommas suchen ist nicht gerade das, was ich mir unter einem Praktikum bei Ihnen vorgestellt habe.«

»Was hast du dir denn vorgestellt? Stopp, ist vielleicht besser, wenn ich es nie erfahre. Du kennst doch die Steigerung von Praktikum? Praktikummer, genau. Also mecker nicht rum, sondern leide still.«

»Und wann gibt es mal was zu essen?«

»Essen?« Er hatte recht. Ein neuralgischer Punkt. Ohne Essen geht der härteste Praktikant zugrunde. Von seinem Chef ganz zu schweigen. Am Neckarwiesenkiosk hätte man sich verpflegen können, aber da gab es anderes zu tun. Also lud ich meinen Mitarbeiter zum Einstand feierlich ein. Vielleicht nicht in das edelste, dafür ins nächstgelegene Etablissement von Bergheim.

»Döner«, stellte er fest, als wir die Bude betraten.

»Sag bloß, du magst keinen?«

»Weiß nicht. Man stinkt so aus dem Mund danach.« Gönnerhaft fügte er an: »Aber solange es Pommes gibt …«

»Gibt es. Für mich einmal das Mundgestinke bitte!«

Der Typ am Drehspieß nickte und schliff schon mal sein Messer. Ich war Dauergast, da konnte ich mir solche Bemerkungen leisten. Leonard entschied sich für eine doppelte Portion Pommes mit Ketchup extra. Und ich muss sagen, was er sich an roter Schmiere über seine Fritten kippte, war drei Mal ekliger als sämtliche Stinkbomben in meinem Klappbrötchen.

»Warum bestellst du dir keine Ketchupflasche und trinkst sie aus?«, sagte ich. »Das ist ja pervers!«

Er wischte sich einen Klecks aus dem Mundwinkel. »Pervers? Nee, notwendig. Pommes ohne Ketchup geht gar nicht. Das wäre ja wie …« Er überlegte.

»Wie Schule ohne Praktikum? Wie ein Detektiv ohne Waffe?«

»Wie ein Handy ohne gescheiten Klingelton. Ihres braucht dringend eine Nachrüstung.«

Ich stoppte mitten im Kauen. Keine Ahnung, was ich für einen Klingelton hatte. Es klingelte halt. Elektronisch irgendwie. Hatte ich mir noch nie Gedanken drüber gemacht.

»Habe ich mir noch nie Gedanken drüber gemacht«, sagte ich.

»Sollten Sie aber. Ist ja auch eine Art Markenzeichen. Was Persönliches.«

»Dudel dudel ist nichts Persönliches.«

»Ich stelle Ihnen etwas ein, darf ich?« Schon wieder landete ein Striemen Ketchup neben seinem Mund. »Was würde Ihnen denn gefallen? Vielleicht was von Ihrer Frau? Ich hatte mal Lenas Schnarchen drauf, das war verboten cool.«

»Lenas Schnarchen? Kein Wunder, dass ihr nicht mehr

zusammen seid. Außerdem kennst du Christines Gesäge nicht. Das hält kein Handy aus.«

»Tiergeräusche sind auch klasse.«

»Elefant?«

»Ja, zum Beispiel. Oder Frösche.«

»Okay.« Ich leckte mir etwas Knoblauchsoße vom Daumen. »Die Ferkel vom Grumbachhof. Dort essen wir manchmal, Christine und ich. Wenn du die auf mein Handy kriegst, gut. Ansonsten: Finger weg. Und jetzt ein anderes Thema, bitte.«

»Der Nutzen von Ketchup im Detektivalltag?«, grinste er.

Okay, ich sah schon, den Jungen musste man hart rannehmen, sonst kam er auf dumme Gedanken. Die restlichen Nachmittagsstunden vergingen wie angekündigt: Erst arbeitete sich Leonard am Neckarwiesenbericht ab, dann an Covets Manuskript. Von den Toten auf dem Uniplatz damals habe er gehört, sagte er – aber: »Da war ich noch jung.«

»Jetzt dagegen …«, nickte ich.

Still las er weiter.

Später kam es noch zu einer drolligen Begegnung mit meiner Ex. Ich wollte Leonard eben nach Hause schicken, da stand Christine in der Tür. Sie zog beide Brauen nach oben, als sie hörte, in welcher Funktion der Junge hier war.

»Liebe Güte«, sagte sie. »Du hast einen Praktikanten? Ja, kannst du das denn?«

»Chef kann ich.«

»Aber der Rest? Menschenführung, Ausbildung, psychologische Betreuung?«

»Für einen Schuljungen, der Ketchup am Kinn hat, reicht's.«

Hastig wischte sich Leonard über das Gesicht. Christine lachte.

»Sei ein bisschen netter, Max, sonst hast du bald nicht nur eine Exfrau, sondern auch einen Expraktikanten.«

Leonard ließ den Arm sinken. »Sie sind seine Exfrau? Aber warum leben Sie dann zusammen?«

»Tun wir das?« Sie warf mir einen spöttischen Blick zu.

Ich schüttelte den Kopf. »Im besten Fall nebeneinander her. Friedliche Koexistenz nennt man es im Politikerjargon.«

»Privilegierte Partnerschaft«, korrigierte Christine.

»Träum weiter. Es hat sich halt so ergeben. Soll auch steuerlich günstiger sein. Wenn ich endlich einmal schwarze Zahlen schreibe, werde ich es wissen.«

»Jetzt träumst du.« Christine klimperte mit den Lidern.

»Wir leben ja auch im Dunstkreis von Dreamcity. Bis morgen, Leonard!«

»Bis morgen, Chef.«

KAPITEL 6

Ja, bis morgen. Wer hätte gedacht, dass sich die Generation Praktikum einmal vor meinem Büro drängeln würde! Okay, ›drängeln‹ klang in diesem Zusammenhang etwas sehr perspektivisch, aber Leonard mit seinem mädchenhaften Klopfen war ein Anfang. Wenn sich das erst rumsprach!

Die Pommes jedenfalls hatten ihm geschmeckt.

Auch beim Abendessen war Leonard Untersteller noch Thema. Mit Christine erwog ich das Für und Wider heutiger Arbeitswelten, wie es um den Nachwuchs unseres Landes bestellt war, ob die 16-Jährigen bald alle unter smartphonedegenerierten Fingerkuppen litten und so weiter. Was Leute in unserem Alter halt so erörtern. Aber komisch, irgendwie war meine Ex nicht recht bei der Sache. Unaufmerksam. Abgelenkt. Bloß wovon? Von mir bestimmt nicht, ich war ungehobelt wie immer. Ständig wanderte ihr Blick zum Kalender an der Pinnwand. Hatte sie noch etwas vor?

Aber wenn, war ich der Letzte, der sie deswegen löchern würde.

»Ich pack's dann mal«, gähnte sie schließlich.

»Ich pack mit.«

Kurze Zeit später lagen wir beide, Exmann und Exfrau, friedlich schlafend in unserem Exehebett – als das Telefon schrillte. In Wahrheit schrillte es natürlich nicht, kein modernes Telefon tut das, sondern es dudelte elektronisch, und das war schlimmer als jedes Schrillen. Ganz klar, da musste ein neuer Klingelton her. Das hier war akustischer Sondermüll. Der sich in deine Träume einnistete. Mein Traum ging so: Ich fuhr mit Fatty den Tourmalet hoch. So, wie wir es vor Dekaden getan hatten: Bier auf dem Gepäckträger, die Zunge knapp über dem Asphalt. Zu unseren Füßen die Schlachtrufe der Tour: Allez, Virenque! Go, Armstrong, go! Armdick in Weiß auf die rissige

Straße gepinselt. Wenn nun ein Telefon geschrillt hätte, wären wir beide den Berg hinunter gepurzelt. Stattdessen suchte ich nach einem Murmeltier im Delirium.

Dudel dudel.

Oder war das Fatty, der aus dem letzten Loch pfiff? Seine Miene sprach dafür. Ignorieren. Dudel. Nächste Serpentine. Dudel. Verdammt, das Geräusch nervte! So würden wir die Passhöhe niemals …

»Wer ruft denn um diese Zeit an?«, moserte meine Ex neben mir.

Nun war ich wach. Christine hatte es geschafft. Ich sprang aus dem Bett, stürzte ins Wohnzimmer und riss das Telefon aus der Basisstation.

»Ja?«, blaffte ich den Anrufer an.

Es war kein Anrufer. Sondern eine Anruferin: die nette Frau Boskop aus dem ersten Stock. Sie entschuldigte sich auch sofort wegen der Störung, sie wisse ja selbst, die Uhrzeit, herrje, ach Gottchen, aber: bei mir werde gerade eingebrochen.

»Bitte?« Ich sah mich um. Das Wohnzimmer: still. Unser Schlafzimmer: still. Die ganze Wohnung: dunkel und still. Nirgendwo das Zipfelchen eines Einbrechers.

»Unten in Ihrem Büro«, rief Frau Boskop bebend. »Da ist jemand!«

Mit dem Telefon am Ohr lief ich in die Küche zum offenen Fenster, obwohl ich genau wusste, dass ich von dort keinen direkten Blick auf den Schuppen hatte. Nur einen Teil des Dachs konnte ich erkennen. Alles ruhig im Hof.

»Sind Sie sicher, Frau Boskop?« Die alte Dame war jenseits der 70, vielleicht schon 80, und auch wenn sie bislang keinerlei Anzeichen von Verwirrtheit gezeigt hatte – so etwas konnte schnell gehen. Über Nacht sozusagen. Ich schaute auf meine Uhr: halb zwei.

»Ich habe Licht gesehen«, erklärte sie. »Von Taschenlampen.«

»Okay. Ich komme runter.«

Christine ein paar Worte der Beruhigung zuwerfend, zog ich mir T-Shirt und kurze Hose über und verließ die Wohnung. Barfuß tappte ich hinunter bis in den ersten Stock, wo die alte Frau Boskop angstschlotternd in der Tür stand.

»Jetzt ist alles still«, flüsterte sie. »Vielleicht haben die mich am Fenster gesehen und sind abgehauen.«

Ich unterdrückte die Frage, ob ich von ihrer Wohnung aus einen Blick auf den Schuppen werfen dürfte. Bestimmt hatte sie am Schlafzimmerfenster gestanden, neben dem Bett ihres Mannes, der nicht annähernd so fit war wie sie.

»Und Sie haben sich auch nicht getäuscht, Frau Boskop?«

Sie schüttelte den Kopf. »Bei dieser Hitze kann ich nicht schlafen. Liege oft wach und hole mir ein Glas Wasser aus der Küche. Da sah ich plötzlich Licht in Ihrem Büro. Hin und her«, sie führte es mit einer Hand vor, »hin und her, immer wieder.«

»Dann werde ich mal nachschauen.«

»Sind Sie bewaffnet?«

Ich unterdrückte ein Lachen. Diese Frage hätte ich eher meinem Praktikanten zugetraut! Solange ich als Ermittler arbeite, habe ich noch keine Waffe besessen.

»Nehmen Sie das hier, Herr Koller.«

Jetzt konnte ich das Lachen nicht mehr verhindern. Da drückte mir die alte Dame tatsächlich eine Teigrolle in die Hand! Dunkles Holz, kaum jünger als sie selbst.

»Frau Boskop, bitte …«

»Nehmen Sie schon!«

»Wie soll ich mit so einem …?«

»Besser als nichts.«

»Sie wollen doch morgen noch Kuchen backen.«

»Ohne lasse ich Sie nicht gehen!«

Ich verzichtete auf die Frage, wie sie mich zurückhalten wolle, und schlappte los. Mit einem Grinsen im Gesicht und ihrer Teigrolle in der Hand. Hoffentlich schaute Leonard Untersteller jetzt nicht vorbei. Der würde mir meine Vollholzwaffe mit seiner Wasserpistole glatt aus der Hand schießen!

Okay, Schluss mit lustig. Ich hatte das Erdgeschoss erreicht. Haustür oder Hintertür? Da ich keinen Schlüssel eingesteckt hatte, entschied ich mich für Letztere. Schob die beiden Riegel vorsichtig beiseite und drückte die Tür auf. Ganz ohne Geräusch ging es nicht. Egal, raus in den Hof. Eine laue Sommernacht. Unter meinen nackten Sohlen das angenehm kühle Kopfsteinpflaster. Am diesigen Himmel kein Mond. Der Schuppen war ein dunkler Klotz.

Ich wartete. Nichts. Da war niemand. Das Licht von Taschenlampen wollte Frau Boskop gesehen haben. Vielleicht hatte sich der Mond in den Scheiben gespiegelt. Nein, stand ja kein Mond am Himmel. Und das mit dem Einfallswinkel passte auch nicht. Trotzdem, alles war ruhig. Völlig ruhig.

»Na, dann woll'n wir mal«, sagte ich zu der Teigrolle, während ich sie abschätzend in den Händen wog. Hoffentlich beobachtete mich keiner.

Ein paar Schritte über den Hof, und ich stand vor der Tür des Schuppens. Warten. Lauschen. Immer noch nichts. Ich linste zum ersten Stock hoch, ob vielleicht Frau Boskop vom Schlafzimmerfenster aus meinen Bewegungen folgte … Auch dort keine Regung.

Also weiter im Text. Jetzt war die Türklinke dran. Heute Nachmittag, beim Verlassen des Büros, hatte ich abgeschlossen. Hatte ich? Ich schloss doch immer ab. Fast immer jedenfalls. Sofern ich es nicht vergaß oder Abschließen spießig fand oder einen in der Krone hatte.

Klar hatte ich abgeschlossen. Ich drückte die Klinke in Zeitlupentempo nach unten … gab der Tür einen leichten Schubs … sie schwang auf.

Auf!

Ein Schwall abgestandener Volierenluft schwappte mir entgegen. Abgestanden, weil die Fenster geschlossen waren. Und zwar alle. Aber die Tür war auf, verdammt!

Max Kollers Vergesslichkeit?

Oder doch Einbrecher?

Halb zwei, und ich war hellwach. Von den nackten Zehen bis zum Resthaar auf meinem Ermittlerschädel. In der Hand Frau Boskops Teigrolle. Vor mir die spaltoffene Schuppentür. Der dünne Mief uralter Sittichkacke. War die Tür aufgebrochen worden? Um das herauszufinden, hätte ich eine Taschenlampe gebraucht.

Und jetzt?

Stocksteif stand ich da. Trotz Teigrolle unbewaffnet. Kein Geräusch, nirgends. Ich mochte wetten, dass das Büro menschenleer war. Die Einbrecher: längst getürmt. Als sie merkten, dass die alte Boskop ihnen auf der Spur war: Abflug. Und jetzt erst der Koller! Der Privatflic, dem die Praktikanten die Bude einrannten! Heute mit Spezialwaffe!

Licht … Ich brauchte Licht. Im Dunkeln würde ich mich niemals in mein Büro wagen. Der nächste Lichtschalter befand sich innen gleich neben der Tür. Tausendmal betätigt. Wenn ich auf der Schwelle stand: Arm rechts in Brusthöhe – und zack. Licht. So musste es gehen. Dann konnte ich immer noch zurückspringen, dem MG-Feuer ausweichen, die Polizei rufen. Oder ein Teigrollenmassaker anrichten.

Also ran an den Speck!

Ich nahm die Rolle in die linke Hand, stieß die Tür ganz auf, machte einen Schritt über die Schwelle und schlug mit der flachen Rechten gegen die Seitenwand.

Das Licht flammte auf.

Am anderen Ende des Raumes stand ein Mann, nicht besonders groß, eher schmächtig, und hielt sich beide Arme schützend vors Gesicht. Angsteinflößend wirkte er nicht gerade. Mit dem hätten meine Teigrolle und ich es jederzeit aufgenommen.

Theoretisch.

Praktisch sah es so aus, dass mir die zur Seite schwenkende Tür schon in der folgenden Sekunde wieder entgegenkam. Hier stimmten Ein- und Ausfallswinkel überein. Auch die Wucht war ungefähr dieselbe. Trotz der plötzlichen Helligkeit merkte ich das leider erst, als mir die Tür gegen die Schulter krachte. Es fegte mich regelrecht zum Schuppen hinaus. Dabei verlor ich Frau Boskops Teigrolle.

Sie waren also zu zweit. Das fuhr mir noch im Fallen durch den Kopf. Einer hatte den Blickfang im Büro gespielt, der andere hinter der Tür gesteckt. Und nun sah es natürlich nicht mehr gut aus für den begehrtesten Ermittler von ganz Heidelberg. Was jetzt geschehen würde, ahnte ich schon, bevor ich mich vom Boden aufrappelte. Hätte ich anders gehandelt? Kaum. Mein Kopf war ungefähr auf Hüfthöhe angelangt, als ihm Frau Boskops Teigrolle entgegenrauschte. Der Schlag traf mich frontal an der Stirn. Für den Bruchteil einer Sekunde sah ich dem Schmächtigen ins Gesicht.

Dann herrschte wieder nächtliche Dunkelheit.

KAPITEL 7

Frau Boskops Haushalt war gut bestückt. Er bestand nicht nur aus einer Teigrolle, mit der man einen ausgewachsenen Privatdetektiv außer Gefecht setzen konnte, sondern auch aus Waschlappen, die nach Pfirsich rochen, aus Schmerztabletten und guten Ratschlägen. Die Lappen klatschte sie mir nacheinander gegen die Stirn, die Tabletten bekam ich eingeflößt, die Ratschläge gab's gratis dazu. Nichts auf eigene Faust unternehmen! Vorsicht ist die Mutter der Porzellankiste, Herr Koller! Lieber gleich die Polizei rufen! Und als Ratschlag, der über allem schwebte: Immer auf Frau Boskop hören!

Irgendwann knurrte ich nur noch. Sie meinte es gut, die alte Dame, aber so allmählich wurde mir klar, warum sich ihr Mann in Krankheiten flüchtete.

»Was wollten die bloß hier?«, fragte Christine. Während ich im Besucherstuhl hing und durch die Boskop ärztlich erst- bis zweitversorgt wurde, schritt sie mein Büro ab. Von der aufgehebelten Tür abgesehen, gab es keine sichtbaren Zerstörungen. Der Computerbildschirm stand unversehrt auf dem Schreibtisch, in den Regalen herrschte genau jene Unordnung, die ich über Jahre mühevoll erstellt hatte. »Du solltest mal Staub wischen, Max.«

»Ganz im Gegenteil. Im Staub sieht man die Fingerabdrücke von Einbrechern besser.«

»Nicht bewegen!«, befahl meine Pflegerin und kam mit einem neuen Lappen an. Bald würde meine Stirn Falten schlagen vor lauter Nässe.

Christine ging um den Schreibtisch herum. »Meinst du, die haben etwas Bestimmtes gesucht?«

»Zum Prügeln sind sie jedenfalls nicht gekommen. Mussten sich ja selbst die Waffe von mir borgen.«

»Also, das mit der Teigrolle tut mir wirklich leid.« Frau Boskop sah ehrlich zerknirscht aus. »Ich konnte doch nicht ahnen …«

»Keine Sorge, das ist der übliche Rüstungswettlauf. Seien wir froh, dass ich keine Atombombe dabeihatte.«

»Irgendetwas fehlt hier«, murmelte meine Ex. »Irgendwas sieht komisch aus.«

»Schau mal nach, ob die oberste Schublade noch abgeschlossen ist.«

»Die Schreibtischschublade?« Sie beugte sich hinunter. »Der Schlüssel steckt.«

»Aha.« Wenn der Schlüssel steckte, war sie natürlich nicht mehr abgeschlossen. Sonst lag der Schlüssel in einem supergeheimen Geheimversteck, in der untersten Schreibtischschublade nämlich, ganz hinten unter dem Flaschenöffner. Wie die Einbrecher den finden konnten, war mir ein Rätsel.

»Leer«, konstatierte Christine. »War was Wichtiges drin in der Schublade?«

»Nö. Nur ein Stapel brandheißer Unterlagen.«

Sie richtete sich auf. »Ist nicht wahr! Solche Dinge verwahrst du in einer Schublade, die man mit jedem Taschenmesser öffnen kann?«

»Na, nun schonen Sie ihn doch, Frau Markwart«, mischte sich Frau Boskop ein. »Er hat bestimmt Schmerzen, Ihr Mann.«

»Habe ich«, nickte ich. »Bestimmt. Außerdem liegt eine Kopie der Unterlagen im Tresor der Neckar-Nachrichten. Bombensicher und von Eliteschäferhunden bewacht.«

Schweigend schob Christine die Lade wieder zu. Ihr Blick fiel über den Schreibtisch, über die Papierunterlage mit ihrem Gekritzel (eine Karikatur von ihr war auch dabei, aber die würde sie niemals erkennen), über die PC-Tastatur und den herumliegenden Krimskrams.

»Was ist?«, fragte ich. »Haben die Jungs eine Botschaft hinterlassen?«

»Der Computer fehlt. Das ist es.«

Ich riss den Lappen von meiner Stirn und setzte mich gerade hin. Nicht einmal die Boskop erhob Einspruch.

»Och, nee«, stöhnte ich. »Sag, dass das nicht wahr ist!«

»Tut mir leid, aber da ist eine Riesenlücke unter deinem Schreibtisch, und die Kabel hängen in der Luft.«

»Scheiße!« Ich war alles andere als ein Computerfreak, hatte die Anfangsjahre sogar ohne bestritten. Von meinen alten Fällen gab es keine Dateien, und fürs Internet war das Ding eigentlich zu langsam. Aber jetzt wurde mir schlagartig bewusst, wie sehr ich mich an den Apparat gewöhnt hatte. »Ist er wirklich fort? Komplett weg? Vielleicht haben sie ihn nur in irgendeine Ecke …«

Sinnloses Gebrabbel. Die Einbrecher hatten es auf mein elektronisches Archiv abgesehen, auf meine Daten, auf Namen und Adressen. Und ich wusste genau, welche Frage meine Ex jetzt stellen würde.

»Nein«, kam ich ihr händefuchtelnd zuvor, »ich habe kein Backup, kein komplettes jedenfalls, weiß überhaupt nicht, wie das geht, irgendwo werden noch ein paar Sicherungskopien herumfliegen, aber vollständig sind die nicht. Also frag erst gar nicht!«

»Ich frage ja nicht.«

Stattdessen fragte Frau Boskop. »Ist das jetzt schlimm, wenn der Computer weg ist?« Kummer färbte ihre Apfelbäckchen hellrot.

»Die Schmerzen sind schlimmer«, log ich und sank in den Stuhl zurück. Patsch, wurde es wieder feucht auf meiner Stirn.

Dass mir eine rechtschaffene Beule wuchs, konnte natürlich auch Frau Boskop mit ihrer Bewässerungstaktik nicht verhindern. Als die Polizei den Einbruch am nächsten Morgen zu Protokoll nahm, leuchtete sie rötlich-violett, um im Laufe des Tages eine immer bläulichere Färbung anzunehmen. Für die folgenden Tage rechnete ich mit einem satten Grün, ungefähr so wie Leonies Poloshirt, nur schmutziger.

Leonards Poloshirt natürlich, pardon.

Mein Praktikant kam, während die Beamten noch zugange waren. Ehrfürchtig verfolgte er jede ihrer Bewegungen, merkte sich ihre Gesichtsausdrücke und bat am Ende darum, ein Foto machen zu dürfen. Diese Enttäuschung, als sie ablehnten!

»Es sind Polizisten«, tröstete ich ihn. »Staatsdiener in Uniform, auswechselbar. Kein Vergleich zu einem freiberuflichen Detektiv.«

»Das stimmt. Vor allem mit Beule.«

Schon war ich drauf auf seinem Smartphone. In voller, lädierter Ermittlerschönheit. Was mich allerdings deutlich mehr ärgerte, war die Nonchalance, mit der mein Praktikantenknirps den Verlust meines Computers überspielte.

»Hat auch was Gutes«, meinte er. »Ich hätte Ihnen eh zu einer Neuanschaffung geraten.«

»Wie bitte? Neuanschaffung?«

»Der war doch hoffnungslos veraltet, Ihr PC.«

»Seit wann rät der Praktikant seinem Chef? Umgekehrt wird ein Schuh draus!«

»Ich kenne mich aus mit Computern, Herr Koller.«

»Umso weniger mit meinem Girokonto, Kleiner. Das sagt Njet zu einem neuen Computer! Undenkbar!«

Wegwerfende Handbewegung. »So teuer sind die Sachen gar nicht.«

»Nicht für den Sohn eines Mathematikprofessors, nein. Aber das ist nicht unser Thema. Hier geht es um Daten, die verloren sind, verstehst du? Das Gedächtnis der …« Ich brach ab. ›Menschheit‹ schien mir leicht übertrieben. »Das Gedächtnis der Stadt. Memories of Heidelberg. Fort, verloren.«

Leonard machte große Augen. »Haben Sie denn kein Backup …?«

»Nein!«, brüllte ich. »Habe ich nicht! Hatte ja auch

nie einen Praktikanten, der sich darum hätte kümmern können.«

Er schwieg. Schien zu überlegen. Herrje, ich wollte nicht wissen, welche Gedanken er jetzt wälzte. Eine Computernutzung ohne Backup war für ihn vermutlich so unfassbar wie Duschen, ohne nass zu werden. Typisch Professorensohn! Jenseits eurer Bits und Primzahlen gab es eben noch andere Lebewesen. Menschen aus Fleisch und Blut. Menschen, die ihren Körper einsetzten. Hier, meine Beule war der Beweis.

»Welches ist der aktuellste Fall«, sagte er schließlich, »der auf der Festplatte gespeichert war? Der mit dem Makler und seiner untreuen Gattin?«

»Ja.«

»Also ging es den Einbrechern womöglich darum. Und von dem Bericht haben Sie keine Sicherungskopie?«

Ich schüttelte den Kopf. Zähneknirschend.

»Na, dann ist es ja gut, dass ich ihn gestern auf USB-Stick gezogen habe.«

»Was hast du?«

»Eine Kopie angefertigt. Auf USB-Stick.«

»Und der ist wo?«

»Hier.« Er zog einen Stick aus der Tasche.

Ich starrte ihn an, sprachlos. Oder fast sprachlos. »Da … da ist er drauf? Mein Bericht?«

Er nickte.

»Mensch, Leonie, du bist echt 'ne Wucht!« Ich gab dem Knaben einen Schulterklaps und wunderte mich, dass er so verkniffen dreinschaute. Beziehungsweise sie.

Dann räusperte sich jemand vom Eingang her. Unter der Tür stand Kommissar Fischer, mein Heidelberger

Lieblingspolizist, und fächelte sich mit einer Zeitung Luft zu. Er sah deutlich gesünder aus als sonst, weniger gelbgesichtig, die Tränensäcke bloß dezent ausgebeult und mit sorgsam gestutztem Brauengestrüpp. Wenn er jetzt auch noch gut gelaunt war, würde ich mir ernsthaft Sorgen um ihn machen müssen.

»Na?«, schnarrte er mit seiner rostigen Altmännerstimme. »Für einen Massakrierten wirken Sie erstaunlich munter, Herr Koller.«

Also keine Sorgen.

»Darf ich vorstellen: Kommissar Fischer«, erklärte ich meinem Praktikanten. »Ein ganz spezieller Spezialfall der Spezies, über die wir vorhin sprachen.«

Leonard straffte sich. »Guten Morgen«, sagte er und streckte dem Kommissar die Hand hin. »Leonard Unterstreller. Ich bin Herrn Kollers neuer Praktikant.«

Fischer schnappte nach Luft. »Neuer *was*?«

Um Leonard zu begrüßen, hätte er die Zeitung in die linke Hand nehmen und ihm die rechte hinhalten müssen. Weil er aber so mit Schnappen und Nachdenken beschäftigt war, blieb sein Vorhaben auf halbem Weg stecken bzw. verwirrten sich die Fäden seiner Handlungen, so dass er dem Jungen statt der Hand die Zeitung bot. Und die wollte Leonard nicht nehmen.

»Wieso Praktikant?«, stotterte mein Kommissar. »Seit wann hat …?« Dann sah er mich an und brach in Gelächter aus. »Sie haben sich einen Praktikanten geangelt, Sie Nichtsnutz? Sie? Herzliches Beileid!«

Letzteres galt natürlich nicht mir, sondern dem Knaben im Poloshirt. Der irritiert unter seinem Seitenscheitel hervorschaute.

»Herr Fischer ist ein Komiker vor dem Herrn«, erklärte ich. »Sagt schon seine Berufszeichnung: Kommissar – Komiker.«

»Ach so.«

»Praktikant!« Fischer, vor Lachsalven schier torkelnd, zog sich einen Stuhl heran. »Max Koller … und ein Praktikant! Wirklich, das ist die irrste Geschichte, seit im Mittelalter der Papst ein Kind gekriegt hat.«

»Viel irrer wäre es, wenn ich ein Kind bekäme«, murmelte ich, aber wen interessierte das?

»Soll ich gehen?«, flüsterte Leonard.

»Nee, bleib mal. Gleich ist es vorbei, und dann herrscht wieder Lachverbot für die nächsten 40 Jahre.«

Aber noch war es nicht so weit. Der Kommissar zückte ein großes geblümtes Taschentuch, mit dem er sich immer und immer wieder über die lachtränenfeuchten Augen fuhr, hielt sich das Zwerchfell, prustete, kicherte. In der Zwischenzeit nutzte ich die Gelegenheit, um die Zeitung, die ihm entfallen war, auf dem Schreibtisch zu deponieren, während Leonard verlegen seinen USB-Stick durch die Finger wandern ließ. Dann, von einer Sekunde auf die andere, stellte Fischer sein Lachen ein.

»Ganz klar ein Fall für das Jugendamt«, knurrte er. »Leute wie Sie lässt man nicht auf Schutzbefohlene los!«

»Es handelt sich um eine therapeutische Maßnahme«, sagte ich. »Resozialisierung, schon mal gehört?«

Fischer kniff ein Auge zusammen und ließ seine Blicke über Leonard wandern. »Eine Therapie?«

»Ja«, seufzte ich, »und zwar für mich. Der junge Mann soll mir bei der Wiedereingliederung in die Gesellschaft hilfreich zur Seite stehen.«

»Das klingt schon nachvollziehbarer.«

»Nachdem die Polizei in dieser Hinsicht voll und ganz versagt hat …«

»Die Polizei ist nicht für Wunder zuständig«, blaffte Fischer. »Was war hier los heute Nacht? Ich will das komplette Protokoll. Mit allen Fußnoten.«

»Wie ich Ihnen schon am Telefon sagte: ein Einbruch.« Es war Kommissar Fischer gewesen, den ich am Morgen informiert hatte. Zwischen mir und dem Rest seiner Behörde bestanden gewisse Berührungsängste, so dass ich ihn gebeten hatte, ein paar zuverlässige Leute vorbeizuschicken. Dass er nun persönlich nach dem Rechten sah, kam unerwartet.

»Was wurde gestohlen?«

»Mein Computer. Die Festplatte mit allen Daten.«

»Wusste gar nicht, dass Sie so was haben. Und sonst?«

»Nichts.«

Leonard sah mich überrascht an. Wenn er jetzt eine dumme Bemerkung machte, würde er die längste Zeit Praktikant gewesen sein. Dank Kommissar Fischer kam er erst gar nicht dazu.

»Wie viele waren es?«, bohrte er weiter.

»Zwei. Den einen habe ich kurz gesehen.«

»Würden Sie ihn wiedererkennen?«

»Vielleicht. Es war wirklich sehr kurz. Ihren Kollegen habe ich eine Beschreibung gegeben.«

»Und Sie haben den beiden«, Fischer kniff erneut ein Auge zu, »mannhaft die Stirn geboten?«

Ich zuckte die Achseln. »Es war eine Teigrolle«, warf mein Praktikant ein.

Fischers Kopf fuhr herum. »Eine *was*?«

»Äh, Teigrolle.« Und schon ließ Leonard seinen Worten eine walzende Bewegung mit beiden Händen folgen.

»Für Hefe- oder Mürbeteig?«

Die Bewegung stoppte. Fragende Blicke meines Praktikanten.

»Es war ein multifunktionelles Küchengerät«, sprang ich ihm zur Seite. »Aber jetzt würde mich interessieren, was die Mordkommission am Tatort zu suchen hat, Herr Fischer. Noch ist keine Leiche in Sicht.«

»Eben: noch«, nickte der Kommissar. »Noch! Aber wie ich Sie kenne, ist das hier nur ein Vorgeplänkel. Da kommt was hintennach, ich kann es riechen.« Sein großer, nicht ganz ebenmäßiger Zinken rümpfte sich. »Ich kann es riechen, Koller, und ich will vorbereitet sein. Deshalb, mein Freund und Kupferstecher: Wer war das?«

»Keine Ahnung.«

»Reden Sie keinen Mist!«, brüllte er und sprang ohne jedes Anzeichen von Altersmüdigkeit aus dem Stuhl. »Sie wissen, wer das war!«

Ich schenkte ihm ein Unschuldslächeln. »Noch einmal: Ich habe keine Ahnung. Den Mann, der mich niedergeschlagen hat, habe ich noch nie gesehen.«

»Wir wissen es wirklich nicht«, beteuerte Leonard, blass geworden.

»Dich hat keiner gefragt«, wurde er angeschnauzt. »Und Sie lügen, wenn Sie den Mund aufmachen, Koller. Wenigstens einen Verdacht werden Sie haben. Also raus damit!«

»Tja.« Es war nun nicht so, dass ich komplett auf stur schalten wollte. Ich suchte bloß nach einer Formulierung. Nicht zu viel verraten, nicht zu wenig. Allerdings hatte ich die Rechnung ohne den Praktikanten gemacht.

»Es könnten Leute von Driehm gewesen sein«, sagte er hastig.

»Spinnst du?«, fuhr ich ihn an.

»Driehm? Lorenz Driehm?« Da spitzte er aber die Ohren, der Kommissar!

»Du hast wohl den Arsch offen, Leonie!« Am liebsten hätte ich dem Knaben eine gescheuert. »Was habe ich dir gestern erklärt: keine Namen an Dritte! Mandantenschutz, capito? Was sollen die Leute von mir halten?«

»Aber ...«

»Nichts aber! Was ich mit meinen Kunden bespreche, geht keinen etwas an. Auch nicht, wenn er von der Polizei ist.«

»Ich dachte, es wäre kein richtiger Auftrag. Weil ... Sie sollen doch eh an die Öffentlichkeit damit.«

»Egal. Völlig schnuppe. Pack deine Sachen und verschwinde! Das war's mit deinem Praktikum.«

»Nun mal langsam«, mischte sich Kommissar Fischer mit öliger Stimme ein. »Der junge Mann hat es gut gemeint, Herr Koller. Wollte der Polizei bloß helfen. Ist hier überhaupt ein Name gefallen? Falls ja, habe ich ihn schon wieder vergessen.« Väterlich legte er einen Arm um Leonard. »Untersteller heißt du? Sitzt deine Mutter nicht im Vorstand einer dieser Gutmenschenkisten?«

»Das Afrikaprojekt«, murmelte der Knabe.

»Da haben Sie's, Koller. So einer ist er, Ihr Praktikant. Ehrlich bis zur Unterwäsche. Überhaupt zielte meine Nachfrage bloß darauf ab, ob Sie bereits einen konkreten Verdacht haben, wer hinter dem Überfall stecken könnte.«

»Entschuldigung«, murmelte Leonard. »War dumm von mir.«

Ich atmete tief durch. Sehr tief. Wenn ich etwas hasste, dann Entschuldigungen. Entschuldigungen, die auch noch ehrlich gemeint waren. Entschuldigungen aus dem Mund von Männern! Okay, Leonie war nur ein halber Mann, dafür war die Entschuldigung vollgültig. In meinem Nacken brodelte Gänsehaut.

»Das ist Scheiße«, sagte ich. »Keine Namen an Dritte, niemals. Oberstes Ermittlergesetz!«

»Er wird es nie wieder tun«, lächelte Kommissar Fischer und tätschelte Leonard den Hals. »Verbuchen wir es unter wichtiger Erfahrung. Da hat sich das Praktikum ja schon gelohnt. Ich sage Ihnen, Herr Koller, Sie werden noch viel Freude an dem Jungen haben. So, und jetzt zurück zur Sache: Könnten Sie sich vorstellen, dass der Einbruch etwas mit einem aktuellen Fall zu tun hat? Namen lassen wir mal aus dem Spiel.«

Ich warf ihm einen finsteren Blick zu. Tätscheln, lächeln, ölige Stimme – was war mit meinem Karpatenbär von Polizist nur los? So kannte ich ihn gar nicht. »Es gibt zwei Fälle, die in Betracht kommen«, sagte ich, während ich mich hinter meinen Schreibtisch verdrückte und Platz nahm. »Ein gerade beendeter und ein ganz neuer. Ich vermute, es sollte eine Art Warnung sein: Behalt deine Erkenntnisse für dich – oder: Fang gar nicht erst an, zu ermitteln. Um eines von beiden ging es wohl.«

»Sehen Sie? Mehr wollte ich gar nicht wissen.«

Mehr nicht? Der Kommissar war schon fast zur Tür hinaus, als ich ihm nachrief: »Herr Fischer?«

»Ja?«

»Korrigieren Sie mich, falls ich mich täusche, aber kann es sein, dass Sie irgendwie anders drauf sind als sonst?«

»Anders? Was meinen Sie?«

»So relaxed? So tiefenentspannt?«

Er schüttelte den Kopf. »Gelangweilt trifft es eher. Nichts los auf der Arbeit, Sommerloch. Das Verbrechen hat sich komplett in den Urlaub verabschiedet. Kollege Greiner putzt unsere Pokale, Sorgwitz spielt Sudoku. Selbst der Schreibtisch ist aufgeräumt.« Seufzend zog er seine Hose ein Stück nach oben. »Tut nicht gut, so eine Flaute. Gar nicht gut. Demnächst schreit wieder alle Welt nach Stellenabbau.«

»Und wenn ich Sie aus diesem unhaltbaren Zustand erlösen würde?«, grinste ich.

»Indem Sie sich persönlich umlegen lassen? Nett gemeint, Herr Koller, aber wir kommen auch so klar.« Er zwinkerte Leonard zu. »Sorgen Sie lieber dafür, dass Ihrem Praktikanten nichts passiert.«

KAPITEL 8

Leonard Untersteller hatte zwei hübsche Ohren, die ich ihm ebenso hübsch langzog. Bildlich gesprochen natürlich. Ich stauchte ihn zusammen, faltete ihn klein, machte ihn rund, und was uns Vorgesetzten noch alles an Brachialmanövern zur Verfügung steht. Ja, ich genoss es, mal so richtig den Boss raushängen zu lassen – aber nicht lange. Nur bis der Junge mit hängendem Kopf und roten Ohrmuscheln hauchte: »Es tut mir wirklich leid, Herr Koller. Entschuldigung!«

Nicht schon wieder!

»Stopp!«, rief ich. »Ist ja gut. Schon vergessen. Schwamm drüber. Anstatt dich dauernd zu entschuldigen, schreib dir lieber hinter die Ohren« – die langgezogenen roten, genau! – »schreib dir hinter die Ohren, dass man mit Mandantennamen nicht hausieren geht. Niemals, never! Ist das klar?«

»Völlig klar. Wird nicht wieder vorkommen.«

»Sonst schmeiß ich dich raus. Eigenhändig.«

»Also darf ich … darf ich weitermachen, ja?«

Ich warf ihm einen drohenden Blick zu. »Ja, Leonie.«

»Nicht Leonie!« Er stampfte mit dem Fuß auf. »Ich heiße Leonard, verdammt noch mal.«

Hoppla, so energisch kannte ich ihn gar nicht! »Wenn du dummes Zeug mit den Namen anderer Leute anstellst, darfst du dich nicht wundern, wenn ich es ähnlich mache. Okay, Lektion gefressen?«

Er nickte trotzig.

Gut, dann konnten wir hier endlich weiterarbeiten. Wurde ja auch Zeit.

Als Erstes galt es, Liebherr zu informieren. Sollte der Überfall tatsächlich mit Driehm zusammenhängen, musste er auf der Hut sein – er noch mehr als ich. Außerdem würde ich Marc bitten, von seiner Kopie der Unterlagen eine weitere Kopie anfertigen zu lassen. Und schließlich wurde es höchste Zeit, diese Maklergeschichte zu einem Ende zu bringen.

»Ich fahre nach Hause und hole mein Notebook«, erklärte Leonard. Der Wunsch, seinen Lapsus schnellstmöglich gutzumachen, stand ihm ins Gesicht geschrieben. »Dann können wir Ihren Bericht ausdrucken. Oder fürchten Sie die Rache der Ehefrau?«

Darauf erwiderte ich gar nichts, sondern schaute ihn nur verächtlich an. Ein Max Koller und fürchten? Beeindruckt rauschte er davon.

Die Sache mit Marc war rasch abgehandelt. Eine Kopie der Kopie, klar, kein Problem, nur müsse ich warten, bis er die Unterlagen von den Wirtschaftsredakteuren zurückerhalte. Aber dann. Sofort. Und ob ich Lorenz Driehm für den Drahtzieher des Überfalls hielte.

»Weiß nicht«, sagte ich. »Haben Leute wie Driehm solche Methoden nötig?«

»Soll vorkommen.«

»In schlechten Filmen, ja.«

»Im wahren Leben auch. Da gibt es eine aktuelle Story … Haarsträubend. Du hörst von mir.«

Bei Liebherr meldete sich nur die Mailbox. Ich bat um Rückruf, machte es mir anschließend im Schreibtischstuhl bequem und dachte nach. Die Stirn schmerzte. Feucht war sie irgendwie auch. Schade, dass ich das Gesicht des Einbrechers nur kurz gesehen hatte. Wiedererkennen so gut wie ausgeschlossen.

Frau Boskop kam, fragte nach meinem Befinden und riet zu weiteren Eiswürfeln. Ihr Mann sei ebenfalls völlig verstört. Einbrecher in ihrem Haus!

»Und dann«, sagte sie, »Herr Koller, wie soll ich jemals wieder Kuchen backen können?«

Fragend sah ich sie an.

»Mit einer Teigrolle, die zum Niederschlagen eines Menschen benutzt wurde!« Sie schüttelte den Kopf. »Das kann ich nicht. Herr Koller, das kann ich einfach nicht.«

»Ich besorge Ihnen eine neue«, versprach ich. Was sie sich natürlich heftigst verbat.

Kurz danach kehrte mein Praktikant zurück. Mit Notebook und einer Neuigkeit.

»Stellen Sie sich vor«, erzählte er, während er das Gerät an meinen Drucker anschloss, »heute Abend gibt es ein Fest bei den Driehms. Und wer ist eingeladen? Meine Eltern!«

»Was haben deine Eltern mit Lorenz Driehm zu tun?«

»Nichts. Aber mit seiner Frau. Sie spendet regelmäßig für das Projekt meiner Mutter.«

»Für das Afrikaprojekt.«

»Genau. Frau Driehm feiert Geburtstag.« Erhitzt strahlte er mich an. »Soll ich hingehen? Meine Mutter nimmt mich bestimmt mit, wenn ich sie bitte.«

»Und was willst du dort? Driehm fragen, warum er mir zwei Schläger auf den Hals schickt?«

»Nein, natürlich nicht.«

»Sondern?«

»Keine Ahnung. Mich umgucken. Die Augen offen halten. Fotos machen.«

»Vergiss es. Nach 20 Uhr dürfen Jungs deines Alters nicht mehr arbeiten. Altes Praktikantenschutzgesetz. Wenn ich das missachte, springt mir Kommissar Fischer höchstpersönlich ins Kreuz.«

»Wieso Arbeit? Es ist ein Geburtstag!«

»Nee, nee, so was erledige ich schon selbst. Pass auf: Ich schmeiße mich in Schale und gehe als jugendlicher Liebhaber deiner Mutter. Was meinst du?«

Leonard ließ die Kinnlade fallen. Sein Gesichtsausdruck war zum Wegwerfen. Liebhaber – jugendlich – in

Schale: zu viele Unwahrscheinlichkeiten für einen einzigen Satz.

»War ein Witz, Leonie«, sagte ich und klopfte ihm auf die Schulter.

»Sehr lustig.«

»Genau. Sehr lustig. Aber dass du zu Hause bleibst, ist mein voller Ernst.«

»Wie wollen Sie als Fremder sich bei den Driehms einschmuggeln?«, rief er. »Das ist eine Feier für geladene Gäste. Für Freunde und deren Angehörige, verstehen Sie?«

»Mir wird schon etwas einfallen.«

»Was denn?« Gute Güte, wie trotzig er gucken konnte!

»Vielleicht bin ich ebenfalls Spender. Oder Afrikaner. Was klingt glaubhafter?«

»Sie reden einen Scheiß zusammen, wenn der Tag lang ist!«

»Vergiss nicht, ich habe eine schwere Kopfverletzung.«

»Stimmt. Aber nicht erst seit heute.«

Na also, ging doch! Lachend befahl ich ihm, mir einen Ausdruck des geretteten Berichts zu machen. Dann schnappte ich mir Fischers Zeitung, die er auf dem Schreibtisch vergessen hatte, und blätterte sie durch. Es waren die Neckar-Nachrichten vom heutigen Tag, und ich brauchte nicht lange zu suchen, bis ich eine Meldung über Lorenz Driehm fand. Thema war der Spatenstich am kommenden Samstag. Ein paar illustre Namen fielen, der Mäzen wurde mit dem Satz zitiert, er fiebere diesem Ereignis ungemein entgegen, weil es seine Verbundenheit zu seiner Heimatstadt …, den Rest schenkte ich mir. Da, die Schlusssätze waren noch interessant: Angeblich sei bereits ein Großteil der Privatimmobilien im neuen Viertel an den Mann und die Frau gebracht. Also, Leute: Beeilung!

»Ungemein«, murmelte ich vor mich hin. »Ist ungemein das Gegenteil von gemein?«

Mein Praktikant sah mich fragend an.

»Hast du dich schon mal ungemein gefreut, Leonard? Ich nur insgeheim.«

»Wenn Sie die Geburtstagsfeier heute Abend meinen: Da kommen Sie nur ungemein insgeheim rein, und das schaffen Sie nicht.«

»Abwarten, Kleiner. Abwarten.«

Kurz danach rief Kai Liebherr zurück. Als er erfuhr, was geschehen war, schwieg er eine Zeit lang. Um anschließend einen wirklich großartigen Satz vom Stapel zu lassen: »Das gefällt mir nicht, Herr Koller.«

»Ach, nee. Fragen Sie mich mal!«

»Das gefällt mir überhaupt nicht.«

»Ist angekommen. Irgendeine Idee, wer dahinterstecken könnte?«

»Driehm natürlich. Wer sonst?«

»Wie, wer sonst? Sie tun so, als hätte ich nur diesen einen Fall am Laufen. Mein kompletter Computer wurde geklaut.«

»In der Nacht, nachdem wir beide uns getroffen haben.«

»Genau das macht mich ja stutzig. Ich habe noch nicht einmal zugesagt, dass ich Ihr Material verwenden will, und schon kriege ich einen auf den Deckel.«

»Na eben: Sie sollen es nicht verwenden. Das ist die Botschaft.«

»Also hat man uns beobachtet. Auf der Neckarwiese.«

»Davon gehe ich aus. Und genau das gefällt mir nicht.«

»Schon gut.« Was dem alles nicht gefiel, dem Kerl! Nach meiner Beule fragte natürlich keiner. »Sie meinen also, Driehm hat mir die beiden auf den Hals geschickt. Okay, dann würde ich dem Herrn gern mal auf den Zahn fühlen. Ich habe gehört, dass heute Abend große Sause bei ihm ist.«

»Sause?«

»Der Geburtstag seiner Frau.«

»Ja, möglich.«

»Meinen Sie, ich könnte dort unangemeldet vorbeischauen? Ist das so eine offene Gartenparty, bei der auch der durstige Nachbar einen mitbechern darf?«

Liebherr lachte. »Sie haben Vorstellungen! Von wegen offene Gartenparty. Wenn Frau Driehm feiert, gibt es eine Gästeliste, und wer da nicht draufsteht …«

»Verstehe.«

»Außerdem liegt Driehm mit sämtlichen Nachbarn im Clinch.«

»Und wenn ich mich unter die Caterer mische? Häppchen reichen kann ich auch. Ist sogar meine Spezialdisziplin. Na los, lassen Sie sich was einfallen.«

Aus dem Hörer drangen schwer definierbare Kratzgeräusche. Offenbar fuhr sich Liebherr über das unrasierte Kinn. »Verdeckte Ermittlungen, was?«, brummte er.

»Nennen Sie es, wie Sie wollen. Oder wird das ein Kaffeekränzchen im kleinsten Kreis? Nur Familie und so?«

»Nein, Frau Driehm feiert gern groß. Warten Sie, mir fällt da etwas ein. Könnte eventuell klappen.«

»Und zwar?«

»Eventuell, wie gesagt. Ich muss erst fragen.«

»Fragen Sie.«

Ich war ehrlich gespannt.

KAPITEL 9

Stier.
Geballte Kraft, Durchsetzungsfähigkeit und ein starker Wille: Das sind die Eigenschaften des Stiers. Einst trug er Europa auf seinem Rücken. Sein Blick ist in die Ferne gerichtet. Man reize ihn nicht! Privatdetektive sind ein rotes Tuch für den Stier.

*

Der Neckar lag tief unter mir, ein graublaues Band, das von Brücken und Schleusen zerschnitten wurde. Auf der anderen Talseite barst der Königstuhlhang vor sattem Grün. Oben pieksten zwei Türme in den wolkenlosen Himmel, und genau zwischen den beiden Pieksstellen kreuzten sich die Kondensstreifen längst entschwundener Flugzeuge.

So war das mit der Vergänglichkeit. Mitten im leuchtendsten Sommer. Fort waren sie, die Luftkutschen, waren gelandet oder abgestürzt, ihre Passagiere kauften längst im Duty Free Shop ein, zahlten in Rubel oder Pfund, hatten unterwegs einen Herzinfarkt erlitten oder ein Kind gekriegt. Und uns hatten sie ihre Signatur hinterlassen, eine unleserliche Unterschrift am Abendhimmel.

I was here.

Where are you?

Ein paar Meter entfernt machte es Klick. Ein südländisch aussehender Tourist hielt sein Handy in die Höhe und schoss mal eben ein halbes Dutzend Fotos. Noch so ein Versuch, der Vergänglichkeit zu entkommen. Eine Handvoll Pixel als Erinnerung. Digitalisierter Schall und Rauch.

»Max!«

Das war ich selbst, der mich da zur Ordnung rief, und zwar lauthals. Der Tourist hielt im Fotografieren inne, um mir einen verwunderten Blick zuzuwerfen. Recht hatte er! Was waren das für depressive Schübe mitten auf dem Philosophenweg? Melancholie konnte ich mir nicht leisten, weder beruflich noch privat. Also ran an die Arbeit!

Ich schwang mich auf mein Rad und rollte die paar Meter bis zur Bebauung zurück. Schweißgebadet war ich ohnehin, da hatte der kleine Umweg bis zum Aussichtspunkt auch keinen Unterschied mehr gemacht. Die Schranke am Beginn des eigentlichen Flanierwegs stand offen. Eben kam eine Gruppe Sonnenhungriger mit Picknickkörben um die Ecke gestapft.

An Driehms Haus konnte ich kein Namensschild entdecken. Es war eines der letzten vor der Schranke, und als ich mein Rad neben der Eingangstür abstellte und ein paar Schritte zurücktrat, wurde mir klar, dass ich mich in der Vokabel vergriffen hatte. Lorenz Driehm besaß kein Haus, sondern eine Villa. Ein Anwesen. Die Tür, an der ich gleich klingeln würde, war schmal; umso breiter war das Garagentor daneben. Und die Mauer, in die beide eingelassen waren, reichte von hier nach da und noch ein bisschen weiter – und dort hinten endete sie immer noch nicht. Vom Gebäude selbst sah man nur das oberste Stockwerk. Der steil aufsteigende Hang, bepflanzt mit Edelgehölzen, die wie Statuen wirkten, versperrte den Blick auf den Rest.

Was natürlich Absicht war. Nicht alles preisgeben. Nur ahnen lassen. Groß. Imposant. Mächtig.

Ich ging zu meinem Rad zurück, schloss es ab und tätschelte es liebevoll. Die alte Mähre war weder groß noch imposant, dafür rostete sie mächtig. Dann läutete ich. Klingelknopf und Hausnummer – Anwesennummer! – waren die einzigen Hinweise darauf, dass sich hinter der Mauer menschliches Leben befand.

Lautlos schwang die Tür zurück. In gepflastertem Halbrund stand ein Bistrotisch und neben dem Bistrotisch ein Mann. Er trug Anzug und Krawatte, in der Hand ein Klemmbrett, ein schwarzes Etwas im Ohr. Links führten Treppenstufen den Hang hoch, geradeaus ging es in den Berg hinein.

Der Mann nickte mir zu. Lächelte sogar. Aber das war ein Automatenlächeln, das es für ein paar Euro im Supermarkt gab. Ansonsten war er lang und dünn, geradezu schlangenartig.

»Max Koller«, sagte ich. Die Beule auf meiner Stirn schmerzte. Mein Hemd klebte am Rücken. Dort musste sich ein Schweißfleck von enormen Ausmaßen gebildet haben. Ich konnte nur hoffen, dass sich nichts davon durch das Sakko gedrückt hatte.

»Koller?«, murmelte der Lange, während ein Schlangenfinger über die Liste auf dem Klemmbrett fuhr.

»Ganz unten wahrscheinlich. Ich wurde heute erst angemeldet.«

Er schlug die Seite zurück. Dann noch eine. Endlich hatte er mich gefunden. Ich war der letzte Name auf der letzten Seite.

»Ah«, sagte er und setzte ein Häkchen. »Sie sind das also.«

»Ich bin das also.«

Wieder dieses Lächeln von der Stange. »Zum ersten Mal bei Familie Driehm? Bitte geradeaus und den Aufzug hoch ins Parterre.«

Ja, grins du nur! Dafür musst du dir hier unten die dünnen Beine in den Bauch stehen, während ich nach oben entschwebe. Ich drückte mich an dem Schlangenmenschen vorbei in den Gang. Ein richtiger Tunnel war das, erleuchtet und so grellweiß gestrichen, dass ich es bedauerte, keinen schwarzen Filzschreiber eingesteckt zu haben. I was here … Ein Kondensstreifen à la Max Koller, letzter Platz auf der Klemmbrettliste.

Dann blieb ich stehen. An dem Gang lag es nicht. Sondern an dem Raum daneben.

Alle paar Meter gab es nämlich Fensterschlitze, schmale Durchgucke, die einen Blick in Driehms Garage erlaubten. Hatte ich das Garagentor breit genannt? Streichen wir das. Das Tor war nichts im Vergleich zu der Riesenhalle, die sich dahinter erstreckte. Zweireihig standen die Fahrzeuge bis tief in den Berg hinein. Ich zählte 14 Autos – bei etlichen freien Parkplätzen. Und was für Schlitten! Da standen ein Porsche, daneben ein Jaguar, eine Handvoll Mercedes, außerdem etwas Superflaches unbekannter Marke. Und direkt vor mir wartete ein Vorkriegsdaimler darauf, endlich zur Oldtimertour durchs Neckartal antreten zu dürfen. Auf seiner blankpolierten Karosserie spiegelten sich die Tiefgaragenlampen.

Ein Geräusch riss mich aus der Versunkenheit. Am Eingang schlängelte der Empfangschef um sein Tischchen und kicherte sich eins.

»So was hatte ich auch mal«, rief ich, zum Fenster zeigend. »Aber dann hat mir eine Taube auf den Kotflügel geschissen, und da habe ich die Karre verschenkt.«

Der Lange nickte verständnisvoll. Ich ging weiter bis zum Aufzug und drückte die Taste für Parterre. Während ich auf die Kabine wartete, rückte ich Hose und Hemd zurecht. Kragen zuknöpfen? Nicht bei den Temperaturen. Noch immer klebte es unangenehm in meinem Rücken.

Im Vergleich zum bisher Gesehenen hatte der Aufzug Bonsaiformat. Aber es war ja auch nur eine kurze Fahrt. Die Türen öffneten sich, ich trat heraus.

Musik. Das war das Erste, was ich wahrnahm. Gedämpfte klassische Musik aus Lautsprechern. Dann: eine Art Vorhalle. Ein Raum des Übergangs. Teppiche auf Marmorboden, Bilder an der Wand, zwei, drei alte Möbelstücke. Und zuletzt, dafür am wichtigsten: eine junge Frau. Sie lag in einem Sessel, eine Hand am Kinn und musterte mich. Nicht anders als ich sie. Unsere Blicke flogen hin und her, und dort, wo sie sich trafen, knisterte es. Die Frau hatte mindestens meine Größe, ein schmales, überernstes Gesicht und tiefliegende dunkle Augen. Ihr brünettes Haar war in einen dünnen Pferdeschwanz gezwungen, außerdem trug sie mehrere Lagen transparenter Wallegewänder.

»Hallo, Therese«, sagte ich und ging auf sie zu.

»Hallo, Max.«

»Vielen Dank für deine Hilfe.«

»Keine Ursache. Gleich kommt meine Mutter, ich stelle uns dann als glücklich verliebtes Paar vor.«

»Und das ist wirklich okay? Wegen mir hätten wir auch etwas Unverfänglicheres …«

Achselzuckend stand sie auf. Das fließende Zeug, das sie anhatte, verteilte sich in alle Richtungen, um zuletzt wieder in die Ausgangsposition zurückzukehren. Es täuschte Volumen vor, wo nichts war. Bloß Länge. Therese Driehm kam mir vor wie eine Hochspringerin. Und zwar eine kurz vor dem Sprung, wenn alles Ernst und Konzentration ist.

»Meine Mutter hat sich daran gewöhnt, dass ich ihr alle paar Wochen einen neuen Typen vorstelle«, sagte sie. »Sie merkt sich ihre Gesichter nur noch, wenn sie nach Geld aussehen. Was ich vermeide. Zwei meiner Exfreunde sind übrigens hier. Und zwei weitere, die ich als solche ausgegeben habe.«

»Dann bin ich ja nicht allein.«

»Absolut nicht. Wir werden uns also heute duzen, Max Koller. So ganz ist mir zwar nicht klar, was Kai mit dieser Aktion bezweckt, aber er wird schon seine Gründe haben.«

»Hat er Ihnen nicht erzählt«, ich verbesserte mich, »hat er dir nicht erzählt, dass ich Privatdetektiv bin?«

»Doch. Und wundere dich nicht, wenn ich deine Dienste demnächst einmal in Anspruch nehme. Vielleicht sogar …« Sie brach ab. Im Durchgang zum angrenzenden Raum wurde eine Frau sichtbar, die viele Dinge auf einmal tat. Sie plauderte hinterrücks, winkte zur Seite, lächelte rundum und warf mir einen strengen Blick zu. Alles gleichzeitig, wie gesagt. Alles im Gehen. Ach ja, an ihrer Perlenkette fingerte sie auch noch rum. Dass sie nicht über den Perser stolperte, zeugte von Selbstbeherrschung.

»Meine Mutter«, sagte Therese.

Das hatte mir das Geburtstagsstrahlen der Dame schon verraten. Obwohl Frau Driehm, von der Körpergröße abgesehen, nur wenig mit ihrer Tochter gemein hatte. Sie war blond, rundgesichtig, vermutlich geliftet und überschminkt. Der Crosstrainer im Schlafzimmer ächzte, wenn sie ihn mal wieder widerwillig bestieg. Ihr Kostüm bestach durch Straffheit und Kontrolle: auf dass ja kein Speckröllchen den Weg ins Freie fände!

Mein Hemd klebte stärker im Nacken denn je.

»Und Sie sind?«, rief Frau Driehm mit schriller Fröhlichkeit.

»Er heißt Max«, kam mir Therese zuvor. »Mein neuer Freund.«

»Ach, das ist aber …«

»Ich wollte ihn dir schon letztens vorstellen.«

»Freut mich, Sie endlich einmal kennenzulernen.« Thereses Mutter packte meine Hand und strahlte mich so falsch an, dass sich mein Magen umdrehte. Der Schwall Kokosparfüm, der mir entgegenwehte, machte die Sache nicht besser.

»Ja«, sagte ich.

»Wie war Ihr Name noch mal?«

»Max. Herzlichen Glückwunsch zum Geburtstag.«

»Meine Tochter hat schon so viel von Ihnen erzählt.«

»Echt?«, platzte ich heraus.

»Ihr könnt euch später weiter unterhalten«, ordnete Therese an, während sie mich zur Tür schob. »Max möchte unbedingt deine Spendenbox füllen, Mama.«

»Oh, wie schön«, jubilierte Madame Driehm. Als sich hinter mir die Aufzugtüren öffneten, knipste sie ihr Begrüßungslächeln wieder an.

Therese schob mich nicht nur bis zur Tür, sondern in den angrenzenden Raum hinein und komplett durch diesen hindurch. Dabei ruhte ihre Hand auf meiner Schulter.

Ganz selbstverständlich. Reflexartig legte ich meinen Arm um ihre Hüfte, schreckte ebenso reflexartig zurück – um ihn schlussendlich doch dort zu platzieren, meiner Rolle eingedenk. Gott, wie uns die Gäste angafften! Die Tochter des Hauses und ihr neuer Macker. Was sie wohl dachten, die Krethis und Plethis von Heidelberg?

Schon wieder einer, der kleiner ist als sie.

Anzug second hand, Unverfrorenheit first hand.

Habt ihr die Beule auf seiner Stirn gesehen? Und den Schweißfleck in seinem Rücken?

Das mit dem Anzug und der Körpergröße stimmte, auch die rückseitige Transpirationsspur dürfte sichtbarer gewesen sein als je, bloß an Unverfrorenheit war ich meiner neuen Flamme deutlich unterlegen. Die Selbstverständlichkeit, mit der sich Therese Driehm einen ihr unbekannten Typen grapschte, verschlug mir die Sprache. Stumm ließ ich mich von ihr nach draußen führen. Auf der Terrasse gab sie mich schließlich frei. Dort stand ich, zwischen Gästen, Sektbar, Partyzelten und Riesenpalmen, und zwinkerte mit den Augen. Wegen der Parklandschaft hinter dem Haus. Das, wie erwähnt, kein Haus war, sondern ein Anwesen oder gleich ein Schloss. Mit Park halt. Der Hang stieg hier weniger stark an, als von der Straße aus zu vermuten, oder man hatte ihn architektonisch seiner Steilheit beraubt. Terrassen milderten den Eindruck zusätzlich. Es gab Blumenbeete und Brunnen, perfekt gestutzte Hecken, lauschige Plätzchen und Durchgänge, Lauben, Bänke, Statuen. Weiter oben ein Schwimmbad mit Einmeterbrett und Saunahäuschen. Noch weiter oben eine Art Kapelle. Und ganz am Ende, dort, wo der Wald begann, lugten die grünen Netzwände eines Tennisplatzes zwischen den Bäumen hervor.

»Ich glaub, ich brauche was zu trinken«, seufzte ich.

»Ich kenne Sie«, behauptete jemand neben mir.

Mein Kopf fuhr herum. Wer wollte mich hier, auf der Terrasse einer Philosophenweg-Villa, kennen?

»Sind Sie nicht der Anlageberater aus der Weststadt?«

»Ich?«

»Der aus der Zähringerstraße?«

Energisch schüttelte ich den Kopf. »Ich bin eine ehrliche Haut.«

Diese Antwort brachte ein paar der Umstehenden zum Lachen. Den, der mich verwechselt hatte, auch. »So was kann jeder behaupten«, amüsierte er sich und tätschelte mir die Schulter.

»Okay, es war gelogen. Anlageberater bin ich trotzdem nicht.«

»Sondern?«

Ich legte den Arm um Therese. Jetzt ging es schon flüssiger. »Anhängsel«, sagte ich.

KAPITEL 10

Anhängsel, ja. In dieser Rolle fühlte ich mich am wohlsten. Sie klang auch überzeugend. Die Gäste von Frau Driehm musterten mich, erkannten den Nichtsnutz in mir und wussten: Der ist hinter Thereses Kröten her. Oder Anlageberater. Oder beides, genau: ein gescheiterter Anlageberater, der jetzt in Millionärstöchtern machte. Bis er vor die Tür gesetzt wurde. Spätestens übermorgen also.

»Allerspätestens«, murmelte ich vor mich hin. Aber noch war es nicht so weit, noch durfte ich meinen Triumph auskosten. Bis zur Neige.

»Was zu trinken?«, fragte Therese.

»Ein Bier käme jetzt gut. Habt ihr so was überhaupt?«

Sie winkte einem Kerl hinter der Sektbar. Keine zwei Minuten später hielten wir beide ein kühles Pils in der Hand.

»Wie die uns anglotzen«, murmelte ich. »Ist das auch wirklich okay für dich?«

»Glotzt da jemand? Kann sein. Juckt mich nicht. Wenn sie es tun, dann aus Langeweile. Diese Leute sind emotional so ausgetrocknet, dass sie auf jeden Reiz von außen anspringen. Gar nicht beachten.«

»Und deine Eltern?«

»Meine Mutter würde sich Sorgen machen, wenn ich ohne Mann ankäme. Sie hat den afrikanischen Asylbewerber geschluckt, den Punk, den Drogenabhängigen, einfach alle. Wie soll ich sie noch provozieren?«

»Mit einem besoffenen Privatdetektiv vielleicht, der randaliert und ihre Gäste beleidigt?«

»Tu dir keinen Zwang an, Max.« Sie nahm einen Schluck. »Aber bist du nicht hier, um zu ermitteln? Kai meinte am Telefon, du seist überfallen worden.«

»Und schwer misshandelt.« Ich zeigte auf die Beule an meiner Stirn. »Außerdem wurde mein Computer geklaut. Nun würde ich gern wissen, wer das getan hat.«

»Du meinst, das könntest du hier erfahren?«

Ich zögerte mit der Antwort. Therese war die Tochter Driehms. Sie verhielt sich zwar nicht so, wie man es von einer Tochter erwartete, aber was hieß das schon. Ich kannte sie ja erst seit ein paar Minuten.

»Du bist mit Liebherr befreundet?«, fragte ich schließlich.

Sie verzog die Lippen. »Er gehört zu meiner Verflossenengalerie.«

»Liebherr? Echt wahr? Der Typ mit der Mütze?«

»Damals lief er noch ohne rum.«

»Kai Liebherr?« Ich wollte es einfach nicht glauben. »Das hat er mir verschwiegen.«

»Ist auch nicht wichtig. Lange her.«

»Jedenfalls glaubt er, dein Vater könnte etwas mit dem Überfall zu tun haben. Von Liebherr habe ich nämlich gestern ein paar Informationen über Driehm Pharma bekommen. Details können wir uns schenken – sofern er dir nichts erzählt hat.«

Sie schüttelte den Kopf. »Solche Sachen interessieren mich nicht. Dass mein Vater in krumme Dinger verwickelt ist, liegt auf der Hand.«

Ich hob eine Braue. »Auf der Hand?«

»Er beschäftigt ein paar Tausend Menschen. Er macht Milliardenumsätze. Dass bei diesen Größenordnungen permanent gegen das Gesetz verstoßen wird, sagt schon die Statistik.«

»Ruhig hinnehmen muss man es deswegen noch lange nicht.«

»Viel Spaß dabei, Max.«

»Bisher war der Spaß aufseiten der anderen. Aber mit heute Abend könnte sich das ändern.«

Sie sah mich an. Ihre dunkelgrünen Augen gaben nicht preis, was sie dachte. War sie so cool, wie sie tat? Unwahrscheinlich. Als Tochter eines Mannes wie Lorenz Driehm musste man sich wahrscheinlich mit einem Schutzschild umgeben, der undurchdringlicher war als die Dornenhecke im Märchen.

Aber bis der ersehnte Prinz hindurchschlüpfte, konnten 100 Jahre vergehen.

»Na gut«, meinte sie. »Dann will ich dich jetzt mal ermitteln lassen. Du kommst zurecht, Max Koller?«

»Wird schon. Wo steckt eigentlich dein Vater?«

»Wenn er nicht drinnen ist, wird er irgendwelchen Gästen seine neuen Fische zeigen. Sie sind sein ganzer Stolz.«

Damit ging sie. Die dünnen Wallesachen wehten hinter ihr her. Etwas von ihrem Parfüm blieb zurück, hielt sich hartnäckig auf der Terrasse.

»Ich kenne Sie«, sagte jemand in meinem Rücken.

Augenrollend drehte ich mich um. Was war das für eine komische Verwechslungskrankheit, unter der die Gäste hier litten?

»Ich bin kein Anlageberater«, sagte ich.

»Nein. Sie sind privater Ermittler.«

Oha. Das war natürlich ein Grund, den Herrn etwas genauer in Augenschein zu nehmen. Typ ergrauter Beau, sportlich, braun gebrannt, irgendwo in den Fünfzigern. Aus seinem Hemd lugten die Brusthaare.

»Treffer«, meinte ich. »Woher wissen Sie das?«

Er grinste. »Da war mal eine unschöne Sache mit meiner Frau. Ich hätte Sie beinahe engagiert. Hatte schon Erkundigungen über Sie eingezogen.«

»Aber?«

»Aber dann hat sich meine Frau wieder eingekriegt, und es gab keinen Grund mehr, Geld zum Fenster rauszuschmeißen.«

»Stimmt«, sagte ich mit Blick auf die Eiskübel voller Champagnerflaschen an der Bar. »Das kann man auf andere Weise tun.«

»Und Sie sind der Neue meiner Nichte? Wie kamen Sie zu dieser Ehre?«

»Wenn Therese Ihre Nichte ist, ja. Manchmal hat man eben Glück im Leben.«

Immer noch grinsend fuhr er sich mit einer Hand über das Kinn. Das natürlich einen Tick unrasiert war, gepflegt ungepflegt; ich sage ja, ein Beau im kritischen Alter. »Was Sie Glück nennen, Herr … Koller war Ihr Name, richtig? Genau, Max Koller. Ich erinnere mich. Was ich sagen wollte: Ich glaube Ihnen kein Wort. In Bezug auf Männer hat Therese einen absurden Geschmack. Aber sogar sie nimmt nicht jeden. Verstehen Sie, Sie passen einfach nicht in ihr Beuteschema.«

Nun grinste ich auch. »Wenn's der Onkel sagt.«

»Wahrscheinlich will sie ihren Eltern mal wieder eins auswischen. Und Sie? Was machen Sie hier? Auf wen haben Sie es abgesehen?«

»Abgesehen? Sie verkennen mich! Zwischen mir und Therese, das ist die ganz, ganz große Liebe.«

»Inklusive Kopfnuss, ja?« Er zeigte auf meine Stirn. »Los, raus mit der Sprache: Wegen wem sind Sie hier?«

»Vielleicht wegen Thereses Onkel? Der sich mir im Übrigen noch nicht vorgestellt hat.«

»Ein bisschen was dürfen Sie selbst herausfinden. Ist doch Ihr Beruf.« Er stellte einem vorbeihuschenden Kellner das leere Glas aufs Tablett. Bevor er ging, richtete er seinen Zeigefinger auf mich. »Ich behalte Sie im Auge.«

»Und grüßen Sie Ihre Frau von mir!«, rief ich ihm hinterher.

Was für eine nette Familie! Mutter, Tochter, Onkel. Und das Prachtexemplar von Vater hatte ich noch gar nicht kennengelernt. Den Retter Heidelbergs, der eine Villa samt Hanggarten an den Philosophenweg geklotzt hatte, um seinen Gästen ein paar Fische vorführen zu können. Wurde Zeit, dass ich dem meine Aufwartung machte.

»Darf ich dem Herrn noch ein frisch gezapftes Pils bringen?«, flötete der Kellner, der schon wieder angeschlichen kam.

»Lieber ein abgestandenes Export«, brummte ich vor mich hin, aber so, dass er es nicht verstand. Und dann, lauter: »Ein Bier, ja. Einfach ein hundsnormales Bier. Oben Schaum, unten Flüssiges.«

»Gern.«

Während ich auf seine Rückkehr wartete, sah ich drinnen einen Mann den Saal betreten. Gegen jede Wahrscheinlichkeit sah ich ihn, denn er war verdammt klein. Und doch – er hatte etwas, das wichtiger war als Körpergröße: Präsenz. Straffe Haltung, flinke Äuglein, dazu klare, knappe Bewegung. Der Rest: überflüssig und daher kurz gehalten. Vom geschorenen Haar über die kleinen Ohren bis zum schmalen Mund; die Statur nicht zu vergessen. Dieser Lorenz Driehm – ich kannte sein Gesicht aus der Zeitung – sparte an allem, um sich auf das Wesentliche zu konzentrieren. Ein kleiner, kompakter Mann, so recht eine Mischung aus Kurpfälzer Jovialität und Manchesterkapitalismus.

»Bitteschön, der Herr.«

Mein frisch gezapftes Pils war da. Ich nahm einen Schluck, dann ging ich hinein. Die Luft im Saal war abgestanden, verbraucht, von Körperdünsten durchsetzt. Dabei tummelten sich gar nicht so viele Menschen hier, und die Terrassentüren standen offen. Driehm war bereits in ein Gespräch vertieft, man scharte sich um ihn, schaute zu ihm herab, beugte unwissentlich den Nacken. Für mich blieb ein Platz im Niemandsland, außerhalb der Driehm-Runde, fern von allen. Eine silberhaarige Dame stöckelte vorbei, warf mir von der Höhe ihres mächtigen Busens skeptische Blicke zu, um mit gespitzten Lippen das Weite zu suchen. Mit der gab es nichts zu bereden.

Mit wem dann?

Das Paar, das eben den Saal betrat, sah schon wesentlich sympathischer aus. Er mit fusseligem Kinnbart und widerspenstiger Haartolle, dafür ordentlich in Anzug und Fliege, sie fast zu gut aussehend für ihr Alter, das ich auf Anfang 50 schätzte, und definitiv zu konservativ gekleidet. Beiges Kostüm mit weit lappendem Kragen – nicht gerade mein Geschmack. Sie steuerten auf Driehm und seine Gruppe zu, musterten mich im Vorbeigehen und waren schon ganz in meiner Nähe angelangt, als ich merkte, dass da noch jemand hinter ihnen her trippelte. Und diesen Jemand kannte ich.

Fast hätte ich mein Glas fallen lassen vor Schreck.

»Herr Koller!«, rief Leonard Untersteller und riss die Augen auf.

Seine Eltern – denn das mussten sie sein – schauten sich erstaunt nach ihm um. Und aus den Augenwinkeln sah ich, dass auch der Herr des Hauses reagierte. Lorenz Driehm hatte sich auf dem Absatz herumgedreht und blitzte mich an. Aber nur für einen winzigen Moment. Dann wandte er sich wieder seinen Gesprächspartnern zu, als sei nichts geschehen.

»Was machst denn du hier, Leonie?«, zischte ich.

Mein Praktikant antwortete nicht. Er schnappte nach Luft wie ein Fisch auf dem Trockenen. Hatte wohl im Leben nicht damit gerechnet, dass ich mir Zugang zum Hochsicherheitstrakt Driehm-Villa verschaffen könnte. Verdammt, Junge, du arbeitest beim erfolgreichsten Detektiv der Stadt! In Fort Knox zittern sie schon vor meinem Besuch.

»Sind Sie Herr Koller, bei dem Leonard gerade sein Praktikum absolviert?«, erkundigte sich Frau Unterstaller.

»Bin ich«, nickte ich und schielte zu Driehm hinüber, der aber ganz von seinen Leuten absorbiert war. »Hören Sie, ich habe alles versucht, Ihrem Sohn den Besuch hier auszureden. Das müssen Sie mir glauben!«

»Ausreden?« Sie runzelte die Stirn. »Wieso das denn?«

Endlich fand Leonard seine Sprache wieder. »Ich bin ganz privat hier«, sagte er hastig. »Wollte die Driehms kennenlernen. Ganz privat, Herr Koller.«

»Aha.« Sein Vater zog eine buschige Augenbraue nach oben. »Aha.«

Klar, der Mann war Mathematikprofessor und konnte logisch denken. Auch seiner Frau schien zu dämmern, warum ich etwas gegen Leonards Anwesenheit haben könnte.

»Es war ein Missverständnis«, sagte ich. »Wir haben beide nicht damit gerechnet, uns hier zu sehen, und ich dachte im ersten Moment, Ihr Sohn habe einen bestimmten Grund, zu kommen. Einen Grund, der mit seinem Praktikum zu tun hat. Wie gesagt, ein Missverständnis.«

»Sie dagegen sind nicht privat hier?«, fragte Untersteller. Jetzt schnellten sogar beide Brauen in die Höhe! »Sondern beruflich?«

Ich grinste. »Darauf darf ich Ihnen leider keine Antwort geben. Stimmt's, Leonie?«

Mein Praktikant ballte die Faust. Seine Eltern schauten irritiert.

»Entschuldigung. Leonard, wollte ich sagen. Tut mir leid.«

KAPITEL 11

Trotz des Leonie-Ausrutschers schienen mich die Unterstellers nett zu finden. Mich! Nett! Das wurde mir siedend heiß klar, als sie gar nicht mehr aufhören wollten, sich für meine Bereitschaft zu bedanken, dass ich ihrem Jungen einen Praktikumsplatz bot, gerade in diesen wirtschaftlich schwierigen Zeiten, und Leonard sei auch voll des Lobes über mich und meine Berufsauffassung.

»Stopp!«, rief ich irgendwann. »Es reicht. Hat er sich nicht darüber beklagt, wie hart ich ihn rannehme?«

»Man lernt echt viel bei Ihnen«, sagte Leonard.

»Und das ist das Wichtigste«, nickte sein Vater.

»Die meisten meiner Klassenkameraden dürfen bloß kopieren oder Kaffee kochen. Sie dagegen haben mich gleich am ersten Tag auf die Neckarwiese mitgenommen …«

Ich hob einen Finger und funkelte ihn an.

»… und mich, äh, aktiv in Ihre Arbeit eingebunden«, vollendete Leonard betreten den Satz. »Keine Sorge, ich habe geschwiegen. Wie ein Grab. Meine Eltern verstehen das.«

»Spannende Sachen, Herr Koller«, seufzte Frau Untersteller. Dabei leuchteten ihre Augen, als wolle sie sich um den nächsten freien Praktikumsplatz bei mir bewerben.

»Ah«, sagte jemand, »die Unterstellers!«

War das ein erwähnenswerter Satz? Natürlich nicht. Viel interessanter war, wie er geäußert wurde, mit welchem Nachdruck und welcher Anspruchshaltung. Schon das eröffnende ›Ah‹ war kein bloßer Pausenfüller, kein Heischen um Aufmerksamkeit, sondern gleichsam ein Schwert, das den Faden unseres Gesprächs durchschnitt, als habe es nie stattgefunden. Und natürlich nahm der »Ah«-Sager die herumliegenden Fadenenden sofort auf, knüpfte sie neu zusammen und hielt sie von nun an fest in den Händen. Wie ein Marionettenspieler. »Die Unterstellers«, konstatierte er, aber das hieß gleichzeitig: »Träger dieses Namens, aufgepasst! Unterhaltung einstellen! Alles hört auf mein Kommando! Ab sofort werden Huldigungen entgegengenommen.«

Woraufhin unser Grüppchen ins Rotieren kam.

»Herr Driehm«, rief Leonards Mutter entzückt. Ihr Mann straffte sich. In beider Mundwinkel schoss ein

Lächeln. Leonard wurde rot, warum auch immer. Die Mama bekam Küsschen rechts-links (sie musste sich herabbeugen), der Papa einen Händedruck.

»Herzlichen Dank für die Einladung!«

»Schön, dass Sie uns beehren, Herr Professor.«

»Immer gern, Herr Driehm.«

»Und den Junior haben Sie auch mitgebracht, wunderbar. Wie läuft's in der Schule?«

»Gut, danke«, stotterte Leonard. »Sehr gut.« Herrje, nun zieh doch nicht eine Miene wie das Kaninchen vor der Schlange! Wie der Praktikant vor dem Unternehmerschuft! Sein Blick hielt dem Driehms nicht stand, sondern wich zur Seite aus, suchte Schutz bei mir. Helfen Sie mir, Chef …! Gleich würde auch ich in den Smalltalk einbezogen werden.

Und schon geschah es. »Kennen Sie Herrn Koller?«, erkundigte sich Frau Untersteller beim Gastgeber. »Er leitet ein Ermittlungsbüro in der Stadt. Leonard macht gerade ein zweiwöchiges Praktikum bei ihm.«

»Und er ist voll des Lobes über Herrn Koller«, ergänzte ihr Mann.

Die Geste, mit der sich Driehm mir zuwandte, war bemerkenswert. Bis jetzt hatte er so getan, als gebe es mich überhaupt nicht. Als sei da eine Luftsäule, ein körperloses Nichts, eine total vernachlässigenswerte Größe. Seine Hand, die eben noch die Hände der Unterstellers gedrückt hatte, verharrte in Hüfthöhe, wurde zum Ausgangspunkt einer Bewegung mit dem Rumpf als Drehachse. Dank dieser Bewegung wurde aus der Profilstellung seines Gesichts eine Frontalstellung. Gleichzeitig stockte er sein Begrüßungslächeln um eine angemessene Portion

Überraschung auf. Es war sonnenklar, welchen Satz er nun sprechen würde. Ich hätte ihn diktieren können.

»Ach, Sie sind Privatermittler, Herr Koller? Wie interessant!«

»Nicht wahr?«, sagte ich und schüttelte seine kräftig zupackende Hand. Driehms Stimme ähnelte übrigens seinem Händedruck. Sie klang forciert, tenoral fest und war ohne jede Schwankung. Leiernd, aber mit Nachdruck. »Falls Sie einmal einen speziellen Auftrag haben …«

»… werde ich mich mit Freude an Sie wenden. Schön, Ihre Bekanntschaft machen zu dürfen. Ist Ihnen der junge Untersteller eine Hilfe? Bestimmt ist er das.«

»Er macht sich. Auf jeden Fall ist es besser, ihn als Praktikanten zu haben als mich als Chef.«

Das brachte mir dreistimmiges Gelächter und verwunderte Blicke Leonards ein, aber echt war das Lachen nur aufseiten der Unterstellers. Während sich Driehms Mundpartie um geschäftige Fröhlichkeit bemühte, ruhten seine Augen kalt auf mir.

Der Zwerg kannte mich. Ich hätte meinen Arsch darauf verwettet, dass er mich kannte.

»Herr Driehm?«

Das war mein Praktikant. Verlegen zückte er sein Handy. Driehm schaute ihn fragend an.

»Dürfte ich vielleicht ein Foto von Ihnen mit meinen Eltern machen?«

Ich schnappte nach Luft. Was fiel diesem Mistkäfer von Leonard ein? Das tat der Lümmel nur, um mich zu provozieren. Ein Foto für die Verbrecherkartei. Geschossen von L. Untersteller, Praktikant.

»Aber gern, mein Junge.« Schon hatte Driehm Leonards Mutter gepackt und an seine Seite gezogen.

»Nehmen wir doch deinen Chef mit aufs Bild«, schlug der Papa vor.

»Gute Idee«, rief Frau Untersteller. Leonard grinste sich eins.

»Ich bin bloß als Gast hier«, protestierte ich. »Nicht als Chef.«

»Merkt doch keiner«, meinte Leonard. Driehm lächelte gönnerhaft.

Und so standen wir kurz darauf Schulter an Schulter: der Retter Heidelbergs, die Eltern meines Praktikanten und ich. Der Millionär, das Professorenehepaar, der Privatflic. Was für eine Kombination! Zeichen für die Durchlässigkeit unserer Gesellschaft? Oder bloß ein bunter, viereckiger Scherz?

Ich wusste es nicht.

»Dankeschön!« Stolz wie Oskar steckte Leonard sein Smartphone weg. Wir lösten uns wieder voneinander. Das heißt, die Unterstellers lösten sich; Lorenz Driehm dagegen baute sich vor mir auf wie ein Wellenbrecher.

»Und wo haben Sie Ihr Büro, wenn ich fragen darf, Herr Koller?«

»In Bergheim. Nichts Besonderes. Allerdings denke ich über einen Umzug in die Bahnstadt nach. Bekannte haben mir Dreamcity empfohlen.« Ich sprach den Namen hiesig aus, im brachialsten Kurpfälzisch und mit kehligem R: Driehm-Siddie.

Woraufhin der Hausherr sofort Kopf und Zeigefinger schüttelte. »Dreamcity, bitte. Bloß keine falschen Assoziationen wecken. Der Name wurde mir von einer PR-Agentur empfohlen. Ich persönlich mag diese Anglizismen ja nicht, aber was will man machen?« Bedauernd hob er die eckigen Schultern. Lorenz Driehm, ein Opfer seiner Zeit.

»Ja, was will man machen«, nickte ich. Ich liebe Fragesätze, die keine sind.

»Ansonsten kann ich Ihnen nur zuraten. Dreamcity wird der Motor von Heidelbergs Stadtentwicklung sein. Wer dort sitzt, sitzt ganz vorne. Auf der Pole Position.«

»Der Spitzenposition«, nickte ich. Immer diese Anglizismen!

»Sollten sich Ihre Pläne konkretisieren, wenden Sie sich an mich, Herr Koller. Wir werden ganz bestimmt etwas für Sie finden.«

Ich nickte zum dritten Mal. Was Christine wohl sagen würde, wenn ich ihr von diesem Angebot erzählte? Ein Penthouse in Driehm-Siddie und dafür dem Namensgeber zu ewigem Dank verpflichtet.

Driehms Augen verengten sich. »Ich wusste gar nicht, dass Sie mit meiner Frau so gut bekannt sind, Herr Koller.«

»Bin ich auch nicht.«

Seine Augen wurden noch ein wenig schmaler. »Und wer hat Sie dann eingeladen, wenn ich fragen darf?«

»Wer mich eingeladen hat?« Ich nahm einen Schluck Bier. Sieh an, er wusste es wirklich nicht. Lorenz Driehm hatte keine Ahnung, wer mich, den Privatdetektiv, im letzten Moment auf die Gästeliste geschmuggelt hatte. Ich war Eindringling, ein Fremder, der sein Haus entweihte. Wunderbar, dieser Augenblick. So richtig zum Auskosten.

Auch mein Praktikant spitzte die Ohren.

»Das war ich, Papa.«

Therese stand plötzlich neben mir. Ich spürte ihre Hand in meinem Nacken, dann an meinem Hinterkopf. Sie kraulte mich. Dabei schaute sie ihren Vater aus großen grünen Augen unverwandt an. Wie Puppen das Kind anstarren, das mit ihnen spielt. Driehm starrte zurück. Eine oder zwei Sekunden lang herrschte Stille. Vielleicht auch länger. In jedem Fall war es eine drückende, atemverschlagende Stille. Die kein anderer durchbrechen konnte als Thereses Vater. Wir dagegen, die Unterstellers, Leonard und ich, waren bloß Zuschauer. Randfiguren. Gekraulte Pappkameraden.

»Wie schön«, sagte Driehm schließlich und ließ uns wieder atmen. »Warum hast du mir den Herrn nicht gleich vorgestellt?«

»Du warst bei deinen Fischen, Papa. Mama hat ihn längst begrüßt.«

»Nun, wir konnten uns mittlerweile bekannt machen. Ein hochinteressanter Beruf, den Herr Koller da ausübt. Bestimmt ergibt sich einmal die Gelegenheit, auf seine Dienste zurückzugreifen. Und jetzt entschuldigen Sie mich. Ich werde meiner Frau Gesellschaft leisten, damit mir nicht noch mehr illustre Gäste durch die Lappen gehen.«

Sprach's und dampfte davon.

Die nun folgende Begrüßungszeremonie zwischen den Unterstellers und Therese bedeutete für mich das Ende der Zärtlichkeiten. Während ich noch darüber nachdachte, ob ich dies bedauern sollte, bemerkte ich Thereses Onkel in einer entfernten Ecke des Saals. Vertieft ins Gespräch mit zwei älteren Damen, warf er immer wieder Blicke in unsere Richtung. Hoffentlich hatte er das Gekraule seiner Nichte registriert. Von wegen Beuteschema und so.

»Also dass Sie ausgerechnet mit dem Chef unseres Sohnes, äh, bekannt sind«, sagte Frau Untersteller gerade. »So ein Zufall!«

»Heidelberg ist ein Dorf«, nickte ihr Mann.

Leonard schwieg.

»Sind eigentlich noch mehr von eurer Familie hier?«, wandte ich mich an Therese.

»Die Üblichen. Möchtest du sie kennenlernen?«

»Dein Onkel hat sich schon vorgestellt.«

Sie folgte meinem Blick. Der Beau schien seinen beiden Gesprächspartnerinnen einen herrlich versauten Witz erzählt zu haben. Jedenfalls schütteten sich die Damen aus vor Lachen, nicht ohne sich die Hand vor den Mund zu halten und über die Schulter zu linsen. Huhu, hoffentlich hat keiner gelauscht!

»Wir gehen dann mal zur Spendenbox«, kündigte Frau Untersteller an, die unser junges Glück offenbar nicht länger stören wollte. Nach einem Rippenstoß kapierte es auch ihr Mann, und Leonard folgte auf dem Fuß. Immer noch sprachlos. Zum einen natürlich wegen Therese. Aber wohl auch, weil er wusste, dass ich noch ein Hühnchen mit ihm zu rupfen hatte.

»Ist das wirklich dein Onkel?«, fragte ich Therese. »Der Typ, der sich für schöner hält als Brad Pitt?«

Vielleicht hätte ich mich diplomatischer äußern sollen, schließlich konnte es sich um Thereses Lieblingsonkel handeln, der ihr seit Menschengedenken Spaghettieis mit Sahne spendierte. Aber wenn man vom Verhältnis innerhalb der Kernfamilie Driehm auf das Große und Ganze schloss, war das eher unwahrscheinlich.

»Felix«, sagte sie. »Der jüngere Bruder meines Vaters.«

»Er kennt dich gut.«

»So?«

»Ja, er sagte mir auf den Kopf zu, dass ich nicht dein Freund sein könne. Du würdest nicht auf Männer meiner Sorte stehen.«

Sie schwieg. Onkel Felix flüsterte einer der beiden Damen noch etwas ins Ohr, dann zog er ab. Uns beide würdigte er keines Blickes mehr.

»Ein Idiot ist er«, meinte Therese. »Ein dämlicher Versager. Hat noch nie in seinem Leben etwas auf die Beine gestellt. Und von Frauen weiß er nichts. Überhaupt nichts.«

»Weswegen er mich fast einmal engagiert hätte. Behauptet er zumindest.«

»Dich?«

»Er scheint Ärger mit seiner Gemahlin gehabt zu haben.«

»Seit die beiden getrennte Wohnungen haben, ist das vorbei.«

Ich seufzte. »Getrennte Wohnungen machen Privatermittler arbeitslos. Und was treibt Onkel Felix so, wenn er nicht gerade Stress mit seiner Gattin hat?«

»Er golft. Verschleudert Geld. Ach ja, und er arbeitet für Driehm Pharma.«

»Welches der Autos in der Tiefgarage fährt er wohl?«

»Das mit der eingebauten Geschwindigkeitsübertretung.« Es entstand eine kleine Pause, während der ihr Blick über meine Stirn glitt, momentan so ziemlich mein interessantester Körperteil. »Ich habe tatsächlich einen Auftrag für dich«, sagte sie dann. »Kann ich morgen vorbeikommen?«

»Jederzeit.«
»Nicht jederzeit. Sagen wir, zwei Uhr?«
»Gern.«
»Schön. Dann hat sich meine neue Beziehung ja schon ausgezahlt.«

KAPITEL 12

Meinen Praktikanten alleine zu sprechen, erwies sich als gar nicht einfach. Der wusste genau, was ihm blühte, und wich keinen Meter von der Seite seiner Eltern. Erst als ich die Toilette aufsuchte und mir mit der Rückkehr Zeit ließ, um ihn in Sicherheit zu wiegen, ergab sich die Gelegenheit. Ich sah die Unterstellers am Büffet stehen – ohne ihren Sohnemann. Der würde doch nicht nach Hause gegangen sein? Nein, er hatte sich bloß ins Freie verdrückt. Ich erhaschte eben noch einen Blick auf ihn, wie er den Weg hoch zum Schwimmbad nahm. Sofort trat ich auf die Terrasse, schnappte mir im Vorbeigehen ein Bier und folgte ihm.

Keinen Hunger, Leonard? Wohl eher Appetit auf Schnüffelresultate. Immer, wenn er sich unbeobachtet glaubte, zückte er sein Handy und machte ein Foto. Das Schwimmbad, das Haus von oben, die Terrasse. Und: Besucher. Natürlich wagte er sie nicht von vorne abzulichten, sondern drückte erst auf den Auslöser, wenn sie ihm den Rücken zuwandten. Eine tolle Galerie würde das! Retro im wahrsten Sinne des Wortes.

Unauffällig schlich ich ihm nach. Als er eine nackte Gipsnymphe fotografierte, stand ich direkt hinter ihm.

»Verdächtig«, zischte ich. Vor Schreck machte er einen Luftsprung. »Sehr verdächtig sogar, diese Dame. Dringt hier kleiderlos ein und tut nun so, als könne sie sich nicht bewegen. Hast du ihre Personalien schon aufgenommen?«

»Die … die habe ich nur geknipst, weil sie mir gefällt.«

»Eine nackte Frau, die dir gefällt. Dann lass dieses Foto mal nicht deine Freundin sehen.«

»Das ist Kunst.«

Ich grinste ihn an. Und zwar so schmierig wie möglich. Dabei stellte ich mir amerikanische Gangsterfilme vor, in denen der ebenso korrupte wie korpulente Officer endlich sein Opfer gefunden hat: einen Kleinganoven, den er so richtig in die Mangel nehmen kann. Den Arsch vom Bürodienst breitgesessen, dunkle Schweißflecken unter den Achseln. Und im Gesicht dieser Brechreiz von Gegrinse. So ungefähr.

»Kunst«, sagte ich. »Leonie Untersteller und die Kunst.«

»Hören Sie endlich auf mit Ihrer Leonie!«

Ich legte ihm einen Zeigefinger auf die Teenagerbrust. »Du Praktikant, ich Chef. Chef sagt, Praktikant bleibt heute Abend zu Hause. Nix schnüffeln bei Driehm. Befehl! Praktikant geht trotzdem hin, Praktikant wird erwischt. Was macht Chef?«

»Mein Gott, ich bin bloß mit meinen Eltern …«

»Was macht Chef?«

»Glauben Sie wirklich, dass es auffällt, wenn ich hier ein bisschen …«

»Was macht Chef, Leonie?«

Er wischte meinen Finger beiseite. »Nix macht Chef!«

»Doch. Er schmeißt Prakti raus. Schlechtestes Zeugnis aller Zeiten. Unterschrift: Chef.«

Herrlich, wie er mich anfunkelte! Er war so ein hübscher Junge, dieser Leonard Untersteller, das hatte er von seiner Mutter. Wenn ich nun ein liebeshungriges Tanzstundenmädel aus seiner Schule wäre … Was ich bekanntlich nicht war.

Chef zum Glück auch nicht.

Während er noch Zornfunken sprühte, brachte ich mein Grinsen wieder auf Normalniveau. Nein, besser komplett weglassen. Es störte nur beim Trinken. »Pass auf, Leonie«, sagte ich. »Du spielst mit deinem Praktikantenjob, das meine ich ganz ernst. Ich habe dir nicht aus Jux und Tollerei verboten, hier aufzutauchen, sondern weil ich die Verantwortung für dich trage. Kapierst du, ich will dich nicht in Gefahr bringen. Oder sagen wir: in eine dumme Situation. Wenn du dich daran nicht hältst, haben wir ein Problem, wir zwei. Ein großes Problem. Aber.«

»Aber?«, echote er stirnrunzelnd, während ich mir einen großen Schluck Bier genehmigte.

»Aber. Mein Pech ist es, dass ich für Leute, die sich nicht an die Anweisungen von ganz oben halten, ein gewisses Faible habe.«

»Faible?«

»Um nicht zu sagen: Sympathie. Eine saudumme Angewohnheit von mir. Wahrscheinlich ein genetischer Defekt. Vergiss es ganz schnell wieder.«

Er kratzte sich am Kopf. »Äh, wie jetzt?«

»Mit anderen Worten: Ich könnte dir in den Arsch treten, du Idiot. Nicht nur einmal, sondern von hier bis zum Haus unten. Leider hätte ich an deiner Stelle genauso gehandelt.«

»Echt?« Über seiner Stirn ging die Sonne auf. Wie am leuchtenden Sommermorgen.

»Leonie«, fügte ich noch an.

Kurze Bewölkung. Dann spitzte er die Lippen und meinte: »Eigentlich ein hübscher Name, Leonie.«

»Gut. Genug rumgealbert. Hat dein bescheuerter Einsatz auch etwas gebracht? Irgendwelche fallrelevanten Ergebnisse, junger Freund?«

Er straffte sich. Dann fiel sein Blick auf ein Grüppchen, das eben zu uns hochkam und uns neugierig musterte. »Gehen wir ein bisschen weiter, ja?«, murmelte er.

»Cool«, sagte ich. »Voll die konspirative Aktion.«

Weiter hieß in diesem Fall hangaufwärts. Wir ließen Schwimmbad und Saunahäuschen links liegen und erklommen die nächste Terrassenstufe. Auf einer Bank fingerte ein junger Mann, kaum älter als Leonard, an seinem Handy herum. Sonst kein Mensch zu sehen. Noch eine Stufe über uns ragte die Kapelle, oder was es auch immer war, in den Himmel. Wir schlenderten zur Seite, weg von dem Typen auf der Bank, bis zu einem Marmorbrunnen. Das Wasser plätscherte still vor sich hin, eine Handvoll Lampen ließ nächtliche Lichtspektakel erahnen.

»Nette Aussicht«, brummte ich.

Natürlich schoss Leonard sofort ein paar Fotos. Wir befanden uns auf Höhe der obersten Villenetage. Sie schloss mit einem Flachdach ab, dem ein mutiger Architekt ein gläsernes Penthouse aufgestülpt hatte. Obwohl, so viel Mut brauchte man nicht, schließlich war das Glasding vom tiefer gelegenen Philosophenweg nicht zu sehen. Bewohnt schien es allerdings auch nicht; ich konnte bloß diverses Grünzeug im Innern erkennen. Rechts und links der Villa eröffneten sich grandiose Blicke in die Täler von Rhein und Neckar. Eingebettet in saftiges Waldesgrün lag das Heidelberger Schloss, ein Spielzeugbau aus verwittertem Sandstein, und weit hinten stiegen die Türme des Kernkraftwerks Philippsburg aus dem abendlichen Dunst. Im Westen näherte sich die Sonne den Pfälzer Gipfeln.

Ich suchte den Himmel über uns ab. Die Botschaft der Kondensstreifen war längst verblasst.

»Ob das Schwimmbad genutzt wird?«, überlegte mein Praktikant. »Ist doch voll schade. So ein großes Ding, und dann schwimmen nur drei Leute drin.«

Ich folgte seinem Blick. Ein 25-Meter-Becken mit sechs Bahnen und einem Sprungbrett, picobello in Schuss. Da trieb nicht ein einziges Blatt auf der Oberfläche.

»Drei Leute?«, entgegnete ich.

»Na, die Driehms und ihre Tochter.«

»Und deren Freund.«

»Aber der lebt doch nicht bei denen.« Er starrte mich mit offenem Mund an. »Überhaupt, das müssen Sie mir erklären. Sind Sie wirklich mit ihr zusammen? Warum haben Sie mir das nicht vorher gesagt?«

»Weißt du, unsere Verbindung kam ziemlich überstürzt zustande. Eigentlich erst kurz vor dem Fest. Und ich fürchte, sie wird den heutigen Abend nicht überleben.«

Wieder bedachte er mich mit einem seiner unnachahmlichen Leonie-Blicke. Dumpfes Gesicht, alle Synapsen auf

Hochbetrieb: Wie meint der das? Meint der das ernst? Was ist überhaupt ernst? Wo beginnt der Spaß?

Ach ja, Leonard Untersteller, auf dem Weg, die Welt zu entdecken.

»Das ist ja ein Ding«, sagte er schließlich. »Und die Tochter von Driehm lässt sich darauf ein?«

»Fand ich auch einigermaßen erstaunlich. Aber es war Liebherrs Idee, und der wird sie kennen. Schließlich war er mal ihr Lover.«

»Ihr Lover, aha.«

»So weit meine Rechercheergebnisse. Jetzt du.«

»Ich? Also … naja, ich habe Fotos gemacht. Viele Fotos.«

»Das war nicht zu übersehen.«

»Echt? Dabei habe ich versucht …«

»Versucht, ja.«

Eifrig zog er sein Smartphone. »Geben Sie mir noch eine halbe Stunde, dann habe ich alle drauf. Alle Besucher von heute Abend. Ist das nichts? Morgen früh haben Sie die Fotos auf Ihrem Computer. Ein Bildarchiv vom Feinsten.«

»Mein Computer ist geklaut, schon vergessen?«

»Stimmt.« Nachdenklich starrte er auf das Telefon in seiner Hand. »Stimmt. Ich leihe Ihnen mein Notebook. Fotos kann man auch ins Netz stellen, in einem Onlinespeicher hinterlegen. Wie es da mit der Sicherheit aussieht, müsste ich allerdings noch eruieren. Da fällt mir ein: Ich habe Ihren Klingelton optimiert. Schon gemerkt?«

Ich nickte abwesend. Der junge Kerl auf der Bank hatte mehrfach zu uns herübergeschaut. Wollte er etwas von uns? Suchte er Anschluss? Vielleicht war es besser, noch etwas höher zu wandern.

»Wollen Sie die Fotos mal sehen?«, fragte Leonard.

»Gleich. Sag mir lieber, ob du den einsamen Typen da auch schon in deiner Sammlung hast?«

Er hob sein Smartphone. »Den Mann da auf der Bank?«

»Ja.«

Klick. »Jetzt schon.«

»Verdammt, nicht so auffällig!«

»Der hat nichts bemerkt. Übrigens kenne ich den. Aus der Zeitung. Bloß woher? Wissen Sie, wer das ist?«

»Ich lese keine Zeitung. Aber dass es heute Abend von Promis wimmeln würde, war mir klar. Nun zeig mir mal deine Fotos. Nicht hier. Eins weiter oben.«

Folgsam ging Leonard mit mir zur Kapelle. Die Aussicht war noch etwas spektakulärer, allerdings auch zunehmend eingeschränkt, weil die Breite des Geländes nach oben hin abnahm. Wir stellten uns in den Schatten, und Leonard führte mir berstend vor Stolz seine Verbrecherkartei vor. Wisch-wisch, machten seine Finger auf dem Display, vergrößerten, schoben zur Seite, nach oben und unten. Manche der Besucher kannte er sogar mit Namen.

»Das hier ist der Chefarzt der Orthopädie. Glaub ich jedenfalls. Voll netter Kerl. Dafür ist der da«, wisch-wisch, »so was von eklig, das können Sie sich nicht vorstellen, Herr Koller. Der saß sogar fast schon mal im Gefängnis wegen Steuerhinterziehung. Finanzdienstleister, so was in der Art. Die Frau mit den hochgesteckten Haaren«, nächster Wischer, »sitzt im Gemeinderat, aber fragen Sie mich nicht, für welche Partei. Meine Mutter hat immer wieder mal mit der zu tun.«

Ich gähnte. Es kam dann noch jemand von der Universität, den Leonards Vater duzte, und zuletzt sogar ein

Pfarrer. Der sah zwar eher aus wie ein Börsenfuzzi, aber vielleicht müssen das Pfarrer heutzutage. Mein Vater sah anders aus.

»Den Rest kenne ich nicht«, meinte Leonard abschließend.

Ich nahm ihm das Smartphone aus der Hand und versuchte mich ebenfalls im Wischen. »Den auch nicht?«, fragte ich, als ich endlich eine Aufnahme von Thereses Onkel erwischt – ja genau: erwischt – hatte.

Mein Praktikant schüttelte den Kopf.

»Vorname Felix. Er ist der Bruder von Herrn Driehm. Eine Bitte: Könntest du das Gemeinschaftsfoto von Driehm und deinen Eltern löschen?«

»Warum?«

»Weil ich da drauf bin. Und Fotos von mir sind so ziemlich das Schlimmste, was ich mir vorstellen kann. Übertroffen nur von Fotos von mir mit Beule.«

Leonard nickte. »Die hat jetzt eine tolle Farbe, wirklich. Aber löschen werde ich das Foto ganz bestimmt nicht. Da müssten Sie mich schon steinigen.«

»Steine liegen hier genug rum, Leonie.«

»Außerdem«, ein unerwartet freches Grinsen flog über sein Gesicht, »habe ich es längst bei Facebook eingestellt. Was es da *Likes* regnet!«

Gut, dass im selben Moment unten im Haus Musik einsetzte. Was hätte ich dieser Pest von Praktikant auch entgegen sollen?

KAPITEL 13

»Happy birthday«, schallte es aus dem Saal, als wir die Terrasse erreichten. Auf dem Weg nach unten hatte uns gedämpfte Klaviermusik begleitet, und nun ging es mit dem Gesang los. Aber nicht die übliche Art von Gesang, im Gegenteil. Nicht das gemeinschaftliche Gegröle bierseliger Geburtstagsgäste, auch nicht das nervös zirpende Liedchen einer Enkelin im Spitzenkleid und schon gar nicht das Kosakengeschmetter eines Conférenciers mit Samtkrawatte, dessen Honorar sich am Ausschlag der nach oben offenen Gutelauneskala bemisst.

Nein, dieser Gesang war völlig anders. Es war ein Gehauche, ein Spiel mit den Vokalen, ein Abschmecken jedes einzelnen Wortes. Das eine kam zu spät, das andere wurde gedehnt, das nächste in nie geahnte Höhen geführt. Hatte die Monroe nicht ihrem Lieblingspräsidenten einmal ein legendäres Geburtstagsständchen gebracht? Das musste so ähnlich geklungen haben wie das, was wir gerade hörten. Und wenn der Rest der Frau, die da sang, auch nur entfernt an die Qualität ihrer Stimme heranreichte – von der Monroe will ich gar nicht reden – dann, ja dann …

Dann musste ich meinen Praktikanten vom Saal fernhalten.

Doch es war bereits geschehen. Um ihn oder um mich, wer will das beurteilen. Leonard und ich traten ein, reckten die Hälse, um den Klumpen von Publikum vor uns zu überblicken, um mitzukriegen, was sich dahinter tat, um zu sehen, wer und wie und wo. Hier ein Rempler, da ein Schubser, und endlich sahen wir.

Was wir sahen?

Tja, wie soll ich es ausdrücken, Leute?

Die Monroe konnte einpacken.

»Oh«, machte mein Praktikant. Ich gab ihm einen Rippenstoß. Hilflos blickte er zu mir hoch. Auch wenn er keinesfalls kleiner war als ich: Sein Blick ging von unten nach oben.

»Lass ihr noch was an!«, zischte ich.

Nix capito.

»Du ziehst sie ja aus mit deinen Blicken, Kleiner. Das ist keine Gipsnymphe wie die draußen. Untersteh dich, an deinem Handy rumzufummeln!«

Aber Leonard war viel zu geplättet, um an seine technische Ausrüstung zu denken. Seine Augen klebten an der Sängerin. Deren Beschreibung ich natürlich nun nachholen muss. Alles bereit? Anschnallen und los geht's!

Also, um gleich mal den Wind aus den Segeln der Erwartung zu nehmen: Ich selbst stehe ja nicht so auf Damen mit dunkler Hautfarbe. Vielleicht zu viel Karl May gelesen, böse Weiße, arme Sklaven, und wie die Geschichten alle lauten. Das ewige Schuldgefälle. Lieber Finger weg. Oder: mein Frauenbild. Verstaubt, vertrocknet, irgendwo im Mittelalter gestrandet. Als die Herzensdame noch auf Frühneuhochdeutsch geminnt wurde. Märchenprinzessin und Aschenputtel. Haare meinetwegen Ebenholz, aber Haut immer Alabaster. Oder, dritte Möglichkeit: das Problem mit dem Fremden. Xenodingsda. Max Koller, Pfarrerssohn, aufgewachsen in einer Kapsel aus christlicher Nächstenliebe. Nähe plus Liebe. Zu viel von dem einen, zu viel von dem anderen. Dagegen rebelliert, logisch, aber zugunsten welcher Alternative? Keine Ahnung. Zu den

Eltern Kontakt abgebrochen, den Knacks nicht losgeworden. Das Problem mit dem Fremdländischen, mit dem Andersaussehenden, mit dem Unbekannten.

So.

Davon abgesehen jedoch, abgesehen von meinem kleinen Dachschaden, von den Prinzessinnen und Karl May, war die Sängerin eine Wucht. Sie stand da, ohne Mikro, hinter dem sie sich verstecken konnte, ohne Noten, die einen Schutzwall bildeten, und sang. Offenbarte sich. Gab sich preis. Sie entkleidete sich gewissermaßen vor Publikum. Was brauchte es da uns Männer?

Sie war jung, Mitte 20 vielleicht. Schlank. Sportlich. Die Haut kaffeefarben. Ungestüme Frisur künstlerischer Machart, irgendwo zwischen Edelrasta und Wildkatze. Muskulöse Schulterpartien, auf denen das Saallicht tanzte. Im Gesicht europäische Anteile: schmale Nase, ein eher kleiner Mund. Augen, für die man einen Waffenschein brauchte. Kein Schmuck.

Ohnehin trug sie nicht viel. Ein dunkles Top, hauteng, das nicht mal bis zum Bauchnabel reichte. Ein schräg geschnittenes Ding um die Hüfte und ein Nichts von Sandale. Ohne Kleider hätte sie angezogener gewirkt.

»Sorry«, raunte ich Leonard zu. »Ich war im Unrecht. Glotz sie ruhig weiter an.«

Das verstand er natürlich erst recht nicht.

Aber warum sollte es ihm besser gehen als dem Rest der männlichen Zuhörer? Selbst sein Vater gaffte mit offenstehendem Mund. Und die weiblichen Gäste kochten vor Eifersucht, vor Neid, vor Empörung, waren begeistert, hingerissen oder alles zusammen.

»Happy birthday, liebe Ursula …«

Mit entzückter Miene lauschte Frau Driehm dem Ständchen. Ihrem Ständchen! Hätte sie vorhin, als ich ihr vorgestellt wurde, nicht genau so gestrahlt, hätte man diese Hingabe für echt halten können.

»Happy birthday to you!«

Tosender Applaus, logisch. Ehrlich gesagt wunderte es mich, dass sie die Bühne nicht stürmten. Der Sängerin die Hand schütteln, an ihrer Haut schnuppern, ihr versehentlich die Kleider vom Leib reißen ... Aber da gab es ja noch zwei andere Musiker, die ich nur aus dem Augenwinkel wahrgenommen und daher noch nicht erwähnt hatte. Einen Bassisten, vollbärtig, der betont nachlässig an seinen Saiten zupfte. Und die Pianistin: grünäugig, schlank, ernst, in dünne Lagen Stoff gekleidet, von denen sie umflossen wurde, als sie aufstand.

Meine neue Freundin: Therese Driehm. Ich warf ihr eine Kusshand zu.

Das Publikum tobte noch immer.

Die Farbige lächelte und winkte. Therese ging zu ihrer Mutter, hauchte Küsschen auf beide Backen, nahm Dank entgegen. Der bärtige Bassist winkte kurz. Bloß nicht verausgaben. »Zugabe!«, brüllte jemand – donnernde Zustimmung. Lachend warf die Sängerin ihren Kopf in den Nacken. Wo war eigentlich Lorenz Driehm? Ich konnte ihn nirgends entdecken.

Zugabe also. Oder einfach weiter im Takt. Es wurde jazzig. Das Klavier dominierte, die Sängerin trat für eine Weile in den Hintergrund, der Bassist erwachte aus seiner Routine. Mit Jazz kenne ich mich nicht aus, vielleicht war es ein auf zeitgenössisch getrimmter Oldie oder etwas Neues im traditionellen Gewand, keine Ahnung. Gesungen wurde jedenfalls englisch. Und jetzt sah ich auch Driehm. Er stolzierte an den Gästen vorbei, trat hinter seine Gattin, flüsterte ihr etwas zu. Frau Driehm nickte, ohne den Blick von dem Trio zu wenden.

In diesem Moment quiekte mein Handy.

»'tschuldigung«, murmelte ich und flüchtete. Kein Gedudel, kein Schrillen, sondern: Quieken. Die Ferkel vom Grumbachhof! Zur Hölle mit diesem Praktikanten! Und ich hatte ihn auch noch angestiftet. Die Blicke der Umstehenden brannten in meinem Rücken. Selbst die Unterstellers hatten mich mit einem Ausdruck tiefster Verachtung angeschaut. Der Chef ihres Jungen, ein Amateur!

Im Gehen angelte ich in meiner Hosentasche. Welcher verdammte Idiot musste mich jetzt behelligen! Bestimmt Christine, die ihre Zahnbürste nicht finden konnte. Wegdrücken oder zur Sau machen? Ferkelmäßig. Beides ging nicht. Aber dann sah ich, dass es Liebherrs Nummer war.

»Was gibt's?«, raunzte ich, auf die menschenleere Terrasse tretend.

»Störe ich?«, fragte Liebherr zurück.

»Ja, Sie stören. Mitten im schönsten Kunstgenuss. Wegen Ihnen werde ich noch aus der Villa geschmissen.«

»Wollte nur mal hören, wie es läuft.« Er kicherte. »Kunstgenuss? Hat sich Therese ans Klavier gesetzt, um ihrer Mutter was vorzuklimpern?«

»Genau so ist es. Trautes Familienglück, trauter geht es gar nicht. Und nur einer funkt dazwischen: ich.«

»Trautes Glück? Träumen Sie weiter. Spielt Therese vielleicht Mozart?«

»Es klang eher nach Jazz. Da singt auch jemand. Eine Schwarze.«

»Sehen Sie? Die Driehms hassen Jazz. Dass ihre Tochter einen auf Barpianistin macht, statt schön brav Musik zu studieren, haben sie immer noch nicht überwunden.«

»Verstehe. Ein Blumenbouquet mit Dornen.«

»Sagen wir so: Thereses ganz spezielle Art, ihrer Mutter zu gratulieren. Außerdem ist Stacy, die Sängerin, ein rotes Tuch für den Alten.«

»Wieso?«

»Nichts Genaues weiß man nicht. Könnte mir vorstellen, dass er mal was von ihr wollte und gnadenlos abgeblitzt ist.«

»Lorenz Driehm? Der könnte ihr Großvater sein.«

»Eben. Den hätte ich auch abblitzen lassen.« Er kicherte wieder. War er betrunken? »Also, Herr Koller, wie stehen die Aktien in der Villa? Schon was herausgefunden?«

»Nein. Aber ich habe eine neue Freundin. Bin gespannt, was meine Ex dazu sagt.«

»Therese ist eine Granate, was? Cool wie ein Dreisterne-Eisfach. Was die sich vorgenommen hat, zieht sie durch. Gnadenlos.« Irgendetwas stieß ihm auf, dazu spielte ihm Hintergrund eine orientalische Melodie, die von Männerstimmen abgelöst wurde. »Gnadenlos, Koller!«

»Sind Sie gerade am Saufen, oder wie soll ich diese Nebengeräusche verstehen?«

»Und ob ich am Saufen bin! Sie doch auch, und zwar für lau. So schön möchte ich es mal …«

»Mann, Liebherr!«, schnitt ich ihm das Wort ab. »Trinken Sie sich meinetwegen ins Koma, aber verschonen Sie mich mit sinnlosen Anrufen, ja?«

»He, Sie würden sich auch was hinter die Binde kippen, wenn Sie in meiner Situation wären. Ich fühle mich bedroht!«

»Von wem?«

»Von Driehm und seinen Leuten. Erst waren Sie dran, jetzt ich.«

»Ich wurde nur niedergeschlagen, weil ich die Einbrecher überrascht habe. Von mir wollten die gar nichts.«

»Und wenn sie jetzt auf den Geschmack gekommen sind?« Wieder das ferne Gefiepe aus 1001 Nacht, das Liebherrs Worten Hohn sprach. »Ich hab Schiss, Koller, und Schiss kann ich nur mit Alkohol bekämpfen.«

»Dann Prost. Wenn Sie morgen wieder nüchtern sind, rufen Sie mich an.«

»Und Sie unternehmen etwas, ja? Lassen Sie mich nicht hängen! Driehm muss bluten.«

»Ich arbeite dran«, sagte ich und beendete das Gespräch. ›Bluten‹ war mir als Wortwahl denn doch einen Tick zu martialisch.

Ich wollte schon zurückgehen, als ich am Hang oberhalb des Schwimmbads den jungen Mann sah, der sich vorhin so hingebungsvoll seinem Handy gewidmet hatte. Müde schlappte er auf das Haus zu. Die Entfernung war groß, er würde schon nichts gehört haben. Trotzdem erstaunlich, dass er als Einziger dem Ständchen fern geblieben war. Selbst Herr und Frau Driehm, die beiden Jazzverächter, hatten ja zugehört!

»Herr Koller?«

Ich drehte mich um. Sieh an, wenn man vom Teufel dachte … In der Terrassentür stand Lorenz Driehm, das Kraftmännchen in seinem lächerlichen Zweireiher.

»Ich würde Ihnen gern meine Fische zeigen. Interesse?«

KAPITEL 14

Fische.

So spricht der Prophet: Wenn die Erde endlich vom Menschengezücht gereinigt ist, wenn ihre Taten vergessen, ihre Hoffnungen zerstoben sind, werden die Fische regieren. Das Wasser wird steigen bis zu den höchsten Gipfeln, und alles wird ihnen untertan sein. Denn nur die Fische sprechen die Sprache des Herrn.

*

Fische also. Max Koller und Lorenz Driehm beim Aquariumsplausch. Wunderbar! Meine Ermittlungsmethoden nahmen immer skurrilere Formen an.

Während wir die Treppe ins obere Stockwerk nahmen, zeigte ich aus dem hangseitigen Fenster.

»Wer ist eigentlich der einsame junge Mann dort? Das Gesicht sagt mir etwas.«

Driehm blieb kurz stehen und sah hinaus. »Das ist Mirceu. Mirceu Varsim, rumänischer Nationalspieler, von Hoffenheim verpflichtet. Das größte Talent Osteuropas. Ich habe ihn unter meine Fittiche genommen, weil er gerade in einer Sinnkrise steckt.«

»Torschusspanik?«

»Keine Einsätze. Er hat einen Profivertrag, aber noch kein einziges Spiel in der Bundesliga gemacht. Immer nur Regionalliga, mit der U 23. In zwei Jahren wird er Stammspieler sein, aber Geduld kennen diese jungen Leute ja nicht.«

»Das stimmt.« Wir stiegen noch eine Etage höher.

»Mirceu wird bei mir in Dreamcity wohnen. Und hoffentlich weitere Prominente anlocken. Ein netter Junge, der noch ein wenig fremdelt. Kommt aus ganz einfachen Verhältnissen.«

Vom nächsten Fenster aus konnte ich den verhinderten Fußballstar beobachten, wie er neben dem Schwimmbecken stand und eine Fußspitze ins Wasser hielt. Da, fast wäre er hineingepurzelt!

»Sinnkrise, wie gesagt«, räsonierte Driehm, der die Szene ebenfalls verfolgt hatte. »Aber das biegen wir hin, keine Sorge.«

Nein, Sorgen machte ich mir um den Schützling eines Lorenz Driehm nicht. Dafür fragte ich mich, wohin der Hausherr mich lotsen würde. Vom zweiten Obergeschoss führte eine weitere, deutlich schmalere Treppe hoch aufs Dach: in das gläserne Penthouse, das mir vom Hang aus aufgefallen war. Die untergehende Sonne füllte es mit rötlich-goldenem Licht. Bananenstauden standen stramm, riesige Palmblätter kitzelten die Decke. Von draußen setzten das Grün des Heiligenbergs und das aufkommende Himmelsviolett farbliche Kontrapunkte. Eine andere Sinneswahrnehmung aber war eindrücklicher.

Es stank nach Fisch.

Ich machte zwei Schritte in den Raum hinein. Dann blieb ich stehen. Wäre ich weitergegangen, wäre mir das passiert, was Mirceu Varsim gerade noch vermieden hatte: ein Sturz ins Wasser. Vor mir erstreckte sich ein Pool, ganz ähnlich dem draußen, bloß ohne Sprungbrett.

Dafür mit Tieren darin.

Neben mir stand Driehm, der Hausherr, und warf mir verstohlene Blicke zu. Garantiert hatte er auf eine Reaktion gehofft, auf ein Erschrecken, ein Zurückprallen oder wenigstens einen Ausruf. All das verkniff ich mir. Nur dass ich ziemlich dämlich aus der Wäsche schaute, ließ sich kaum verhindern.

»Gefallen sie Ihnen?«, fragte Driehm.

Ich zögerte mit der Antwort. Können Haie einem Landei wie mir gefallen? Und es waren Haie, das erkannte sogar ich. Zwei Tiere, beide gut zwei Meter lang und mit einem kraftstrotzenden Körper gesegnet. Ihre flache Schnauze, die kleinen bösen Augen, Kiemen und Rückenflosse auf blass gemusterter Haut. Unablässig pflügten sie durchs Wasser, in ein lächerlich kleines Becken gesperrt, drehten ihre Runden, warteten, gierten.

»Ja«, sagte ich. »Irgendwie gefallen sie mir.«

»Das freut mich.«

»Ihre Unterbringung gefällt mir weniger.«

»Die ist auch nur vorläufig. Die beiden wurden illegal nach Europa gebracht, winzig klein waren sie da. Als sie auf Mannsgröße heranwuchsen, wurden sie entdeckt. Ihr Eigentümer sitzt mittlerweile ein.«

Hoffentlich in einer noch kleineren Zelle als die Viecher, fuhr es mir durch den Kopf.

»Ich habe mich bereit erklärt, ihnen Unterschlupf zu bieten, bis das Sealife in Speyer entsprechende Großbecken fertiggestellt hat. Natürlich ist das keine artgerechte Haltung. Aber besser als das, was sie vorher hatten. Ein Kellerverlies mit brühwarmem Wasser.«

Ich trat an den Beckenrand, tauchte eine Hand ins Wasser und leckte an den Fingern. Salzwasser, was sonst. Dabei ließ ich die Tiere nicht aus den Augen. Aber ich Menschlein war ihnen so egal wie die Farbe der Beckenkacheln.

»Es sind Tigerhaie«, erklärte Driehm. »Bei einem Tauchgang im Indischen Ozean hatte ich mal eine Begegnung mit einem freilebenden Exemplar. Der Hai und ich, Aug in Auge – das war ein Moment, sage ich Ihnen! Unvergesslich. Seit diesem Tag habe ich alles daran gesetzt, ein solches Tier zu erstehen.«

»Ist das kein seltsames Gefühl, abends einzuschlafen, während über einem die Hai kreisen?«

»Es sind wunderbare Tiere. Sie haben alles: Größe, Eleganz, Macht, Wendigkeit.«

»Und Appetit.«

Er machte eine wegwerfende Handbewegung. »Unsinn. Dass Haie Menschenfresser sind, gehört zu den unausrottbaren Legenden unserer Zeit. Man muss sich bloß artgerecht verhalten. Darf nicht herumzappeln oder so etwas.«

»Sondern?«

»Ruhe bewahren, kaltblütig bleiben. Das ist alles. Wir Menschen gehören nun mal nicht zum Beuteschema von Haien. Wenn ein Hai einen Menschen angreift, dann nur, weil der etwas falsch gemacht hat. Weil er sich untypisch verhält. Das verwirrt den Hai, und ein verwirrter Hai schnappt schon mal zu. Setzt einen Probebiss an.«

»Und schwupp, ist das Bein ab«, rief jemand.

Wir drehten uns um. Im Treppenaufgang stand Thereses Onkel, in der Hand ein Cocktailglas. Fast hatte ich mit seinem Auftauchen gerechnet. Schließlich war soeben das Wort ›Beuteschema‹ gefallen, für das die Mitglieder der Familie Driehm offenbar eine besondere Vorliebe hatten. Egal, ob es Haie oder junge Frauen betraf.

»Kann passieren«, entgegnete Driehm ungerührt. »Wenn es ein großer Hai ist. Aber fressen wird er den

Menschen nicht. Für diese Viecher sind wir uninteressant.«

»Dein Wort in Gottes Ohr, Bruderherz.« Der schöne Felix kam näher. »Auf den Beweis verzichten wir gern, oder, Herr Koller?«

Ich zuckte die Achseln. »Zum Helden hatte ich noch nie Talent.«

»Sehr richtig. Zumal man in der Regel erst posthum zum Helden wird.« Er grinste. »Apropos, Lorenz, wusstest du, dass dein Schwiegersohn in spe Privatdetektiv von Beruf ist?«

»Natürlich«, antwortete der kleine Mann.

»Heiße Kiste, was? Wäre sein Verhältnis zu Therese nicht so innig, könnte man fast meinen, er wäre …«

»Felix!« Driehms Stimme klang nur eine Spur schneidender als vorher, aber diese Nuance war entscheidend. »Ich wollte mich eben mit Herrn Koller über meine Tochter unterhalten. Du störst!«

»Okay, okay.« Der Bruder, Cocktailglas in der Rechten, machte eine besänftigende Geste. »Ich bin schon weg. Darf ich vielleicht noch schnell unsere beiden Hübschen füttern?«

Driehm bedachte ihn mit einem vernichtenden Blick. Dann schob er mich zu einer Tür in der gläsernen Wand des Penthouse und öffnete sie. Gemeinsam traten wir hinaus. Zwischen Glaswand und gemauertem Dachgeländer gab es einen Rundgang von etwa einem Meter Breite. Die Aussicht ins dämmrige Neckartal konnte man berückend nennen.

»Das mit Therese«, sagte ich, kaum dass Driehm die Tür wieder geschlossen hatte, »ist noch nicht so fest. Wir kennen uns ja erst seit …«

»Was wollen Sie, Herr Koller?«, sagte er.

Ich hielt seinem Blick stand. Er war einen ganzen Kopf kleiner als ich, hatte eine Automatenstimme und trug einen altbackenen Zweireiher. Eigentlich eine Witzfigur. Früher, in der Schule, hatten sie bestimmt über ihn gelacht. Driehm, der Zwerg. Der Gartenzwerg! Heute lachte keiner mehr über ihn. Höchstens hinter vorgehaltener Hand. Und auch nur unter guten Freunden. Driehm sah mich an, kalt, fast gelangweilt, als wolle er sagen: Lachen Sie doch, Herr Koller. Na los, tun Sie's. Wenn Sie fertig sind, kommen wir zur Sache.

Ich lachte natürlich nicht.

»Karten auf den Tisch: Was wollen Sie von mir?«, wiederholte er. »Ich weiß, dass Therese gern ihre Spielchen treibt, und das Jonglieren mit Männern gehört zu ihren Lieblingsspielchen. Sie sind nicht ihr Freund, wahrscheinlich kennen Sie sie erst seit gestern.«

»Seit heute«, sagte ich.

»Und?«

»Ich will wissen, wer in mein Büro eingebrochen ist. Wer meinen Computer geklaut und mich niedergeschlagen hat.«

»Ach, und das soll ich gewesen sein?«

Ich verzichtete auf eine Antwort. Im Hintergrund sah ich seinen Bruder, nun ohne Cocktailglas, wie er einen Eimer zum Beckenrand schleppte. Die Haie schienen bereits konditioniert zu sein; Wasser spritzte aus dem Pool bis an die Penthousewände.

»Nun, ich weiß nicht, wie Sie darauf kommen, dass ich hinter dieser Tat stecke«, fuhr Driehm fort, »und es ist mir auch egal. Ich bekomme fast täglich Beschwerden,

Verwünschungen, Klagen, Drohungen, einfach alles, was Sie sich denken können. Damit muss ein Mann in meiner Stellung leben. Was ich allerdings nicht akzeptieren werde: dass sich jemand wie Sie den Zugang zu einer privaten Feier in meinem Haus erschleicht. Eigentlich sollte ich Sie rausschmeißen. Hochkant. Aber auch das widerstrebt mir. Es ist mir einfach lästig. Ich mache Ihnen deshalb einen Vorschlag. Schreiben Sie mir eine Rechnung für Ihren Computer und all die anderen Dinge, die Sie vermissen. Schmerzensgeld können Sie ebenfalls berechnen. Und zwar bitte großzügig. Die paar Euro jucken mich nicht. Einverstanden?«

»Klingt nach Schuldeingeständnis durch die Hintertür.«

»Ganz im Gegenteil. Ich will nur keine Fremden auf dem Geburtstag meiner Frau. Suchen Sie Ihren Einbrecher anderswo.«

Sein Bruder stand wartend am Pool. Dann hob er den Eimer und kippte seinen Inhalt ins Wasser. Ich sah Fische und Tintenfische im Dutzend durch die Luft segeln. Ein paar Vögel waren wohl auch dabei. Wieder spritzte es von unten.

»Ach, Herr Driehm«, seufzte ich. »Das ist doch albern.«

»Bitte? Albern?«

Ich stützte mich auf das Geländer und ließ meinen Blick schweifen. Schloss, Alte Brücke, Neckar. Postkartenidylle im Abendlicht. »Sehr albern sogar. Diese Denke, man könne sich alles erkaufen. So primitiv sind Sie doch gar nicht. Ein gestohlener Computer, der lässt sich vielleicht durch Geld ersetzen. Die Hülle, das pure Material. Aber schon bei den Dateien hört es auf. Und meine Beule, die nächtliche Aufregung, die Sorgen meiner Frau, die Angst der alten Dame unter uns – all das können Sie nicht begleichen wie einen Fehlbetrag auf Ihrem Konto. Also sparen Sie sich diesen Mist und erklären Sie mir, was Sie von mir wollen.«

»Was ich von Ihnen will? Das sagte ich bereits: Lassen Sie uns in Ruhe als Familie feiern. Hier gibt es keine Einbrecher und Randalierer. Ich bin weit davon entfernt, Ihnen zu drohen, aber glauben Sie mir, es gehört zu den unerfreulicheren Erfahrungen, mich als Feind zu haben.«

Ich lächelte. »Natürlich ist das keine Drohung. Wer eine Villa ohne Namensschild bewohnt und zwei Tigerhaie füttert, braucht nicht zu drohen. Schon klar, Herr Driehm. Aber so leicht werden Sie mich nicht los. Ich bin als Gast Ihrer Tochter hier, und dieses Privileg gedenke ich noch eine Zeit lang auszukosten. Sie mögen das unverschämt nennen. Einbrecher zu engagieren, finde ich wesentlich unverschämter.«

Damit ging ich zu der Glastür zurück, die eben von Driehms Bruder geöffnet wurde.

»Ist der Thunfisch auch zur Fütterung gedacht, Lorenz? Da müsst ihr beiden aber mit anpacken.«

»Du störst, Felix!«

Wortlos drückte ich mich an dem Bruder vorbei. Im Blau des Beckens zuckten die Haikörper.

KAPITEL 15

Auf dem Fußballplatz hätte es jetzt Unentschieden gestanden. Torloses Remis zwischen Lorenz Driehm und mir: sichere Abwehrreihen auf beiden Seiten, Ballhaltung als oberstes Ziel, im Zweifel ein Rückpass. Natürlich hätte ich auf Angriff schalten und Driehm mit Liebherrs Vorwürfen konfrontieren können. Um ihm auf den Kopf zuzusagen, dass bei Driehm Pharma ein großer Beschiss lief. Aber dann hätte ich meinen einzigen Trumpf aus der Hand gegeben. Besser war es, Driehm im Unklaren über meinen Informationsstand zu lassen. Wenn er hinter dem Einbruch steckte, dann wusste er auch von Liebherr, und er wusste, womit der mich gefüttert hatte. Was er nicht wusste: ob das Material vollständig war. Vielleicht gab es ja weitere Unterlagen. Oder mündliche Informationen. Vielleicht hatte Liebherr noch anderes in petto, Dinge aus dem privaten Bereich zum Beispiel. Immerhin war er mal mit Therese zusammen gewesen.

Aber wer war das nicht?

Als ich in den Saal zurückkam, hätte ich am liebsten auf dem Absatz kehrt gemacht. Abendkleid und Anzug passten einfach nicht zu hochsommerlichen Temperaturen. Die Luft stand. Es roch nach Achselschweiß und schlechten Zähnen. Im Penthouse stank es bloß nach Fisch.

Von Stacy, der Sängerin, war nichts mehr zu sehen. Therese spielte eine Nummer, die auf irgendeine vertrackte Weise arrogant klang. Nach mädchenhafter Besserwisserei. Kollege Bassist assistierte mit klingender Edelware. Als sie fertig war, stellte ich mich hinter sie.

»Dein Vater glaubt nicht, dass wir zusammen sind.«

»Damit habe ich auch nicht gerechnet.«

»Gut zu wissen.«

Sie stand auf. Einer der Gäste, die Leonard kannte – ich glaube, es war der Finanzdienstleister, es hätte aber auch der Chefarzt sein können –, kam auf uns zugestürzt, eine junge Frau hinter sich herzerrend.

»Sind Sie fertig, Frau Driehm? Vielleicht darf ich kurz mit meiner …?« Anstatt den Satz zu vollenden, platzierte er seinen dicken Hintern auf der Klavierbank und den der Jungen daneben. Wenn ich sein Gestammel richtig interpretierte, wollte er ihr etwas Vierhändiges beibringen, fummelte aber lieber zweihändig an ihr herum, während sie versuchte, aus seinen musikalischen Kommandos schlau zu werden.

»Ich gehe«, meinte Therese. »Halte es einfach nicht mehr länger aus. Oder brauchst du mich noch?«

»Nein, nicht unbedingt. Hab schon jede Menge Bekanntschaften gemacht. Sogar mit zwei Tigerhaien.«

»Die zeigt mein Vater nicht jedem. Dann bis morgen.«

»Ich bin gespannt. Therese?«

»Ja?«

»Vielen Dank noch mal.«

»Wofür?«

Sie wollte gehen, wurde aber von ihrer Mutter abgefangen. »Verlässt du uns schon, meine Liebe?«, rief Frau Driehm in ihrer überkünstelten Art. »Das ist aber schade.«

»Ja«, sagte Therese.

»Und Sie müssen auch schon gehen, Herr Koller?« Die Hausherrin reckte mir beide Hände entgegen. »War schön, Sie kennengelernt zu haben.«

»Na dann«, sagte ich. Dem Geburtstagskind konnte ich ja schlecht widersprechen.

»Max bleibt noch«, stellte Therese klar. »Es gefällt ihm sehr gut hier. Und wehe, ihr behandelt ihn schlecht. Er steht unter meinem persönlichen Schutz.«

Damit packte sie mich im Nacken, wie man junge Katzen packt, und drückte mir einen Kuss auf die Lippen. Der Kuss war intensiv, er war lang, und ich hatte nicht mit ihm gerechnet. Aber da erging es mir wie allen Umstehenden.

Wirklich allen?

Als mich Therese wieder freigab, starrte ich in das feixende Gesicht von Leonard Untersteller, der eben sein Smartphone sinken ließ.

Wusste gar nicht, wie dreckig dieser Musterschüler grinsen konnte.

Bevor ich ihn zur Rede stellen konnte, entschlüpfte er mir. Auf meinen Lippen brannte es wie Feuer. Löschen!, forderte mein Körper, löschen! Therese verließ eben den Saal. Hinter uns gab es ein hässliches Geräusch, als der Po der Klavierschülerin auf der Tastatur landete. Dazu ihre pflichtgemäß spitzen Schreie, das Grölen dessen, der ihr Hinterteil sachentfremdet hatte, das allgemeine Gelächter. Löschen!, befahl meine innere Stimme, und dieser Wunsch hätte sich auch auf die Videosequenzen beziehen können, die um mich herumwirbelten. Es war, als habe Therese im Abgehen einen Schalter umgelegt. Plötzlich fielen die Masken, die Anwesenden zeigten ihre wahren Gesichter, hatten keine Hemmungen mehr. Ich sah gefletschte Zähne, blutunterlaufene Augen, geblähte Nüstern. Der Rechtsanwalt dort drüben betrog seine Frau, ganz klar. Er war auf die Tochter seines Kollegen scharf, aber die ging mit ihrem Fahrlehrer ins Bett. Der Fahrlehrer war Alkoholiker und doch nicht halb so zugedröhnt wie die aufgebrezelte Schickse mit ihren Medikamenten. Die erklärte gerade, warum man den Staat betrügen musste, hören Sie, man muss es einfach tun, und alles nickte und überlegte, welchen Politiker man sich morgen kaufte. So lief das hier, seit Therese weg war.

Oder lag es an meiner ganz speziellen Wahrnehmung? An dem Brennen auf meinen Lippen und dem Kribbeln in meinem Nacken? Dort, wo mich Therese geküsst und gepackt hatte?

Löschen, Max!, donnerte es zum dritten Mal in mir, und ich stürzte hinaus auf die Terrasse, schnappte mir das erstbeste Bierglas, das herumstand, trank es aus und winkte nach einem zweiten. Dann ging ich ein paar Schritte bergauf, weg von der Villa, in die Dunkelheit hinein. Fernab von den Spots und Strahlern des Gartens suchte ich mir ein einsames Stückchen Rasen. Setzte mich, schloss die Augen, ließ mir die Abendluft um die Nase wehen. Sog den Duft der Pflanzen ein, stellte mir die Weite des Himmels vor.

Das hier war nicht meine Welt.

Es war die Welt eines Zwergs, der in den Bergen rund um Heidelberg nach Gold geschürft hatte und fündig geworden war. Irgendwo auf dem Gelände lag der Eingang zu seinem Glücksstollen, vielleicht in der Kapelle, vielleicht im Schwimmbecken. Wenn sie unten in der Stadt wüssten, was es in den Bergen oben alles zu erbeuten gab! Es war eine eigene Welt. Genau wie Dreamcity, das neue Viertel hinter dem Bahnhof. Eine Welt, halb Traum, halb Realität. Aus Stein, aber unwirklich.

»Feuer?«, sagte jemand neben mir.

Ich schlug die Augen auf. Im Dunkeln dauerte es ein paar Sekunden, bis ich den Hoffenheimer Nachwuchskicker erkannte. Mirceu Varsim. Schwarze Haare, schmales Gesicht, fast ein Bübchen noch. Der Anzug schlotterte um seinen Körper, als er sich zu mir herabbeugte.

»Feuer?«

»Tut mir leid, Nichtraucher.«

»Ah.«

Ein Fußballstar, der rauchte? Kein Wunder, dass sich der Neuzugang nur auf der Bank wiederfand. Wobei das, was der Junge im Mundwinkel hatte, eher nach Joint aussah als nach Zigarette. Ein kleines gerolltes Tütchen.

»Ah«, wiederholte er und setzte sich neben mich. »Okay?«

Das war wohl Rumänisch für: Darf ich hier Platz nehmen?

Ich brummte nur. Anschließend herrschte Stille. Beide saßen wir da, starrten in die Nacht, schwiegen. Ab und zu wanderte das Tütchen vom einen Mundwinkel in den anderen. Ab und zu nahm ich einen Schluck. Seltsame Art der Geistesverwandtschaft!

»Wenn du ein Feuerzeug brauchst«, sagte ich schließlich, »an der Bar haben sie bestimmt eins.«

»Hä?«

»An der Bar, unten. Feuer.«

»Ah.« Er winkte ab. »Nee.« Oder genauer: näh. So klang es. Näh. War ihm wohl peinlich, als Hoffenheimer Rekordtransfer mit Joint zwischen den Lippen aufzukreuzen.

»Ich hole dir eins«, sagte ich und stand auf. Auch mein Bierglas wollte gefüllt sein. Als ich mit beidem zurückkam, saß Mirceu noch immer da und starrte in die Dunkelheit. Ich nahm wieder an seiner Seite Platz und gab ihm Feuer.

Vielmehr: Ich wollte es tun.

Erst als die Flamme vor seinem Gesicht aufleuchtete, sah ich, was der Kerl im Mund stecken hatte. Von wegen Joint. Es war ein zusammengerollter 500-Euro-Schein! Sofort zog ich das Feuerzeug zurück.

»Spinnst du?«, entfuhr es mir.

»Hä?«

»Das ist Geld. 500 Euro! Was soll der Mist?«

»Geld«, nickte er.

»Ja, Geld. Und zwar verdammt viel. Nimm das aus deinem Mund und steck es ein.«

»Näh.«

»Was heißt näh?«

Er zeigte auf das Feuerzeug. »Gib!«

»Nix geb ich. Du verbrennst mir doch keinen 500-Euro-Schein!«

Er lachte, nahm den Schein aus dem Mund und entfaltete ihn. Vielleicht war es Falschgeld? Spielgeld? Ich entzündete das Feuerzeug ein zweites Mal und hielt es in die Nähe des Scheins. Soweit ich es beurteilen konnte, war das Geld echt.

»Das«, sagte Mirceu. »Geld.«

»Ja. Viel Geld.«

»Näh. Nix viel. Ich: 2000 Euro. Jeden Tag. Okay? 2000. Heute. Morgen. Gestern.« Er tippte auf den Schein. »Das 500 Euro. Heute Abend verdient. Nur heute Abend. Rauche ich. Scheiß auf Geld. Morgen Abend wieder 500 Euro. Morgen früh auch. 500. Und morgen Mittag.

Und in Nacht. Gib.« Er nahm mir das Feuerzeug aus der Hand. Ich ließ es geschehen. Dann sah ich zu, wie er den Schein wieder einrollte, zwischen die Lippen klemmte, das Feuerzeug entzündete und die Flamme unter das Ende des Scheins hielt. Das Papier glühte auf, brannte aber nicht. Er hielt die Flamme darunter, bis er sich den Daumen verbrannte. Endlich schmorte und schmurgelte sich der Geldschein kaputt. Die Reste warf er ins Gras.

»Näh«, sagte er und gab mir das Feuerzeug zurück.

Ich trank mein Bier aus. Jetzt war es wirklich Zeit zu gehen.

KAPITEL 16

Schütze.
Nach Angaben des Bundesinnenministeriums sind in Deutschland 45 Millionen Schusswaffen in Umlauf. Fast die Hälfte davon wurde illegal beschafft. Bei etwa 20.000 Straftaten pro Jahr spielen Schusswaffen eine Rolle. Die Zahl dieser Straftaten ist rückgängig. Die der Schützen nicht.

*

Der unangenehme Schweißgeruch aus der Villa verfolgte mich bis nach Hause. Ich warf alles, was ich am Leib trug, in die Wäsche und stellte mich unter die Dusche. Wer hatte eigentlich das mit dem Kleiderzwang erfunden? Ich konnte nur hoffen, dass er im eigenen Mief erstickt war.

Nach der Dusche fühlte ich mich besser. Angenehmes Gefühl auf der Haut, der Kopf schön kühl. Nur schlafen konnte ich nicht. Wälzte mich hin und her, hörte Christine neben mir schnaufen, knurren, grunzen. Ja, grunzen. Aber wenn ich ihr morgen dieses säuische Schlafverhalten vorhielt, wollte sie es wieder nicht gewesen sein.

Dann grunzte es nicht, sondern quiekte.

Sofort stand ich senkrecht im Bett. Da waren sie wieder! Die Ferkel vom Grumbachhof. Ich hatte mein Handy immer noch nicht stumm gestellt. Nicht einmal nach der Peinlichkeit oben in der Villa. Wie war das noch gewesen? Kaum war das Telefonat mit Liebherr beendet, stand Driehm hinter mir und zerrte mich zu seinen Haiviechern.

Mit drei Sätzen war ich im Wohnzimmer und schnappte mir den Quälgeist. Ein Blick auf das Display. Verdammt, das war ja schon wieder Liebherr! Mitten in der Nacht. Na, dem würde ich was husten!

»Saufen Sie alleine weiter«, blaffte ich ihn mit unterdrückter Stimme an. Schließlich wollte ich Christine nicht wecken.

Nichts. Kein Protest, kein promilleschweres Kichern, nichts. Nur ein fernes Knacken und Rauschen. Hatte ihn meine Begrüßung so überfahren?

»Was ist, Liebherr? Sprachzentrum weggespült?«

Komisch, er reagierte immer noch nicht. Da atmete doch einer!

»Liebherr?«

Gepresste Atemstöße, nicht sehr laut. Das Knacken. Kein Gedanke mehr an das Hintergrundgedudel seines letzten Anrufs.

»Was ist, können Sie nicht sprechen? Irgendwelche Probleme?«

Ein finales Knacken, dann herrschte Stille. Die Stille nach dem Ende eines Telefonats. Liebherr hatte aufgelegt, ohne ein Wort zu sagen. Wenn er es denn war!

Und jetzt? Unschlüssig stand ich in der Dunkelheit herum. Was war das jetzt: Scherz oder Notruf? Ein Klingelstreich nach dem sechsten Bier? Unsinn! Liebherr brauchte mich noch. Warum sollte er mich da gegen sich aufbringen?

Ich tippte auf die Rückruftaste. Ließ es lange klingeln, doch er nahm nicht ab. Was nun wiederum alles Mögliche heißen konnte. Hätte ich nur gewusst, wo er steckte!

»Ist da ein Tier, Max?«, drang Christines Stimme aus dem Schlafzimmer.

»Nein. Nur ein dämlicher Anruf.«

»Komisch, ich dachte, ich hätte was quieken gehört. Warum ist dein Kissen so nass?«

»Weil ich geduscht habe.«

Das Display leuchtete auf. Eine eingehende SMS, auch sie von Liebherr. Da war ich aber gespannt! Und ich wurde nicht enttäuscht.

›Kommen Sie schnell. Bahnstadt, Halle 02. Dringend!!!‹

Nachdenklich steckte ich das Handy ein. Sollte ich Oma Boskop um ihre Teigrolle bitten? Liebherrs SMS war bestimmt keine Einladung in Heidelbergs angesagtesten Club. An Wochenenden bebte die Halle 02 unter Hunderten von hüpfenden Teenagern, aber werktags um halb zwei war dort garantiert tote Hose.

»Christine! Wo liegt noch mal die Halle 02?«

»Bitte was?«, kam es so verschlafen wie ungläubig von nebenan.

»Die Halle 02! Ist das nicht beim ehemaligen Schlachthof?«

Pause. »Haben die heute Ü 30-Party?«

»Okay, schlaf weiter. Zu viel Denken schadet deinen Ü 30-Falten.«

Schon gut. Ich weiß selbst, dass das nicht nett war. Aber wenn mir meine Ex die Mitarbeit komplett verweigerte, musste sie mit solchen Kommentaren rechnen. Da war ja sogar mein Praktikant mehr auf Zack!

Obwohl der doch nur klassische Blockflötenmusik hörte.

Also raus aus der Wohnung und hinunter in den Hof. Aus meinem Büro nahm ich einen Rucksack und eine große Taschenlampe mit, die sich zur Not auch als Teigrolle einsetzen ließ. Als Teigrolle à la Boskop, versteht sich. Dann schwang ich mich aufs Rad.

Vom Fahrtwind belebte sich die Erinnerung. Wie war das noch? Halle 02. Eines der wenigen Relikte des alten Güterbahnhofs, das dem Bauboom nicht weichen musste. Kunst und Kreativität für die Industriebrache. Über die Czernybrücke zum Wasserturm, dann rechts halten. Niedrige Lagerhallen, in denen das Discolicht zuckte. Clubben, chillen, dancen. Die kulturelle Speerspitze der Bahnstadt.

Nach fünf Minuten war ich außer Puste, aber vor Ort. Hatte sämtliche Ampeln ignoriert und fußlahme Taxis überholt. Vor mir die Kräne des neuen Stadtteils, die halbfertigen Gebäude, die Sperrgitter, Erdhügel, Schneisen.

Weiter hinten die Lichtpunkte bereits bewohnter Wohnblöcke. Ich lehnte mein Fahrrad gegen eine Laterne und schritt über Kopfsteinpflaster auf die Halle zu. Es war totenstill. Keine Discolichter, keine wummernden Bässe, nichts.

Und Liebherr?

Als eine Bierdose unter meinen Schuhen knackte, erschrak ich bis ins Mark. Blieb stehen und entledigte mich des Rucksacks. Jetzt musste die Taschenlampe her. Die mit der Teigrollenfunktion. Anknipsen war überflüssig, es gab ausreichend Streulicht ringsum. Vor mir die Backsteinfassaden der alten Güterhallen, die verschlossenen Türen und Fenster. Stille. Ich drehte mich um, zog den Rucksack wieder auf. Niemand da. Die verlassene Zufahrt, ein leerer Parkplatz. Kein Mensch, der meiner Hilfe bedurfte, keiner, der erleichtert auf mich zusprang. Endlich, Herr Koller …!

Vorsichtig ging ich weiter. Von einer Wand blätterten Plakate ab, in einem Zaun raschelte eine Plastiktüte. Von wegen Ökoviertel! Hier war das 20. Jahrhundert noch spürbar, diese dreckige Epoche mit ihren rasselnden Güterzügen, ihrem Gestank nach Öl und Abgasen. Eine Altlast mitten in der Bio-Bahnstadt.

Aber wo war Liebherr? Noch immer hatte ich die Taschenlampe nicht eingeschaltet.

»Liebherr!«, rief ich gedämpft. »Wo stecken Sie?«

Im selben Moment fiel ein Schuss.

Vor Schreck machte ich fast einen Luftsprung.

Das war meine erste Reaktion. Meine zweite: wegducken. Zur Seite hechten. Hinter einem Gottweißwas verkrümeln. Mein Herz schlug rasend.

Die Stille nach dem Schuss war bodenlos. Niemand kam, niemand brüllte, kein Fenster wurde aufgerissen. Kunststück, wohnte ja auch keiner hier! Die Halle 02 war eine Halle ohne Menschen. Weit entfernt, in den schicken Neubauten der Bahnstadt, saßen noch einzelne Bewohner vorm Fernseher oder tippten Mails in ihre Computer, helle Rechtecke verrieten es, aber das geschah auf einem fremden Planeten, in einer benachbarten Galaxie. Ich war ganz allein mit meiner Angst und dem Schuss und der Dunkelheit.

Als sich nichts regte, richtete ich mich auf. Meine Beine waren wacklig, aber sie gaben Halt. Immer noch diese lastende Stille. Schwer zu sagen, wo genau der Schuss gefallen war. Irgendwo hinter den alten Lagerhallen. Wenn ich mich im Schutz der Gebäude hielt, sah man mich nicht. Sah mich der Schütze nicht. Also los.

Langsam arbeitete ich mich voran. Vorbei am Halleneingang. Den angrenzenden Schuppen entlang. Schulter gegen die Wand gepresst, die Finger der Linken fest um den Griff der Lampe. Noch ein Schuppen, noch einer, dann war Schluss. Vor mir: freies Gelände. Ein großer Hügel Schutt, dahinter eine Baugrube. Der Boden von Fahrzeugen aufgewühlt, Mondlicht hob die Konturen hervor. Aus heiterem Himmel fielen mir die Eidechsen ein, um deren Verbleib es vor Jahren Streit gegeben hatte. Wohin mit ihnen, wenn die Bagger kamen? Jetzt war nicht mal eine Eidechse zu sehen. Geschweige denn ein Zweibeiner.

Geräuschlos schlich ich weiter. Zu der Aufschüttung hinüber. Auch wenn man sich hinter ihr nicht verstecken konnte, vermittelte sie so etwas wie Schutz. Vor mir auf dem Boden glänzte es. Eine Pfütze, die das Mondlicht reflektierte. Pfützen waren in diesen Hitzetagen eine Seltenheit. Noch seltener waren Pfützen, in denen Mützen lagen. Wie in dieser hier. Ich hob sie auf. Sie war feucht. Über dem Schirm standen die Buchstaben Scorpions. Liebherrs Mütze.

Weit hinten in der Stadt durchschnitt ein Martinshorn die Stille. Signal einer fernen Welt. Zu fern für mich. Die Nacht fühlte sich an wie eine Flüssigkeit. Ich stand da und horchte. Schaute. Schmeckte, roch, spürte. Alle Sinne in Alarmbereitschaft.

Liebherr war hier gewesen, die Mütze bewies es. Als Schütze oder als Opfer? ›Dringend!!!‹, hatte er mir geschrieben. Zum Telefonieren hatte anscheinend keine Gelegenheit bestanden.

Das gefällt mir nicht … Ein altes Liebherr-Zitat, aber hier passte es.

Weil die Mütze so feucht war, stopfte ich sie in das Außennetz meines Rucksacks. Und nun? Seitlich gähnte die Baugrube. Ein gewaltiges Loch, bestimmt 20 Meter breit und doppelt so lang. Die Baggerspuren führten geradeaus, in Brachland hinein. Wenn ich Covet richtig verstanden hatte, sollten hier die Prachtbauten von Dreamcity entstehen.

Langsam schritt ich weiter. Immer vor- und zurückblickend. Bloß kein überraschender Angriff von hinten! Zwischendurch ein Blick in die Grube. Da war doch was … Da lag einer! Ein Körper. Helles Hemd, Gesicht nach unten. Schmal und hochgewachsen. Liebherr?

Ein weiterer Kontrollblick nach allen Seiten. Dann rannte ich zur Rampe für die Baumaschinen, die in die Grube hinabführte. Unter meinen Schuhen stob Sand.

Ich erreichte den Grund, dachte an Driehms Tigerhaie, die in einem viel kleineren Becken ihre Kreise zogen, stolperte, eilte weiter.

Noch bevor ich den Mann erreicht hatte, wusste ich, dass es Liebherr war.

Ich kniete mich neben ihn. Rüttelte an seiner Schulter. Versuchte, ihm in die Augen zu sehen. Der Griff zum Handgelenk: kein Puls. Ich drückte, suchte nach der Ader, hoffte auf ein winziges, pochendes Lebenszeichen. Aber da kam keines.

Liebherr war tot. Auch wenn sich seine Haut noch warm anfühlte.

»Verdammte Scheiße!«, knirschte ich. »Verdammte, verdammte …«

Mit beiden Fäusten schlug ich mir gegen die Schläfen. Meine Angst: wie weggeblasen. Wut war das Einzige, was ich fühlte. Warum dieser Mord? Liebherr hatte doch nichts getan! Er wollte bloß ein bisschen Rache, wollte einem Großen ans Bein pinkeln, um nicht in Frustration zu versinken. Musste er deshalb sterben?

Und ich war zu spät gekommen! Nur ein paar verfluchte Minuten zu spät.

Ich packte die Leiche bei der Schulter und drehte sie auf den Rücken. Knipste sogar die Lampe an. Jetzt war mir alles egal. Liebherr stank nach Alkohol. Gesicht und Kleider waren dreckig, das Hemd um die Herzgegend herum feucht verklebt. Ein Schuss nur, und es war vorbei. Hinterließ er Familie, Kinder, Eltern? Ich wusste es nicht. Ich wusste so gut wie nichts von Kai Liebherr. Er war mir nicht sonderlich sympathisch gewesen, aber was wiegt ein Wort wie Sympathie schon im Angesicht des Todes?

Ich richtete mich auf. Suchte den Rand der Grube mit den Augen ab. Nichts. Kein Schatten, kein Geräusch.

»He!«, rief ich. »Wo bist du, Mörder? Zeig dich, du Feigling!«

Meine Worte prallten an der Grubenwand ab. Sie schafften es kaum über den Rand nach draußen. Waren genau so hilflos wie ich.

»Du elender Feigling!«

Lächerlich? Natürlich war das lächerlich. Leonard Untersteller hätte den Kopf geschüttelt, wenn er mich so gesehen hätte. Aber er sah mich nicht, und der Mörder sah mich ebenfalls nicht, was mein verdammtes Glück war. Ich verließ die Baugrube lebend.

Vorher allerdings durchsuchte ich Liebherrs Taschen. Sie waren leer.

Dann rief ich Kommissar Fischer an. Ich musste es endlos läuten lassen, bis er sich aus dem Bett gequält hatte.

»Melde Vollzug«, sagte ich. »Die angekündigte Leiche ist eingetroffen.«

KAPITEL 17

Es wurde eine lange Nacht. So ziemlich alles, was in Heidelberg eine Polizeiuniform trug, rückte an, sperrte ab, erleuchtete taghell, vermaß, dokumentierte, protokollierte. Und befragte. Mich. Nach allen Regeln der

Befragungskunst: warum, wieso, weshalb. Was ich hier draußen, um diese Zeit, auch noch ganz allein, und wo mein Auto stünde.

»Nix Auto«, gähnte ich. »Fahrrad.«

Wie, Fahrrad?

»Wie, wie?«, rief ich. »Fahrrad. Vorne Rad, hinten Rad, Mitte Sattel. Fahrrad. Erfunden 1800nochwas vom Freiherrn von Drais. Hier gleich um die Ecke, in Mannheim.«

»Um nachts von Bergheim in die Bahnstadt zu kommen, nehmen Sie ein Fahrrad?«

»Fünf Minuten«, plärrte ich. »Fünf Minuten und keine Sekunde länger. Das schaffen Sie nie mit Ihrer grüngestreiften Automatikkarosse und dem Beamtentempomat. Wetten?«

»Vorsicht, junger Mann!«

»Wetten?«

Kommissar Fischer schlurfte heran, um die Wogen zu glätten. Ja, ich sei als renitent bekannt, über die Stadtgrenzen hinaus, als ganz besonderer Fall von Renitenz sogar. Einfach nicht hinhören, klar? Ohren auf Durchzug.

Der Beamte reagierte pikiert. »Wie soll ich das Protokoll schreiben, wenn ich nicht hinhören soll?«

»Auch ziemlich renitent, Ihr Untergebener«, meinte ich.

Fischer schleppte mich aus der Gefahrenzone, bevor der Polizist handgreiflich werden konnte. Dafür kamen nun Greiner und Sorgwitz angeschlappt, seine beiden Wadenbeißer, übernächtigt der eine, irgendwie aufgedreht der andere.

»Na, Schluss mit Sudoku?«, begrüßte ich sie.

Das kapierten sie nicht. Ihr Chef warf mir einen warnenden Blick zu. Jaja, ich weiß schon, Herr Fischer, Zurückhaltung wäre angebracht. Aber der Kommissar hatte weder einen Toten gefunden, noch musste er sich mit unangenehm bohrenden Fragen herumschlagen. Und da meine ich nicht das Routineverhör durch seine Kollegen. Sondern Fragen wie die, ob Liebherrs Tod zu verhindern gewesen wäre. Durch etwas mehr Vorsicht beispielsweise. Vielleicht hatte ich die Gefahr, in der er schwebte, unterschätzt. Vielleicht hätte ich das, was er mir am Telefon sagte, ernster nehmen sollen. Ich habe Schiss, Koller! Seine Worte.

Kein Wunder, dass ich gereizt war.

Mit den drei Kommissaren begann das Verhör von vorn. Wann kam der Anruf? Wie lautete die SMS? Wo genau fiel der Schuss? Was, wer, warum. Antwort A, B oder C – multiple choice auf Beamtisch. Die Sache mit dem Fahrrad nahmen sie kommentarlos hin. Mittlerweile kannten sie mich und meine Angewohnheiten.

»Wissen Sie, was?«, stöhnte ich schließlich. »Lassen Sie Wasser in die Grube, dann können Sie Tigerhaie drin halten.«

Die Kommissare wechselten vielsagende Blicke. »Sieht ganz schön fertig aus, unser Meisterdetektiv«, knurrte Sorgwitz. Die Tatortscheinwerfer beleuchteten seinen blonden Stiftenkopf malerisch von hinten.

»Ihr Kollege aber auch. Was ist los? Chappi nicht vertragen?«

»Magen-Darm-Virus«, murmelte Greiner, der Dunkelhaarige. So kraftlos kannte ich ihn gar nicht. »Müsste eigentlich frei nehmen, aber das geht ja nun nicht.« Er straffte sich oder versuchte es zumindest, nur um auf halbem Weg wieder in sich zusammenzusacken. »Immer im Dienst, Chef!«, krächzte er.

»Schon gut.« Fischers Blick erfasste mich. »Hat dieser Mord etwas mit dem Einbruch in Ihr Büro zu tun, Herr Koller?«

So müde ich war, diesem Blick galt es, standzuhalten. »Das hier«, sagte ich und zeigte in Richtung Baugrube, »war Lorenz Driehm.«

Schau an, wie sie glotzten, Fischers Edelhelfer. Sorgwitz stammte aus dem fernen Osten, Greiner war dem Vernehmen nach auch kein gebürtiger Heidelberger, aber von einem gewissen Lorenz Driehm hatten sie natürlich gehört.

»Driehm?«, hustete Greiner. »*Der* Lorenz Driehm?«

»Quatsch«, sagte Sorgwitz.

»Driehm war's«, wiederholte ich.

Sorgwitz lachte. Greiner wackelte müde mit dem Kopf.

Bevor Fischer besänftigend eingreifen konnte, sprang ich auf und brüllte die beiden an. »Mir schon klar, dass das nicht in eure Spatzenhirne reingeht, ihr verhinderten Supercops! Aber es war so, und ich werde es euch beweisen, bevor ihr den Namen Driehm auch nur buchstabieren könnt!«

Während Greiner bloß ein Seufzen zustande brachte, baute sich sein Kollege vor mir auf. Pump, pump, da blähte sich jeder Muskel. Und das Ding dort zwischen seinen Ohren sollte wohl ein Grinsen sein. Was hatte dieser Kommissar Sorgwitz aber auch für einen fitnessstudiogestählten Polizistenkörper! Wenn er wie jetzt sein Gebiss fletschte, war das Werbung für Zahnpasta und Wachstumshormone in einem.

»Steht wohl unter Schock, unser guter Herr Koller«, säuselte es zwischen seinen dentalen Prachtstücken hindurch. »Kein Wunder, bei dieser Aufregung heute Nacht!«

»Den einzigen Schock meines Lebens bekam ich, als ich Sie beide zum ersten Mal sah. Und von dem hab ich mich bis heute nicht erholt.«

»Ich denke, wir informieren die Sanitäter. Am Ende kollabiert uns das Herzchen noch.«

»Schluss jetzt!« Kommissar Fischer trat zwischen uns. Mit beiden Händen drückte er mich auf den Polizistenklappstuhl zurück, den mir eine fürsorgliche Beamtin Stunden zuvor unter den Hintern geschoben hatte. »Sie reden nur mit mir, verstanden? Achten Sie nicht auf die beiden. Also: Was hat Driehm mit diesem Liebherr zu schaffen und was mit dem Einbruch?«

Ich erzählte. Von dem Treffen mit Liebherr, von den belastenden Unterlagen, von Liebherrs Angst. Wer mich kennt, weiß, wie sehr es mir widerstrebt, meine Kenntnisse mit der Polizei zu teilen, vor allem wenn Greiner und Sorgwitz in Hörweite stehen und die Ohren spitzen. In diesem Fall lagen die Dinge anders. Erstens war Liebherr tot, und es wäre mir wie Verrat vorgekommen, denjenigen, die seinen Mörder suchten, Informationen vorzuenthalten. Zweitens ermittelte die Staatsanwaltschaft ja bereits in Sachen Driehm Pharma. Und jetzt, da es einen Toten gegeben hatte, würde sie sich keine Verzögerung mehr leisten können.

Anders gesagt: Der Fall Driehm lag nicht mehr in meinen Händen. Sondern in denen der Polizei.

Was nicht hieß, dass ich zur Untätigkeit verdammt war.

»Sie glauben also«, fasste Fischer zusammen, »dass

Lorenz Driehm hinter beidem steckt: dem Einbruch und dem Mord?«

»Nein.«

»Sondern?«

»Ich glaube nicht, Herr Fischer, ich bin mir sicher. Was allein den Einbruch betrifft, den hätte theoretisch auch ein anderer begehen können. Erinnern Sie sich, dass ich heute Morgen von zwei denkbaren Kandidaten sprach? Für Liebherr war das Quatsch. Er hatte sofort den richtigen Riecher. Driehm muss ihn beobachtet haben, als er sich mit mir traf. Und Liebherr hatte Angst, das sagte er mir am Telefon. Mehrfach übrigens.«

»Angst vor Lorenz Driehm? Einem der angesehensten Menschen in dieser Stadt?«

»Ich habe es mir ja selbst nicht vorstellen können. Das Resultat liegt dort hinten.«

»Nun gut. Warten wir mal ab, was die Spurensicherung sagt. Wobei ich es für ausgeschlossen halte, dass Driehm persönlich …«

»Natürlich nicht. Dafür hat er seine Leute.«

»Zumal der Herr heute Abend gesellschaftliche Verpflichtungen hatte.« Er schnippte sich einen Krümel von der Hose. »Heißt es.«

Heißt es? Fischer mochte schnippen, so viel er wollte; der Ausdruck grimmiger Zufriedenheit, der über sein Gesicht huschte, war nicht zu übersehen.

»Sie müssen wirklich Langeweile verspürt haben«, sagte ich. »Wenn Sie Zeit und Muße für derartige Recherchen hatten!«

»Das ist ja nun vorbei«, entgegnete er unwirsch. »Das mit der Langeweile, meine ich. Meine Nase hat wieder einmal nicht getrogen. Wenn ein Max Koller Staub aufwirbelt, gibt es Ärger.«

Ich schwieg. Dummes Geschwätz! Ärger hatte nur einer bekommen: Kai Liebherr. Und der war schließlich selbst Urheber des Staubs und des Aufwirbelns gewesen. Was hatte ich getan? Meine Stirn hingehalten, Millionärstöchter geknutscht und Haien beim Abendessen zugeschaut. Hübsche Bilanz eines Falles, der nie mein Fall gewesen war.

»Ich will nach Hause«, sagte ich. »Termine. Mein Steuerberater hat sich angekündigt. Ich überlege, ein paar meiner Milliönchen in Dreamcity zu investieren.«

»Ach, Sie auch?«, meinte Greiner verdattert. Dann bemerkte er die erstaunten Blicke seiner Kollegen und wurde rot.

»Kein Wunder, dass Ihr Magen rebelliert«, murmelte ich.

»Bloß eine kleine Eigentumswohnung«, stotterte er. »Herrje, meine Tante hat mir was vererbt, und bei den heutigen Zinsen … Zwei Zimmer, höchstens.«

»Hier?« Kollege Sorgwitz konnte es nicht fassen. Sein Blick schweifte über die bewohnten Klötze in der Ferne, über Erdhalden und Wassergräben. »Du willst in einen Stadtteil ziehen, der noch zehn Jahre lang Baustelle ist? Schau dich doch um! Bis du dich hier wohlfühlst, bist du Opa!«

»Von Herziehen war keine Rede«, wehrte sich Greiner. »Aber die Zinsen!«

»Oben in Gaiberg gibt es richtig schnuckelige Häuschen, und die kosten nur die Hälfte. Grün ist es dort auch.«

Ich konnte nicht mehr an mich halten und brach in schallendes Gelächter aus. Sorgwitzens romantische Seite war mir bislang verborgen geblieben. Schnuggelig! Wie da der

Sachse in ihm durchkam! Kommissar Fischer brachte mich mit einer energischen Handbewegung zum Schweigen.

»Wenn Sie das ernst meinen mit einer Investition in Dreamcity«, sagte er zu Greiner, »ziehe ich Sie aus den Ermittlungen ab. Wegen Befangenheit. Und Sie, Sorgwitz, schlagen sich Gaiberg aus dem Kopf. Einen Ort kurz unterhalb der Schneegrenze! Wenn Sie wissen wollen, wo der Bär steppt, der Immobilienbär nämlich, dann kommen Sie zu mir in die Südstadt. Dort räumen die Amerikaner gerade ihre letzten Behausungen. Und jetzt ran an die Arbeit!«

Ja, ran an die Arbeit, ihr Möchtegernhausbesitzer. Die beiden Kläffer trollten sich. Besser gelaunt als erwartet fuhr ich nach Hause. In meine zugige, schlecht geschnittene, falsch gelegene, mit einem Wort: wunderbare Bergheimklitsche.

KAPITEL 18

Dass mir Christine Vorwürfe machte, war nichts Ungewöhnliches. Ganz alleine, mitten in der Nacht, was da hätte passieren können! Ein Schuss aus dem Hinterhalt! Ein Toter! Furchtbar, Max. Furchtbar.

Nein, ungewöhnlich war, wie knapp ihre Vorwürfe ausfielen. Ein einziges Mal kaute sie die Liste ihrer Vorhaltungen durch – und gut war. Den gesamten Rest des Tages kam sie nicht mehr darauf zurück.

Moment mal! Das war nicht die Christine, die ich kannte. Nicht die besorgte, verärgerte, an ihrem Exmann verzweifelnde Frau, die es wenigstens versucht haben wollte, mich zu bekehren. Auch wenn sie genau wusste, dass es vergeblich war.

Hatte sie mich aufgegeben? Hatte sie resigniert?

Lieber nicht darüber nachdenken.

Überhaupt greife ich vorweg. Meine Ex hatte zunächst kaum Gelegenheit, Vorwürfe loszuwerden. Ich kam zu Hause an, als sie im Gehen war; zwischen Tür und Angel sprachen wir über das Vorgefallene, danach rauschte sie ab zur Arbeit. Und ich legte mich ins Bett. Um eine Bilanz ihrer Nichtvorwürfe zu ziehen, musste es erst Abend werden. Trotzdem. Christine hatte übernächtigt gewirkt. Eher wortkarg. Sie hatte auch kaum etwas gefrühstückt. Forderte der Magen-Darm-Virus von Kommissar Greiner sein nächstes Opfer?

Weil ich dieses Opfer nicht sein wollte, ließ ich mich in die Kissen plumpsen, sobald sich die Haustür hinter meiner Exfrau schloss. Zehn Minuten später läutete es an derselben: Leonard Untersteller, mein Schatten. Der Knabe war auf eine so verwegene Art tatendurstig, dass es mir geradezu Vergnügen bereitete, ihn mit drei Sätzen auf den Boden der Tatsachen zurückzuholen.

»Liebherr ist tot?«, stammelte er. »Erschossen? Und Sie waren dabei?«

»Fast. Wir besprechen es, wenn ich ausgeschlafen habe. Wobei es mir lieber wäre, du würdest dein Praktikum bei mir beenden. Ich kann nicht verantworten, dass du in Gefahr gerätst.«

Er schluckte. Kam mir sogar ein wenig grün im Gesicht

vor. Aber das fand ich ehrlicher, als hier den starken Mann zu markieren. Nach dem Motto: jetzt erst recht, Herr Koller! Wollen doch mal sehen, wer hier auf der Strecke bleibt!

»Ich denke drüber nach«, sagte er schließlich. »Bis Sie wieder fit sind, richte ich Ihnen das Notebook ein. Schlafen Sie gut.«

Und das tat ich. Schlief sogar sehr gut, wider Erwarten. Träumte vom ›Englischen Jäger‹, der einzig wahren Kneipe Heidelbergs, der ich unbedingt einen Besuch abstatten musste. Am besten gleich nach dem Erwachen.

Als es aber so weit war – das Erwachen, nicht der Besuch –, wurde mir schnell klar, dass der ›Englische Jäger‹ noch ein paar Stündchen auf mich würde verzichten müssen. Eine Nachricht auf dem Anrufbeantworter: Kommissar Fischer kündigte einen weiteren Besuch am frühen Abend an. Eine Nachricht auf der Mailbox meines Handys: Therese bat um eine Verschiebung unseres Treffens um eine Stunde. Außerdem ein Zettel, den Leonard unter der Tür durchgeschoben hatte: »Wach, Herr Koller? Ich warte im Büro auf Sie!!!«

»Nicht wach, Herr Untersteller«, knurrte ich. Gegen die inflationäre Verwendung von Ausrufezeichen war ich seit gestern allergisch. In aller Ruhe bereitete ich mir einen Kaffee extrastark, bevor ich hinunter in den Hof schlurfte. Im Treppenhaus schwappte plötzlich der Kaffee aus dem Becher. Ursache des Erdbebens war mein Freund Fatty, der ganz gegen seine Gewohnheit zwei Stufen auf einmal nahm.

»Max!«, rief er, als er mich sah. »Na, Gott sei Dank!«

»Stufe sechs auf der nach oben offenen Richterskala. Wieso Gott sei Dank?«

»Weil ich mir Sorgen gemacht habe. Schießerei in der Bahnstadt, und du mittendrin!«

»Woher weißt du das schon wieder?«

»Eva gibt Unterricht in der Bahnstadt, hab ich das nicht erzählt? Heute Morgen rannte sie deinem Kommissar Fischer in die Arme. Die beiden kennen sich ja seit dieser Butenschön-Geschichte. Und der meinte, du seist dem Tod noch mal von der Schippe gesprungen.«

»So hat es Fischer ganz sicher nicht formuliert. Aber müssen wir das im Treppenhaus besprechen? Unten wartet meine Belegschaft auf mich. Auch einen Kaffee?«

Angeekelt linste Fatty in meinen Becher. »Danke, keinen Flüssigteer für mich. Warum vergiftest du dich freiwillig, wo du doch gerade erst mit dem Leben davongekommen bist?«

»Weils schmeckt, darum.« Ich ging voraus, mein dicker Kumpel trampelte hinterher. »Außerdem hat der Tod keine Schippe, sondern eine Sense. Manchmal auch eine Pistole.«

»Du bist doch hoffentlich unverletzt? Was ist mit deiner Stirn?«

»Kleines Duell mit einer Teigrolle.« Eben kamen wir an der Wohnungstür der Boskops vorbei. »Der Klügere hat nachgegeben. Was ist mit dir, Mittagspause?«

»Yep. Wenn du vielleicht ein Glas Wasser hättest?«

»Ich kann auch eine Pizza kommen lassen. Bier ist im Keller.«

»Sehe ich so aus, als würde ich mittags etwas essen?«, rief er empört. Ich verzichtete auf eine Antwort.

Unten im Hof schaute mein Praktikant beeindruckt auf Fattys Bauch, und Fatty war nicht minder erstaunt, als er hörte, in welcher Funktion Leonard Untersteller sich bei mir bewährte.

»Praktikant?«, meinte er und stemmte beide Fäuste in die Hüftpolsterung. »Praktikant bei Max Koller? Das nenne ich mal ein Himmelfahrtskommando. Wenn du das hinter dich gebracht hast, Junge, kannst du bei der Fremdenlegion anheuern.«

Ich stellte ihm einen Stuhl hin. »Das bekommt er von mir auch jeden Tag zu hören, aber er lässt sich einfach nicht abschrecken.«

»Wieso abschrecken?« Einmal mehr verriet Leonards Gesichtsausdruck, dass Ironie nicht zu seinen Primärtugenden gehörte.

»Nur so. Willst du einen Kaffee?«

»Nein!«, antwortete Fatty für ihn. »Dann lieber Fremdenlegion.«

Wortlos hielt ich Leonard meinen Becher unter die Nase.

»Danke, Herr Koller, ich trinke keinen Kaffee. Nie.«

»Dachte ich mir. Hol dir ein Wasser aus der Kiste dort hinten und stell dem Dicken auch ein Glas hin. Nächste Frage: Hast du dir das überlegt mit dem Weitermachen bei mir?«

Leonard, an der Wasserkiste: »Ja.«

»Gut überlegt?«

»Ja.«

»Und was ist dein Plan für heute? Freibad oder Praktikum?«

Leonard stellte eine Flasche auf den Tisch, suchte im Regal nach zwei Wassergläsern, fand welche, stellte eines wieder zurück, um es durch ein saubereres zu ersetzen.

»Praktikum«, sagte er und nahm neben Fatty Platz. »Ich finde, wenn man eine Sache angefangen hat, muss man sie auch durchziehen. Allerdings habe ich mir vorgenommen, von jetzt an vorsichtiger zu sein.« Er sah mich an. Der Ernst der Jugend flammte in seinem Blick. »Das sollte auch für Sie gelten, Herr Koller.«

Fatty machte große Augen. Dann kratzte er sich im Ohr, als müsse er seinen Gehörgang freiräumen.

»Siehst du«, sagte ich und nahm einen Schluck Kaffee. »So redet heutzutage der Praktikant mit seinem Chef, Fatty. Daran merkst du, dass wir älter werden. Und was dich angeht, Leonie: zwei Dinge. Erstens entscheide ich aufgrund meiner immensen Berufserfahrung schon selbst, wie vorsichtig oder unvorsichtig ich agiere. Und zweitens hasse ich diese bescheuerte Siezerei, wenn ich mit jemandem zusammenarbeite. Also ab jetzt: Max und du. Kapiert?«

»Bravo«, machte Fatty und griff zum Glas. »Flache Hierarchien. So soll es sein! Mich duzen die Kleinen im Kindergarten schließlich auch.«

Und Leonard? Herrje, der Junge schaute immer noch so todernst aus der Wäsche! Er dachte nach, schwieg, runzelte die Stirn, dachte nach – nur um zuletzt den Kopf zu schütteln. »Nein«, sagte er.

»Nein?«

»Das kann ich nicht, Herr Koller. Ich finde es zwar sehr nett, dass Sie mir das Du anbieten, aber Sie haben schon recht: Ich bin der Prakti, Sie der Chef. Schließlich will ich was von Ihnen lernen. Und dem würde ein Du nicht entsprechen. Also bleibe ich lieber beim Sie, wenn es recht ist.«

Darauf erwiderte ich nichts. Weil mir nämlich nichts einfiel. Abgesehen von Gedankenfragmenten à la »Das ist nicht mehr meine Welt«, oder »Wohin ist es mit unserer Jugend gekommen?«, war mein Gehirn wie leergespült. Doch, etwas zuckte da noch: der Wunsch, mich im ›Englischen Jäger‹ mal so richtig zu besaufen. Aber richtig!

»Du hast recht, Max«, hörte ich Fatty sagen. »Wir werden wirklich älter.« Ein kleines Lachen konnte er nicht unterdrücken. »Du allerdings nur mit Schutzengel. Also, wie war das jetzt heute Nacht? Was ist passiert?«

Mein Praktikant nickte. »Genau, erzählen Sie mal.«

Erzählen Sie mal. Erzähl mal, Max, alter Junge! Ja, ein bisschen musste ich ihm sogar recht geben, meinem braven Leonard Untersteller, zu ihm passte dieses kumpelhafte Getue nicht. Wobei seine Weigerung möglicherweise nichts anderes war als Rache für Leonie. Lufthoheit über die Sprache!

»Also«, seufzte ich, »dann woll'n wir mal.«

Zehn Minuten später war mein Becher leer und meine Zuhörerschaft im Bilde. Sie ließen sich Liebherrs SMS zeigen, rätselten, spekulierten. Warum er mich wohl so dringend hatte treffen wollen? Vielleicht hatte er jemanden gesehen, etwas erfahren. Oder es war bloß ein Hilferuf. Vage, unspezifisch: Angst – bitte kommen.

»Was wollte er an der Halle 02?«, fragte Leonard.

»Keine Ahnung. Als er mich während der Feier anrief, war da noch keine Rede von einem nächtlichen Besuch der Bahnstadt. Der Entschluss scheint spontan gekommen zu sein.«

»Möglicherweise suchte er weiteres belastendes Material gegen Driehm.«

»Aber dann sicher nicht gegen Driehm Pharma. Nicht in der Bahnstadt.«

»Dieser zweite Anruf«, mischte sich Fatty ein, »der in der Nacht: War das wirklich Liebherr?«

»Es war zumindest sein Handy. Gesagt hat er kein einziges Wort.«

»Also könnte es auch ein anderer gewesen sein. Gleiches gilt für die SMS.«

»Ja, sicher, aber warum? Warum sollte der Mörder mich in die Bahnstadt lotsen, um punktgenau bei meiner Ankunft Liebherr zu erschießen? Das ist kaum durchführbar, und Sinn macht es auch nicht.«

»Als Warnung?«

»Viel zu konstruiert. Um mich zu warnen, reicht der Mord völlig aus. Oder meinetwegen ein Anruf nach dem Motto, wenn du nicht aufpasst, geht es dir genauso wie Liebherr. Natürlich kann mich irgendjemand in die Bahnstadt beordert haben, aber dann wüsste ich gern den Grund. Für mich hörte es sich eindeutig so an, als sei Liebherr verfolgt worden, als habe er keine Möglichkeit gehabt, mit mir persönlich zu sprechen, und aus lauter Verzweiflung schließlich die SMS geschickt. Wäre ich ein paar Minuten früher am Tatort angelangt, hätte ich ihn noch lebend angetroffen.«

»Oder du wärst selbst zur Zielscheibe geworden«, murmelte Fatty düster.

»Möglich, ja.«

»Sie sollten noch einmal meine Fotos durchsehen«, schlug Leonard vor. »Die von der Neckarwiese. Vielleicht entdecken Sie den nächtlichen Angreifer. Dann hätten wir den Beweis, dass Liebherr beschattet wurde. Und das muss ja so gewesen sein, wie wäre man sonst auf Ihre Spur gekommen?«

»Ich hab mir deine Fotos schon angeschaut. Der Typ war nicht drauf, glaub mir.«

»Tun Sie's noch mal. Zur Sicherheit. Das sind Sie Liebherr schuldig.«

Wütend funkelte ich ihn an. Was ich wem schuldig war, ging den Kleinen überhaupt nichts an. Dass Fatty ihm beipflichtete, machte die Sache nicht besser.

»Da interessiert mich etwas anderes wesentlich mehr«, sagte ich scharf. »Wie kommt Driehm überhaupt auf den Gedanken, seinen ehemaligen Mitarbeiter beschatten zu lassen? Liebherr wird doch kaum öffentlich damit geprahlt haben, im Besitz von belastendem Material zu sein. Nächstliegende Erklärung: Jemand muss ihn verraten haben. Ein Mitwisser. Einer, den er bei einem Bier ins Vertrauen gezogen hat. Was haltet ihr davon?«

Fatty nickte. Verräter klang gut. Verräter klang nach einem harten Fall mit klaren Trennlinien zwischen Gut und Böse.

Und mein Praktikant? Der schüttelte das jugendliche Haupt. »Liebherr war bei den Neckar-Nachrichten«, sagte er. »So haben Sie es mir erzählt, Herr Koller. Er wollte, dass die Unterlagen für einen Zeitungsbericht verwendet würden, aber da spielten die entscheidenden Leute nicht mit. Was, wenn genau diese Leute Lorenz Driehm gesteckt haben, dass Liebherr drauf und dran war, ihn reinzureiten?«

»Hm«, brummte ich. Und noch einmal: »Hm.« Ob es mir gefiel oder nicht, das war eine Erklärung. Kein Verräter. Sondern der übliche Informationsfluss innerhalb einer bis zum Filz verwobenen Kleinstadt. ›Sag mal, Lorenz, da war kürzlich ein gewisser Liebherr bei uns in der Redaktion, der will dir unbedingt ans Bein pinkeln. Nicht mit uns natürlich, wir halten uns da raus. Aber vielleicht solltest du ein Auge auf den werfen …‹

»Denkbar, oder?«, beharrte Leonard.

»Ja, schon. Nicht ganz ausgeschlossen.«

»Gut, dann gehen wir jetzt die Fotos durch, Chef. Oder brauchen Sie noch einen Kaffee?«

»Ich pack's mal«, grinste Fatty. »In meiner Gruppe gibt es auch eine Praktikantin. Die hat ein hübsches Gesicht und meine Figur. Ciao, Max!«

Ich starrte in meinen Kaffeebecher. Auf dem Grund hatte sich eine schwarze Masse abgesetzt. Sie sah wirklich aus wie Teer.

KAPITEL 19

Der erneute Durchgang durch Leonards Neckarwiesenfotos brachte das erwartete Ergebnis, nämlich nichts. Mein Praktikant hatte mit seinem Smartphone auf alles gezielt, was nach Leben aussah: Männer, Frauen, Kinder, Hunde, Gänse. Sogar einen Schwarm freilebender Halsbandsittiche hatte er erwischt. Nur den Attentäter von vorgestern Nacht nicht. Irgendwann dröhnte mir der Kopf vor lauter Gesichtern.

»Hier, die Ratte kommt mir bekannt vor«, stöhnte ich. »Die war schon mal bei uns im Keller. Aber ob die von Driehm angeheuert wurde?«

»Das ist keine Ratte. Bloß ein Stein.«

»Am Neckar gibt es mehr Ratten als Steine.«

Mit dieser nützlichsten aller Lebensweisheiten entließ ich meinen Praktikanten. Die Uhr zeigte nämlich zehn vor drei, und wenn Therese Driehm hier auftauchte, brauchte ich keinen überkorrekten Gymnasiasten als Anstandswauwau. Diese Frau war schließlich mal meine Freundin gewesen!

»Homeoffice«, ordnete ich an. »Schnapp dir die Satzfahnen von meinem Uniplatz-Fall und lies sie Korrektur. Um fünf bist du wieder hier, dann besprechen wir, wie es weitergeht.«

Ohne Gemaule verzog er sich. Sein Chef war schließlich knapp dem Tod entronnen, da musste man Verständnis haben, wenn eine Anweisung etwas schroff ausfiel.

Gut. Das wäre erledigt. Was jetzt? Kaffee? Kaffee kam immer gut. Vor allem in einem Büro, das nach Vogelrückständen roch. Fenster aufreißen brachte nichts, außerdem war es schon auf. Also hoch in die Wohnung, Kaffeewasser zum Kochen bringen, aufgießen, warten. Eine Minute nach drei. Sie würde es sich doch nicht anders überlegt haben! Kaffee durchgelaufen. Ein Tablett herauskramen. Milch, Zucker, Kekse. Keine Kekse da! Warum hatte Christine keine besorgt? Interne Notiz: Exfrau zur Rede stellen. Was, verdammt, hast du mit den Keksen angestellt? Zum Bäcker war es nur ein Katzensprung. Ich hätte ein paar süße Teilchen besorgen können. Irgendwas mit Erdbeeren, die waren gerade günstig. Da aber läutete es. Ich, Tablett schnappend, Ellbogen gegen Sprechanlagenknopf: »Komme runter!«, Tür mit Fußspitze auf und wieder zu, treppabwärts im Rekordtempo, Milch schwappt in Zuckerdose, sonst heil unten angekommen.

»Hallo, Therese!«

»Tag, Herr Koller.«

Richtig. Heute wurde ja gesiezt. So ein Wechsel vom Du zum Sie war mir auch noch nicht passiert. Sonst eher umgekehrt.

»Tach. Mein Büro ist hinten im Hof. Ich hab uns ein Händchen voll Kaffee gemacht.«

Wortlos folgte sie mir. Eine große Sonnenbrille schirmte ihre Augen und einen Teil ihres Gesichts gegen die Außenwelt ab, und das war gut so, denn der Hof wirkte noch dreckiger als gewöhnlich, der Schuppen schäbiger. Ich stellte das Tablett auf meinen Schreibtisch, bot ihr einen Stuhl an. Sie trug heute Jeans zum weißen Top, ihre Handtasche legte sie neben das Tablett auf den Tisch. Die Brille behielt sie auf.

Ob sie schon von Liebherrs Tod wusste?

»Milch? Zucker?«

Sie schüttelte den Kopf. »Danke, ich trinke nur Tee.« Und als sie meine entgeisterte Miene bemerkte, setzte sie hinzu: »Aber machen Sie sich wegen mir keine Umstände.«

Ich ließ mich in meinen Stuhl fallen. »Wasser wär auch noch da.«

»Wie gesagt, keine Umstände.«

»Na, dann werde ich mal mit der Kaffeevernichtung beginnen.«

»Sind Sie zufrieden mit dem gestrigen Abend? Hat es sich gelohnt, zu kommen?«

Ich überlegte, bevor ich antwortete. Hatte sich der Besuch bei den Driehms gelohnt? Schwer zu sagen. Ich hatte mit Driehm gesprochen, hatte seine Haustiere kennengelernt und seinen Bruder. Inhaltlich weitergekommen war ich nicht.

»Das wird sich zeigen«, erwiderte ich. »Erhellend war der Abend auf jeden Fall. Jemand wie ich bekommt nicht oft Gelegenheit, in solchen Kreisen …«

Unwirsch winkte sie ab. Schon klar, das mit den besseren Kreisen hörte sie nicht gern.

»Okay, lassen wir das«, sagte ich. »Für eine Einschätzung, ob mir der Besuch etwas gebracht hat, ist es wirklich noch zu früh. Ihr Vater hat mir die Affäre mit Ihnen jedenfalls nicht geglaubt. Ich hoffe, Sie kriegen keine Probleme deswegen.« Und als sie nur leicht mit den Schultern zuckte, fuhr ich fort: »Sie sind hier, weil Sie einen Auftrag für mich haben?«

»Bin ich.«

»Dann muss ich Sie fragen, ob dieser Auftrag irgendetwas mit meinen Ermittlungen zu tun hat. Mit Kai Liebherr und der Firma Ihres Vaters.«

»Nein.«

»Wirklich nicht?«

»Nicht das Geringste. Warum fragen Sie?«

»Weil heute Nacht etwas passiert ist.« Keine Reaktion. Von wem sollte sie es auch erfahren haben? Ich konzentrierte mich auf meine Fingerspitzen. »Liebherr wurde erschossen.«

Stille. Dass ich meine Fingerspitzen betrachtete, schloss verstohlene Blicke in ihre Richtung nicht aus. Was hinter den großen Gläsern ihrer Brille vorging, war nicht zu erkennen. Aber dass ihre Lippen schmal wurden und an Farbe verloren, registrierte ich deutlich.

»Erschossen?«, sagte sie mit belegter Stimme.

»Nach Mitternacht, in der Bahnstadt. Er schickte noch einen Hilferuf per SMS, aber ich kam zu spät.«

Langsam fuhr ihre Hand zur Brille. Anstatt das Ding endlich von der Nase zu pflücken, ließ sie die Hand wieder sinken und langte nach der Tasche auf meinem Schreibtisch. Ich sah sie schon eine Beruhigungspille einwerfen oder am Asthmasprayer nuckeln, aber auch da lag ich falsch. Sie kramte in der Tasche herum, bis sie einen Lippenstift gefunden hatte. Den brachte sie stumm zum Einsatz.

»Tja«, sagte ich und nahm einen Schluck Kaffee. Man lernte nie aus. Therese Driehms Ex wurde ermordet, und sie zog sich die Lippen nach.

Endlich legte sie den Stift zurück. »Von wem?«

»Unbekannt. Ich habe bloß den Schuss gehört. Gesehen habe ich niemanden.«

Jetzt war sie es, die auf ihre Finger starrte. Auf die gespreizten zehn Finger ihrer Hände. Wurde jetzt der Nagellack erneuert?

»Was soll das, Max?«, flüsterte sie. »Kai will meinen Vater bloßstellen, dazu engagiert er einen Privatdetektiv – dich –, und am Tag darauf wird er ermordet. Das kann doch nur heißen …«

Sie vollendete den Satz nicht, sondern hob den Kopf, um mich durch ihre dunklen Brillengläser zu fixieren. Ich schwieg.

»Das ist absurd«, fuhr sie fort. »Ich bin in dieser Stadt die Letzte, die das Hohelied auf meinen Vater anstimmt, aber er bringt keine Menschen um! Und bitte lass uns beim Du bleiben, alles andere wäre albern.«

»Gern.« Noch einen Schluck Kaffee. Immer konzentriert bleiben, Max! Lippenstift, Nagellack, Duzen – dieses Hin und Her konnte einen schon überfordern. »Hör zu, Therese, ich habe nicht behauptet, dass dein Vater …«

»Wer sonst? Hast du darauf eine Antwort?«

»Nein. Du?«

Sie schüttelte den Kopf.

»Magst du jetzt was zu trinken? Ich habe auch Schnaps im Haus.« Und als sie erneut abwehrte, setzte ich hinzu: »Wenn ich gewusst hätte, dass dir sein Tod so nahe geht, hätte ich versucht, etwas vorsichtiger …«

»Das tut es nicht«, unterbrach sie mich schroff. »Mir geht sein Tod nicht nahe, Max. Kai war ein Idiot, und dass ich mal was mit ihm hatte, ein dummer Fehler. Trotzdem … ich weiß nicht, das klingt alles so irreal. Wer erschießt einen Menschen mitten in der Stadt? Und warum?«

»Ich werde an der Sache dranbleiben. Aber im Moment sieht es eher so aus, als müsste die Polizei für die Aufklärung sorgen.«

Sie nickte. Stützte eine Hand ins Kinn und schaute still zum Fenster hinaus.

Ich ließ sie eine Weile sinnieren, dann fragte ich: »Wann hat Liebherr dir erzählt, was er vorhatte?«

»Vor einer Woche ungefähr. Ich kann es dir gar nicht genau sagen, weil er immer mal wieder mit Racheplänen ankam. Er wusste ja, dass mein Verhältnis zu meinen Eltern nicht das Beste ist. Aber er war so … so verbohrt und primitiv, man konnte ihn nicht ernst nehmen. Ich habe ihm gesagt, er könne tun und lassen, was er wolle. Ich würde ihn nicht davon abhalten, ihn aber auch nicht unterstützen.«

»Abgesehen von gestern Abend.«

Ein schwaches Lächeln flog über ihr Gesicht. »Ohne das Stichwort Privatdetektiv hätte ich keinen Finger gerührt.«

»Weil du gerade auf der Suche nach einem warst?«

»Genau. Und weil ich deinen Namen kannte. Ich dachte, wenn du nur annähernd so bist, wie du in deinen Büchern rüberkommst, bist du der Richtige.«

»Als Ermittler?«

Wieder ein kleines Lächeln. »Natürlich als Ermittler. Du hast doch eine Frau, oder?«

»So was Ähnliches. Und denkst du jetzt, nach Liebherrs Tod, immer noch, ich sei der Richtige?«

Das Lächeln erstarb. »Selbstverständlich! Das eine hat mit dem anderen nichts zu tun.« Sie setzte sich aufrecht hin. »Können wir darüber sprechen?«

Ich nippte am Kaffee. Sprechen wir darüber, Therese Driehm!

»Gut.« Alles an ihr wurde hart, gesammelt, fokussiert. Ihre Haltung, ihre Miene, unter Garantie auch ihr Blick – der allerdings im Verborgenen. Jetzt kommt etwas, signalisierte diese Körpersprache, und es kam tatsächlich etwas.

Sie öffnete den Mund und sagte: »Ich bin schwanger.«

»Glückwunsch«, sagte ich.

KAPITEL 20

Jungfrau.

Natürlich ist die Jungfrau eine Erfindung von Männern. Kühl und distanziert, verborgene Herzenswärme – so steht es in den Horoskopen. Nicht besonders originell. Aber brauchbar, das schon. Vielseitig einsetzbar, Drehscheibe zahlreicher Romane. Trotzdem eine Erfindung.

*

»Ich bin schwanger, Max.«

»Glückwunsch, Therese.«

Das sagte man doch in diesen Fällen. Oder?

»Oh, vielen Dank«, entgegnete sie spöttisch. »Leider empfindet es der werdende Vater nicht als Glück.«

»Das soll vorkommen.« Ich wartete. Warum halsten mir die Leute immer ihre Beziehungsprobleme auf? Erst der gelackmeierte Makler, jetzt die Tochter Driehms. Drehte sich der Streit um ein Kind, wurde es unübersichtlich.

»Er heißt Shaun Dircksen, ist ein gutes Stück älter als ich und ein Freund meines Vaters. Freund und Architekt, um genau zu sein. Wir hatten eine kurze Affäre, von der niemand etwas wusste, und mehr sollte auch nicht daraus werden. Aber jetzt …« Sie zuckte die Achseln. »Pech halt.«

»Und du wirst das Kind bekommen?«

»Ja. Diskussion überflüssig. Shaun dagegen weigert sich. Er will nichts davon wissen.«

»Abtreibung?«

»Er behauptet, das Kind sei nicht von ihm.«

Ich stellte den Kaffeebecher auf den Tisch, um mir einen Kommentar zu ersparen. Aber mein Gesichtsausdruck sprach wohl Bände.

»Es *ist* von ihm«, sagte Therese mit Bestimmtheit. »Ich weiß es. Und er weiß es auch. Shaun ist ein Feigling. Dabei ist er nicht einmal verheiratet, hat keine Familie, nichts zu verlieren. Er will bloß nicht zugeben, dass er einen Fehler gemacht hat. Die Sache ist ihm peinlich, hochnotpeinlich. Vor allem natürlich vor meinem Vater, seinem alten Kumpel.«

»Wie wär's mit einem Vaterschaftstest?«

»Wozu? Um zu bestätigen, was ohnehin klar ist?«

»Dann hättest du ihm gegenüber etwas in der Hand.«

»Das brauche ich nicht. Versteh doch, Max, es geht mir nicht um die Alimente, und ich will auch keine Familie mit Shaun gründen. Er und ich, das war … ja, was war es eigentlich? Ein kurzes Aufflackern, ein bisschen Spaß. Mehr nicht. Aber ich will, verdammt noch mal, dass er sich zu dem Kind bekennt. Er soll sich nicht wegducken. Genau so habe ich es ihm gesagt.«

»Vielleicht nicht deutlich genug.«

»Wie gesagt, er ist ein Feigling. Und deshalb brauche ich dich.«

»Mich«, grinste ich, obwohl mir nicht zum Grinsen zumute war.

»Du wirst dafür sorgen, dass Shaun sich zu seinem Kind bekennt.«

»Ich? Ausgerechnet ich! Therese, ich bin weiß Gott nicht auf den Mund gefallen, aber wenn es um Kinder geht und solche Sachen …«

»Sachen?«

»Wie soll ich ausgemachter Einzelkämpfer einen anderen Mann überzeugen …?«

»Das werde ich dir sagen.«

»Aha.« Vergeblich versuchte ich zu ergründen, was sich hinter Thereses Sonnenbrillengläsern tat. »Dann sag es mir.«

Sie griff nach ihrer Handtasche und entnahm ihr – nein, keinen Lippenstift, sondern einen Zettel, den sie mir reichte. »Du wirst ihm eine Frage stellen. Diese hier.«

Ihre Hand mit dem Zettel stak in der Luft. Nach einer Sekunde des Zögerns nahm ich ihn entgegen.

Auf dem Zettel stand ein einziger Satz, ausgedruckt in Schriftgröße 20 Punkt oder mehr: »SHAUN DIRCKSEN! WOLLEN SIE SICH AN DIESEM ORT, VOR DIESEN LEUTEN NICHT ENDLICH ZU IHREM KIND BEKENNEN?«

Langsam hob ich den Kopf. Es war ein Satz. Mit Subjekt, Prädikat und allem, was dazugehört. Keine Rechtschreibfehler. Kapieren tat ich ihn noch lange nicht.

»Lesbar?«, erkundigte sich Therese mit leisem Spott.

»Lesbar. Sogar für ältere Herrschaften wie mich. Trotzdem unverständlich. Du meinst also, ich soll diesen Satz … ich soll mich vor den Vater deines Kindes stellen und ihm diesen Satz um die Ohren hauen?«

»Korrekt.«

»Na prima. Hier ist von Leuten die Rede. Das heißt, es gibt Zeugen?«

»Ebenfalls korrekt.«

»Darf ich fragen, welche? Und wie viele?«

»Jede Menge.« Wieder spielte ein mildes Lächeln um ihre Lippen. »Politiker, Pressevertreter, Schaulustige. Und mein Vater.«

»Presse? Willst du ein Tribunal veranstalten?«

»Vielleicht hast du es in der Zeitung gelesen: Nächsten Samstag findet der Spatenstich zum ersten Wohnblock von Dreamcity statt. Dircksen als Architekt wird natürlich auch anwesend sein. Eine bessere Gelegenheit gibt es nicht.«

Ich starrte sie an. Klappte den Mund auf und ließ ein kurzes Lachen hören. So eine Art Lachen; es hatte nichts mit Lustigkeit zu tun.

»Das meinst du nicht ernst, Therese!«

Sie schwieg. Gab mir Zeit zu begreifen, dass sie es sehr wohl ernst meinte. Todernst! Ein Pressetermin mit Vertretern der Stadt, mit Driehm, dem Mäzen, und Dircksen, dem Architekten. Fotos für die Neckar-Nachrichten, für Stadtblatt und Internet. Plötzlich stürmt Max Koller die Bühne, schnappt sich ein Mikro und beglückt die Welt mit einer bizarren Botschaft. Genial!

»Einen Moment, Therese!« Ich holte Luft. »Du glaubst doch nicht, in Dircksen einen Sinneswandel auslösen zu können, indem du ihn auf diese Art bloßstellst? Der macht doch erst recht dicht!«

»Ich will ihm zeigen«, sagte sie leise, aber mit Nachdruck, »wie weit ich zu gehen bereit bin. Das ist alles.«

»Dann sag ihm das. Von Frau zu Mann. Nicht vor irgendwelchen Pressefuzzis.«

»Schon geschehen.«

»Tu es noch mal!«

»Max.« Ihre Stimme war unverändert. Leise, klar, nachdrücklich. »Denk einen Moment nach. Ich komme hierher, beichte dir, einem Fremden, meine Schwangerschaft, will dich engagieren. Glaubst du nicht, dass ich bereits alles versucht habe, um Shaun aus der Reserve zu locken?«

»Mein Gott, dann geh halt zu deinem Vater und erzähl ihm von dem Kind. Vielleicht kann er seinen alten Kumpel umstimmen.«

»Das hieße doch wohl erst recht, Shaun bloßzustellen.«

»Aber dieser Zettel …« Hilflos wedelte ich mit dem Wisch in meiner Hand.

»… ist das klare Signal für ihn, dass ich zum Äußersten bereit bin. Ich zerre ihn gewissermaßen an die Öffentlichkeit, und doch bleibt es eine Sache zwischen uns. Du wirst natürlich niemandem verraten, um welches Kind es geht.«

Ich sah sie schief an. »Werde ich nicht?«

»Verstehst du, ich will nur eines: mit Shaun über unser gemeinsames Kind sprechen. Beraten, wie es weitergeht. Wenn er nicht will, dass mein Vater erfährt, von wem das Kind ist – gut. Alles Verhandlungssache. Nur aus der Verantwortung stehlen soll er sich nicht.«

»Das funktioniert nicht.« Ich wand mich, und dass ich merkte, wie ich mich wand, machte die Sache nicht besser. »Therese, das geht in die Hose. Die Leute werden mich löchern. Die Presse wird sich auf mich stürzen.«

»Und?«, lachte sie.

»Was, und?«

»Du kommst ungebeten zur Geburtstagsfeier in das Haus des reichsten Mannes von Heidelberg, spielst den Lover der Tochter, wirst nachts fast erschossen – und hast Schiss vor einer Handvoll Journalisten? Spiel mir doch nichts vor!«

Ich sprang auf. Zettel auf den Tisch, gleich neben den Kaffeebecher. »Ich habe keinen Schiss! Verdammt, Therese, es geht mir um dich! Die ganze Aktion wird auf dich zurückfallen, wenn ich … oder die Leute dort …«

»Wie denn?«

»Keine Ahnung. Irgendwie halt. Vielleicht verplappert sich Dircksen. Oder dein Vater ahnt was. Diese Pressehyänen sind gnadenlos, wenn die erst mal recherchieren, finden die alles raus.«

Sie schüttelte den Kopf. All meine Einwände prallten an diesem Kopfschütteln ab. »Niemand weiß von dem Kind. Nur du, Shaun und ich. Und wir werden schweigen, das weiß ich.« Sie fuhr sich mit einem Finger unter die Brille, als müsse sie dort ein Tränchen vor dem Herauskullern bewahren. »So viele Bedenken hätte ich von dir nicht erwartet, Max. Was ist los? Willst du erst einen Preis hören? Dein gutes Recht. Ich biete dir 5000 Euro. Wenn das zu wenig ist, sag es mir.«

»Wie bitte?« Ich erstarrte.

»5000 Euro für einen Satz. Du weißt, dass Geld für mich keine Rolle spielt. 6000?«

»Stopp!« Die Hände zur Abwehr ausgestreckt, ließ ich mich auf meinen Stuhl fallen. »Hör auf! Dafür gibt es keinen Preis, Therese. Selbst wenn ich es täte – täte, hörst du, Konjunktiv! – selbst wenn, dann nicht für Geld. Einen Satz in die Welt zu brüllen, ist keine Arbeit, dafür braucht man auch keine besondere Eignung. Wenn, täte ich es dir zum Gefallen. Für gestern Abend zum Beispiel.«

»Dem Kind zum Gefallen.«

»Meinetwegen. Trotzdem … ich kann das nicht. Es klingt nicht gut. Wirklich, Therese, es passt einfach nicht.«

Das waren keine gescheiten Sätze, die ich da von mir gab. Und die Strafe folgte auf dem Fuß. Was jetzt kam, war so klischeehaft, dass ich es für eine Seite aus einem Groschenroman gehalten hätte – Detective Ronald Spencer, Jubiläumsband, dünnes Papier, dafür umso dicker aufgetragen –, hätte ich es nicht selbst erlebt. Vielleicht habe ich es auch gar nicht erlebt, mir nur im Nachhinein diese Version zurechtgelegt, um mein Verhalten zu rechtfertigen. Egal, entscheiden Sie selbst!

Und dies geschah: Therese legte ihre Brille ab.

Mit der Rechten griff sie nach dem Ungetüm, zog es von ihrem Gesicht wie eine venezianische Maske und legte es in ihren Schoß. Ihre Lippen rührten sich nicht, nirgendwo zuckte oder zitterte es, Nase und Brauen waren bewegungslos, wie nicht vorhanden. Therese blieb stumm. Das Einzige, was lebte, waren ihre Augen. Sie glänzten. Schimmerten. Pulsierten, spiegelten eine Welt wider, die weit über mein dämmriges, enges Büro hinausreichte. Und in einem Augenwinkel hing tatsächlich eine Träne. Wo auch immer sie herkam. Was auch immer sie zu bedeuten hatte.

»Tu's, Max«, flehten ihre Augen. »Mir zuliebe. Dem Kind zuliebe. Bitte!«

Dass sie die schönsten Augen der Welt hatte, habe ich ja bereits erwähnt.

»Einen Moment«, sagte ich.

»Ich muss das Fenster schließen«, sagte ich.

»Es zieht«, sagte ich.

Dann sah ich mir dabei zu, wie ich aufstand, zum Fenster ging, es schloss und am geschlossenen Fenster stehen blieb. Wie ich nach draußen schaute. Oder so tat, als schaute ich nach draußen. Meine Finger verkrümelten sich in den Hosentaschen. Vergebliche Fluchtversuche. Bei alledem sah ich mir zu und dachte: Wenn sie jetzt tatsächlich BITTE sagt, wenn sie nur dieses eine Wort sagt, aber im Tonfall ihrer Augen, dann braucht dieser Typ da am Fenster einen Arzt.

Und sie tat es.

Im Hof, jenseits des geschlossenen Fensters, war es ganz still, deshalb hörte ich das Wort so deutlich wie einen Pistolenschuss. Obwohl sie flüsterte.

»Bitte«, hauchte es hinter mir, und die fünf Buchstaben drangen mit einer Wucht in meinen Rücken ein, dass ich gegen die Scheibe gedrückt wurde. Mit dem Oberkörper, den Schultern, dem Gesicht. Jeder weiß, wie bescheuert es aussieht, wenn die Backe hart auf Glas presst. Die Haut fischig weiß, zum Kussmund verformte Lippen, hilflos rollender Augapfel. Affenartig!

Ja, zum Affen ließ ich mich machen durch ein einziges Wort. »Bitte, Max«, sagte Therese, und ich drehte mich um, nahm die Hände aus den Hosentaschen und sagte: »Einverstanden.«

KAPITEL 21

Als Therese gegangen war, saß ich noch minutenlang hinter dem Schreibtisch, ohne mich zu rühren. Klingt nicht nach Max Koller, war aber so. Ich saß da und starrte ein Loch in die Luft. Nicht irgendwo in die Luft, sondern genau dorthin, wo kurz zuvor Thereses Augenpaar geleuchtet hatte. Die Signallampen eines Geisterschiffs. Ein Irrlicht, das Männer ins Moor lockte. Die funkelnde Doppelspitze eines Zauberstabs, der einen Privatflic in einen Affen verwandelte.

Was hatte ich da eigentlich angestellt?

Vor mir lag der Zettel mit dem ominösen Satz. Bloß nicht hinschauen. Bloß nicht noch einmal lesen. Egal, ich kannte ihn eh auswendig.

Erst das Quäken meines Handys löste meine Erstarrung. Quäken, nicht Quieken; Leonard hatte am Morgen den Klingelton zurückgesetzt. Mechanisch hob ich es auf, mechanisch meldete ich mich.

»Alles klar, Max?«, fragte mein Freund Covet.

»Ich bin ein Idiot.«

»Bitte?«

»Ich. Idiot. Hirnverbrannt. Lachnummer.«

»Ach so. Gut, dass du es auch endlich merkst. Dann ist ja alles in Butter. Soll ich später noch mal anrufen?«

»Jetzt ist später.«

Daraufhin schwieg er vorsichtshalber. Ich sagte ihm, er solle sich um meinen Geisteszustand keine Gedanken machen, diese Gelegenheit habe er verpasst, als wir uns kennenlernten, jetzt sei sowieso alles zu spät.

»Später als spät«, knurrte er.

»Schieß los. Was gibt's?«

»Einiges. Ich saß heute Morgen mit einem Kollegen von der Wirtschaft zusammen. Er hat sich die Dokumente von diesem Liebherr angeschaut.«

»Und?«

»Der Typ, dem die Staatsanwaltschaft im Nacken sitzt, heißt Wittstock. Felix von Wittstock. Mein Kollege meint, es sei ziemlich klar, was da gelaufen sei, und durch Liebherrs Material werde es noch klarer. Dieser Wittstock könne sich schon mal seine Zelle aussuchen.«

»Also sind die Dokumente nichts wert?«

»Doch. Sie könnten die Arbeit der Staatsanwaltschaft deutlich beschleunigen. Die im Übrigen sehr dezent voranschreitet. An die Öffentlichkeit dringt da so gut wie nichts, und die Medien sind gehalten, erst zu berichten, wenn die Katze aus dem Sack ist.«

»Du meinst, die Ermittlungen werden verschleppt?«

»Nein, das würde ich nicht sagen. Sie finden bloß äußerst geräuschlos statt, mit Rücksicht auf die Bedeutung von Driehm Pharma für die Region. Das kann man so oder so finden.«

»Oder so.«

»Oder soso. Bleib mal schön auf dem Boden, du Verschwörungstheoretiker. Dieser Wittstock wird verknackt, keine Frage. Der hat es einfach zu weit getrieben mit seiner Gier. Für Lorenz Driehm ist die Sache übrigens besonders peinlich, denn bei dem Knaben handelt es sich um seinen eigenen Bruder.«

»Hä?«

»Ja, von Wittstock hieß früher Driehm, jetzt von Wittstock. Nach seiner adligen, halbadligen oder pseudoadligen Gattin. Macht einfach mehr her, namenstechnisch. Aber was hilft's, wenn man sonst im Leben nur Scheiße baut?«

»Felix«, murmelte ich. »Der liebe Onkel Felix.«

»Ach, ihr kennt euch, ihr beiden? Geh lieber auf Distanz zu dem Herrn. Das hätte Lorenz Driehm auch gern getan, denn dass sein kleiner Bruder ein Windhund ist, weiß er sicher am besten. Aber die Familie! Die Position als Senior Vice President bei Driehm Pharma bekam Wittstock auf Bewährung, und in den letzten Jahren lief nach außen hin alles gut. Okay, einen Porsche zu Schrott gefahren, zwielichtige Bekanntschaften aus dem C-Promi-Zirkus, aber sonst keine Klagen.«

»Und jetzt? Wie wird sich Driehm verhalten?«

»Siehst du, das ist das wirklich Interessante an der Sache. Offiziell hat er sich von seinem Bruder natürlich längst distanziert. Durchaus glaubwürdig übrigens, denn viel verbindet die zwei tatsächlich nicht. Driehm hat auch zugesagt, die Staatsanwaltschaft nach Kräften zu unterstützen. Aber genau an diesem Punkt kommen deine Dokumente erneut ins Spiel. Was Liebherr da an internem Mailverkehr gesammelt hat, deutet sehr wohl darauf hin, dass Driehm von dem Betrug wusste. Sehr früh wusste. Und dass er seinen missratenen Bruder länger gewähren ließ, als für die Firma gut war.«

»Also doch. Genau das hatte Liebherr ja vermutet. Driehm war Mitwisser. Vielleicht sogar Anstifter.«

»Moment. Nicht so schnell. Driehm ist Milliardär. Warum sollte er sich auf eine derartig alberne Weise bereichern? Das hat er doch gar nicht nötig.«

»Seit wann kennst du dich in der Psyche von Milliardären aus? Das sind nicht nur Haie, die halten auch Haie!«

»Ja, ja. Schalt mal einen Gang zurück.«

»Und du wirf gefälligst den Motor an! Deinen Journalistenmotor nämlich. Wenn die Dokumente beweisen, dass Driehm hinter dem Betrug steckt, muss das morgen in den Neckar-Nachrichten stehen!«

»Herrje, Max, hör mir zu, wenn ich dir etwas erzähle! Von Beweisen war keine Rede. Ich sagte, die Dokumente legen es nahe. Mehr nicht. Driehm hat eine wunderbare Art und Weise, sich in solchen Dingen immer nur sehr allgemein zu äußern. Die China-Sache. Unsere Probleme mit Peking. Diese unerfreuliche Angelegenheit – so in der Art. Da ist nichts darunter, was ein Staatsanwalt als Beweis akzeptieren wird.«

»Ich habe Driehm kennengelernt. Der Kerl ist ein Kontrollfreak, der will überall mitreden, was ihn auch nur entfernt betrifft. Undenkbar, dass er nichts von der Sauerei wusste!«

»Undenkbar vielleicht. Aber auch beweisbar? Noch nicht, würde ich sagen. Wir brauchen mehr Material, handfesteres. Kann dieser Liebherr nicht für einen Nachschlag sorgen?«

»Kann er nicht. Der sorgt für gar nichts mehr.«

Ich erzählte ihm von den Ereignissen der letzten Nacht. Das brachte Marcs Redefluss für eine Weile zum Erliegen. Während ich berichtete, überprüfte ich die Temperatur des restlichen Kaffees, befand ihn für gerade noch trinkbar und goss mir einen Becher ein. Den anschließenden Dialog kannte ich bereits: Steckt Driehm hinter dem Mord? Aber er wird doch nicht selbst? Wer denn sonst? Und warum? Wegen der Dokumente? Und was heißt das jetzt für einen gewissen Max Koller?

»Nein«, seufzte ich, »im Moment fühle ich mich nicht direkt gefährdet. Gestern Abend wäre es ein Einfaches gewesen, mich zu beseitigen. Heute dagegen … Ich habe ja nichts in der Hand, weder gegen Driehm noch gegen sonst jemanden. Nur das Material von Liebherr, und das wird wohl gerade in irgendeinem Reißwolf der Neckar-Nachrichten verschwinden. Aus lauter Versehen natürlich.«

»Red keinen Quatsch! Ich habe dir sogar schon eine Kopie gemacht, alte Heulsuse. Übrigens: Auch wenn ich mir beim besten Willen nicht vorstellen kann, dass Lorenz Driehm einen Mord in Auftrag gibt, habe ich, wie gestern versprochen, zum Thema Unternehmen und ihre ganz speziellen Methoden ein wenig recherchiert.«

»Gestern versprochen? Kann mich nicht erinnern.«

»Am Telefon. Als du mir hoch und heilig versichert hast, Lorenz Driehm stecke nie und nimmer hinter dem Überfall auf dich und dein Büro.«

»Muss eine Ewigkeit her sein«, murmelte ich.

»Ziemlich exakt 24 Stunden. Egal. Du kennst Nestlé. Den Riesenkonzern aus der braven Schweiz, immer wieder in den Schlagzeilen wegen seiner Vorgehensweise in der Dritten Welt, ansonsten aber ein Ausbund von Seriosität. Welches europäische Baby wäre ohne Nestlé-Produkte groß und stark geworden? Du auch nicht, Mäxchen Koller! So. Nestlé wurde kürzlich verurteilt: weil die Firma eine Attac-Gruppe ausspionieren ließ. So richtig mit James-Bond-Girls unter falscher Identität und allem Drum und Dran. Und es kommt noch besser. Beziehungsweise schlechter. In Kolumbien sind Prozesse anhängig: Angeblich soll Nestlé in die Ermordung von Gewerkschaftsführern verstrickt sein. Dies nur in Klammern, wenn mal wieder alle Welt aufschreit: Ich kann mir einfach nicht vorstellen, dass der hochangesehene Herr Soundso dies oder jenes angestellt haben soll …«

»Aber du selbst hast eben über Lorenz Driehm gesagt …«

»Ja, habe ich. Weil ich das Motiv für einen Mord nicht sehe. Die Dokumente geben nicht viel her. Felix von Wittstock ist so gut wie verurteilt, und wenn nicht noch der dicke, unumstößliche Beweis für Driehms Mitschuld auftaucht, hat der Mann nichts zu befürchten. Aber«, er legte eine bedeutungsvolle Pause ein, »aber, mein Freund und Kupferstecher, vielleicht gibt es ein anderes Motiv. Eines, von dem du noch nichts weißt. Von dem du nicht die Spur einer Ahnung hast.«

»Boah«, machte ich so gelangweilt wie möglich. »Das hört sich ja superspannend an. Ich pinkel mir gleich in die Hose vor Aufregung.«

»Nicht wahr? Ja, dein Freund und Helfer Marc Covet. Wenn du den nicht hättest!«

Geräuschvoll schlürfte ich meinen Kaffee. Wenn meine Hose nass wurde, dann nur wegen exzessiven Trinkverhaltens.

»Pass auf«, fuhr Marc nicht ohne triumphierenden Unterton fort. »Vor ein paar Tagen erhielt ich einen Anruf aus dem Tiefbauamt.«

»Echt? Spannend, ey! Das Tiefbauamt!«

»Schnauze. Da war ein Mann am Apparat, der seinen Namen nicht nennen wollte. Zum Piepen! Eher ein Männchen, total nervös, vom schlechten Gewissen geplagt, eine Beamtenseele durch und durch. Aber im besten Sinne. Er meinte, es ginge um den Spatenstich von Dreamcity nächsten Samstag. Lange habe er geschwiegen, aber jetzt, da es ernst würde, müsse alles raus.«

»Verstehe. Die Eidechsen.«

»Was?«

»Für Dreamcity wurden 263 erhaltenswerte Eidechsen

aus der Bahnstadt ausgesiedelt, und nun hat ein Amtsarzt Herzrhythmusstörungen bei ihnen festgestellt. Klarer Fall von Tierquälerei.«

»Willst du nun, dass ich dir helfe, oder nicht? Also: Bei der Umwandlung des Güterbahngeländes in Bauland gab es natürlich Gutachten zur Bodenbeschaffenheit. Was da an Pestiziden und Ölen im Erdreich versickert war, kann man sich ausmalen. Diese Gutachten wurden von allen Beteiligten eingeholt, von der Bahntochter Aurelis zum Beispiel, von der Erschließungsgesellschaft, die meisten aber von der Stadt. Und nun behauptete mein Anrufer, dass eines dieser Gutachten in der Schublade seines Chefs gelandet sei.«

Ich wartete, und als Covet nicht weitersprach, meinte ich: »Ein kritisches Gutachten?«

»Zumindest warf es eine Frage auf. In den Neunzigern führte einer der Castor-Transporte über Heidelberg. Und dabei soll es gerüchteweise zu einem Zwischenfall mit Austritt von radioaktivem Material gekommen sein.«

»Wie bitte? So ein Quatsch! Der Castor war nie in Heidelberg.«

»Der Castor war immer dort, wo ihn die Demonstranten nicht vermuteten. Die Route war geheim, sie wurde dauernd geändert. Das Ganze soll nachts passiert sein, der Zug hielt angeblich nur ein paar Stunden im Güterbahnhof.«

»Und dabei soll das Viertel verseucht worden sein? Warum stand davon nichts in der Zeitung?«

»Weil es keine Informationen über den Zwischenfall gab. Wenn er denn tatsächlich stattfand. Es handelt sich bloß um ein Gerücht, das von dem Gutachter aufgegriffen wurde. Nach Aussage meines anonymen Anrufers. Alles sehr fragwürdig.«

»Aber warum landete das Gutachten in der Schublade? Angeblich?«

»Offiziell, sagt mein Informant, wegen eklatanter sachlicher Mängel. In Wahrheit – auch das seine Behauptung – weil es empfahl, das komplette Erdreich der Bahnstadt auf radioaktive Kontamination zu untersuchen. Alternative: keine Bebauung.«

»Ach, nee. Das ist ja ein Ding. Trotzdem, was ist so heikel an dieser Empfehlung? Dann untersucht man das Erdreich halt. Die Eidechsen hat man ja auch umgesiedelt.«

»Bei Radioaktivität reichen ein paar Bodenproben nicht aus. Da musst du alles untersuchen, und das wird verdammt teuer. Ich bin kein Physikexperte, aber wenn irgendwo in der Erde ein strahlender Körper liegt, ein Fass oder was weiß ich, dann wirst du davon ein paar Meter weiter nichts mehr nachweisen können.«

»Eine Kostenfrage also.«

»Vergiss die emotionale Seite nicht. Wer zieht schon in ein Viertel, in dem möglicherweise ein paar Gramm Plutonium verbuddelt sind?«

»Auch wahr. Am Ende wird Dreamcity noch zur Alptraum-City. Aber meinst du nicht, dass Liebherr mir gegenüber nicht wenigstens eine Andeutung gemacht hätte, wenn es in Wahrheit um dieses Thema ging?«

»Das kann ich nicht beurteilen. Ich weiß nur, was ich als Nächstes tun werde.«

»Nämlich?«

»Mir einen Geigerzähler besorgen.«

KAPITEL 22

Bis zum Eintreffen meines Praktikanten saß ich am Fenster, beide Füße auf dem Fensterbrett, die Augen geschlossen. Letzteres war schwerer, als es sich anhört, denn die vier oder mehr Becher Kaffee, die ich mir seit dem Aufstehen gegönnt hatte, hielten meinen Puls im dreistelligen Frequenzbereich. Mein Körper war ständig auf dem Sprung, mein neuronales Netz vibrierte.

Keine guten Voraussetzungen zum Nachdenken.

Als Erster tauchte Onkel Felix vor meinem geistigen Auge auf. Der Schönling mit dem Schläfenfrost, der den Namen seiner Frau angenommen hatte. Was, laut Therese, zwar getrennte Schlafzimmer zur Folge hatte, nicht aber getrennte Lebenswege. So ein schmuckes ›von‹ im Nachnamen opferte man halt nur ungern.

Felix, der Betrüger. Immer im Schatten seines erfolgreichen Bruders. Dem würde ich mal auf den Zahn fühlen! Auf den Goldzahn, genau.

Im Haus fiel eine Tür zu. Aufkommender Wind; ich aber dachte nur an den Schuss, den ich in der Nacht gehört hatte. Die alten Güterschuppen. Die Dunkelheit. Der Schuss, vielleicht 100 Meter entfernt. Liebherr hatte nicht einmal geschrien. Der Rahmen meines Fensters quietschte.

Weil meine Lider zuckten, drückte ich sie mit beiden Händen nach unten. Konzentration, Max! Wer war der Nächste? Therese? Nein, an sie und ihren verrückten Auftrag wollte ich nicht erinnert werden. Nehmen wir lieber Marc. Die neue Spur. Der Castor in Heidelberg. War das abwegig? Nicht sehr. Mir fiel ein, dass ich vor vielen, vielen Jahren, es konnten durchaus die 90er gewesen sein, in irgendeiner Zeitung ein Foto des Geisterzugs gesehen hatte, als er gerade auf demselben Pfälzer Vorortbahnhof stand, in dem ich als Schüler so oft auf die Bahn gewartet hatte. Mein Bahnhof! Und dann dieser Teufelstransport. Es war gespenstisch. Keine Polizei auf dem Bild, keine Demonstranten, nur der weiße, klobige Wagen.

Wenn der Castor meinen Bahnhof heimgesucht hatte, warum dann nicht auch Heidelberg?

Aber wie kam dann Liebherr ins Spiel? Wusste er von dem Gutachten? Nun, das war nicht die Frage. Covet hatte recht: Es genügte, wenn der Mörder glaubte, Liebherr kenne das Gutachten. Wenn er befürchtete, Liebherrs Aktionen hätten irgendetwas mit der Castor-Geschichte zu tun und durch sie sei Dreamcity gefährdet. Am Samstag war der Spatenstich, nicht zu vergessen.

Oh ja, da zeichnete sich ein Motiv ab.

Ich nahm die Hände von den Augen. Beim Spatenstich würde ein anderer seinen Auftritt haben. Und gegen den sah so ein Plutoniumtransporter alt aus.

Es klopfte.

Leonard Untersteller, wer sonst. Die Tür stand sperrangelweit offen, aber mein Praktikant fühlte sich bemüßigt, zu klopfen. Außerdem schwitzte er. Im Laufe des Tages war es immer schwüler geworden, der auffrischende Wind kündigte ein Gewitter an. Und besorgt sah mein Kleiner auch noch aus.

»Wie geht es Ihnen, Herr Koller?«

»Prächtig. Ich bin derart koffeingetränkt, dass ich bis Herbst nicht mehr zu schlafen brauche. Und du? Immer noch willens, die Stadt von Verbrechern zu befreien?«

Er zuckte mit den Achseln. »Ich bin mit Ihrem Manuskript durch. Besitzen Sie wirklich keine Waffe? Auch nach diesen Erfahrungen nicht?«

»Die Dinger sind teuer, Leonie. Ich investiere lieber in Getränke, die meinen Verstand schärfen. Vor dieser Waffe zittern sämtliche Verbrecher der Metropolregion.«

»Könnte von meinem Vater sein, der Spruch.«

»So, könnte er? Dann lassen wir das jetzt mit den Sprüchen und machen einen auf Aktionismus. Handeln, handeln, handeln. Ich habe Aufträge für dich, mein Junge. Jede Menge Aufträge.«

»Okay.« Hoffnungsvoll starrte er mich an.

»Als Erstes besorgst du mir Kekse. Klar?«

»Kekse.«

»Doppelkekse mit Schokofüllung. Ein Detektivbüro, in dem die Kunden keine Kekse angeboten bekommen, wo gibt es denn so was! Da kann ich den Laden ja gleich zumachen.«

Er schaute mich trotzig an. »Aber dann muss es die echte Prinzenrolle sein, nicht die nachgemachten Billigprodukte.«

»Ach?«

»An Qualität führt kein Weg vorbei. Was noch, Herr Koller?«

»Dann suchst du mir im Netz sämtliche verfügbaren Informationen über Felix von Wittstock zusammen. Den jüngeren Bruder von Herrn Driehm. Einfach alles, hörst du? Drittens: War der Castor-Transport jemals in Heidelberg? Kam es dabei zu unvorhergesehenen Zwischenfällen? Ebenfalls das Netz durchkämmen.« Mit erhobenem

Zeigefinger fügte ich hinzu: »Castor ist in diesem Fall nicht der jüngere Bruder von Pollux.«

»Wieso jünger?«, entgegnete Leonard, während er sich Notizen machte. »Das waren doch Zwillinge.«

»Sehr wohl, Herr Schlauberger. Ich würde sagen, das reicht für heute. Lieber gründlich als überhastet – alte Ermittlerweisheit. Morgen früh sehen wir uns wieder.«

»Und was machen Sie heute noch?«

»Das, was ein guter Detektiv auch ab und zu machen muss: Ich besaufe mich sinnlos.«

Leonard Untersteller verdrehte nur die Augen.

Und er verdrehte sie zu Recht, denn ich hatte die Rechnung ohne den Wirt gemacht. Ohne die Wirtin, genauer gesagt: Maria, die Chefin im ›Englischen Jäger‹. Seit einiger Zeit taten sich seltsame Dinge rund um meine Stammkneipe. Erst war Maria krank, dann sprach sie von Rente und davon, dass ihr das Tragen schwerfiele.

»Trink halt nicht so viel!«, brüllte Tischfußball-Kurt. »Eine Wirtin, die selber säuft, gehört angezeigt!«

Aber ob das der Grund für Marias komische Anwandlungen war? Meines Wissens trank sie während der Arbeit nie, höchstens mal einen Grappa zum Beschluss eines langen Abends.

Jedenfalls hatte ich den ›Englischen Jäger‹ fast erreicht, als ich gegen eine Mauer lief. Eine Mauer, die noch nie an dieser Stelle gestanden hatte, das schwöre ich! Zurücktorkelnd erkannte ich, gegen was ich da gelaufen war, suchte Halt an einer Laterne, machte große Augen und sagte: »Och, nö.«

»Och, doch«, entgegnete Kommissar Sorgwitz ungerührt. Ich wusste ja um seine Kampfhundqualitäten, aber dass er ein dermaßen stählernes Bauchmuskelpaket besaß, war mir unbekannt.

»Können wir Ihnen über die Straße helfen?«, grinste Kommissar Greiner, dem es sichtlich besser zu gehen schien. Sorgwitz strich sich das Hemd über dem Bauch glatt. War da was? Eine Fliege vielleicht?

»Ich habe keine Zeit«, sagte ich. »Ein dringender Termin.« Wo blieb eigentlich Kommissar Fischer? Ah, da kam er um die Ecke gestrolcht. Wenn mich meine beiden Lieblingsfeinde vom Besuch meiner Lieblingskneipe abhielten, konnte ich für nichts garantieren!

»Ein Termin«, nickte Greiner. »Dann wird er den Termin eben verschieben müssen, der Herr Koller.«

»Trinken kann man überall«, ergänzte Sorgwitz.

»Vor allem, wenn man auf die Qualität der Ware keinen gesteigerten Wert legt.«

»Vielleicht sollten wir in dieser Hinsicht ein wenig Entwicklungshilfe leisten.«

»Unbedingt.« Kolumbusmäßig ließ Greiner seinen Blick in die Ferne schweifen, bis er an einer der Kneipen Richtung Neckar hängen blieb. »Wir möchten Sie gern zu einem Bier einladen, Herr Koller. Oder zu einem Glas Wein. Auf unsre Kosten selbstverständlich.«

»Selbstverständlich.«

Ich sah Fischer an, der jedoch schwieg. »Auch auf die Gefahr hin, mich zu wiederholen«, sagte ich. »Ich habe einen Termin. Und zwar nicht mit Ihnen. Morgen wieder. Schönen Abend noch!«

Damit drückte ich mich zwischen den beiden Suppenkaspern durch und strebte dem ›Englischen Jäger‹ zu. Es war sonnenklar, dass sie mich nicht vorbeilassen würden, schließlich waren sie einzig und allein wegen mir hier – aber ein bisschen bemühen sollten sie sich schon. Ich wartete also darauf, dass mich Greiners oder Sorgwitzens Pranke packen oder mich einer der beiden wenigstens von hinten anschnauzen würde, doch es geschah: nichts.

Überhaupt nichts.

Verwirrt stiefelte ich weiter, rechnete mit neuen, unappetitlichen Methoden, verstieg mich gedanklich zu Panzern, die über die Bergstraße rollten, zu Falltüren, die sich im Asphalt öffneten, zu waffenstarrenden Sondereinsatzkommandos und schwarz bemalten Spezialeinheiten. Sie würden mich doch nicht einfach gehen lassen!

Aber es geschah immer noch nichts. Ich streckte schon die Hand nach der Türklinke der Kneipe aus, als ich es sah.

Der ›Englische Jäger‹ war zu.

Er war geschlossen. Hatte nicht auf. Kein Einlass, niemand da.

Mir wurden die Knie weich. Wieder musste eine Hauswand als Stütze herhalten. An der Tür der Kneipe hing ein großes Schild: »Heute geschloßen!« Und darunter, viel kleiner: »Morgen wieder auf.«

Weltuntergang.

Mindestens.

»So ein Pech aber auch!«, tönte es aus einiger Entfernung. Greiner. Oder Sorgwitz. Oder ein Mutant aus beiden. Egal, ich klammerte mich nur an den einen Satz, der signalisierte, dass sich ein Weiterleben lohnte: Morgen wieder auf. Morgen.

Heute aber sah es traurig aus, das ›Gasthaus zum Englischen Jäger‹, todtraurig, mit seinen dunklen Fenstern, der abgesperrten Tür, dem stillen Vorwurf, der aus dem

Gebäude dampfte. Wenn in diesen Mauern auch nur eine Woche kein Betrieb herrschte, würden sie zusammenbrechen! Mauern kennen Mitgefühl, ich weiß das!

Anders als so mancher Mensch.

»Wird wohl nix mit der Sauferei heute Abend«, konstatierte Kommissar Sorgwitz, der nun direkt hinter mir stand.

Ich drehte mich um. Auch seine Kollegen hatten aufgeschlossen.

»Morgenwiederauf«, sagte ich.

»Mein Gott, er ist ja wirklich erschüttert«, stellte Kommissar Greiner fest, während er sich leicht vorbeugte. War das Empathie, was da über sein Gesicht huschte?

»Das mit dem Bier auf unsere Kosten war ernst gemeint«, ergänzte sein weißblonder Kumpel. Sprach etwa Rührung aus seinen Zügen? Fehlte nur noch, dass er mir mitleidig die Schulter tätschelte!

Aber da war Kommissar Fischer vor. »Kommen Sie, Herr Koller. In diesem Etablissement können Sie noch oft genug versacken.«

»Morgenwiederauf.«

»Schon gut. Wir haben noch ein paar Fragen an Sie. Bringen wir's hinter uns.«

Ja, Sentimentalität war dem alten Knacker fremd. Er machte auf dem Absatz kehrt und ging hinunter zum Neckar. Seine Wadenbeißer packten mich rechts und links am Arm. Und ich? Ließ mich mitzerren, mitschleifen, abführen. Hatte keinen eigenen Willen mehr. Morgenwiederauf war mein Mantra, meine Lebensversicherung. Solange ich denken kann, war der ›Englische Jäger‹ noch nie geschlossen gewesen. Nicht einen einzigen Tag. Aber jetzt war der Tag gekommen.

»Es ist alles eitel«, sagte ich zu meinen beiden Begleitern.

Kein Kommentar.

An der Kreuzung zur Brückenkopfstraße machte Fischer halt und zeigte auf die Eckkneipe rechts. Unten auf dem Neckar tummelten sich die Ruderer. Der Himmel war dicht bewölkt, die Luft stand. Ich wurde in die Kneipe befördert, auf einen Stuhl gesetzt, man bestellte mir ein Bier.

»Nun reißen Sie sich mal zusammen!«, herrschte mich Kommissar Fischer an. »Was soll das Theater?«

»Das verstehen Sie nicht. Wenn der ›Englische Jäger‹ schließt, ist das der Untergang von Heidelberg. 1689 war es genauso. Da machte die beliebteste Kneipe am Marktplatz dicht, und drei Wochen später rückten die Franzosen an.«

»Ihr Selbstmitleid nimmt Ihnen kein Mensch ab. Denken Sie mal an Liebherr, den es heute Nacht erwischt hat. Und da kommen Sie mit einer geschlossenen Trinkanstalt!«

Ich schwieg. Manchmal hasste ich meinen Lieblingspolizisten. Aber so ist das nun mal im Leben. Manchmal hasst man auch sich selbst. Greiner bestellte einen Ramazotti, Sorgwitz ein Weizenbier, Fischer beließ es bei einem stillen Wasser.

»So, Herr Koller. Und nun noch mal zu den Geschehnissen in der Bahnstadt. Können wir?«

»Woher wussten Sie eigentlich, dass ich in den ›Englischen Jäger‹ wollte?«

»Von Ihrer Frau natürlich. Im Übrigen wäre das unser erster Weg gewesen, wenn sich bei Ihnen zu Hause niemand gemeldet hätte.«

»Ich lasse mich scheiden«, murmelte ich.

Die Getränke kamen, Greiner schaute skeptisch auf seinen Kräuterlikör, hob aber tapfer das Glas und wollte anstoßen. Dann begann er zu glotzen und zu stottern. Beides in meine Richtung. »Wo … wo ist denn Ihr Bier hin?«

Ich parkte einen Rülpser in der hohlen Hand. Blöde Frage, Herr Kommissar! »Noch so eins«, rief ich der Bedienung hinterher. Die schaute auch nicht intelligenter als Greiner, als sie mein leeres Glas sah.

»Nein!«, brüllte Fischer und ließ seine Hand auf das Tischchen sausen. »Erst unterhalten wir uns, dann können Sie sich meinetwegen um Ihr bisschen Restverstand saufen!«

»Bin ganz Ohr«, sagte ich.

»Wo ist Liebherrs Handy?«

»Wie soll ich das wissen?«

»Er hat Sie angerufen, angesimst oder wie man das nennt, also war er im Besitz eines Handys. Haben Sie es an sich genommen?«

»Nein.«

»Herr Koller, Sie machen sich strafbar, wenn Sie uns …«

»Seine Taschen waren leer. Ich habe die Leiche durchsucht, aber da war nichts, überhaupt nichts.«

»Wenn Sie Beweismittel unterschlagen …«

»Kein Handy, keine Brieftasche, kein Autoschlüssel. Tote Hose.«

»Das glaube ich Ihnen nicht.«

»Dann lassen Sie's.«

Fischers Fragen und meine Antworten fielen wie Fechthiebe. Zack, zack, zack. Ich hatte einen halben Liter Sturzbier intus und war kalt wie ein Bohrkern aus der Antarktis. War doch eh alles egal. Der Untergang Heidelbergs, der

Untergang der zivilisierten Welt. Morgen würde sich die Welt vielleicht weiter drehen. Falls der ›Englische Jäger‹ wieder offen war. Falls.

»Sie haben ausgesagt«, fuhr Kommissar Fischer finster fort, »dass Sie sich nach dem Schuss sofort zu dieser Baugrube begeben haben.«

»Nicht sofort. Ich habe mich vorsichtig angeschlichen. Das dauerte.«

»Wie lange?«

»Ein paar Minuten. Vier, fünf vielleicht.«

»Und in diesen vier, fünf Minuten soll der Mörder in aller Ruhe Liebherrs Taschen geleert haben, statt sich vom Acker zu machen?«

Ich zuckte die Achseln. »War halt ein besonders kaltblütiger Mörder. Stecken Sie's Ihren Profilern, dann haben die weniger Arbeit.«

»Dummes Geschwätz!«, plärrte Fischer und stürzte wütend einen Schluck seines Wassers hinunter, das vor lauter Schreck noch stiller wirkte als sonst.

»Profiler«, nickte Greiner. »Das wär schick, so einen zu haben. Den könnte man auf gewisse Privatermittler ansetzen.«

»Fragen wir doch mal anders.« Das war Sorgwitz, jetzt wieder mit Kampfhundmiene. »Sind Sie sicher, einen Schuss gehört zu haben, Herr Koller?«

»Hä?« Wovon redete der? Redete der deutsch?

»War es wirklich ein Schuss? Oder etwas anderes? Vielleicht ein platzender Reifen? Nachts spielen einem die Sinne so manchen Streich.«

Sollte ich auf einen derartigen Mist überhaupt antworten? Ich zeigte dem Kerl einen Vogel.

»Sie bleiben also dabei«, übernahm wieder Kommissar Fischer, »dass Sie einen Schuss hörten, als Sie sich gerade auf Höhe der Halle 02 befanden? Sie gingen weiter – pardon, schlichen weiter – und waren nach etwa fünf Minuten am Tatort angelangt? Ohne auch nur einen Zipfel des Täters zu erhaschen? Obwohl der nach dem Schuss noch jede einzelne Tasche des Toten durchsuchte?« Er verschränkte die Arme vor der Brust. »Mit Verlaub, junger Mann, das glaube ich Ihnen nicht.«

»Wie schon einmal gesagt: Dann lassen Sie's. Es war aber so.«

»Entweder stimmt an Ihrer Darstellung der Abläufe etwas nicht. Oder Sie waren es, der Liebherr die Taschen geleert hat.«

»Sie arbeiten schon zu lange mit den beiden Wadenbeißern hier zusammen, Herr Fischer. Das steckt an. Sie verlieren den Blick für das Wesentliche.«

»Wir führen hier kein Protokoll, Herr Koller. Sitzen bloß in lockerer Atmosphäre zusammen und unterhalten uns. Damit Sie die Möglichkeit haben, Ihre Aussage noch einmal zu überdenken. Es ist nicht einfach, Ereignisse wie die der letzten Nacht korrekt zu beschreiben. Manchmal schämt man sich für eine Handlung. Will sich selbst in einem besseren Licht darstellen. Aber wir Polizisten sind nun einmal auf nüchterne, exakte Darstellung angewiesen.«

»Sie meinen, ich hätte mir nach dem Schuss in die Hose gemacht und musste erst die Kleider wechseln, bevor ich zu Liebherr konnte?«

»Ganz sicher nicht«, grinste Sorgwitz. »Das hätte uns die Spurensicherung längst mitgeteilt.«

»Die im Übrigen auch Zweifel an Ihrer Version der Ereignisse angemeldet hat«, ergänzte Greiner.

»Vielleicht haben Sie doch mehr als fünf Minuten von der Halle zur Baugrube gebraucht.« Das war nun wieder Fischer. »Könnten es nicht zehn gewesen sein? Oder 15?«

»Nein!«

»Oder Sie haben sich den Schuss nur eingebildet. Oder er fiel, als Sie noch viel weiter weg waren.«

»Die Leiche war noch warm, Herr Fischer!«

»Leichen behalten ihre Körpertemperatur noch mindestens eine Stunde. Vor allem im Sommer.« Er seufzte. »Sie sehen also keinen Anlass, Ihre Aussage zu revidieren?«

»Morgenwiederauf«, murmelte ich. Warum sollte ich auf die ewig selben Fragen mit den ewig selben Antworten reagieren?

»Wenn das heißen soll, dass Sie morgen zugänglicher sind, freue ich mich auf unser Gespräch in meinem Büro. Falls nicht, bekommen Sie Ärger.« Er stand auf. »Wollen Sie sich hier ins Koma trinken, oder sollen wir Sie nach Hause bringen?«

»Danke, ich finde alleine heim.« Ich erhob mich ebenfalls. »Und mein Bier bezahle ich selbst.«

»Schade«, flötete Sorgwitz, was zu seiner Eisenfresse passte wie die Friedenstaube auf einen Atomsprengkopf. Greiner sagte nichts, sondern streichelte seinen Magen. Der Ramazotti schien ihm nicht gut bekommen zu sein.

Wortlos zahlten wir, getrennt natürlich, dann verließen wir die Pinte gemeinsam. Draußen regnete es. Um die Wahrheit zu sagen: Es schüttete wie aus Eimern.

Jetzt galt es, stark zu sein.

»Unser Wagen steht um die Ecke«, bot Fischer an. Trotzig schüttelte ich den Kopf.

Sorgwitz spannte einen riesigen Regenschirm auf. Als sie schon ein paar Meter entfernt waren, rief ich ihnen noch hinterher: »Der Untergang Heidelbergs. Ich habe es ja prophezeit!« Dann machte ich mich auf den Weg nach Bergheim. Auf der Theodor-Heuss-Brücke begannen mir Schwimmhäute zu wachsen.

Zu Hause angekommen war ich so bedient, so zerschlagen und vor allem so aufgeweicht, dass mir Christines Abwesenheit kaum auffiel. Das heißt, natürlich fiel sie mir auf, aber es interessierte mich nicht. Ich schlief bereits, als sie kam.

KAPITEL 23

Der Morgen nach dem Untergang von Heidelberg war ein Sommermorgen wie aus dem Bilderbuch. Alles andere hätte mich auch gewundert. Der Himmel strahlend blau, in den Vorgärten dicke Tautropfen, die das Sonnenlicht aufsogen. Das ganze Neckartal wirkte wie nach einem Kochwaschgang.

Nur ich hatte nichts davon. Meine Laune war so mies, dass man sie hätte in Scheiben schneiden können. Schon vor dem Erwachen war ich schlecht drauf, beim Aufstehen noch schlechter, anschließend ging es bergab. In den

Neckar-Nachrichten, die ich mir noch vor dem Frühstück besorgte, stand nur Mist über Liebherrs Tod. Zeilenweise Fragezeichen: Man wisse nicht, man könne nur spekulieren, rätselhafte Umstände, unklare Motivlage. Über Lorenz Driehm kein Wort! Nicht einmal eine Andeutung, dass er hinter diesem eiskalten Mord steckte!

Und so was schimpfte sich Journalismus.

Christine war auch keine Hilfe. Sie hatte die Butter über Nacht auf dem Küchentisch stehen gelassen, und jetzt war sie weich. Die Butter. Weiche, gelbe Butter! Wenn Frühstücksbrötchen Beine hätten, wären sie vom Teller geflüchtet. Dabei gab es nicht einmal Brötchen.

»Das Brot ist uralt«, meckerte ich. »Und die Butter kannst du trinken, so flüssig ist die. Ekelhaft!«

Christine brummte etwas Unverständliches. Sie hatte Ringe unter den Augen. Klar, war ja keine 20 mehr, meine Exgattin.

»Butter gehört in den Kühlschrank. Das hier ist keine Butter mehr, sondern ranziges Fett. Eine ranzige, gelbe Fettpaste. Taugt höchstens noch als Kettenschmiere.«

»Schlecht geschlafen?«

»Wenigstens frische Brötchen hättest du besorgen können.«

»Meine Güte.« Sie gähnte. »Du warst doch gerade unterwegs. Und überhaupt, wer hat dich gezwungen, um diese Zeit aufzustehen? Das machst du doch nie nach einem Abend im ›Englischen Jäger‹.«

Darauf hin knurrte ich nur noch. Ganz schlechtes Thema. Schlechter als Zeitung und Butter und Laune zusammen. Der Rest unseres kurzen Frühstücks verging mehr oder weniger harmonisch; ich beschränkte mich auf mein übliches Gemecker, wie es zu Leuten meines Schlages um sieben Uhr morgens zwingend dazugehört, Christine trank schweigend ihren Kaffee. Dann ging sie zur Arbeit – und ich auch.

Irgendwie jedenfalls.

Als Erstes rief ich den schönen Herbert an. Der war schon nachmittags an der verschlossenen Kneipentür gescheitert, hatte sich aber lange nicht zwischen Strick, Gift und Neckar entscheiden können. Und als er dann wild entschlossen war, sich vor das nächstbeste Fahrzeug zu werfen ... – »Du kennst ja die Bergstraße«, seufzte mein einarmiger Kumpel. »Da fahren sie höchstens 30. Und im Zeitlupentempo von einem Porsche Cayenne zerquetscht zu werden – das muss ich mir nicht antun. Nicht in meinem Alter.«

»Warum ist der ›Englische Jäger‹ zu, Herbert?«

»Keine Ahnung. Ich fürchte, Maria will nicht mehr. Heute Abend werden wir es erfahren.«

»Okay, bis dann.« Ich legte auf, ohne ihn zu fragen, wie er sich mit einem Arm hätte erhängen wollen.

Tischfußball-Kurt wusste noch weniger. Er wusste überhaupt nichts, weil er am gestrigen Abend gar nicht in der Stadt gewesen war. Der Regen hatte ihn im Haus festgehalten. Also nicht ihn, aber seine beiden Dackel.

»Die kriegen Rheuma bei so einer Sintflut«, erregte er sich. »Krätze auch. Ganz abgesehen von ihrem Psychodingens, Max, die denken doch, ihr Herrchen hat sie nicht mehr lieb, wenn man da rausrudert!«

Kurt wusste also rein gar nichts, was ihn nicht davon abhielt, die Lage nach allen Regeln der Kunst zu analysieren.

»Der dreh ich den Hals um, der Alten! Wo kommen wir denn da hin? Generalstreik im Verzehrgewerbe, oder was? Wir haben ein Recht auf Kneipenbesuch! Haben wir, Max?«

»Schon. Ja.«

»Wenn ich verdursten will, gehe ich in die Wüste Gobi, da brauch ich keine Wirtin, die auf Wechseljahre macht. Hab ich Coppick und Hansen vielleicht einen einzigen Tag im Stich gelassen? In meinem ganzen Leben nicht!«

Kurts Stimme kippte ins Weinerliche; höchste Eisenbahn, das Gespräch zu beenden. Heute Abend würden wir uns alle bei Maria versammeln und den Grund für die Schließung erfahren.

Würden wir?

Ich wusste es nicht.

Weitere Telefonate unterließ ich. Leander, unser Philosoph im Norwegerpulli, hätte mir eher etwas über islamische Heilkunde im 15. Jahrhundert erzählen können als über die Öffnungszeiten des ›Englischen Jägers‹, und von den anderen, die uns nur sporadisch Gesellschaft leisteten, hatte ich keine Telefonnummer.

Die Ungewissheit blieb also.

Mein Praktikant rief an: Er brauche noch etwas Zeit, um seine Recherchen zu beenden. Gut sehe es aber nicht aus. Dann eine Mitarbeiterin von Kommissar Fischer, die mich zum Verhör ins Polizeirevier Mitte bestellte. Sie sagte natürlich nicht Verhör, sondern Zeugenaussage oder Vernehmung oder sonst etwas Unverdächtiges, aber ich wusste, was sie meinte.

»Ich habe Rheuma«, sagte ich. »Der Regen gestern. Ich hätte nicht aus dem Haus gehen dürfen.«

»Das tut mir leid.«

»Ich meine, da schickt man doch keinen Hund vor die Tür. Haben Sie Hunde?«

»Nein, aber …«

»Sehen Sie. Richten Sie Kommissar Fischer einen schönen Gruß von mir aus. Ich melde mich, sobald es mir besser geht.«

Sie wünschte mir sogar gute Besserung!

Ein Tag wie aus dem Bilderbuch. Ich bekam nichts davon mit, weil ich bloß im Supermarkt und meinem Büro herumlungerte. Kaufte frische Butter und ein Brot, etwas Dosenbier, Kekse. Hatte Leonard eigentlich gestern seinen Doppelkeksauftrag erfüllt? Egal. Kekse konnte man nie genug haben. Auf dem Heimweg nahm ich aus Versehen einen Anruf Kommissar Fischers an, der mir so ziemlich das Gegenteil von guter Besserung wünschte. Er sagte, das mit dem Rheuma sei die dämlichste Ausrede, die er jemals gehört habe, und wenn ich mich nicht augenblicklich im Revier sehen ließe, ließe er sich bei mir sehen, und gegen ihn sei Rheuma ein Klacks. Fischer sprach mit seltsam beherrschter Stimme, an der ich merkte, dass er es ernst meinte.

»Schon gut«, seufzte ich. »Mein Hausarzt wird mich zwar steinigen, aber sei's drum. Bis nachher.«

In meinem eigenen Büro angelangt, warf ich das geliehene Notebook an, wunderte mich, dass es so viel zackiger lief als mein eigener Computer, und surfte einmal quer durchs Netz. Fand Fotos von Shaun Dircksen, Berichte über ihn, die Homepage seines Architekturbüros. Ein hagerer Typ, Macherimage, sonnenverbrannte Haut, und trotzdem …

»Zu alt für dich, Therese!«, sagte ich laut.

Dass er mit Lorenz Driehm befreundet war, wurde mehrfach erwähnt. Außerdem hieß es in einem Artikel, Dircksen sei mit dem Entwurf der neuen Konzernzentrale von Driehm Pharma betreut. Um seine Rente brauchte sich der Kerl wohl keine Sorgen zu machen.

Als mein Praktikant antanzte, war ich gerade am Gehen. So sehr Leonard auch vor Mitteilungsdrang barst, ich bat ihn, damit zu warten, bis ich zurück war.

»Sie können doch auch später noch zur Polizei«, meinte er.

»Ich will's hinter mich bringen. Dauert nicht lange.«

Tatsächlich dauerte es weniger lange als befürchtet. Und es war auch nicht ganz so nervenaufreibend, denn Fischer hatte seine beiden Berufskläffer in den Zwinger gesperrt und eine harmlose Nachwuchskraft zum Protokollführer bestimmt, einen überkorrekten Jungspund, der mehr mit Kommas und der Position der Seitenränder beschäftigt war als mit den Umständen von Liebherrs Tod. So oder so war das Verhör überflüssig. Tautologisch, hätte mein Lateinlehrer gesagt, aber der fand ja das ganze Leben tautologisch und den Tod sowieso. Ich erzählte, was ich schon in der vorletzten Nacht und gestern über Tag erzählt hatte, der Typ nahm es auf, Zungenspitze im Mundwinkel, und gut war. Kommissar Fischer würdigte mich keines Blickes, geschweige denn eines Kommentars, ich schwang mich auf mein Rad und fuhr nach Hause.

»Darf ich?«, fragte Leonard Untersteller eifrig. »Darf ich jetzt?«

Ich fläzte mich in meinen Schreibtischstuhl, legte die Beine aufs Fensterbrett und schloss die Augen. »Schieß los.«

Das ließ sich mein vom Ehrgeiz zerfressener Praktikant nicht zweimal sagen. Leider erwies sich das erhoffte Trommelfeuer an Informationen als Serie von Rohrkrepierern. Oder Platzpatronen. Ja, in den Neunzigern soll einmal ein Castor-Transport bei Nacht und Nebel durch die Rhein-Neckar-Region gekommen sein, und ja, gerüchteweise habe es kleinere Zwischenfälle gegeben, die angeblich vertuscht wurden. Nachzulesen auf den Seiten von Umweltorganisationen, von selbsternannten Weltrettern und Verschwörungsgurus. Konkrete Fakten: keine.

»War doch klar«, sagte ich, ohne die Augen zu öffnen. »Du musst an die Seiten vom Innenministerium ran. Vom BND. Für einen Computerfreak wie dich sollte es ein Leichtes sein, die Verschlüsselungen zu knacken.«

»Das ist illegal, Herr Koller.«

»In den USA und Großbritannien nicht. Dort schnüffelst du im Regierungsauftrag. Aber egal. Was ist mit Wittstock?«

Onkel Felix war zehn Jahre jünger als Lorenz Driehm, hatte längere Zeit in Mittelamerika gelebt und besaß ein Handicap von 11. BWL-Studium, zwei kleinere Unternehmen gegen die Wand gefahren, Mitglied bei den Rotariern. Seine Frau war weitläufig mit Bismarck verwandt und in ihrer Jugend eine bekannte Springreiterin gewesen. Keine Kinder, aber eine Finca auf La Gomera.

»Und?«, fragte ich, nachdem Leonard eine längere Pause eingelegt hatte.

»Was, und?«

»Ich meine: Kommt noch was Substantielles?«

Leonard ließ die Kinnlade fallen. »Aber Sie sagten doch …«

»Ich sagte: Informationen. Keine Bildunterschriften aus dem Goldenen Blatt. Verdammt, Leonie!« Ich richtete mich auf. »Für diesen Scheiß hast du einen halben Tag gebraucht? Wittstock und die Bismarck-Schlampe – das interessiert keine Sau! Sieht man diesem schläfengetunten Schönling eh an. Und dass er doppelter Pleitier ist, hätte ich ihm auf den Kopf zugesagt.«

»Aber was hätte ich denn sonst …?«

Mit den Fingern zählte ich ihm vor: »Saß er schon mal im Gefängnis? Gibt es eine Akte über ihn? Ist er gewalttätig, rachsüchtig, hat er aktuell Geldprobleme? Spricht er noch mit seiner Frau oder regelt das ihr Anwalt? Mit wem geht er ins Bett und zu welchem Preis? Ich brauche seine Kontoauszüge, Schufa-Einträge, seinen privaten Mailverkehr. Und seine Blutgruppe, die vor allem.«

»Blutgruppe?«

Wieder zurücklehnen, Hände hinter den Kopf, Augen halb zu und die konsternierte Praktikantenmiene genießen. »Nur das mit dem Handicap war interessant. Elf hätte ich dem Kerl nicht zugetraut.«

Leonard schnappte hörbar nach Luft. Dann begann er halb zeternd, halb jammernd, sich zu rechtfertigen: Er habe wirklich alles an verfügbaren Informationen im Netz zusammengetragen, was könne er dafür, wenn da nur geschönte Dinge drinstünden, wie ich mir das vorstellte mit den Kontoauszügen, und das mit den privaten Mails, das sei ja völlig abgefahren, was ich mir davon verspräche, und abgesehen davon sei es ohnehin …

»Illegal«, nickte ich.

Das auch, ja. Vor allem aber unmoralisch.

»Illegal, unmoralisch und leider nicht durchführbar.«

Gähnend stand ich auf, ging zu dem kleinen Kühlschrank in der Ecke und entnahm ihm ein Bier. »Da siehst du mal, mit welchen Schwierigkeiten unsereins kämpft. Privatdetektiv ist wirklich ein knüppelharter Beruf. Knüppelhart, Leonie. Ganz besonders dann, wenn die einzig akzeptable Kneipe der Stadt schließt.«

»Kein Grund, schon über Tag zum Alkohol zu greifen.«

»Nimm dir auch eins, wenn du magst. Anschließend suchst du mir die Telefonnummer von Wittstock raus.«

»Von von Wittstock?«, gab er leicht patzig zurück.

»Von Doppelpleitier von Wittstock, genau. Und bitte lass die Finger vom Notebook, im Regal steht ein Telefonbuch.«

Das ignorierte er natürlich. Lieber googelte er sich um den Verstand. Es dauerte dann zwar eine ganze Weile, bis er fündig geworden war, dafür konnte er mit der Handynummer von Onkel Felix auftrumpfen. Half aber auch nicht weiter, denn Wittstock ließ sich elektronisch verleugnen. Ich sprach ihm Grüße auf die Mailbox und bat um baldigen Rückruf. Dann rief ich Fatty an. Er war gerade aus dem Kindergarten zurück. Da gingen die Läuse um, und die Kinder schwitzten, er natürlich auch, das gab Ausschlag in den Kniekehlen, Ausschlag in den Halsfalten, und ob ich schon mal Sonnencreme auf nassgeschwitzten Kinderkörpern verteilt hätte?

»Castor«, sagte ich. »Güterbahnhof Heidelberg, irgendwann in den Neunzigern. Klingelt's da bei dir?«

Nichts klingelte. In seinen Anfangsjahren hatte mein Freund Fatty an jeder antikapitalistischen, antiimperialistischen und sonstigen anti-Aktion teilgenommen – dass sein revolutionärer Impetus in letzter Zeit ein bisschen erlahmt war, lag wahrscheinlich an den Hormonen –, von Protesten gegen den Castor wusste er allerdings nichts.

»Wenn, dann war das vor unserer Heidelberger Zeit«, meinte er. »Ich kann mich in der Szene mal umhören.«

Das klang nicht gerade vielversprechend. Die Anti-AKW-Szene von damals trug heute Anzug und investierte in Off-Shore-Windparks. Und wehe, die Rendite stimmte nicht! Mit übergewichtigen Kindergärtnern wollten diese Leute in der Regel nichts zu tun haben.

»Erzieher«, verbesserte Fatty, der anscheinend nicht nur das Gras, sondern auch meine Gedanken wachsen hörte. »Es heißt Erzieher, Max, nicht Kindergärtner. Und wir sind heiß begehrt auf dem Arbeitsmarkt.«

»Anders als Detektive. Du wirst sehen, demnächst schule ich um.«

»Um Gottes willen.«

Gespräch beendet. Ich zielte mit einem Zeigefinger auf Leonard und sagte: »Willst du deine zweite Praktikumswoche nicht im Kindergarten verbringen? Ist der absolute In-Beruf, voll trendy.«

»Kindergarten, ich?« Der Gute hatte mich schon oft verständnislos angestarrt, aber das hier schlug alles. »Herr Koller, dafür bin ich zu …«

»Zu hart?«

»Zu alt.«

Oben von den Regalen wehte es den Staub weg, so musste ich lachen. Dieser Grünschnabel und zu alt! Er wartete, bis ich mich fertig amüsiert hatte, dann sagte er, ohne die Miene zu verziehen: »Das war ein Witz, Herr Koller.«

»Echt?«

»Ja.«

»Ein richtiger Witz? So mit Pointe und allem Drum und Dran?«

»Ich kann gut mit Kindern. Aber wenn ich Praktikant im Kindergarten hätte werden wollen, hätte ich mich dort beworben und nicht bei Ihnen. Obwohl …« Mitten im Satz schreckte er zurück, als sei ihm eben erst bewusst geworden, was er hatte sagen wollen.

»Du meinst, manchmal kommst du dir vor wie im Kindergarten? Mit einem einzigen Rotzlümmel, der auch noch den Chef spielt? Leonard Untersteller, da hast du völlig recht. Und deshalb befiehlt dir dein Chef jetzt Folgendes.« Ich gab ihm einen schönen handlichen Auftrag, der ihn für den Rest des Tages beschäftigen würde: die Rechercheergebnisse in Sachen Castor und Felix gründlich zu überarbeiten, die wichtigsten Erkenntnisse zusammenzustellen und auszudrucken.

»Sie meinen: Ich soll zwei Dossiers erstellen.«

»Yep.«

»Wenn's sein muss …«

Während er also seine Dossiers erstellte, las ich mir den Abschlussbericht meines Makler-Falls noch einmal durch und vereinbarte für den nächsten Tag ein Treffen mit dem Mann. Mein Honorar lag schon viel zu lange nutzlos auf seinem Girokonto herum. Wenigstens eine Sache, die sich einem zufriedenstellenden Ende näherte.

Apropos … »Leonie!«

Keine Antwort.

»Leonard?«

»Ja?«

»Wie lange, sagtest du, dauert dein Praktikum? Zwei Wochen?«

»Genau.«

»Gibt es Rabatt bei guter Führung? Dass der Praktikant schon nach anderthalb Wochen aufhören darf?«

Schatten über seiner Stirn. »Wollen Sie mich loswerden, Herr Koller?«

»Ganz im Gegenteil. Ich habe bloß meiner Befürchtung Ausdruck gegeben. Wie soll das übernächste Woche werden, wenn du weg bist?«

»Ja, ja«, brummte er und vertiefte sich wieder in seine Arbeit.

Felix von Wittstock rief nicht zurück. Zwei weitere Male probierte ich es vergeblich bei ihm. Endlich, gegen sieben, hatte ich Erfolg. Dass er sich über meinen Anruf freute, konnte man nicht eben behaupten.

»Was wollen Sie?«, knurrte er.

»Mich mit Ihnen unterhalten. In Ruhe und unter vier Augen.«

»Wüsste nicht, worüber wir beide …«

»Über Ihre spektakulären chinesischen Geschäftsmodelle beispielsweise.«

Schweigen am anderen Ende. Bestimmt wuchsen ihm in diesem Moment zwei neue Schläfenlöckchen in Silbergrau.

»Was geht Sie das an?«, meinte er schließlich, einen Gang defensiver als zuvor.

»Seit mein Auftraggeber ermordet wurde, eine ganze Menge.«

»Wer wurde ermordet?«

»Genau das würde ich gern mit Ihnen besprechen. Wo wohnen Sie, Herr von Wittstock?«

»Moment. Sie kommen mir nicht ins Haus. Wenn wir uns treffen, dann auf neutralem Boden.«

»Machen Sie einen Vorschlag. Ich habe den ganzen Abend frei.«

»Heute geht es nicht«, erwiderte er schnell. Dann entstand erneut eine Pause, die er mit einem Lachen beendete. »Aber ich weiß, wo Sie sich morgen Abend herumtreiben. Dorthin kann ich kommen.«

»Keine Ahnung, was Sie meinen.«

»Wie bitte?« Seine Stimme troff vor Hohn. »Sie werden sich doch den Auftritt Ihrer Lebensgefährtin nicht entgehen lassen, Herr Koller! Bestimmt haben Sie sich den Termin schon vor Wochen dick im Kalender angestrichen.«

Jetzt war ich derjenige, der schwieg. Das gefiel ihm, dem kleinen Driehm, kurz bevor er selbst in den Knast musste, einen wie mich noch mal so richtig auflaufen lassen zu können.

»Meine Nichte Therese spielt morgen Abend im Kunstkeller. Nun sagen Sie bloß, das wussten Sie nicht! Herr Koller, Herr Koller, was soll ich davon halten?«

»Ach, jetzt, wo Sie es sagen … Stimmt, ich bin ja schon seit Tagen ganz aufgeregt. Wie konnte ich das nur vergessen? Danke für die Erinnerung und bis morgen!«

Lachend legte er auf.

Mir war weniger zum Lachen zumute. Aber sollte ich mich wegen dieses überspannten Versagers ärgern? Etwas anderes machte mir zu schaffen, mein eigener Satz, soeben ausgesprochen: »Ich habe den ganzen Abend frei.«

Ich hatte nicht frei! Ich musste doch in den ›Englischen Jäger‹, erfahren, was mit Maria los war, wie es weitergehen würde, ob noch Hoffnung bestand.

Morgen wieder auf.

Ich ging nicht hin. Saß mit Christine vor der Glotze, trank ein Bier, das nicht schmeckte, war schweigsam, legte mich früh ins Bett.

Ich war ein Feigling.

KAPITEL 24

Widder.

Vom Widder heißt es, er sei der Wolf im Schafspelz. Sein Triebleben kennt keine Grenzen. Viel bedeuten ihm Äußerlichkeiten. Von mitreißender und pulsierender Aktivität, ist er aufbrausend bis zur Rachsucht. Hütet euch also, ihr Schäfchen, vor dem Widder-Mann!

*

Wenn mir jemand prophezeit hätte, dass ich einmal unter Heidelbergs Hauptstraße sitzen und ein Bier trinken würde – dann hätte ich denjenigen für verrückt erklärt. Mindestens. Ein Max Koller trank ja nicht mal auf der Hauptstraße etwas! Heidelberger Mondpreise zahlen, um ein mexikanisches Importbier schlürfen zu dürfen? Nicht mit mir, Leute. So was überließ ich den Touristen. Die einen schlürften, die anderen flanierten. Und warfen einander neidische Blicke zu. Wann darf ich in die nächste Schnäppchenbude ... Hoffentlich wird der Platz dort bald frei ... Und schon wurden die Rollen getauscht! Ein selbststabilisierendes Modell – ohne mich.

Aber *unter* der Hauptstraße, das hatte was. Zehn Meter lotrecht unterhalb des Pflasters, in einem großen, fensterlosen Gewölbekeller. Angeblich war der Raum erst vor Kurzem entdeckt worden. Von spielenden Kindern natürlich. Papa, warum guckt da ein Totenschädel aus dem Loch in der Wand ...? Nein, der Schädel war meine Erfindung, mit eingemauerten Rittern konnte nur die Tiefburg in Handschuhsheim aufwarten. Den Keller jedenfalls gab es, und es dürfte eine außerordentlich profane Drecksarbeit gewesen sein, ihn vom Schutt der Jahrhunderte zu befreien. Jetzt war da kein Schutt mehr, nicht mal ein Krümelchen, sondern piekfeine Gruftеleganz, Deckenfluter mit verschiedenfarbigem Lichtauswurf, durchtrainierte Kellner, Stuhlüberzüge in Creme. Keine Spinnweben, keine Kellerasseln, nichts. Dafür die Schnöselmienen von Gästen, die schon alles ausprobiert hatten und hier auf Erlösung aus ihrem eventlosen Alltag hofften.

Trotzdem. Das Bier war extrem lecker. Es hatte genau die richtige Temperatur. Kellerkalt!

Ich starrte zur Decke und versuchte mir den Hall vorzustellen, den ich mit einem einzigen Rülpser erzeugen könnte.

»Furchtbare Bilder«, hörte ich jemanden am Nebentisch sagen.

»Hässlich«, pflichtete ein anderer bei.

»Furchtbar hässlich.«

Tadelnd schüttelte ich den Kopf. Was erwarteten diese Leute? Dass Kartoffeln an der Wand hingen? Das hätte vielleicht in einem Kartoffelkeller Sinn gemacht. Hier aber befanden wir uns in einem Kunstkeller, deshalb hingen Bilder an der Wand. Kunst halt. Und Kunst hatte zuweilen hässlich zu sein, so dröhnte es doch kämpferisch aus jedem Feuilleton, das etwas auf sich hielt. Im Kunstkeller unter der Hauptstraße hingen knatschbunte Blumen, Fantasietiere und neben jedem Bild der Kaufpreis. Große Summen, klein gedruckt. Hochpreisig trotz Tiefstlage. Das Leben, ein Paradox.

Und das größte Paradox von allen: ich an einem solchen Ort. Max und die Kunst. Der Koller im Keller.

Apropos. Ich war schließlich nicht zum Vergnügen hier. Nachdem ich das Bier angetestet hatte, schnippte ich einen Kellner heran und fragte nach Therese Driehm.

»Die Pianistin?«

»Die Pianistin.«

»Ihre Garderobe befindet sich hinter der Bühne.«

Er zeigte nach vorn. Der Kunstkeller besaß natürlich eine Bühne, aber weil Kunst nicht viel Raum braucht – anders als die Austernplatte, die unfallfrei zum Kunden muss! –, stand auf ihr bloß ein Stutzflügel. Der ebenfalls vorhandene Kontrabass lehnte rechts daneben in einer Ecke. Auf der anderen Bühnenseite gab es eine Tür, die ich unter den neidischen Blicken der übrigen Gäste öffnete. Ja, Leute, wenn ihr wüsstet! Therese und ich!

Grün schimmerten die Notausganglichter durch den Gang. Meine Eintagsgeliebte saß in einem winzigen Kabuff, Beine übereinandergeschlagen, Smartphone in der Hand. Hinter ihr stand Stacy, die dunkelhäutige Sängerin, und fummelte an ihren Haaren herum. Ein schmaler Spiegel an der Wand war das einzige Utensil, das den

Begriff Garderobe rechtfertigte. Nicht mal Kleiderhaken gab es.

»Hey, Max«, sagte Therese. »Du hier?«

Stacy, immer noch an ihrer Mähne zupfend, wandte mir ihren Blick zu.

»Ja«, sagte ich. »Ich hier.« Und dann, wie um den Nachweis zu erbringen, dass ich auch vollständige deutsche Sätze auf Lager hatte: »Nachdem ich euren Auftritt am Dienstag teilweise verpasst habe, wollte ich das heute nachholen. Mein Handy ist aus, Ehrenwort.«

»Das Schweinehandy?«, wollte Stacy wissen.

»Jetzt nicht mehr. Ich habe auf Esel umgestellt. Passt besser.«

Therese legte den Kopf zur Seite. »Bist du dienstlich hier?«

»Aber nein. Ganz privat. Dein Onkel hat mich zu einem Bier eingeladen. Und ihr? Macht ihr die Show zu zweit?«

»Die Show«, lachte Stacy und ließ ihre Augen leuchten. »Das ist keine Show, Mann. Das ist Jazz!«

»Ach so.«

»Ohne Ron, unseren Bassisten, spielen wir nicht«, sagte Therese. »Er sitzt an der Bar und trinkt sich warm.«

In diesen Witz von Garderobe hätte der Bärtige auch kaum noch gepasst. Ich wünschte den beiden viel Glück und ging zurück in den Gewölbekeller. Dort zwängte sich Felix von Wittstock gerade zwischen den Tischen hindurch. Dabei sah er sich suchend um. Er trug ein Sakko zum offenen Hemd, in seiner Brusttasche steckte ein violettes Tüchlein. Als er mich entdeckte, nickte er. Er konnte sich denken, woher ich kam.

»Hat sich Therese noch an Sie erinnert?«, spöttelte er, kaum dass wir saßen. »Oder mussten Sie Ihren Ausweis zücken?«

»Wir sind ein Herz und eine Seele«, entgegnete ich. »Duzen uns sogar.«

»Bilden Sie sich bloß nichts darauf ein.« Seine Augen blitzten angriffslustig. »Und? Warum haben Sie sich nun bei der Geburtstagsfeier meiner Schwägerin eingeschlichen? Um wen ging es? Um Lorenz? Oder doch um mich?«

»Sie sollten etwas trinken, Herr von Wittstock. Etwas Kühlendes.«

Er lachte. Aber da eben ein Kellner vorbeikam, bestellte er einen Weißburgunder. Dann lehnte er sich zurück und musterte mich herablassend. »Mein Gott, was bin ich froh, dass ich Sie damals nicht engagiert habe. Mal ganz abgesehen vom Geld, das ich dadurch gespart habe.«

»Sie sprechen mir aus der Seele. Kann mir auch etwas Besseres vorstellen, als in der schmutzigen Ehewäsche anderer Leute herumzuwühlen.«

»Reden Sie doch kein Blech! Als ob Sie jemand gezwungen hätte, diesen Job anzutreten! Oder ist das so ein Familienbetrieb, der vom Vater auf den ältesten Sohn übergeht?«

Dann hätte ich Pfarrer werden müssen, dachte ich. Aber das sagte ich ihm nicht. Sondern dies hier: »Ein bisschen haben Sie sogar recht, Herr von Wittstock. Die Schnüffelei macht mir Spaß. Ich bin nun mal neugierig. Vielleicht ein Voyeur. Eines allerdings kann ich Ihnen garantieren: Jemandem Bereicherung und Untreue nachzuweisen, befriedigt mich 1000 Mal mehr, als eine Ehefrau beim Seitensprung zu erwischen.«

»So?«, stieß er hervor. Und gleich noch einmal: »So?« Seine Augen schleuderten Giftpfeile.

Bevor er verbal nachlegen konnte, bekam er seinen Wein. Dann rauschte Applaus durch den Keller. Therese und der Bassist betraten die Bühne. Wittstock nippte an seinem Glas. Was war eigentlich mit seiner Frau? Im Hause Driehm hatte niemand von ihr gesprochen. War sie überhaupt unter den Gästen gewesen? So eine Bismarck-Nachfahrin gehörte doch zum unverzichtbaren Gesellschaftsschmuck, oder?

Ich rückte mein Trumm von Stuhl etwas vom Tisch weg, um zur Bühne blicken zu können. Therese beugte sich über die Tastatur und begann. Ließ die Töne gleichsam davonkrabbeln, immer nur wenige auf einmal. Wenn zwei nicht zueinanderpassten, wurde innegehalten und gelauscht. So eine hübsche Dissonanz aber auch! Ob es noch eine Spur schroffer geht? Geht. Jetzt mischte sich der Kontrabass ein. Wollte auch was Kluges bemerkt haben. Therese legte die linke Hand auf den Oberschenkel. Immer die sparsame Variante, immer noch was in petto haben! Trockenes Solo rechts, Pause, dann durfte links wieder mitmachen. Ein paar Akkorde, tupf-tupf, der Song nahm Gestalt an. Ein Song ohne Worte natürlich. Hinter der Bühne wartete Stacy. Schüttelte wahrscheinlich schon mal ihre Raubkatzenmähne. Der Bassist immer hundeschnauzencool. Na schön, zupfe ich diese eine Saite noch … Nebenher hätte er Französischvokabeln lernen können.

»Wissen Sie, was das ist?«, raunte ich von Wittstock zu.

»Was?«

»Das ist keine Show, Onkel Felix. Das ist Jazz!«

Er schaute grimmig. »Was wollen Sie von mir, Koller? Geld?«

»Danke, mein Bier bezahle ich schon selbst.« Ich beugte mich über den Tisch, um trotz gesenkter Stimme verständlich zu bleiben. »Sie stehen mit einem Bein im Gefängnis, Herr von Wittstock. Ach was, mit beiden Beinen! Ihre China-Schummelei ist aktenkundig. Und glauben Sie bitte nicht, dass nur die Staatsanwaltschaft davon weiß. Die Neckar-Nachrichten sind im Besitz eines ganzen Stapels Unterlagen, aus denen Ihr Betrug minutiös hervorgeht.«

»Das klingt ja zum Fürchten.« Um Wittstocks Mund zuckte es, sein Lachen klang gequält. »Wahrscheinlich haben Sie mir einen Strick mitgebracht, damit ich den nicht selbst kaufen muss.«

»Es ist alles dokumentiert. E-Mails, Briefe, Rechnungen, Überweisungen.«

»Und warum steht dann nichts in der Zeitung? So ein hübscher Skandal – und kein Enthüllungsbericht?«

»Der kommt, keine Sorge. Die Unterlagen werden gerade geprüft. Ich hoffe, Sie haben einen guten Anwalt.«

»Den habe ich«, zischte er. »Mein Bruder zahlt ihn, und Sie können davon ausgehen …«

Der Rest des Satzes ging im Applaus unter. Stacy kam angehuscht und quetschte sich neben Therese auf die Bühne. Viel Bewegungsfreiheit war da nicht. Und schon ging es wieder los, das Gehauche und Geflüstere, dieser unnachahmliche Stacy-Gesang mit sparsamsten Mitteln, aber unter Einsatz des gesamten Körpers. Noch so ein Paradox.

Wir warteten. Der Kunstkeller war pickepacke voll, nur vereinzelt sah ich noch unbesetzte Stühle. Aber niemand sprach. Die gesamte Aufmerksamkeit galt der Schwarzen, die heute Jeans und Bluse trug, dazu übergroße Ohrringe, die weiß aus ihrer Haarpracht hervorleuchteten. Therese hielt den Oberkörper gebeugt, ihr Blick fraß sich in die Klaviertasten. Welche Farbe jetzt ihre Augen hatten? Es gab keinen sichtbaren Kontakt zwischen ihr und Stacy, die eine klimperte, die andere sang, aber Thereses Einwürfe mit der rechten Hand schienen jede Phrase zu kommentieren, zurechtzurücken, zu verbessern. Musik ist nun wirklich nicht mein Spezialgebiet und Jazz erst recht nicht, aber ich hatte das Gefühl, als würden wir Zeugen eines musikalischen Zickenkriegs.

Und der Bassist? Spielte den Unbeteiligten.

Endlich, gegen Ende der nächsten Nummer, sah ich immer mehr Gäste miteinander tuscheln, rückte die Musik in den Hintergrund, kamen die Kellner mit Tellern und Gläsern aus ihren Löchern geschossen. Nette Sache, dieses Kunstzeug da vorne, aber nun kümmern wir uns wieder um die wichtigen Dinge. Die mit den Kalorien und den Prozenten.

Oder den Renditen. »Herr von Wittstock«, setzte ich unseren Plausch fort, mich wie zuvor über den Tisch beugend, »dass Sie sich bereichert haben, interessiert mich nicht weiter. Ich nehme es zur Kenntnis und denke mir meinen Teil. Was mich umso mehr interessiert: ob Kai Liebherr deshalb sterben musste.«

»Wie? Wer?« Wittstocks Hand, die eben das Weinglas zum Mund führte, verharrte auf halber Strecke.

»Trinken Sie ruhig. Zum Schauspieler sind Sie nicht geboren.«

Das Glas wurde abgesetzt. »Was soll der Scheiß, Koller? Wer ist gestorben, und was habe ich damit zu tun?«

»Kai Liebherr, vor drei Tagen. In derselben Nacht, als Ihre Schwägerin Geburtstag feierte. Sie wissen das.«

»Ich kenne keinen Liebherr!«, rief er. »Nie gehört, den Namen!«

»Ehemaliger Mitarbeiter von Driehm Pharma. Außerdem ehemaliger Geliebter Ihrer Nichte.« Mein Daumen machte sich selbständig und zeigte zur Bühne.

Der Schönling starrte mich an. Dann stützte er einen Ellbogen auf den Tisch, begann sich mit einer Hand die Augen zu reiben und fragte: »So ein Schmaler mit zu langen Haaren?«

»Exakt.«

»Ich erinnere mich. Vage. Was habe ich mit dem zu schaffen?«

»Liebherr wusste über Ihren Betrug Bescheid. Er hat das Material gesammelt.«

»Und deshalb bringe ich ihn um?« Er blickte auf. »Eben sagten Sie selbst, dass die Zeitung und die Staatsanwaltschaft längst informiert sind!«

»Und Ihr Bruder? Was ist mit dem?«

Wittstock schwieg. Wieder einmal unterbrach Applaus unseren Dialog. Während er die Gelegenheit nutzte, den versäumten Schluck von eben nachzuholen, ließ er mich nicht aus den Augen. Anschließend fragte er: »Was hat Lorenz damit zu tun?«

»Aus Liebherrs Unterlagen geht hervor, dass Ihr Bruder schon sehr früh von Ihren Machenschaften wusste. Dass er Sie deckte. Und dass er deshalb selbst dran ist.«

Erneut zögerte Wittstock mit einer Antwort. Es arbeitete in ihm, die unruhigen Finger auf der Tischplatte verrieten es. Hatte ich zu hoch gepokert? War ich unglaubwürdig, weil ich eine Schuld Driehms behauptete, die in Wirklichkeit nicht bestand? Na los, Junge, raus mit der Sprache!

Endlich ein Räuspern. Wittstocks Miene war undurchdringlich. »Kein Kommentar«, sagte er.

»Also stimmt es. Bei guter Führung bekommen Sie vielleicht Nachbarzellen.«

»Wie gesagt, kein Kommentar.«

»Ist in Ihrer Situation vermutlich das Beste. Allerdings kann auch ein Nichtkommentar vielsagend sein. Ich will Ihnen verraten, was Sie mir gerade nicht gesagt haben. Ihnen ist klar geworden, dass Ihr Bruder ein Motiv hatte, Liebherr umzulegen. Dass Liebherr eine Gefahr für ihn darstellte. Für den Retter Heidelbergs, den Erfinder von Dreamcity. Und Sie fragten sich eben, ob Lorenz es selbst getan hat oder ob er Handlanger hatte. All das haben Sie mir nicht gesagt, aber ich habe es gehört.«

Ich lehnte mich zurück. Beobachtete ihn. Erwartete Widerspruch, geschwätziges Leugnen, händefuchtelndes Abstreiten. Leider geschah nichts dergleichen. Wittstock lachte bloß. Er schüttelte den Kopf, sagte: »Blödsinn!«, und dann lachte er wieder.

Gut. Erst mal ein Bier ordern. Noch war nicht aller Tage Abend. Ein wunderbares Lokal, wunderbare Musik – Jazz, Max, keine Show! –, wunderbare Gäste. Ganz zu schweigen von den wunderbaren Kleckssereien an der Wand. Da musste doch was zu holen sein!

»Ihr Schweigen ist ohnehin beredt«, spann ich den Faden weiter. »Geradezu geschwätzig. Kaum fällt der

Name Ihres großen Bruders, geht bei Ihnen die Klappe runter. Auch dafür kenne ich den Grund, Herr von Wittstock. Ihr Bruder weiß, dass er wegen der China-Geschichte vor den Kadi kommt, und Sie wissen es auch. Aber seine Schuld ist weniger offenkundig als Ihre. Vielleicht windet er sich heil aus der Sache raus, wenn niemand plaudert. Wenn vor allem Sie nicht plaudern, und dafür hat er Ihnen Geld versprochen. Die Bezahlung Ihrer Schulden. Oder einen neuen Job, sobald Sie wieder draußen sind. Einen guten Anwalt sowieso. Deshalb das große Schweigen im Hause Driehm. Lieber nimmt der kleine Felix die Schuld komplett auf sich, als es sich mit dem reichen, erfolgreichen Lorenz zu verscherzen.«

»Sie haben eine kranke Fantasie«, giftete er, »so eine richtige Prekariatsfantasie.« Je mehr er giftete, desto sicherer war ich mir, ins Schwarze getroffen zu haben.

»Liebherr wurde ermordet. Das ist Realität, keine Fantasie. Und Ihr Bruder hat den Mord in Auftrag gegeben. Ich weiß es.«

»Lächerlich. Wir Driehms bringen niemanden um.«

»Sie heißen doch gar nicht mehr Driehm.«

»Trotzdem bin ich einer.« Auf Wittstocks Stirn glänzte es feucht. Ja, inzwischen war es stickig geworden im Kunstkeller, doch für die Flüssigkeitsansammlung gab es andere Gründe. »Passen Sie auf, junger Mann«, fuhr er fort, »ich kenne längst nicht alle Methoden meines Bruders, und ich habe ihm schon oft genug den Teufel an den Hals gewünscht. Aber dass er Menschen beseitigen lässt, das ist ein absurder Gedanke. Völlig haltlos. Und sollten Sie das Gegenteil beweisen wollen, landen Sie schneller auf der Nase, als Ihnen lieb ist.«

»Mit Drohungen sind Sie jedenfalls schnell bei der Hand.«

»Das war keine Drohung. Das war nüchterne Realität.«

»Die Realität von Dreamcity vielleicht.« Mein Bier kam, ich nahm einen großen Schluck. »Und jetzt sage ich Ihnen mal was, Herr von Wittstock. Ihr Bruder hat mein Büro verwüsten lassen. Mein Computer ist weg, ich wurde niedergeschlagen. Auch da schreit alle Welt im Chor: aber doch nicht ein Lorenz Driehm! Undenkbar! Vielleicht täuschen Sie sich ja in Ihrem großen Bruder. Vielleicht war er noch nie in einer solchen Lage wie jetzt. Sein Ruf droht vor die Hunde zu gehen, sein Lebenswerk. Fest steht, er hatte ein Motiv – und zwar als Einziger, soweit ich das bisher überblicke. Oder wissen Sie sonst jemanden, der Grund gehabt hätte, Liebherr umzulegen?«

Achselzucken. »Dafür kannte ich den Kerl zu wenig.«

»Am Montag nimmt Liebherr Kontakt zu mir auf. Noch in derselben Nacht werde ich überfallen. Und eine Nacht später stirbt mein Informant – nachdem ich Ihrer Familie einen Besuch abgestattet habe. Zufall?«

»Nicht so laut!«, kam es ärgerlich vom Nebentisch. Ja, gut möglich, dass mir die Stimme entglitten war. Dafür hatte ich auch mehr zu sagen, als nur über die Bilder an der Wand herzuziehen, alter Pfannkuchen!

»Mir egal, ob es Zufall war oder nicht«, gab Wittstock zurück. »Ich jedenfalls habe nichts mit der Sache zu tun. Und mein Bruder auch nicht.«

Damit waren die Fronten geklärt. Nichts mit der Sache zu tun! Trotzdem. Der angerostete Beau schwitzte, und ich hätte ihn gern noch etwas stärker zum Schwitzen gebracht. Wo ich gerade so schön dran war am Bohren und Bedrängen, am Piesacken und Peinigen. Verdammt, es machte Spaß! Auch wenn ich nichts in der Hand hatte. Aber da kam jemand an unseren Tisch, der mir diesen Spaß versaute. Ich glaube, die Person stand schon eine ganze Weile in unserer Nähe. Und sie hatte genauso wenig mit meiner Anwesenheit gerechnet wie ich mit ihrer.

»Christine!«, sagte ich und verschluckte mich fast.

KAPITEL 25

»Nee«, sagte Christine.

Ich: »Was machst denn du hier?«

Christine, noch einmal: »Nee!« Mit Ausrufezeichen bis zur Kellerdecke. Da klang ihr hinterhergeschobenes »Das glaub ich jetzt nicht« ja fast zärtlich.

Die anderen beiden glotzten nur.

Die beiden? Genau so war es. Denn nicht nur ich hatte Flankenschutz an meinem Tisch, auch meine Ex war mit Begleiter angerückt. Erst dachte ich, es handle sich um einen übereifrigen Kellner, der nur darauf wartete, ihr einen Stuhl unter den Po zu schieben. Aber dann merkte ich, wie der Typ neugierig von ihr zu mir schaute und dann wieder zu ihr. Außerdem trug er ein kariertes Sakko.

Vielleicht Christines Praktikant?

»Ich habe mit vielen Leuten an diesem Ort gerechnet«, sagte sie, »aber du … nie und nimmer.« Sie drehte sich zu ihrem Schatten um. »Das ist mein Exmann. Max Koller.«

»Angenehm«, sagte der Karierte. Jedenfalls vermute ich das, denn seine Bemerkung ging in Wittstocks Gelächter unter.

»Wie süß!«, dröhnte es amüsiert. »Das traute Paar! Familienzusammenführung im Kunstkeller!«

Christines Kopf drehte sich zur Seite. Nicht viel, sondern gerade so, wie ein Roboterkopf sich dreht, wenn man ihn per Fernbedienung steuert. Der Rest des Körpers rührte sich keinen Millimeter. Auch die Augen nicht. Die richteten sich mit einer Teilnahmslosigkeit, für die ich meine Ex hätte knutschen können, auf das Objekt, das aufgrund der Drehung in ihr Blickfeld geraten war.

»Wer is'n das?«, fragte Christine voller Verachtung.

Oder hatte sie sogar »Was is'n das?« gesagt? Egal, es war einfach wunderbar mitanzusehen, wie sie Wittstock auflaufen ließ. Da redete sich unsereins die Lippen wund, stapelte Vorwürfe und Anschuldigungen, drängte den Kerl von einer Ecke in die andere, linker Schwinger, rechter Schwinger – und am Ende gelang es einer Frau mit einer einzigen spitzen Bemerkung, die Luft aus dem aufgeblasenen Fatzke zu lassen.

»Damit haben Sie wohl nicht gerechnet«, meckerte Wittstock in meine Richtung. Klar, gegen meine Ex war nicht anzustinken, also hielt er sich an mich.

»Alles geplant«, behauptete ich.

»Schmider«, sagte Christines Begleiter und streckte mir eine Hand hin. »Harald Schmider.«

»Ich glaube, wir suchen uns dann mal einen freien Tisch«, meinte Christine.

Während ich die dargebotene Hand schüttelte – sie war warm, fleischig und irgendwie unangenehm –, ließ meine Ex ihre Blicke durch die Kneipe schweifen. Das Problem dabei: Es gab keine freien Tische mehr. Freie Stühle, ja, hie und da sah man einen, auch bei uns am Tisch stand einer verloren rum und wartete auf einen Gast. Unschlüssig wechselte Christine Blicke mit ihrem warmfleischigen Sakkoträger.

»Nehmen Sie meinen Platz, Frau Koller«, säuselte Wittstock und stand auf. »Ich wollte sowieso gehen.«

»Das ist mir jetzt aber peinlich.« Wahnsinn, wie gelangweilt Christine schauen konnte! »Sie waren doch sicher mitten in einem hochinteressanten Gespräch.«

»Ja, bleiben Sie ruhig sitzen«, strahlte Schmider.

»Kein Bedarf«, grinste der Schönling. »Ich konnte sämtliche Fragen Ihres Mannes zu seiner Zufriedenheit beantworten. Einen schönen Abend noch!«

Damit ging er zur Bar hinüber, die sich an einer Seitenwand des Gewölbes erstreckte.

»Na dann«, sagte Schmider und hielt Christine einen Stuhl hin. »Wenn sich schon mal zwei Plätze nebeneinander ergeben …« Sein Dauerstrahlen erlosch. »Oder stören wir Sie, Herr Koller?«

»Wir können uns auch was anderes suchen«, meinte Christine, immer noch stehend. Applaus für die Künstler enthob mich einer Antwort. Dafür machte sich die Schreckschraube am Nachbartisch wieder bemerkbar; moserte, nun hätten die beiden ihr aber lange genug die Sicht versperrt, wenn sie sich jetzt nicht setzten, sollten sie sich an die Bar stellen wie der Herr dort drüben.

»Der Herr dort drüben ist Pleitier und Betrüger«, blaffte ich zurück. »Können Sie alles in der Zeitung lesen. Übermorgen.«

»Übermorgen ist doch Sonntag«, wunderte sich Schmider, während er Platz nahm.

»Hör nicht auf ihn«, murmelte meine Ex.

»Doch, hör auf ihn«, sagte ich. »Übermorgen war in diesem Fall eine metaphorische Angabe, keine zeitlich exakte. Sie bedeutet: bald, möglichst bald sogar, aber morgen noch nicht. Immer mit der Ruhe! Und jetzt erzählt mir, was ihr hier macht.«

Christine rollte mit den Augen. Da hatte ich mich also wieder im Ton vergriffen. Kann passieren, meine Liebe! Kann passieren, wenn der Jazz dir im Nacken sitzt, die Ex am Tisch und deren dubioser Begleitservice gegenüber. Wobei auch dieser Satz nicht ganz zutraf, denn zumindest die Musik machte eben eine Pause. Nach dem letzten Applaus waren die beiden Frauen an die Bar gewechselt und standen nun ganz in der Nähe von Wittstock. Mehr als ein kurzes Heben der Augenbraue hatte Therese nicht für ihren Onkel übrig. Stacy, die an einem Weinglas nippte, würdigte ihn keines Blickes.

»Wir wollten den Kunstkeller einmal ausprobieren«, erklärte Schmider mit Unschuldsmiene. »Ich hatte gehört, dass es hier gute Musik geben soll, und – nun ja, mit dieser Meinung stehe ich wohl nicht als Einziger da.«

»Ganz und gar nicht«, sagte ich, ihn nicht aus den Augen lassend. »Ich zum Beispiel komme nur wegen der Musik her. Gute Musik, dafür gehe ich meilenweit. Die anderen Leute interessieren mich nicht. Aber die Musik! Das hier ist Jazz, keine Show.«

Schmider nickte. »Hoffentlich spielen sie gleich weiter.« Er blickte entschuldigend zu Christine hinüber. »So viel Zeit habe ich nämlich nicht.«

Meine Ex schwieg. Schweigend sah sie mir zu, wie ich einen Kellner beim Westenzipfel packte und ihm Bestellungen mit auf den Weg gab. Für sie einen trockenen Weißen, für mich noch ein Bier, Schmider durfte sein Getränk selber wählen. So war ich, tolerant bis zur Selbstverleugnung. Und ich konnte noch besser.

»Herr Schmider«, raunte ich verschwörerisch und beugte mich über den Tisch. »Harald! Sie sind doch ein Musikfachmann. Ein Connaisseur!«

Er nickte. Die Augen: groß und rund wie eine Miles-Davis-CD.

»Wollen Sie ein Autogramm von den Künstlerinnen?«

»Von welchen …?« Er schaute zur Bar hinüber. »Von denen da?«

Ich lehnte mich zurück, um Therese lässig zuzuwinken. Na los, Schätzchen, schieb schon rüber! Und bring Black Beauty gleich mit. Schmider staunte Bauklötze. Mit ihm der halbe Kunstkeller.

Ganz zu schweigen von meiner Exgattin!

Als die beiden Frauen an unserem Tisch standen, erhob ich mich, gab Therese ein Begrüßungsküsschen und ließ meine Hand sekundenlang auf ihrer Hüfte liegen. Wenn ich es bei Stacy ebenso gemacht hätte, wäre Christine wahrscheinlich aus dem Fenster gehüpft. Auch wenn es im Kunstkeller keine Fenster gab.

»Therese«, flötete ich. »Würde es dir etwas ausmachen, meinem guten Freund Harald ein Autogramm zu schreiben?«

»Hat jemand einen Stift?«, gab sie zurück.

So perplex Schmider war, so fix reagierte er doch. Thereses Frage war kaum verklungen, da hielt er ihr schon einen Kugelschreiber unter die Nase. Christine bekam den Mund nicht mehr zu. Ich linste zur Bar hinüber. Natürlich verfolgte auch Felix von Wittstock die kleine Szene mit Neugier und zusammengekniffenen Augen.

»Und worauf, bitte?«, fragte Therese.

Worauf was? Ach so, das Autogramm. Auch da hatte Freund Harald prompt eine Lösung parat. Er faltete eine der Servietten, die auf dem Tisch lagen, auseinander, glättete sie sorgfältig und schob sie Therese zu. Im Hintergrund hörte ich Stacy aufstöhnen.

»Für Harald, wenn es geht«, stotterte Schmider, rot entflammt. Christine legte den Kopf in den Nacken und starrte zur Decke. (Auch dort gab es keine Fenster.) Schon rückte der Kellner mit den Getränken an. Während er sich an der schreibenden Therese vorbeidrängte, linste er neidisch auf die wertvolle Serviette, die mit jedem Buchstaben an Wert gewann. Ich pflückte mein Bierglas vom Tablett und gönnte mir einen Schluck.

»Jetzt du«, meinte Therese, den Stift an Stacy weiterreichend.

Die reagierte nicht. Stöhnte bloß, lauter als zuvor. Wollte sie uns eins singen? Dafür sah sie aber ziemlich blass aus, soweit man das von einer derart dunkelhäutigen Frau behaupten kann. Sie hielt sich die Hand vor den Mund. Röchelte. Dann knickte sie vornüber und klammerte sich an Therese fest.

»Was ist los, Stacy?«

Keine Antwort. Nur ein jammervolles Husten, ein Keuchen und nach Luft Schnappen. Schmider erhob sich alarmiert. Therese packte die Sängerin am Arm, schüttelte sie, wollte sie nach oben reißen. Aber Stacy sank röchelnd zu Boden. Was eben noch Atem gewesen war, war jetzt ein grässliches Pfeifen.

»Stacy! Nun sag doch was!«

Ich stellte mein Bier auf den Tisch. Irgendetwas stimmte da nicht. Die junge Frau sah nicht aus, als würde sie simulieren. Sie lag zu unseren Füßen, wand sich, griff sich immer wieder an den Hals. Ihre zuckenden Glieder schlugen gegen die Stuhlbeine ringsum. Aber das Grässlichste waren ihre Augen, die aus den Höhlen hervortraten wie Tennisbälle.

»Max!« Therese, die inzwischen neben ihr kniete, packte mich am Arm. »Ihr Asthmaspray! In ihrer Tasche ... schnell! Sie erstickt!«

»Wo ist die Tasche?«

»In der Garderobe!«

Sie schrie noch etwas, aber da war ich schon losgestürmt. Haken rechts, Haken links, das machte mir kein Kellerkellner nach. Ron, den Kontrabassisten, der nach seiner Band sehen wollte, musste ich unsanft aus dem Weg schieben, dann hatte ich endlich freie Bahn. Bis zur Tür der Künstlergarderobe. Und die war verschlossen.

»Scheiße!«, brüllte ich und gab der Tür einen Tritt.

»Moment«, keuchte es hinter mir.

Es war der Kellner, der eben die Getränke gebracht hatte. Respekt, mein Junge! Er hatte einen Schlüsselbund in der Hand, fummelte ein besonders langes Exemplar hervor und öffnete damit die Garderobentür. Ich nichts wie rein, schnappte mir Stacys Tasche und schüttete ihren Inhalt auf den Stuhl.

Nichts. Ein Handy, Taschentücher, Lippenstift, Tabletten, ein Foto und und und. Aber kein Asthmaspray.

»Haben Sie das Ding?«, fragte der Kellner.

Kein Asthmaspray, verdammt! War das überhaupt Stacys Tasche? Dahinten lag noch eine. Ebenfalls öffnen, ebenfalls auskippen – na also! Da kullerte es über den Boden, das Objekt der Begierde.

»Achtung!«, brüllte ich, jagte an dem Kellner vorbei, in den Gewölbekeller, hin zu dem Grüppchen, das sich über die Sängerin beugte. Therese riss mir den Spraykolben aus der Hand und drückte Stacy die Öffnung zwischen die Lippen.

Die Wirkung war verblüffend. Zwei, drei Pumpstöße, und die Gesichtszüge der Frau glätteten sich. Ihre Glieder hörten auf zu zucken, das Pfeifen wurde leiser. Auch die Augäpfel nahmen wieder ihre normale Position ein.

Durchatmen allenthalben.

»Gott sei Dank«, murmelte Schmider. Er war wirklich ein netter Kerl. Rührend besorgt um die Damen in seiner Umgebung.

Stacys Brustkorb hob und senkte sich. Therese strich ihr die Haare aus der Stirn. Sie blieb neben ihrer Freundin knien, während die sich erholte. Jemand legte eine Jacke unter Stacys Kopf, ein anderer brachte ein Glas Wasser. Einsetzendes Gemurmel ringsum signalisierte Rückkehr zur Normalität.

Höchste Zeit für einen Schluck Bier. Anschließend ließ ich mich neben meiner Ex in den Stuhl fallen.

»Was war das?«, raunte ich Christine zu. »Ein Asthmaanfall?«

»Sieht so aus. Ein allergischer Schock wahrscheinlich. Sie wird mit irgendetwas in Kontakt gekommen sein, auf das ihr Immunsystem so reagiert.«

»Was denn? Und wie? Sie hat doch bloß gesungen.«

Achselzucken.

Nachdenklich sah ich mich um. Alles saß wieder, tuschelte über das Vorgefallene, riskierte mehr oder weniger verstohlene Seitenblicke. Nur die Kellner wuselten durch das Gewölbe, ein beruhigendes Lächeln auf den Lippen, nach dem Motto: Keine Panik, Leute, an unserer Küche lag es nicht. Das Wetter, der Biorhythmus, die Politik – ja, vielleicht, jedenfalls nicht unsere Küche.

Und wenn doch?

Möglichst unauffällig erhob ich mich und ging zur Bar hinüber. Dort stand immer noch Stacys Weinglas auf dem Tresen. Gegen Wein würde sie doch nicht allergisch sein? Dann hätte sie sich kaum welchen bestellt.

»Was ist das für eine Sorte?«, fragte ich den Knaben hinter dem Tresen. »Der hier, den die Sängerin getrunken hat.«

»Ein Barbera, soviel ich weiß.« Er schnupperte an dem Glas. »Genau, ein Barbera.«

»Und wann ließ sie sich den einschenken?«

»Vor der ersten Nummer. Sie nahm einen Schluck, bevor sie zur Bühne ging.«

Und das war etwa eine halbe Stunde her. Viel Zeit, um aus dem Barbera einen Barbera extra zu machen. Ich hängte meinen Rüssel ebenfalls über die dunkle Flüssigkeit, schloss die Augen und sog den Duft ein. Die Blume, schon klar. Lecker roch das. Oder, sommeliertauglicher: schwer, würzig, Himbeere im Dingens und hintendran noch eine ganz besondere Note. Was war das bloß?

»Kann es sein«, sagte ich, die Augen öffnend, »kann es sein, dass der Wein nach Nüssen riecht?«

»Möglich.« Wieder inhalierte der Typ, was die Nüstern hergaben. »Stimmt. Der Wein riecht nach Erdnuss. Komisch eigentlich.«

»Nicht wegschütten. Und am besten auch nicht mehr anfassen, okay?« Ich ging zum Tisch hinüber und legte Therese eine Hand auf die Schulter. »Wie sieht es aus? Alles wieder im grünen Bereich?«

Sie sah auf und nickte. Dann zog sie sich einen Stuhl heran, nahm Platz und fuhr sich mit dem Handrücken über die Augen. Auch Stacy gelang es, sich in eine sitzende Position zu bringen. Sie atmete regelmäßig, hielt die Augen aber geschlossen.

Ich beugte meinen Kopf zu Thereses Ohr. »Sag mal«, murmelte ich, »ist sie auf Nüsse allergisch? Erdnüsse?«

»Und wie. Aber das waren keine Nüsse. Seit wir hier sind, hat sie nichts gegessen. Und selbst wenn – um Nüsse macht Stacy einen Riesenbogen.«

»Wenn sie kann, ja.« Ich sah auf die dunkelhäutige junge Frau hinab. Auf ihrer Stirn stand Schweiß. Ihre Finger klammerten sich um das lebensrettende Asthmaspray. Mir fiel das Chaos ein, das ich in der Garderobe zurückgelassen hatte. Ich trank mein Bier aus, dann ging ich wieder zur Bar und schärfte dem Jungen ein, das Glas nicht aus den Augen zu lassen, bis die Polizei käme.

Er glotzte mich an. »Die Polizei?«

»Bloß eine Sicherheitsvorkehrung.«

»Das muss ich meinem Chef sagen.« Er winkte den Kellner herbei, der mir die Tür zur Garderobe aufgeschlossen hatte. Auch dem gefiel gar nicht, was ich vorhatte.

»Hören Sie, wir hatten schon genug Ärger. An Musik ist ja wohl nicht mehr zu denken. Und dann auch noch die Polizei im Haus!«

»Ich kann nur ›Alle meine Entchen‹ auf dem Klavier, tut mir leid. Aber falls es Sie beruhigt: Ich werde dafür sorgen, dass die Beamten in Zivil anrücken und sich dezent verhalten.«

»Muss das sein?«

»Meiner Meinung nach wurde die Sängerin vergiftet. Deshalb Finger weg von dem Glas. Es ist ein Beweisstück. Und jetzt würde ich gern die Handtaschen in der Garderobe wieder einräumen.«

Der Kellner nickte. »Ich sperre Ihnen die Tür auf.«

Er ging voran. Bevor wir den Gewölbekeller verließen, blickte ich mich noch einmal um. Irgendetwas störte mich, irgendetwas fehlte. Ich kam nicht drauf.

Die Taschen waren schnell eingeräumt. Stacy hortete lauter Schönheitsfirlefanz, dessen Funktion mir in höchstens einem Drittel der Fälle klar war. Pinselchen, Feilen, Tupfer, Pinzetten, ein komplettes Arsenal. Bei Therese war weniger los. Immerhin hatte sie noch eine angebrochene Packung der Pille dabei, aus Nostalgie vermutlich, außerdem ein Foto, das ein kleines Mädchen an der Hand eines schnauzbärtigen Mannes zeigte. Im ersten Moment dachte ich, es könne sich um ein Kind Thereses handeln, aber dann erkannte ich an Kleidung, Frisur und Farbgebung des Fotos, dass die Aufnahme aus den Achtzigern stammen musste. Vielleicht ein Jugendbild meiner Kurzzeitgeliebten.

Tasche zu, zurück an ihren Platz. Der Kellner schloss hinter mir ab. Und als ich in den Keller zurückkehrte, fiel mir ein, was ich vorhin vermisst hatte. Beziehungsweise wen.

Felix von Wittstock. Er war weg. Irgendwann während Stacys Anfall musste er die Kneipe verlassen haben.

KAPITEL 26

Stacy verzichtete auf eine Anzeige. Genauer gesagt, verzichteten Stacy und Therese darauf, denn während die Sängerin nur apathisch dasaß und schwieg, war es Driehms Tochter, die auf meine Erklärungen mit Abwinken reagierte. In Stacys Namen, wie sie behauptete.

»Therese, das war ein Anschlag«, sagte ich zum mittlerweile sechsten oder siebten Mal. »Irgendjemand hat so ein Erdnusszeug in ihren Wein getan.«

»Ja, möglich.«

»Nicht nur möglich, sondern ganz sicher! Außer Wein hat sie doch nichts zu sich genommen.«

»So ein Anfall kann immer kommen. Aus heiterem Himmel.«

»Und warum riecht dann Stacys Glas nach Erdnüssen? Wir müssen die Polizei informieren.«

»Lass sie eine Nacht darüber schlafen, Max. Morgen werden wir entscheiden, was sie …«

»Morgen ist es zu spät. Das Glas muss auf Fingerabdrücke untersucht werden. Die Kellner müssen befragt werden, die Gäste auch.«

»Die Gäste? Alle? Bisschen viel Aufwand, findest du nicht?«

»Verdammt, Therese, das ist doch kein Zufall! Erst wird Liebherr ermordet, heute erstickt Stacy uns schier. Ich rufe jetzt die Polizei.«

Sie warf mir einen langen, traurigen Blick zu. Dann wandte sie sich an Stacy. »Willst du das?«

»Ich will nach Hause«, murmelte die Schwarze.

»Da hörst du es.«

Frauen! Wütend wandte ich mich ab. Hielten zusammen wie Pech und Schwefel. Auch wenn die eine schwanger war und die andere eben dem Tod entronnen. Fehlte nur noch, dass meine Ex den beiden zu Hilfe kam. Schau an, da war sie schon!

»Lass sie, Max«, sagte sie und legte mir eine Hand auf den Arm. »Eine Nacht drüber schlafen ist wirklich das Beste.«

Ich entzog ihr meinen Arm.

»Was nicht heißt«, fügte sie mit gesenkter Stimme an, »dass du zur Untätigkeit verdammt wärst.«

Nein, das war ich natürlich nicht. Trotzdem hatte ich keine Lust, noch länger in dieser komischen Eventgruft zu verweilen, ihren karierten Harald vis-à-vis, zwei verstockte Damen daneben. Solange Therese und Stacy bei uns saßen, kaute ich missmutig an meinem Bier herum und versuchte, das ominöse Glas auf dem Tresen nicht aus den Augen zu lassen. Derweil warf Schmider pseudofröhliche Aufmunterungsstorys in die Runde, die niemand beachtete. Nicht einmal Christine. Kaum hatten sich die beiden Musikerinnen verabschiedet, stürzte ich mein Bier hinunter und wählte Kommissar Fischers Privatnummer.

»Das würde mich aber wundern«, grinste Schmider, »wenn Sie hier unten Netz hätten.«

Ich bedachte ihn mit einem Blick, gegen den jede Rasierklinge einpacken konnte. Sein Grinsen war schlimm, aber dass er recht hatte, noch schlimmer. Was ging denn hier ab? Die hippste Location Heidelbergs, und dann kein Handyempfang! Wortlos steckte ich das Telefon wieder ein, wortlos verließ ich den Tisch.

»Jetzt habe ich halt nur ein Autogramm von der Pianistin«, hörte ich Schmider noch sagen. »Aber ich konnte der Sängerin doch nicht ...«

Christine brummte nur.

Der Typ an der Bar legte die Stirn in Falten, als ich ihm erklärte, das Glas kaufen zu wollen.

»Der Barbera geht aufs Haus«, meinte er. »War ja der von der Sängerin.«

»Nicht der Wein. Das Glas. Ich möchte es mitnehmen.«

»Das Weinglas?«

»Genau.«

»Ohne Wein?«

»Ja. Das heißt, nein. Den Wein brauche ich auch. Ich nehme beides mit, aber bezahlen will ich nur das Glas. Der Wein ist ja schon bezahlt.«

Verwirrt sah er mich an.

»Das sagten Sie doch gerade«, fuhr ich fort. »Der Wein ist schon bezahlt.«

»Ja klar.« Er richtete seinen Zeigefinger auf mich. »Sie wollen das Glas untersuchen lassen.«

Ich gab ihm mit meinem eigenen Zeigefinger Kontra. »Den Wein auch.«

»Dann geht das Glas ebenfalls aufs Haus.«

»Danke. Noch eine Frage: Ist Ihnen irgendjemand aufgefallen, der sich in der letzten halben Stunde an dem Glas zu schaffen gemacht hat?«

»Nein, das hätte ich Ihnen längst gesagt. Aber Sie sehen ja, was hier los ist. Da kann man nicht auf alles achten.«

Das hatte ich befürchtet. Trotzdem, letzter Versuch. »Und was ist mit dem Herrn, der zuerst bei mir am Tisch saß? Um die 50, graue Schläfen, Typ Witwentröster. War der an dem Glas?«

»Tut mir leid, kann ich nicht sagen.«

Ja, das Gastgewerbe. Ein echter Knochenjob, bei dem man den Blick für die Mitmenschen komplett verlor. Aber kein Vergleich zur Arbeit eines Privatflics! Bring mal ein kriminaltechnisch sicherzustellendes Weinglas von der Altstadt nach Bergheim! Ein Weinglas mit Inhalt, wohlgemerkt. Per Fahrrad! Und das im Dunkeln.

Anfangs hatte ich noch beide Hände am Lenker. So ungefähr jedenfalls; den Stiel des Glases hielt ich zwischen drei Fingern der rechten Hand. Dann betätigte ich mit links die Wahlwiederholungstaste meines Handys, was eine Art dreiviertelfreihändiges Fahren zur Folge hatte. Und kaum meldete sich die brummige Freitagabendstimme meines Lieblingskommissars, als mich ein Pärchen in Uniform stoppte.

»Absteigen bitte!«

»Aber mein Licht funktioniert doch!«

»Sind Sie das, Koller?«, schnauzte Kommissar Fischer. »Bitte steigen Sie ab.«

»Ich habe gerade einen Kollegen von Ihnen am Telefon. Und ich bin in seinem Auftrag unterwegs.«

»Was für ein Auftrag?«, bellte Fischer.

»Würden Sie bitte Ihr Gespräch beenden?«

»Er heißt Fischer. Hauptkommissar Fischer von der Mordkommission, den müssen Sie doch kennen.« Ich hielt den beiden das Handy entgegen. Dass sie davor zurückschreckten, konnte ich ihnen nicht verdenken, so laut drang Fischers Schimpfen und Fluchen aus dem kleinen Gerät.

»Freihändig durch die Hauptstraße«, rief die Polizistin, »ein Handy am Ohr und Alkohol am …« Sie brach ab. Schon wahr, ›Alkohol am Steuer‹ passte in diesem Fall nicht, und ›Alkohol am Lenker‹ klang irgendwie blöd.

»Herr Fischer«, nahm ich den Kontakt zu meinem Kommissar wieder auf, »Sie müssen mir helfen. Ihre beiden Kollegen glauben mir nicht, dass ich in Ihrem Auftrag handele. Also nicht in Ihrem Auftrag, aber mit Ihrer Billigung.«

»Welche Billigung, Sie Hornochse?«

»Es gab einen Anschlag. Auf eine Sängerin. Ich habe Beweismaterial sichergestellt. Ein Weinglas mit Inhalt.«

»Sind Sie besoffen?«

»Ich bin nicht besoffen, und mir ist schon klar, dass es seltsam aussieht, wenn man …«

»Alkoholtest«, sagte der Polizist, und die Polizistin nickte.

»Herr Fischer, sagen Sie den Herrschaften, wer ich bin und dass ich mit Ihnen zusammenarbeite.« Wieder hielt ich den beiden das Handy hin. Diesmal wurde es entgegengenommen.

»Hallo? Hier Polizeiobermeister Richards. Sind Sie tatsächlich …?« Der Mann verstummte, dann hielt er das Handy ein Stück von seinem Ohr weg. Hätte in diesem Moment nicht die Heiliggeistkirche elf Uhr geschlagen, wäre Kommissar Fischers Redeschwall bestens zu verstehen gewesen. Schon blieben interessierte Passanten stehen. Derweil strolchte die Polizistin um mein Rad herum und beugte sich über Stacys Weinglas.

»Nicht anfassen!«, zischte ich.

»Es ist so, Herr Hauptkommissar«, meldete sich ihr Kollege zu Wort. »Dieser Herr fährt freihändig durch die Hauptstraße, vermutlich alkoholisiert, in der Hand ein randvolles Weinglas. Ich wiederhole: mit einem vollen Glas Wein in der rechten Hand.«

»Von wegen randvoll!«, rief ich empört. »Nicht mal halbvoll ist es. Obwohl ich keinen Tropfen verschlabbert habe!«

»Jawohl, freihändig, Herr Hauptkommissar. Bitte? Nein, gebrüstet hat er sich damit nicht.«

»Ist das vielleicht randvoll?«, fragte ich die Umstehenden. Kopfschütteln allenthalben. Na also, hört auf Volkes Stimme, ihr Gesetzeshüter!

»Und mit der anderen Hand hat er Sie angewählt. Warum, weiß ich auch nicht. Wahrscheinlich sah er uns von Weitem.«

»Was soll die Serviette da?«, wollte die Polizistin wissen und zeigte auf meine rechte Hand. »Warum haben Sie eine Serviette um den Stiel gewickelt?«

»Schon mal was von Fingerabdrücken gehört?«, gab ich zurück und klimperte mit den Lidern. Die stellten sich aber auch dämlich dran, diese Provinzsheriffs! Wenn sie mich noch länger piesackten, würde ich das Glas samt Inhalt gegen die nächstbeste Hauswand pfeffern. Dann hätten sie erst recht einen Grund, mich zu verknacken.

»Okay«, nickte ihr Kollege, immer noch telefonierend. »Machen wir, Herr Hauptkommissar. Keine Ursache. Nein, nein, das kriegen wir schon hin. Gute Nacht, und entschuldigen Sie die Störung.« Anstatt mir das Handy zurückzugeben, steckte er es ein.

»Und?«, machte die Polizistin.

»Er sagt, wir sollen ihn in die Ausnüchterungszelle stecken. Anzeige wegen Beamtenbeleidigung und so weiter. Morgen kommt er vorbei und nimmt ihn sich zur Brust.«

»Wie bitte?«, rief ich. »Das soll wohl ein Witz sein?«

»Der einzige Witz an diesem Abend war Ihre Behauptung, im Auftrag des Herrn Hauptkommissars unterwegs zu sein. Nur dass der ihn überhaupt nicht witzig fand. Steigen Sie nun bitte von Ihrem Rad und zeigen Sie uns Ihren Ausweis.«

»He, he, so geht das nicht! Hat er Ihnen nicht gesagt, dass ich mit ihm zusammenarbeite? Es geht um einen Mordfall, und gerade eben wurde jemand vergiftet.« Ohnmächtig wandte ich mich an die Passanten. »Sehen Sie das? Das ist Polizeiwillkür! Und so was nennt sich Demokratie! Sie sind Zeugen, Sie alle sind Zeugen.« Das wurde den Leuten auch plötzlich klar. Drei Sekunden später war die Hauptstraße wie leergefegt.

Der Polizist räusperte sich. Sein Blick wurde hart. »Wären Sie jetzt so freundlich?«

»Mann, ey …« Zähneknirschend stieg ich vom Rad. »Dann begleiten Sie mich wenigstens zum Kunstkeller. Dort ist das nämlich passiert mit der Vergiftung. Sie können die Kellner fragen, die Gäste, einfach alle. Es war ein Anschlag.«

»Selbstverständlich. Ihren Ausweis bitte.«

»Oder rufen Sie Therese Driehm an. Ihre Nummer ist eingespeichert. Sie kann Ihnen alles erklären. Auch meine Rolle in den Mordermittlungen.«

Die beiden sahen sich an. »Driehm?«, fragte der Polizist. Irgendetwas in seiner Stimme war anders als vorher. »Therese Driehm?«

»Die Tochter von Lorenz Driehm?«, schob seine Kollegin nach.

Ich nickte.

»Das ist doch der, der uns die neuen Einsatzfahrzeuge spendiert hat«, sagte sie.

»Die 10.000 Euro für das ›Revier des Jahres‹ stammen auch von ihm«, sagte er.

»Ganz zu schweigen von Driehms Engagement beim ›Weißen Ring‹«, ergänzte ich. »Außerdem weiß ich von Therese, dass ihr Vater über eine Finanzspritze für den Polizeisportverein nachdenkt.«

»Echt?« Das waren beide. Wie aus einem Polizistenmund.

»Bitte rufen Sie meine Freundin an. Ihre Nummer ist unter T gespeichert, nicht unter D. T wie Therese.«

»Also, wenn das so ist …« Unschlüssig zupfte der Polizist am Hosenbund.

»Dann erklären Sie uns doch noch mal in Ruhe, wie das war mit dem Anschlag«, lächelte die Polizistin.

Ich atmete auf.

KAPITEL 27

Ein Windstoß aus Osten wirbelte feinen Sand auf. Im Hintergrund tanzten die Baukräne Ballett. Das Gerippe eines fünfstöckigen Gebäudes warf einen langen Schatten.

Nur noch wenige Minuten bis zu meinen Auftritt.

Durchatmen …

Was die größere Leistung war: ein Glas Wein per Rad durch Heidelberg zu transportieren, ohne einen Tropfen zu verschütten, oder vor versammelter Regionalpresse eine hirnrissige Botschaft in die Welt hinauszuposaunen – wer mag das entscheiden? Ich fand beides heroisch. Wenn auch nicht nachahmenswert. Denn was brachte es mir ein? Statt Ruhm und Ehre: Stress mit der Polizei. Ärger mit Driehm, mit Dircksen, mit dem Oberbürgermeister, mit all den Wichtigtuern, die zum Spatenstich von Dreamcity geladen waren.

Wenigstens hatten sich die beiden Polizisten gestern Nacht gefügig gezeigt, sobald der Name Driehm gefallen war. Der Name? Das Zauberwort! Sie hatten mich zu ihrem Wagen begleitet, hatten den Wein in ein Plastikfläschchen gefüllt und das Glas in einen gepolsterten Umschlag gesteckt. Damit nicht genug, hatten sie mir versprochen, am nächsten Tag Kommissar Fischer zu informieren und dafür zu sorgen, dass ihm die Ergebnisse der kriminaltechnischen Untersuchung schnurstracks zugestellt würden.

Schnurstracks? Ehrlich gesagt konnte ich mir nicht vorstellen, dass bei der Heidelberger Polizei irgendetwas schnurstracks passierte. Schon gar nicht samstags. Aber ich ließ mich gern eines Besseren belehren.

Für heute konnte ich nur hoffen, dass meine neuen Freunde nicht schon wieder auf Streife waren. Wenn sie mich Thereses Wunsch ausführen sahen, würden sie mir die fragile Freundschaft umgehend aufkündigen. Schnurstracks sozusagen.

Jetzt kam Bewegung in die Gruppe gutgekleideter Herren. Ein Mitarbeiter der Stadt verteilte sechs Spaten. Hemdsärmel wurden aufgerollt, sechs Gebisse entblößt. Die üblichen Scherze flogen durch die Luft. Man schritt zur Tat. Der dicke Ministerialdirektor aus Stuttgart schwitzte aus allen Poren.

Ich fühlte, wie mein Mund trocken wurde. Die Pressevertreter machten sich bereit. Für Heidelberg ein großer Tag, zweifellos. Wenn man in zehn oder 20 Jahren bei Wikipedia unter dem Stichwort ›Dreamcity‹ nachschlug, würde man auf das Datum von heute stoßen. An jenem Tag fand der Spatenstich zum Baufeld Bahnstadt II statt. Wohnungen, Gewerbe, Forschungsinstitute. Die Zukunft als Samenkorn. Vielleicht war Dreamcity dann ein bundesweites Vorzeigeviertel, zu dem die Architekten der Republik pilgerten, um zu sehen, wie die Heidelberger das damals hingekriegt hatten. Möglich aber auch, dass das Experiment scheiterte, die Gebäude leer standen, das Areal verwahrloste. Während hier die Spaten gezückt wurden, verließen die letzten Amerikaner die Stadt. Im Süden und Südwesten Heidelbergs wurden Tausende von Wohnungen frei, lange nicht so schön und nicht so modern wie die in Dreamcity, dafür billiger. Viel billiger. Mein Blick fiel auf den Fahrer des Schaufelbaggers in seiner grell orangefarbenen Arbeitsmontur. Der würde niemals in Dreamcity wohnen.

»Bisschen nach links, die Herren. In die Sonne bitte!«

Die Sonne über Dreamcity. Wie von Lorenz Driehm und seiner PR-Agentur inszeniert. Und was war mit der Kehrseite? Der Dunkelheit unter der Stadt? Den versteckten Gängen, den Katakomben, dem Verschwiegenen, Verheimlichten? Vor wenigen Tagen war hier ein Mensch gestorben, mitten in Dreamcity. Wegen Dreamcity. Und nun hatten die Macher und Millionäre nichts Besseres zu tun, als sein Grab zu betonieren. Schillernde Prachtbauten statt einer Gedenkstätte. Vielleicht sollte ich mir einen anderen Adressaten für meinen Satz suchen: »LORENZ DRIEHM! WOLLEN SIE SICH AN DIESEM ORT, VOR DIESEN LEUTEN NICHT ENDLICH ZU DEM MORD AN KAI LIEBHERR BEKENNEN?«

Drüben an der Spatenstichstelle fletschte Driehm sein Gebiss. Als könne er Gedanken lesen. Der Fahrer des Schaufelbaggers bohrte in der Nase. Etwas leuchtete auf: Thereses Augen. Sie beobachtete mich. Ich hatte ihr versprochen, den Auftrag auszuführen, also würde ich es auch tun. Die Sache mit ihrem Vater hatte Zeit. Außerdem war ich raus aus den Mordermittlungen.

Trotzdem. Einen Blick zu der Baugrube, in der ich Dienstagnacht den toten Liebherr gefunden hatte, konnte ich mir nicht verkneifen. Dort hinten lag sie, etwa 200 Meter entfernt. In den vergangenen Tagen waren die Arbeiten fortgeschritten. Der Schuttberg, an dessen Fuß ich Liebherrs Mütze entdeckt hatte, existierte nicht mehr. Apropos: Wo war eigentlich die Mütze geblieben? Hatte ich sie der Polizei übergeben? Ich konnte mich nicht daran erinnern. In jener Nacht hatte ich sie ins Außennetz meines Rucksacks getan. Und dort steckte sie wahrscheinlich immer noch.

Egal, wen interessierte die Mütze eines Toten? Auch wenn er der Ex meiner Auftraggeberin war. Einer ihrer Exe – genau wie ich! Mein Puls raste, nur deshalb kam ich auf so seltsame Gedanken. Der Kameramann des SWR filmte. Sechs Häufchen Kurpfälzer Erde flogen durch die Luft. Hoffentlich war das fünfstöckige Gebäude im Hintergrund auf keinem Foto zu sehen, denn es gehörte bereits zu Dreamcity. Dass die Spatenstich-Inszenierung so spät kam, war Absicht. Sie verdankte sich der Sommerloch-Phobie sämtlicher Beteiligten. Schlagzeilen wurden erst gelesen, wenn alles aus den Ferien zurück war, das wusste keiner besser als Lorenz Driehm. Außerdem hätte der Oberbürgermeister seinen Urlaub nie und nimmer unterbrochen, und der Ministerialdirektor brauchte ein aktuelles Bild für den anstehenden Wahlkampf.

»Danke, die Herrschaften!«

Und jetzt kam ich. Der verrückteste Privatflic der Stadt. Kein Marketingartikel, sondern ein Unruhestifter. Schon stand ich auf meiner Erdkanzel, hatte die Hände zu einem Trichter geformt. Alle Augen waren auf mich gerichtet.

»SHAUN DIRCKSEN!«

Driehms Blick wurde stechend. Schon wieder ich! Schon wieder ungeladen!

»WOLLEN SIE SICH AN DIESEM ORT«

So eine Renitenz war er nicht gewohnt. Sonst lud man ihn zu Talkrunden über das Mäzenatentum in heutiger Zeit, über die Sinnhaftigkeit des Teilens, über die Verantwortung der Superreichen.

»VOR DIESEN LEUTEN«

Wenn er gewusst hätte, dass seine Tochter hinter meinem Auftritt steckte! Vielleicht ahnte er es. Vielleicht spürte er, dass ich im Begriff stand, sein Leben von innen auszuhöhlen.

»NICHT ENDLICH ZU IHREM KIND BEKENNEN?«

Seine Fingerknöchel traten weiß hervor, als er den Griff seines Spatens umklammerte. Dircksen? Dircksen glotzte nur hohlwangig. Lorenz Driehm dagegen kochte.

Ich stieg von dem Hügel, ging unbehelligt zu meinem Rad und fuhr davon. Ein Spätsommertag, lichtdurchflutet. Einzelne Wolken zogen über den Himmel, aufgeplustert wie Leute, die Wichtiges aus fernen Ländern zu berichten haben. Der Odenwald, ein moosüberwachsener Lindwurm, schlafend seit Tausenden von Jahren. Wer eines seiner zugeklappten Augen findet, darf sich etwas wünschen. Dass die Rheinebene so flach ist, hat einen einfachen Grund: Sie ist der Boden einer Schneekugel, und wenn uns einer schüttelt, schneit es auf das Heidelberger Schloss. Es gibt Tage, an denen kann man rückwärts durch die Zeit radeln, wenn man es gelernt hat. Ich versuchte es, aber mein Fahrrad spielte nicht mit.

»Auftrag ausgeführt«, vermeldete ich Therese, noch in Sichtweite von Dreamcity.

»Ich wusste, dass man sich auf dich verlassen kann.«

Anschließend fuhr ich im Zeitlupentempo durch die bereits bewohnten Straßen der Bahnstadt, genauer gesagt durch die eine Straße, den Langen Anger – und während ich so fuhr und schaute, zogen die dicken Wolken fort, schrumpfte der Lindwurm zu einer Blindschleiche, begann die Schneekugel zu lecken. Ein Samstag wie jeder andere.

Ein Viertel wie viele andere. Zweckbauten, die so taten, als seien sie zum Wohl ihrer Bewohner da. Die forcierte Fröhlichkeit bunter Betonschalen. Pflastersteine aus Ökoanbau, handgeklopft. Über allem das werbliche Einerlei: Kommen Sie, leben Sie, ziehen Sie ein! Stranden Sie freiwillig auf dieser Insel steinerner Annehmlichkeit ... In die Ferne gerückt, aber immer noch sichtbar: die Drohkulisse aus aufgeworfener Erde, Schutthalden, Aushub, Gräben, Wasserlöchern, Gatterfronten, Maschinenappell. Rechts und links der Straße fielen mir hochstehende Kanaldeckel auf, ein bizarres Arrangement von Entlüftungsrohren und Lichtschächten. Aber schon summten die Hochgeschwindigkeitskabel in der Bahnstadt, das zentrale Nervensystem war intakt, auch die Müllabfuhr kam regelmäßig. Dort, ein halbfertiges Haus, geradezu rührend in seiner bangen Erwartungshaltung. Der Sparkassenschalter im Erdgeschoss hell erleuchtet, 24 Stunden am Stück.

Ich fuhr und schaute. Eng war es in dem neuen Viertel. Teilweise klaustrophobisch. Schmale Durchgänge hinter den Bauten, jede Mauer an irgendetwas gedrängt, gepresst, geschmiegt. Optische Atemnot.

Als ich um die Ecke eines Rohbaus bog, traf mich ein Lichtstrahl. Mitten am Tag.

Wenigstens die Bewegungsmelder funktionierten schon einmal.

KAPITEL 28

Zwillinge.

Als Kastor starb, folgte ihm Polydeukes ins Totenreich. Von nun an wandelten die Brüder zwischen Hades und Olymp, einen Tag hier, den anderen dort verweilend. Bis Polydeukes – oder Kastor? – eine Fackel ergriff und den Sitz der Götter in ein Flammenmeer verwandelte. Seitdem herrscht der Tod überall.

*

»Driiiiehm«, schrie Tischfußball-Kurt. Die beiden Vokale in der Mitte des Worts dehnte er länger, als ich brauchte, um eine Flasche Bier zu stürzen. »Driehm!«, schallte es durch den ›Englischen Jäger‹, immer wieder. »I have a Driiiiehm!«

»I'm a Driehmer«, ergänzte ein junger Kerl mit knallroten Haaren.

»Driehming of a White Christmas«, nickte der schöne Herbert.

Über diese wahnsinnig originelle Zusammenstellung lachten wir uns angemessen kaputt, dann kehrte wieder Stille ein am Tisch. Herbert drehte seine Bierflasche zwischen den Fingern, Leander, unser Philosoph, spielte verträumt mit seinem Bart, Tischfußball-Kurt kratzte sich hier und da, bevor er unter dem Tisch verschwand, um nach seinen Dackeln zu sehen. Ich nuckelte an meiner Flasche, trank einen Schluck, setzte wieder ab.

Es schmeckte nicht.

»Ich hab noch einen«, sagte der Knallrothaarige. »Wartet, irgendwas mit a thousand Driehms.«

»Lass es«, winkte Herbert ab. »Tausend Driehms sind genau tausend zu viel.«

»Thousand, nicht tausend. Mit th, so.« Bei dem Versuch, das th korrekt zu anglisieren, fiel ihm fast die Zunge aus dem Mund. Leander sah ihm interessiert auf die Zungenspitze.

»Lass es einfach, hörst du?«, knurrte Herbert.

Beleidigt schwieg der Rote.

Am Tresen tauchte Maria auf, stellte vier Teller Pommes frites ab, die sie ganz allein aus der Küche in den Gastraum getragen hatte (sie selbst ist klein, aber ihre Teller sind riesig). Die Pommes wurden verteilt, Getränke ebenfalls, zurück in die Küche. Jemand rief ihr nach: »Maria, zahlen!« – und: »Lässt du noch anschreiben?« – und dieses kleine ›noch‹ sagte eigentlich alles. Es erinnerte daran, dass der ›Englische Jäger‹ eine Kneipe auf Abruf war. Eine Schankanstalt kurz vor der Abwicklung. Darüber konnte auch unsere aufgesetzte Fröhlichkeit nicht hinwegtäuschen. Die ohnehin nur kurz vorgehalten hatte.

Kurt kam wieder unter dem Tisch hervor. Sein Gesicht war rot von der ungewohnten Haltung und der gewohnt schlechten Laune.

»Die Alte soll bloß nicht meinen, wir seien auf sie angewiesen«, polterte er. »Es gibt genug andere Kneipen in der Stadt!«

»Echt?« Herbert hob die Brauen. »Wo?«

»Kneipen, in denen sie auch deine Hunde bedienen. Wo immer ein Schälchen Wasser bereitsteht.«

»Ja: draußen vor der Tür. Bei den Rauchern. Und im Winter ist das Wasser gefroren.«

»Hast du vielleicht eine bessere Idee, einarmiger Bandit?« Kurts Gesichtsfarbe wechselte ins Violette. »Was wirst du denn anstellen, wenn hier Schicht ist?«

Der schöne Herbert sah ihm fest in die Augen. »Ich werde mich ins Bett legen«, sagte er, »und auf den Sensenmann warten.«

Nach diesen Worten herrschte Stille. Der mit den knalligen Haaren sah Herbert irritiert von der Seite an, als warte er auf das erlösende »Hey, war 'n Witz, Leute!« Es kam nicht. Herbert ist über 70, er stammt aus Mannheim, wohnt aber seit ewigen Zeiten in Heidelberg, was bereits Grund genug wäre, in Melancholie zu verfallen; der rechte Arm fehlt ihm seit sechseinhalb Jahrzehnten, und annähernd so lange ist er Stammgast im ›Englischen Jäger‹. Herbert lebt alleine, er hat niemanden. Nur sich und seinen Weltschmerz und uns trinkfeste Idioten. Und eine Putzfrau aus Plankstadt, die einmal in der Woche zum Saugen kommt.

Insofern konnte das mit dem Sensenmann sogar stimmen.

»Nee«, murmelte Tischfußball-Kurt in einer Lautstärke, die man gar nicht von ihm kannte. »Nee, da muss es noch eine andere Lösung geben.«

»Gibt's nicht.«

»Gibt's wohl. Es gibt immer eine Lösung. Leander, du Maggikopf, sag ihm, dass es immer eine Lösung gibt. Du kennst dich doch aus.«

»Es gibt immer eine Lösung«, verkündete Leander wunschgemäß. »Und am Ende eine Auflösung.« Fröhlich hob er die Hände. »In all unsere Bestandteile.«

»Sensenmann«, nickte Herbert.

Kurt knurrte nur.

Ich schielte unter den Tisch, an seinen und meinen Beinen vorbei. »Sag mal, Kurt, sind Coppick und Hansen eigentlich Zwillinge?«

»Zwillinge?« Sein Kopf schnellte herum. »Was ist denn das für eine bescheuerte Frage? Wie kommst du auf so was Beklopptes? Es sind Dackel, verdammt!«

»Also keine Zwillinge?«

»Nein!«

»Ich dachte, sie stammen aus einem Wurf.«

»Ja, verdammt!«

»Also doch Zwillinge.«

Kurt versteinerte. Sein stechender Blick bohrte sich in meinen. Man bekam Migräne, wenn man zu lange hinschaute. »Was redest du da für einen Schwachsinn!«, brüllte er. »Nur weil die beiden aus einem Wurf stammen, sind sie noch lange keine …« Er griff sich an den Kopf. »Geschwister, meinetwegen. Weil du's bist. Aber Zwillinge! Lächerlich!«

»Wie soll man sie sonst nennen, wenn sie aus ein und demselben Wurf stammen? Geschwister sind die aus einem anderen Wurf, aber von derselben Mutter. Logisch, oder?«

»Nix logisch! Astrologisch vielleicht! Bei so einem Wurf kommen ja nicht nur zwei auf die Welt. Sondern fünf oder sechs.«

»Fünflinge«, schloss Herbert messerscharf. »Oder Sechslinge.« Der Rote nickte.

»Seid ihr jetzt alle meschugge geworden?« Kurts Schädel stand kurz vor dem Platzen. »Ihr habt doch keine Ahnung von Hunden! Ihr habt auch keine Ahnung von

Kneipen! Von nichts habt ihr, von gar nichts. Los, ihr beiden, wir gehen!«

Seine Dackel kläfften irritiert. Wie, jetzt schon nach Hause? Darauf waren sie nicht eingestellt. So weit kam es auch nicht, denn nach einigen Streicheleinheiten und warmen Worten zeigte sich ihr Herrchen besänftigt und nahm wieder Platz.

»Ist doch wahr«, knurrte er und tippte sich an die Stirn. »Fünflinge! Hier oben!«

Eine neue Runde war fällig. Anstatt Maria antanzen zu lassen, nahm ich die Bestellungen auf und ging zum Tresen. Irgendwie gab es zu viele Zwillinge auf der Welt. Castor und Pollux, Coppick und Hansen, Dircksen und Driehm. Lauter Zweiergespanne. Oder Therese und Stacy. Selbst Greiner und Sorgwitz traten stets im Doppelpack auf. Vielleicht hatte ich ja auch einen Zwilling, der gerade in Brunsbüttel oder Australien herumstrolchte und sich einsam fühlte. Hatte etwas Tröstliches, dieser Gedanke.

»Maria«, sagte ich, als die Wirtin hinter dem Tresen auftauchte. »Stimmt es wirklich? Du schließt?«

»Muss schließen«, seufzte sie. »Haus wird verkauft. Aber weißt du, Max, ich bin auch froh. Immer arbeiten und arbeiten – ich kann nicht mehr.« Sie schüttelte den Kopf. »Kann nicht mehr, basta.«

»Hör mal, in deinem Alter …«

»Was, Alter? Wie alt bin ich? Los, sag!«

»Keine Ahnung. Mitte 60? Ende 60?«

Sie lachte ein bitteres Lachen. »Kavalier, was, Max? Ich bin 76, ich mag nicht mehr. Aus, Schluss mit Kneipe. Leben zu Ende.«

»76? Bist du nicht, Maria. Du nimmst mich auf den Arm!«

»Willst du Passport sehen?«

Ich schwieg. Mit 76 Jahren wollte ich nicht mehr hinter einem Tresen stehen und Leuten wie mir die Leber wässern. Mit 76 wollte ich auf zehn Jahre Ruhestand zurückblicken. So alt hätte ich die kleine Italienerin nie und nimmer geschätzt.

Trotzdem. Den ›Englischen Jäger‹ zu führen, war kein Beamtenjob, sondern eine Lebensaufgabe. In so einem Haus hatte der Wirt gefälligst tot hinterm Tresen zusammenzubrechen, eine Hand noch am Zapfhahn. Und die Stammgäste sangen ihm ein Halleluja.

»Ist das Haus denn schon verkauft?«, fragte ich. »Nein? Dann warte mal ab. Vielleicht findet sich kein Käufer, dann machst du weiter.«

Sie schüttelte den Kopf.

»Mensch, Maria, das kann doch nicht sein. Wie willst du denn existieren ohne den ›Englischen Jäger‹? Ich sage dir, du verfällst in Depressionen, wenn du Kurt nicht mehr brüllen hörst. Oder seine Köter. Und wer kennt die besten Witze über Einarmige? Herbert!«

»Will nicht mehr. Verstehst du, Max?«

»Ja, verstehe ich. Aber nichts überstürzen. Ich bin sicher, dass das dauert mit dem Verkauf. Wir sind hier in Heidelberg, da mahlen die Mühlen langsamer. Bringst du uns drei Bier und einen Orangensaft?«

Sie nickte und verschwand in der Küche.

Gleich darauf ging die Tür, und am Stammtisch bekamen sie Stielaugen. Der eine vergaß, den Mund zu schließen. Der andere versetzte seinem Nebenmann einen Rippenstoß, dass der fast seinen Trollinger verschüttete. Ich drehte mich um. Da musste Supermann persönlich den ›Englischen Jäger‹ betreten haben!

Es war nicht Supermann. Eher Superfrau. Stilettos, Beine und Kostüm in klassischer Ausfertigung, alles dran, alles drin. Haarfarbe und Oberweite waren zwar industriell hergestellt, dafür war die Verachtung, die mir entgegenschlug, zu 100 Prozent Natur. Ich sah die erhobene Hand der Frau und tauchte ab.

Von der Gattin eines Maklers ließ ich mich doch nicht ohrfeigen!

»He, he!«, riefen sie am Stammtisch, und ich weiß bis heute nicht, ob diese Rufe Protest oder Anfeuerung darstellten.

»Widerlicher Schnüffler!«, fauchte das Weib. »Komm du mir nur unter die Finger!«

Das tat ich natürlich nicht, sondern wich ihren Schwingern mehr oder weniger elegant aus. Im ›Englischen Jäger‹ ist es eng, deshalb fiel schon mal ein Stuhl, während ich mich in Deckung brachte. Am Stammtisch wurde gejohlt. Von hinten rief mir Tischfußball-Kurt Aufmunterndes zu, seine Dackel bellten sich die Hundeseele aus dem Leib. Die Maklergattin sprühte Funken. Wieder eine Ohrfeige ins Nichts!

»So 'ne Fliegenfängerin hätt ich auch gern zu Hause!«, brüllte einer.

Schließlich setzte ein wegknickender Absatz dem Schauspiel ein Ende. Schuhe haben eben manchmal mehr Verstand als ihre Trägerinnen. Maria, den Arm voller Getränke, kam aus der Küche geeilt und sah erstaunt auf die Dame, die sich an ihrem Tresen festklammerte.

»Warte nur, Freundchen«, schäumte die Besucherin. »So entkommst du mir nicht!«

»Was wollen Sie von mir? Ich habe bloß den Wunsch Ihres Mannes ausgeführt. Halten Sie sich an den!«

»Keine Angst, das habe ich.«

»Ach, und nun liegt er auf der Intensivstation? Sie hätten sich halt früher überlegen sollen, mit wem Sie …« Ich vollendete den Satz nicht.

Sie lachte verächtlich. Trotz der Dysbalance im Sockelbereich gelang es ihr, Haltung zu bewahren. Während sie sich mit einer Hand am Tresen abstützte, drehte sie sich zu den Gästen um und rief: »Meinem Mann gehört eines der größten Immobilienbüros in Heidelberg. Und wie es der Zufall so will, ist er mit dem Verkauf dieses Objekts hier beauftragt. Ich kann Ihnen garantieren, dass er einen Käufer findet, der das Haus platt macht. Kein Krümel wird übrig bleiben. Dafür sorge ich.« Sie warf mir einen vergifteten Blick zu. »Und wenn ich die Bruchbude selbst erstehen muss!«

Niemand sagte etwas. Sogar Kurts Dackel schwiegen eingeschüchtert. Nur Maria reckte sich zu voller Körpergröße auf – gegen sie war sogar Lorenz Driehm ein Riese – und fragte: »Wollen was trinken, junge Frau?«

»Hier?« Hysterisches Glucksen. »Um Gottes willen!«

»Dann ciao.«

Und schon kam sie wieder zum Einsatz, die alte Redewendung: wenn Blicke töten könnten … Weil sie das nicht können, humpelte die Maklergattin hinaus. Zurück blieben der fahnenflüchtige Absatz und der Nachhall ihrer Worte. Der Typ mit den rotgefärbten Haaren kam angefegt, klaubte den Absatz vom Boden und wollte ihr nach.

»Wisst ihr, wo ich ihr das Ding hinschiebe?«, drohte er, ein gefährliches Funkeln in den Augen.

Ich hielt ihn an der Schulter zurück. »Nichts wirst du.«

»Aber, Max, der muss man doch …«

»Hier.« Ich drückte ihm zwei Bierflaschen in die Hand. »Trink, solange es noch geht.«

Das leuchtete ihm ein. Er steckte den Absatz ein und trollte sich. Ich folgte ihm mit Bier Nummer drei sowie Kurts Orangensaft. Als ich am Stammtisch vorbeikam, spürte ich die feindseligen Blicke der Gäste wie feine Nadeln, die sich in die Haut bohrten.

»Was für eine Tussi!«, seufzte der Rothaarige, doch sein Seufzen klang irgendwie wohlig. Kein Wunder, er hatte das Leben und die Kneipen noch vor sich, und den erbeuteten Absatz konnte er sich als Amulett um den Hals hängen.

Wir anderen dagegen …

»Schöne Frau«, lächelte Leander.

»Sensenmann.« Herberts Stimme klang dumpf.

Tischfußball-Kurt zog die Nase hoch. Seine kleinen Augen wurden noch kleiner, als er mich musterte. Von oben bis unten. Wie ein Nacktscanner. Hallo, Kurt, ich bin's, Max!

»Habe ich das richtig verstanden?«, zischte er.

»Was?«

»Du bist schuld, wenn der ›Englische Jäger‹ verkauft wird?«

»Quatsch!«

»Wegen dir müssen wir ins Exil? Coppick und Hansen sollen ihr zweites Zuhause verlieren, nur weil du dich daneben benommen hast? Gegenüber einer Dame?«

»Dame? Hat's dir oben reingeregnet? So was nennst du Dame?«

»Schöne Beine«, wiederholte Leander versonnen.

»Das sind keine Beine«, rief ich, »sondern Ausstellungsstücke vom plastischen Chirurgen! Mann, Kurt, die Frau war mit der halben Stadt im Bett, ich habe es schwarz auf weiß.«

»Mit mir nicht.« Kurt verschränkte die Arme vor der Brust. »Das wüsste ich.«

»Mit mir auch nicht«, seufzte Herbert.

Der Rothaarige bekam glänzende Augen.

»Ihr gehört halt zur anderen Hälfte. Leute, ich kenne die Frau, die hat einfach ein schlechtes Gewissen und zu viel Geld.«

Kurts Blick wurde hart. »Fragt sich, wer hier ein schlechtes Gewissen hat. Wenn der ›Englische Jäger‹ wegen dir draufgeht ...«

»Mensch, Kurti, trink deinen O-Saft und schalt deinen Grips ein, bevor du den Mund aufmachst!«

Jetzt schaute er genau wie die Maklergattin kurz zuvor. Ich hätte verdampfen können unter seinem Flammenblick! Ruckartig griff er zum Glas, schüttete die gelbe Flüssigkeit auf einmal hinunter und erhob sich. »Los, ihr beiden!«, herrschte er seine beiden Kläffer an. »Mit dem Totengräber des ›Englischen Jägers‹ wollen wir nicht länger zusammensitzen.«

Rumms, pfefferte er seinen Stuhl gegen den Tisch. Seine Halbglatze glühte, als er davonstiefelte, die beiden Schoßhündchen im Schlepptau. Im Vorbeigehen legte er der Wirtin einen Schein auf den Tresen. Maria schaute ihm unglücklich nach. In diesem Augenblick sah sie wirklich aus wie 76.

»Was wollt ihr denn alle?«, meinte der Rothaarige versöhnlich. »Ist doch nur ’ne Kneipe, oder?«

Herberts rechter Schulterstumpf zuckte. Als wollte er dem Knaben mit dem fehlenden Arm eine Ohrfeige verpassen.

KAPITEL 29

Jemand rüttelte an meiner Schulter. Ich entzog sie ihm. Half nichts. Ich versteckte sie unter dem Kissen, unter der Decke, rollte mich zur Seite – meine andere Schulter war dran.

»Aufstehen, Max! Du hast Besuch.«

Meine Exfrau, wer sonst. Der fleischgewordene Sonntagmorgenalptraum. Am siebten Tage aber sollst du … was, Christine?

»Aufstehen!«

Ich klappte ein Auge auf. »Besuch? Um diese Zeit? Am heiligen Sonntag?«

»Es ist fast zehn. Ich wollte sie abwimmeln, aber sie sagten, du wüsstest schon, weswegen sie kämen.«

Zweites Auge ebenfalls auf. »Wegen gestern?«

»Genau.«

Mehr Augen gab es nicht aufzuklappen, also krabbelte ich seufzend aus dem Bett. Hose an, T-Shirt, Hausschlappen. »Kann ich so gehen, Christine?«

»Auf keinen Fall.«

»Dann ist ja gut.«

Kleiner Umweg über die Küche, wo ich die Kaffeetasse meiner Ex auf ex trank – dass sie immer so viel Milch hineinkippen musste! –, anschließend zur Wohnungstür. Dort stand Dircksen, der Architekt, hager wie der Türpfosten, in Begleitung eines Unbekannten. Der trug Anzug, Krawatte und Nickelbrille, hatte einen Rundschädel mit spiegelnder Halbglatze und war auch sonst körperlich so ziemlich der Gegenentwurf zu Dircksen. Einer dieser knuddeligen Besserwisser, die schon im Kindergarten Simultanschach spielen.

»Guten Morgen«, sagte der Anzugträger.

»Guten Morgen.«

Dircksen schwieg. Sein Kumpel schaute von ihm zu mir, dann räusperte er sich und sagte: »Schroth mein Name, ich bin Herrn Dircksens Anwalt. Herr Koller, können wir uns irgendwo in Ruhe unterhalten?«

»Eigentlich wollte ich gerade zum Gottesdienst. Ministrieren.«

Jetzt schwiegen sie beide. Okay, war ein Versuch.

»Aber wenn Sie schon mal da sind ... Wie heißt es so schön? Wo sich drei in meinem Namen finden ... Kaffee? Wasser? Was Alkoholisches?«

»Danke, nein.«

»Aber ich. Kaffee, Christine!«, brüllte ich durch die Wohnung. Wieso hatten Praktikanten sonntags frei? »Da fällt mir ein, unten im Büro steht noch eine Maschine.« Wieder laut: »Bestellung stornieren, Christine!« Ich zeigte zur Tür. »Gehen wir?«

Wir gingen. Das Treppenhaus hallte von unseren Schritten wider. Mein Blick fiel auf die beiden Hinterköpfe meiner Besucher: die glänzende Bowlingkugel des Anwalts und den schmalen, flechtenüberzogenen Architektenschädel. Langweiler waren sie alle beide. Keine Lust auf dumme Sprüche, was?

Schweigend betraten wir mein Büro, schweigend stellte ich Stühle hin. Dann kam die Kaffeemaschine an die Reihe.

»Und Sie wollen wirklich keinen?«

Kopfschütteln. Rumms, stellte ich eine einzelne Tasse auf den Schreibtisch. Der Jurist nahm es als eine Art Weckruf.

»Das war ja nun ein hochinteressanter Auftritt gestern Mittag«, begann er und schlug die Beine übereinander.

»Freut mich.«

»Schade, dass ich nicht selbst Augenzeuge sein durfte. Arbeiten Sie denn schon lange als privater Ermittler?«

»So lange, dass ich mich auf den Ruhestand freue.«

»Und doch scheinen Sie jeden Auftrag annehmen zu müssen. Oder sollte es sich bei Ihrem rhetorischen Vandalismus um eine private Gefälligkeit für Frau Driehm gehandelt haben?«

So, Kaffeepulver war drin. Klappe zu, Wasser marsch. Ich nahm ebenfalls Platz. »Welcher Frau Driehm? Sie meinen Ursula, die Frau von Lorenz Driehm?«

Dircksen lachte auf, Schroth dagegen blieb ungerührt. »Ich spreche von Therese Driehm. Bitte schenken Sie sich diese Spielchen, Herr Koller. Es ist offensichtlich, dass Sie im Auftrag der jungen Dame gehandelt haben. Von Ihrem Verhalten wird es abhängen, ob wir Ihnen eine Klage anhängen oder nicht.«

»Mir? Ich wüsste nicht, warum.«

»Sie haben gestern ein Kind erwähnt. Welches Kind meinten Sie?«

»Herrn Dircksens Kind natürlich. Habe ich undeutlich gesprochen?«

»Herr Dircksen hat keine Kinder.«

»Noch nicht.«

Darauf sagten sie erst einmal nichts. Wechselten bloß verstohlene Blicke. In meinem Rücken blubberte die Kaffeemaschine. Es roch auch schon prima.

»Ha ha«, seufzte der Anwalt. »Wirklich umwerfend komisch. Würden Sie uns …«

»Lass mal.«

Das war Dircksen. Zwei Wörter nur, mit heiserer Stimme gesprochen. Während des Dialogs zwischen Schroth und mir hatte Dircksen, dieser ausgezehrte Schlaks, krumm in seinem Stuhl gehangen, wahrscheinlich konnte er nicht anders. Nun krümmte er sich noch mehr, indem er seinen Oberkörper über den Tisch schob. Er rückte mir regelrecht auf die Pelle. Seine Augen schwammen in den Höhlen wie Kraterseen, in den Kerben seines Gesichts lauerten übersehene Bartstoppeln.

»Was bist denn du für einer?«, sagte er. »Draußen steht Koller auf dem Namensschild. Aber was heißt das? Was für ein Typ steckt hinter dem Namen? Da mischt sich einer in Dinge ein, die ihn nichts angehen, fischt im Trüben, verkündet Botschaften, die er selbst nicht kapiert, ganz egal, welche Reaktionen er damit auslöst … Was ist das für einer, frage ich mich. Du nennst dich Privatermittler, liegst um zehn noch im Bett, haust in einer Art Hühnerstall …«

»Voliere«, verbesserte ich. Und so was nannte sich Architekt! »Eine ehemalige Voliere.«

»Du zelebrierst hier eine Underdogexistenz, von der du wahrscheinlich hoffst, sie schinde Eindruck. Max Koller, der Rächer der Unterdrückten! Aber glaub bloß nicht, Therese hätte dich deswegen engagiert. Sie brauchte einen, der nicht nachdenkt, und ganz offensichtlich hat sie diesen Jemand gefunden. Auftrag annehmen, Gehirn ausschalten. War dir das nicht klar? Oder warum hast du dich sonst beim Spatenstich lächerlich gemacht?«

Schroth legte ihm beruhigend eine Hand auf den Arm. Dabei hatte Dircksen ganz ruhig gesprochen. Zwar mit Reibeisenstimme, aber nicht einmal unfreundlich.

»Viele Fragen, Herr Dircksen«, grinste ich. »Welche soll ich zuerst beantworten? Vielleicht die, warum ich den Auftrag angenommen habe? Nun, wenn ich ehrlich bin, geht Sie das nichts an. Kleiner Tipp am Rande: Es hatte was mit einer Sonnenbrille zu tun.«

Der Architekt nickte. Totaler Quatsch, dieses Nicken, denn was hätte er mit meiner Antwort anfangen können? »Wenn du mal so alt bist wie ich«, sagte er, »dann wirst du dich auch fragen, was das für Leute sind, die dir gegenübersitzen. Anfangs ist dir das egal. Da ist man euphorisch, stürzt sich in die Arbeit und ignoriert das ganze Drumherum. Habe ich genauso getan. Was ich an Aufträgen bekam, wurde angenommen. Mist war das. Irgendwann wird Bilanz gezogen. Dann kommt einer und fragt dich: Warum hast du das hier getan? Warum jenes? Warum anderes nicht?« Er lehnte sich zurück. »Wenn ich könnte, würde ich mit der Abrissbirne durch die Republik ziehen, um meine Häuser niederzureißen. Nicht alle natürlich. Aber einige. Man baut so viel Scheiße im Leben. Kümmert sich um Nebensächlichkeiten statt um den Menschen, mit dem man verhandelt. Der einem den Auftrag gibt. Warum will er das Haus so errichten und nicht anders? Oder: Warum übernimmt dieser Herr Koller eine Sache, die er nicht durchschaut?«

»Vielleicht genau deswegen. Weil das die wirklich spannenden Aufträge sind.«

Er winkte ab. »Komm du erst mal in mein Alter.«

Damit stand Dircksen auf und ging zum Fenster. Zu demselben Fenster, an dem ich gestanden hatte, als mich Thereses ›Bitte‹ traf. Er starrte hinaus in den Hof wie ich, schwieg wie ich. Die Kaffeemaschine spuckte und röchelte. Ein Minütchen noch.

»Zurück zu dem Kind, von dem Sie gestern sprachen«, ergriff Anwalt Schroth das Wort. »Wenn Sie keine Beweise für die Existenz eines solchen Kindes haben, zeigen wir Sie an.«

Ich sah, wie Dircksen in seiner Hosentasche nach einem Gegenstand kramte. Kurz danach führte er etwas zum Mund. Sein Kehlkopf bewegte sich.

»Beweise?«, gab ich zurück. »Wenn Sie Beweise wollen, brauchen wir einen Vaterschaftstest. Ist Ihr Mandant dazu bereit? Es würde mich freuen.«

»Natürlich nicht. Kommen Sie uns erst einmal mit Fakten. Um welche Person handelt es sich bei diesem angeblichen Kind? Name, Geburtsdatum, jetziger Wohnsitz. Und wer, bitteschön, soll die Mutter sein?«

Ich stand auf. Schon jetzt, trotz der frühen Stunde, fühlte ich mich stark genug, den beiden Hanseln Widerstand zu leisten. Und wenn ich erst einmal einen Becher Kaffee à la Koller intus hatte, konnte mir niemand mehr etwas!

»Ich weiß nicht, ob wir das in dieser Runde breittreten sollen«, sagte ich, die Kaffeekanne in der Hand. »Meine Auftraggeberin hatte gehofft, dass es zu einem Vieraugengespräch kommt. Mit Ihnen, Herr Dircksen.«

Der Mann am Fenster reagierte nicht.

Ich schenkte mir ein. »Sie mögen mir einige Lebensjahre voraushaben, Herr Dircksen, und wahrscheinlich jede Menge Erfahrung. Wunderbar. Gönne ich Ihnen. Dafür bin ich nicht halb so feige wie Sie. Fehler kommen vor, das passiert jedem von uns. Die Verantwortung zu übernehmen, das ist die Kunst.« Hinsetzen, auf den ersten Schluck freuen, den eigenen Worten nachlauschen. In der Tasse nur ein Spritzer Milch, aber eine Armee von Kaffeebohnen!

»Herr Dircksen hat recht«, sagte Schroth. »Sie wissen nicht, worum es geht, deshalb sollten Sie sich mit beleidigenden Äußerungen zurückhalten.«

»Beleidigend? Nee: zutreffend! Das Kleine ist noch nicht mal auf der Welt, da macht der sich schon aus dem Staub.«

Wieder schwiegen die beiden im Zweierpack. Aber irgendwie war ihre Reaktion anders als vorher. Schroth runzelte seine glatte Anwaltsstirn, Dircksen drehte leicht den Kopf in unsere Richtung. Hatte ich was Komisches gesagt? Standen sie auf dem Schlauch?

»Häuser«, fuhr ich fort, »kann man wieder einreißen, wenn sie misslungen sind. Kinder nicht. Ist es das, was Sie stört, Herr Dircksen? Dass Sie alles planen müssen und ausgerechnet dieses Kind ungeplant kommt? In Ihrem Alter?«

Schroth legte die Fingerspitzen zusammen und formte einen allerliebsten Kussmund. Das schien ihm beim Konzentrieren zu helfen. Erst fixierte er mich, dann seinen Mandanten am Fenster. Der sich ausgiebig im Nacken kratzte.

»Habe ich das richtig verstanden?«, sagte Schroth, nun wieder zu mir gewandt. »Das Kind, von dem Sie sprechen, ist noch nicht geboren?«

»Natürlich nicht. Meinen Sie ein anderes?«

Erneut flogen Blicke hin und her. Dircksen drehte sich um und kehrte langsam an den Tisch zurück, setzte sich aber nicht. Lang und hager stand er neben seinem Stuhl. In seinen Gesichtszügen herrschte Unruhe. »Ich soll ein Kind gezeugt haben? Jetzt? Mit wem?«

Ich schwieg. Noch war Thereses Name nicht über meine Lippen gekommen. Auch wenn in diesem Raum ohnehin alle wussten, dass sie hinter dem Auftrag steckte.

»Mit Therese?« Dircksen lachte heiser. »Hat sie dir das erzählt? Das glaube ich nicht!«

»Zwingt Sie ja auch keiner.«

»Ich soll ein Kind mit Therese haben? Das ist wirklich absurd. Und du hast ihr das abgenommen? Wahnsinn!« Er schüttelte den Kopf. Lachte. Wusste gar nicht, wohin mit seinen Händen, seiner Heiterkeit. Befreit klang es nicht, sein Lachen. Eher gepresst. Wie eine alte Luftpumpe klingt, wenn man den Reifen bis zum Platzen füllt.

»Ein prima Schauspieler, der Herr Dircksen«, sagte ich zu dem Anwalt. »Könnte zum Film gehen.«

»Solange Sie nicht das Drehbuch schreiben«, entgegnete Schroth, und ich muss zugeben, die Antwort gefiel mir sogar.

»Therese und ich«, japste Dircksen. »Dieses kleine Biest! Wenn es nicht so zum Lachen wäre …«

Schroth warf ihm einen mitfühlenden Blick zu. »Nun«, meinte er, »ich würde sagen, Sie haben sich da einen gewaltigen Bären aufbinden lassen, Herr Koller. Gut möglich, dass sich die junge Frau Driehm im Zustand der guten Hoffnung befindet. Wir gratulieren. Mein Mandant hat jedenfalls kein Teil daran, das kann ich Ihnen versichern.« Er sah mich streng an – so wie der Einserschüler den Klassenlümmel anschaut, wenn der im Schullandheim mal wieder vom Hochbett gereihert hat. »Würden Sie das bitte zur Kenntnis nehmen?«

»Sie kennen Ihre Mandanten ja verdammt gut, Herr Anwalt.«

»Ich kenne Herrn Dircksen gut. So gut, dass ich seine Vaterschaft mit Sicherheit ausschließen kann. Das muss Ihnen genügen.«

»Und warum macht sich Therese … warum macht sich meine Auftraggeberin dann eine solche Mühe mit dem Bären und dem Aufbinden? Können Sie mir das verraten?«

Schroth erhob sich. »Tut mir leid, das müssen Sie die Dame schon selbst fragen.«

»Ich sehe überhaupt keinen Grund, warum sie lügen sollte. Denken Sie an den Aufwand, an die Öffentlichkeit, die mit hineingezogen wird. Und ob der Privatdetektiv, dem man sein Vertrauen geschenkt hat, so dicht hält, wie man es hofft, ist auch unsicher.«

»Oh, wenn es um Letzteres geht«, der Anwalt zog wieder seinen Kussmund, »da machen Sie sich mal keine Sorgen. Sollte Ihre Auftraggeberin in dieser Hinsicht Zweifel hegen, verweisen Sie sie getrost an uns. Wir werden Ihre Verschwiegenheit in den höchsten Tönen loben. Gehen wir, Shaun?«

Dircksen nickte. Während er sich eine Lachträne aus dem Augenwinkel wischte, setzte er sich in Bewegung. Ging aber nicht zur Tür, sondern um meinen Schreibtisch herum, bis er direkt hinter mir stand. Seine großen Hände legten sich auf meine Schulter.

»Hat sie dir schöne Augen gemacht, mein Junge?«, kam es von oben. »Keine Angst, du bist nicht der Erste, der auf sie hereinfällt.«

›Mein Junge‹ hatte mich schon lange keiner mehr genannt. Sah ich vielleicht aus wie mein eigener Praktikant? Trotzdem blieb ich ganz ruhig, als ich sagte: »Vielleicht geht es ja gar nicht um Thereses Kind. Vielleicht geht es um das einer Freundin, die sich zu sehr schämt, um an einen wie mich heranzutreten. Gibt es so ein Kind, Herr Dircksen? Ich bin überzeugt, dass es dieses Kind gibt.«

Er lachte auf, kurz und leise. Dann hob er eine Hand, um mir die Backe zu tätscheln. Pitsch-patsch, eine richtig arrogante Geste war das. Schroth, der uns gegenüberstand, verzog keine Miene. Der übernächtigte Privatflic in seinem Bürostuhl und dahinter der hochgewachsene Architekt, der ihm freundschaftlich die Backe bearbeitete. Toller Anblick!

»Wie gesagt, mein Junge.« Dircksens Stimme war heiserer denn je. »Komm du erst mal in mein Alter. Viel Erfolg dabei, wünsche ich dir.«

Ich schwieg. Nicht aus Sprachlosigkeit oder gar aus Respekt. Sondern weil es zwischen uns nichts zu bereden gab. Von der Stelle, auf die Dircksens Hand traf, breitete sich ein Frösteln aus, das sich bis in den Nacken zog. So kalt fühlte sich diese Hand an.

Wie die eines Toten.

KAPITEL 30

Verdammt, es musste etwas geschehen. Alles musste raus, nichts hielt mich mehr zu Hause. Zu Hause gab es bloß eine Mitbewohnerin, die mit freundlichen Langweilern ausging, anstatt mit ihrem Ex über Gott und die Heidelberger Welt zu lästern. Es gab einen ungelösten Fall und einen erschossenen Auftraggeber, einen Praktikanten, der den nächsten Arbeitstag kaum erwarten konnte, es gab Aufgaben und Anfragen und Vorwürfe und Erwartungen – und alle waren an mich gerichtet.

Raus mit dir, Max Koller!

Nicht zu vergessen die Lügen. Die gab es natürlich auch. Driehm log, Dircksen log und Therese sowieso. Sie vor allem! Vielleicht war sie tatsächlich schwanger, vielleicht hatte Dircksen nur grandios geschauspielert; gelogen hatte sie trotzdem. Irgendeine Unwahrheit hatte sie mir aufgetischt, das sagte mir mein Ermittlernäschen. Wahrscheinlich gehörte das Lügen bei ihr einfach dazu. So, wie sie ihren Eltern mal eben einen neuen Freund servierte. Und morgen den nächsten, sollte ihr danach sein. Gut möglich, dass sie gar nicht mehr merkte, wenn sie log.

Ich schnappte mir mein Rennrad, pumpte die Reifen knallhart auf und zog los. Eine Odenwaldrunde, immer im Schatten der Bäume, bei hochsommerlichen Temperaturen. Der Weiße Stein musste dran glauben und ein paar Sonntagsradler unterwegs. Ich besiegte sie alle. Wampen auf Luxusrahmen! Ja, plumpst nur vor Ehrfurcht in den Graben, wenn Max, der Adler der Mittelgebirge, vorbeisegelt. Soll ich euch mein Autogramm auf die Wasserflaschen kritzeln? Zu spät, ihr Massen, bin schon eine Serpentine weiter.

Oben auf dem Weißen Stein war die erste Halbe fällig. Die Gaststätte vollgepackt mit Wanderern, Sonnenhungrigen, Großfamilien. Bergab Richtung Ziegelhausen blies mich der Gegenwind nüchtern. Ganz allmählich kehrte das innere Gleichgewicht zurück.

Und wenn Therese doch nicht gelogen hatte? Sie hatte mir eine Geschichte erzählt, ja. Eine ziemlich banale Geschichte mit einer verrückten Dynamik. Am Anfang stand das Verhältnis zu einem älteren Mann, und am Ende kletterte jemand auf einen Erdhügel, um die Spatenstecher von Dreamcity zu brüskieren. Lauter Lügen? Eher der Entwurf einer eigenen Welt, eine Art Bühnenstück, für das sie Mitspieler suchte. Max Koller war der ideale Mitspieler gewesen. Den kümmerte wenig, wie viel Wahrheit in der Sache steckte. Hauptsache, es gab was zu erleben!

Aber auch das stimmte nicht. Mein ganzer Ärger resultierte doch aus der Ungewissheit, was hier Wahrheit war und was Lüge. Nein, genauer: Er resultierte aus der Tatsache, dass Dircksen und Schroth mich für einen Naivling hielten. Für einen gutgläubigen Deppen, der auf die Märchen und das Augenklimpern einer jungen Frau hereingefallen war. Aber ich war nicht hereingefallen. Ich hatte gewusst, dass an der Sache etwas faul war. Ich hatte mich freiwillig auf das Spiel eingelassen, ungewisser Ausgang inklusive.

»Ich bin doch kein Depp!«, brüllte ich einer Regionalbahn zu, die mich eben mit viel Lärm überholte. Rote Rumpelkarosse im sattgrünen Neckartal.

»Ich bin doch kein Depp«, wiederholte ich nur für mich, aber überzeugt klang anders.

Nein, da musste noch eine Herausforderung her. Eine ganz spezielle Form der Selbstbestätigung. Südlich von Neckargemünd bog ich ab nach Waldhilsbach, dem früheren Wohnort Christines. Von dort führt ein Sträßchen hoch zum Königstuhl: steil, gewunden, anspruchsvoll. Die berühmte Stoppomat-Strecke. Am Beginn und am Ende der Steigung steht jeweils ein Automat mit sekundengenauer Zeitnahme. Du ziehst dir also unten ein Kärtchen, klemmst es zwischen die Zähne – dann: Rakete –, oben wird es abgestempelt. Namen drauf, einwerfen, der Stoppomat hat deine Fahrzeit erfasst, stellt sie ins Netz, und schon am nächsten Tag sprechen dich auf der Hauptstraße deine Fans an.

18 Minuten? Du Gigant!

Den Wildschweinen an der Strecke schlackern heute noch die Ohren.

Darf ich mal an deine Oberschenkel greifen? Bitte, bitte, nur einmal!

Christine und ich lästerten gern über die Stoppomat-Fetischisten, heute jedoch – heute gehörte ich selbst zu ihnen. Ich versuchte es ein paar Mal mit fliegendem Start, schaffte es aber nicht, mir im Fahren ein Kärtchen zu ziehen. Dann halt auf die konventionelle Tour. Wenn mich nur kein Sonntagsfahrer ausbremste! Nach einem Kilometer kochte das Blut in meinen Ohren. Nicht überziehen, Max! Da, zwei schwarzglänzende Radlerhintern vor mir. Wenn ich die einhole, fressen sie ihre Stoppomat-Kärtchen! Aus dem Weg, ihr Baumaschinen! Wie kann man nur so dumpfbackig gucken …!

Ja, die beiden schauten wirklich nicht gerade intelligent, als ich an ihnen vorbeiflog. Vielleicht war mein Gesichtsausdruck aber auch eine Spur zu triumphierend. Jedenfalls flackerte etwas in ihren Pupillen auf. Die Flamme Ehrgeiz – und das in ihrem Alter. Von nun an hatte ich zwei Begleiter. Windschattenlutscher, die auch noch die Frechheit besaßen, sich zu unterhalten. In meinem Rücken. Mir dagegen war schlecht. Das Überholmanöver hatte Kraft gekostet. Oben angekommen fiel ich mit der Schulter gegen den Stoppomat. Meine Hand zitterte so, dass ich es kaum schaffte, das Kärtchen in den Stempelschlitz zu schieben. Die beiden Breitärsche fuhren plaudernd weiter.

Als ich endlich meinen Stempel hatte, waren die Zahlen auf dem feucht gewordenen Kärtchen kaum zu lesen. Besser so. Die Zeit: unterirdisch. Beschämend. Früher wäre ich das rückwärts gefahren oder auf dem Einrad. Meine Lästereien eingedenk, biss ich ein Stück des Kärtchens ab und kaute darauf herum. So viel Selbstdisziplin musste sein! Den Rest zerriss ich in Kleinstfetzen und opferte sie den Berggöttern.

Nach dieser lehrreichen Erfahrung – im Wortsinn, jawohl: Er-Fahrung –, nach diesem Exempel also war Kollers Max wieder handzahm und sowohl auf dem Boden der Tatsachen als auch dem seines Selbstwertgefühls angelangt. Friedlich sah man ihn am Aussichtspunkt vor dem Königstuhlhotel stehen, das Panorama genießend, mit sich und der Welt im Reinen. Idylle mit Privatflic.

Aber nicht lange. Dann fiel mein Blick auf die Neckarwiese. Auf Neuenheim. Nur zu gern hätte ich Driehms Grundstück von hier oben gesehen. Aber der Philosophenweg versteckte sich hinter Bäumen. Ich musste ein paar Meter nach links gehen, zur Aussichtsterrasse der Bergbahn, um freie Sicht zu haben. Da war sie, die Villa mit dem gläsernen Penthouse darauf. Alles kam wieder hoch, der ganze Fall, sozusagen von der Schnauze bis zur Schwanzflosse.

Von einem Wanderer in Kniebundhosen lieh ich mir ein Fernglas. Ich erkannte die Grünpflanzen, die Stelle, an der ich draußen mit Driehm gestanden hatte, meinte sogar Bewegung hinter den Glasscheiben ausmachen zu können. Abgefahren. Mir fiel kein anderes Wort ein.

Ich gab dem Wandersmann das Fernglas zurück. »Wenn ich behaupten würde, dass ich gerade zwei Haie gesehen habe – wie würden Sie reagieren?«

»Im Neckar gibt es keine Haie«, sagte der Mann.

»*Im* Neckar nicht.«

»Aber Welse. Monsterwelse! Mein Neffe hat mal einen gefangen. So lang, das Vieh.« Er zeigte es an, Hand senkrecht über Kopf. »So ein Trumm war das. Essen kannst du die natürlich nicht mehr.«

Ich bedankte mich für das Fernglas und fuhr bergab. Welse, na klar. Die machten sich bestimmt auch ganz gut im Pool des Milliardärs, wenn die Haie erst mal weg waren.

Und was geschah sonst noch?

»Den Harald«, erklärte mir Christine ungefragt, als ich zurück war, »habe ich ganz zufällig kennengelernt. Ein verrückter Zufall war das. Mir ist auf dem Weg zur Arbeit die Kette runtergesprungen, und da …«

»Mir egal«, knurrte ich.

»Ich wollte dir schon länger von ihm erzählen. War natürlich blöd, sich im Kunstkeller über den Weg zu laufen.«

»Wieso? Nicht blöd. Netter Kerl, dein Harald.«

»Wir sollten vielleicht mal in Ruhe darüber reden.«

»Ja, aber nicht jetzt. Muss duschen.«

Christine schwieg. Ist doch wahr! Was interessiert es mich, mit wem sie abends ausgeht? Wir sind erwachsene und geschiedene Leute, also getrennt lebende, nein, also: zusammen lebende, aber getrennte Wege gehende Leute, und als solche dürfen wir tun und lassen, was wir wollen. Ich lasse es, Christine tut es. Mir doch egal! Dass ihr Typ so einen feuchtwarmen Händedruck hatte, war natürlich peinlich, und dass ihm vor lauter Grinsen Gesichtslähmung drohte, oberpeinlich – aber was juckte es mich? Ihr Problem.

Nur dass alle ihre komischen Männerbekanntschaften Harald hießen, wirklich alle, seit Jahren, das gab mir zu denken.

»Da fällt einem glatt die Kette runter«, murmelte ich und drehte den Kaltwasserhahn auf.

Um das Gespräch mit meiner Exfrau hatte ich mich also erfolgreich gedrückt. Aber da war ja noch das mit meiner Exgeliebten. Eine Weile schlich ich unschlüssig um mein Handy herum, dann schnappte ich es, ging hinunter ins Büro und wählte Thereses Nummer.

»Dircksen war hier«, sagte ich. »Mit Anwalt.«

»Und?«

»Er behauptet, das Kind sei nicht von ihm.«

»Alles andere hätte mich auch gewundert.«

»Sein Anwalt sagt dasselbe. Bei ihm klang es allerdings so, als könne Dircksen aus Prinzip nicht der Vater sein. Weil er zeugungsunfähig ist, zum Beispiel.«

Sie lachte bitter. »Zeugungsunfähig, ja? Da trete ich den lebenden Gegenbeweis an. Dieser Feigling! Dass er seinen Kumpel Schroth in die Sache mit hineinzieht, hätte ich nicht gedacht.«

»Ehrlich gesagt wirkte Dircksens Überraschung auf mich ziemlich echt, als ich ihm mit deiner Schwangerschaft kam.«

Kurze Stille. »Du hast meinen Namen genannt? In Anwesenheit von Schroth?«

»Nein, habe ich nicht. Nur ganz am Ende ist er mir rausgerutscht. Therese, die beiden wussten ohnehin, dass es um dich ging. Schroth auch. Dircksen wird vorher reinen Tisch gemacht haben, und dann zogen sie ihre Taktik gemeinsam durch.« Ich holte Luft. »Oder es war keine Taktik. Dann hast du mir nur einen Teil der Wahrheit erzählt.«

»Ich habe dir genau so viel erzählt, wie es für das Kind und uns alle das Beste ist. Ich will, dass sich Shaun der Sache stellt. Das ist mein einziges Ziel, und dafür kämpfe ich mit allen Mitteln.«

Na, das war ja fast ein Eingeständnis. Max Koller braucht die ganze Wahrheit nicht zu kennen, schließlich ist er nur Mittel zum Zweck.

»Denk daran«, sagte sie noch, »dass ich für dieses Kind die Verantwortung trage. Wenn ich gewisse Details verschweige, dient das seinem Schutz.«

»Details verschweigen – mehr nicht?«

»Dircksen ist der Vater des Kindes. Das schwöre ich dir bei allem, was mir heilig ist. Und wenn Schroth tatsächlich seine Zeugungsunfähigkeit behauptet hat …«

»Behauptet nicht. Angedeutet hat er sie.«

»Wie auch immer: Das ist ein Witz. Und zwar ein ganz mieser.«

»Letzte Frage: Weißt du schon, was es wird?«

»Mein Arzt wollte sich noch nicht festlegen. Aber ich bin sicher, es wird ein Mädchen.« Ihre Stimme wurde weich. »Eines mit hellbraunen Löckchen.«

KAPITEL 31

Montagmorgen.

Eine neue Woche und damit eine neue Chance, etwas Licht in das Dunkel der Affäre Driehm zu bringen. Während sich draußen ein weiterer Hitzetag zusammenballte, saß ich stumm in meinem Büro. Stumm und bar jeder Bewegung, bereit, hinter die Dinge zu schauen, alles infrage zu stellen. Nur ab und zu hob ich die Hand, die meinen Kaffeebecher hielt, um ihn zum Mund zu führen.

Warten. Irgendetwas würde sich ereignen. Irgendetwas würde eintreten.

Aber natürlich war das Erste, das eintrat, nicht irgendetwas, sondern Leonard Untersteller, mein Praktikant. Höflich wie immer, tatendurstig wie immer.

»Schönen guten Morgen, Herr Koller.«

»Morgen.«

»Wieder ganz schön heiß heute.«

»Hm.«

»Wie war Ihr Wochenende?«

»Mein Wochenende?«

»Ja.«

Ich blickte ihn an. »Meine Auftraggeberin belügt mich, meine Exfrau geht fremd, meine Lieblingskneipe macht zu, und für die Presse spiele ich den Sommerlochclown. Aber sonst war es ein schönes Wochenende.«

Erschreckt legte Leonard den Umschlag, den er mitgebracht hatte, auf den Tisch. »Das hört sich ja furchtbar an!«

»Das mit der Kneipe? Allerdings. Dafür nehme ich die Geschichte mit meiner Exfrau zurück. Eine Ex kann ja schlecht fremdgehen. Fremdgehen kann man nur, wenn man zusammen ist, verstehst du?«

»Trotzdem blöd, oder?«

»Na, nun heul nicht gleich, Leonie! Ich hab ja noch dich.«

Komisch, das fand er gar nicht witzig. Ich sah schon, der Junge wollte beschäftigt sein, sonst wurde er noch Opfer grassierender Melancholie. Vor allem am Montagmorgen. Also gab ich ihm den Superspezialexklusivauftrag, für seinen Chef Material zu beschaffen. Brandheißes Material.

»Echt?«, frohlockte er.

»Echt. Besorg mir die Neckar-Nachrichten von heute. Beim Kiosk, beim Bäcker, im Schreibwarenladen – egal. Sollte die Zeitung nur eine halbe Stunde in der Sonne gelegen haben, ist sie wirklich brandheiß.«

Schmollend verkrümelte er sich.

»Was ist das für ein Umschlag?«, rief ich ihm nach. »Hoffentlich kein Fragebogen zu deinem Praktikum. So was fülle ich prinzipiell nicht aus!«

»Der steckte in Ihrem Briefkasten«, gab er patzig zurück. »Ohne Absender.«

Weg war er. Ich griff nach dem Umschlag, um ihn von allen Seiten zu betrachten. Kein Absender, tatsächlich. Dafür prall gefüllt. Post für Christine vielleicht? Von ihrem Monsieur Harald, der einen auf anonym machte? Gerade deswegen würde ich ihn öffnen, den Umschlag. Und zwar sofort.

Er war nicht von Harald.

Als Leonard zurückkam, saß ich exakt so da wie vorhin. Ein Detektiv aus Granit, gehärtet im Stahlbad des Lebens, mit einem Blick wie die vier Jungs von Mount Rushmore. Nur der Kaffeebecher war leer.

»Bitteschön«, sagte mein Praktikant und legte die Zeitung auf den Tisch. »Sie ist aber bloß lauwarm.«

Ich schwieg.

»Ist was?« Er wurde unsicher. »Sie wollten doch die Neckar-Nachrichten von heute, oder?«

Ich schwieg.

Er kratzte sich am Kopf. Sah sich um. Wo, herrje, steckte nur sein Fehler? Wo hatte er sich verkrochen?

»Nun sagen Sie schon, was los ist, Herr Koller!«

Meine flache Hand fuhr auf den Tisch nieder. »Was los ist, Leonie? Kann ich dir verklickern! Das hier ist los!«

Eingeschüchtert sah der Knabe auf meine Hand. Sie lag neben dem Stapel von Papieren, die ich dem Umschlag entnommen hatte. Kopien von Briefen, von Rechnungen, Belegen und Listen, Email-Ausdrucke und so weiter. Alles aus dem Hause Driehm Pharma. Unterzeichnet von Lorenz Driehm, Felix von Wittstock und anderen.

»Aber …« Er blätterte den Stapel durch, überflog den Inhalt. »Das sind ja die Dokumente, die man Ihnen geklaut hat!«

»NEIN!«

Vier Buchstaben, eine Botschaft. Bis Leonard Unterstellers es zu meiner Montagmorgenverstandesschärfe gebracht hatte, würden noch einige Jährchen ins Land gehen.

»Nein? Sieht aber genauso aus.«

»Kaffee?«

»Sie wissen doch, dass ich keinen …«

»Solltest du aber! Regt das Denken an. Erstens, Herr Praktikant: Der Stapel ist dicker als der von letzter Woche. Zweitens: Er enthält neue Dokumente, sogar ein paar handschriftliche Notizen. Drittens: Es sind weniger Namen geschwärzt. Das hätte dir auf den ersten Blick auffallen müssen.«

»Stimmt. Jetzt, wo Sie's sagen …«

»Jetzt, wo ich es sage, genau. Am Ende soll ich dir noch glauben, dass du so begriffsstutzig bist?«

»Wie, glauben?«

»Professorensohn, Einserschüler, und dann erkennt er den Unterschied nicht! Das soll ich dir abnehmen? Verdammt, Leonie, man muss das Zeug nur in die Hand nehmen, um zu merken, dass da neues Material dabei ist!«

»Aber ich hab mir die Sachen nur kurz angeschaut!«

»Um deinem ollen Chef weismachen zu können, dass du dieses Konvolut zum ersten Mal in deinem jungen Leben siehst.«

»So ist es ja auch.«

»Ist es das? Jetzt pass mal auf, mein Junge.« Ich lehnte mich in meinem Stuhl zurück und streckte die Beine aus, so weit ich konnte. »Letzte Woche bringt mir Liebherr einen Stapel Dokumente aus dem Allerheiligsten von Driehm

Pharma. Zwei Tage später ist das Zeug fort und Liebherr tot. Klappe zu, Geschichte aus. Für mich ist der Fall erledigt, die Polizei übernimmt. Und was passiert jetzt? Die Dokumente tauchen wieder auf! Plus zusätzlichem Material, wie entgegenkommend. Was bedeutet das?«

Leonard starrte mich an. Ich dachte schon, ich müsse meine Frage selbst beantworten, als es regelrecht aus ihm heraussprudelte: »Es bedeutet, dass Liebherr einen Komplizen hatte. Einen Mitwisser.«

»Wunderbar. Schöner hätte ich es nicht formulieren können. Und wer ist dieser Mitwisser?«

»Keine Ahnung.«

»Keine Ahnung?«

»Naja, den Umschlag kann doch jeder in Ihren Briefkasten gesteckt haben.«

»Wann?«

»Heute Nacht vermutlich. Oder ganz früh am Morgen.«

»Und wenn ich fünf Minuten, bevor du kamst, am Briefkasten war? Am leeren Briefkasten?«

Na, da glotzte er aber. Groß und flach wurden seine Augen, die kleine Nase schrumpfte noch ein bisschen mehr, dann klappte die Kinnlade nach unten.

»Was?«, stotterte er. »Aber … das kann nicht sein!«

»Ein leerer Briefkasten. Wie immer am Montag um acht. Und dann hält mir mein Praktikant einen Umschlag unter die Nase, den er angeblich aus meinem Briefkasten gefischt hat.«

»So war es auch, Herr Koller. Ich schwöre!«

Ich sank noch ein Stückchen tiefer in meinen Stuhl und verschränkte die Hände hinter dem Kopf. »Irgendjemand hat mit Liebherr gemeinsame Sache gemacht. Animierte ihn vielleicht, gegen seinen ehemaligen Arbeitgeber vorzugehen, während er selbst sich schön im Hintergrund hielt. Liebherr ist tot, aber die Dokumente tauchen wieder auf. Und der einzige Mensch, der den Umschlag in meinem Briefkasten gesehen haben will, ist mein Praktikant Leonard Untersteller. Was soll ich davon halten?«

Leonard bekam den Mund nicht mehr zu. Mensch, Kleiner! Wenn du so bei jeder mündlichen Prüfung reagierst, wird es nix mit dem Abi.

»Die Eltern meines Praktikanten kennen Lorenz Driehm«, fuhr ich fort. »Da braucht man gar nicht lange nach Motiven zu suchen. Irgendein Knatsch rund um das Afrika-Projekt. Eine Zusage Driehms für Spendengelder, die niemals flossen. Persönliche Animositäten, die Überheblichkeit des Geldadels – so was in der Richtung. Dann muss man nur noch den Sohnemann als Praktikant einschleusen, damit er dem Koller auf die Finger schaut, und fertig ist das Arrangement. Liebherrs Tod und der Verlust der Dokumente sind natürlich ein Rückschlag, aber nur kurzzeitig. So eine Kopie ist ja rasch erstellt: Sie glauben nicht, Herr Koller, was ich gerade in Ihrem Briefkasten gefunden habe …«

»Nein!«, rief Leonard mit allen Anzeichen der Bestürzung, zu der sein jugendliches Gesicht fähig war. Auch die Hände fuchtelten mit, und das gescheitelte Haupthaar raufte sich quasi von selbst. »So war das nicht! Was reimen Sie sich da zusammen?«

»Kein Reim. Detektivprosa.«

»Aber es stimmt nicht! Überhaupt nicht! Völlig aus der Luft gegriffen, die ganze Geschichte.«

Ich stand auf. »Jetzt einen Kaffee?«

Er schüttelte den Kopf.

»Glaub mir, damit kombiniert es sich ganz anders. Ohne Kaffee wird niemals ein guter Ermittler aus dir, Leonie.« Ich nahm die Neckar-Nachrichten vom Tisch und schlug die Seite mit den Lokalnachrichten auf. »Sehe ich etwa aus wie einer, der in aller Herrgottsfrühe vors Haus tritt, um seinen Briefkasten zu kontrollieren?«

»Äh … weiß ich nicht.«

»Leonard! Sehe ich so aus?«

»Eher nein.«

»Eben. Ich war nicht am Briefkasten. Der Umschlag kann schon die ganze Nacht dort gesteckt haben. Also entspann dich.«

Was er natürlich nicht tat. Jedenfalls nicht sofort. Stand noch eine ganze Weile wie fehladressiert im Raum herum, kratzte sich am Bauch, trat von einem Fuß auf den anderen. In der Zwischenzeit las ich den Artikel über den samstäglichen Spatenstich. ›Hier entsteht Zukunft – Applaus für Dreamcity‹, hatten sie als Headline über den Bericht geklatscht. Der Text selbst gab sich sachlicher, meinen Auftritt hüllte der Schreiber in allgemeine Floskeln: ›… ließ sich auch von unmotivierten Zwischenrufern nicht stören …‹ – und das war mir mehr als recht. Auch wenn die Verwendung der Mehrzahl meine heroische Einzelleistung schmälerte.

»Also wie jetzt?«, meldete sich Leonard. »War der Briefkasten nun leer oder nicht?«

»Keine Ahnung. Ich habe das Haus heute noch nicht verlassen. Sei nächstes Mal einfach vorsichtiger, wenn du Umschläge ohne Absender aus fremden Briefkästen nimmst.«

»Vorsichtiger? Wie denn?«

Ich faltete die Zeitung zusammen. »Vorsichtiger halt.«

»Ja, aber wie?« Schau an, er spielte den Störrischen! »Soll ich vorher Handschuhe anziehen? Die Polizei alarmieren? Wie verhält sich ein Meisterdetektiv in so einer Situation?«

»Kein Sarkasmus, junger Mann. Steht dir nicht.«

Er verschränkte die Arme vor der Brust. »Sie weichen mir aus, Herr Koller! Sagen Sie schon: Was hätten Sie an meiner Stelle getan?«

Ich seufzte. Manchmal konnte er einem wirklich auf den Geist gehen, dieser Leonard Untersteller. »Was ich getan hätte? Das willst du wissen?«

»Will ich. Und zwar Sie als Praktikant.«

Grinsend nahm ich wieder Platz. Jetzt ging er aber ran, mein Kleiner! »Nun«, sagte ich, »ich hätte den Umschlag aus dem Briefkasten genommen und ihn meinem Chef auf den Schreibtisch gelegt.«

»Das wollte ich hören.« Zufrieden zog sich Leonard einen Stuhl heran und setzte sich ebenfalls.

»Vorher allerdings hätte ich versucht, ihn zu öffnen, ohne dass mein Chef etwas merkt.«

Gleich wurden sie wieder groß und rund, die Augen meines Praktikanten. »Das habe ich nicht getan, Herr Koller!«

»Eben. Der Unterschied zwischen mir und dir. Abgesehen davon, dass es ein Ding der Unmöglichkeit ist, sich einen Max Koller im Praktikum vorzustellen. Wer würde mich schon nehmen?«

»Und wer ist dann Liebherrs Mitwisser?« Er lächelte gequält. »Falls ich es nicht bin?«

»Da kommen alle möglichen Leute in Betracht. Wer könnte Lorenz Driehm schaden wollen? Ein Konkurrent vielleicht? Ein Mitbewerber um das Bahnstadtgelände? Ein entlassener Mitarbeiter? Es sind auch Menschen aus seinem direkten Umfeld denkbar. Dircksen zum Beispiel. Oder Therese, die ja mal was mit Liebherr hatte. Sogar Driehms Bruder.«

»Felix von Wittstock? Der doch nicht! Schließlich belasten ihn die Dokumente selbst am meisten.«

»Gerade ihn halte ich für einen potenziellen Kandidaten. Wittstock geht es so oder so an den Kragen, fragt sich nur, wann. Die Staatsanwaltschaft sitzt ihm schon im Nacken. Warum dann nicht noch den mit hineinreißen, der schuld an der ganzen Misere ist?«

»Meinen Sie wirklich?«

»Spiel es ganz nüchtern durch. Wittstock hat nichts mehr zu verlieren. Zuzutrauen wäre es ihm. Dem kleinen Bruder des großen Lorenz Driehm. Übrigens telefoniere ich ihm schon das ganze Wochenende hinterher, ohne Erfolg. Wittstock ist abgetaucht.« Während sich Leonard in die Unterlagen vertiefte, spann ich meine Gedanken weiter. »Theoretisch kommt noch eine ganz andere Person in Betracht. Über ihr Motiv kann ich dir nichts sagen, aber das wird sich finden.«

»Und wer?«

»Erinnerst du dich an die schwarze Sängerin im Haus der Driehms? Stacy heißt sie.«

»Natürlich erinnere ich mich an sie«, empörte er sich.

»Dachte ich mir.«

»Warum ausgerechnet sie?«

»Pure Logik. Wer ist eine Bedrohung für Driehm? Alle

diejenigen, die im Besitz der Unterlagen sind. Ich zum Beispiel. Prompt werde ich überfallen. Dann stirbt Liebherr. Und am Freitagabend verübt jemand einen Anschlag auf Stacy.«

»Einen Anschlag? Davon weiß ich ja gar nichts!«

»Weil Praktikanten am Wochenende freihaben. Deshalb erzähle ich es dir jetzt. Stacy ist hochallergisch auf Nüsse, das hat ein Unbekannter bei ihrem Auftritt im Kunstkeller ausgenutzt.«

»Sie meinen, Stacy steckte mit Liebherr unter einer Decke?« Er griff nach dem leeren Umschlag, um ihn von allen Seiten zu begutachten.

»Warum sollte man ihr sonst etwas in den Wein schütten?«

»Und was hat sie gegen Driehm?« Meine Güte, jetzt schnupperte Leonard auch noch an dem Umschlag! Gleich würde er eine Ecke davon verköstigen. Schmeckte garantiert nicht so lecker wie ein Stoppomat-Kärtchen.

»Tja, was kann eine junge, attraktive Frau gegen einen schwerreichen alten Sack haben? Wenn ich spekulieren dürfte, fiele mir schon etwas ein.« Ich kniff die Augen zusammen und trommelte mit zwei Fingern auf dem Tisch herum. Lorenz Driehm mochte keinen Jazz. Aber vielleicht mochte er die eine oder andere Jazzsängerin?

»Hatten Sie mal näheren Kontakt zu Stacy?«, hörte ich meinen Praktikanten fragen.

Ich wandte den Kopf. Meine Finger verharrten über der Tischplatte. »Wie bitte?«

»Ob Sie mal sehr nahe an ihr dran waren?«

»Was ist denn das für eine dämliche Frage, Kleiner?«

»So nahe, dass Sie mir sagen können, ob sie Parfüm mit Kokosaroma benutzt?«

Ich starrte ihn an. Die Wirkung des Kaffees schien nachzulassen. Wie ich seine Worte auch wendete, ich verstand die Frage nicht.

»Dieser Umschlag hier«, sagte er und hielt das Ding in die Höhe, »riecht nach Kokos, und zwar ziemlich penetrant. Ist Ihnen das nicht aufgefallen?«

Kokos? Es gab Kokosmilch, Kokosnüsse, Kokosläufer und natürlich Kokospalmen. Aber was hatte das mit unserem …?

»Riechen Sie mal!« Er reichte mir den Umschlag.

Riechen, genau. Seit Freitag war ich der sensibelste Schnüffler von Heidelberg. Erschnüffelte Erdnüsse drei Meter gegen die Barbera-Blume. Olfaktorisch machte mir keiner was vor, auch ein naseweiser Praktikant nicht. Also her mit dem Ding!

»Boah«, sagte ich. »Wie das nach Kokos stinkt. Ekelhaft!«

»Stacy?«

Ich schüttelte den Kopf. »Nee, die nicht. Aber jemand anderes.«

KAPITEL 32

Ich stellte mein Rad auf denselben Platz wie in der Vorwoche. Auf meinen Privatparkplatz gewissermaßen. Obwohl ich betont langsam hochgeradelt war, brach mir der Schweiß schon wieder aus allen Poren. Bleierne Hitze lag über der Stadt, kaum ein Luftzug belebte das Neckartal. Ein paar Minuten lang genoss ich den Ausblick. Dann zog ich mein Handy und wählte die Nummer, die Therese mir auf meine Bitte gegeben hatte.

»Driehm?«, meldete sich Frau Mama.

»Max Koller. Wir kennen uns von Ihrem Geburtstagsfest letzte Woche. Therese hatte mich mitgebracht.« Ich machte eine Pause, damit sie sich den tollen Lover ihrer Tochter ins Gedächtnis rufen konnte. »Ihr Mann wird Ihnen gesagt haben, dass hinter meinem Besuch auch ein berufliches Interesse stand. Und darüber würde ich mich gern mit Ihnen unterhalten.«

»Mit mir?«

»Unter vier Augen, wenn es geht.«

»Aber ich wüsste nicht, wieso.«

»Das werde ich Ihnen dann schon sagen.«

Sie zögerte. »Hören Sie, Herr Koller, … mein Mann war nicht gerade begeistert von Ihrem Auftauchen. Und ich muss sagen, ich fand es auch ein bisschen … ein bisschen aufdringlich, uns bei einer privaten Feier zu stören. Sie können doch nicht einfach …«

»Dass Kai Liebherr ermordet wurde, ist Ihnen aber bewusst, Frau Driehm? Liebherr hatte mir am Tag vorher Dokumente anvertraut, die kein gutes Licht auf die

Aktivitäten von Driehm Pharma werfen. Ich gebe zu, dass ich nicht immer den geschmeidigsten Ermittlungsweg wähle, aber seit dem Tod von Liebherr kümmert mich das wenig.«

Nun schwieg sie. Ich hörte sie durch das Telefon atmen. Irgendwo da oben saß sie jetzt, in ihrer Burg, hatte den Hörer am Ohr und atmete schwer.

»Frau Driehm«, sagte ich. »Wenn mich nicht alles täuscht, haben gerade Sie ein großes Interesse daran, mit mir über Ihren Mann zu sprechen.«

Sie holte Luft. »Wo sind Sie, Herr Koller?«

»Ich stehe vor Ihrem Haus.«

»Dann mache ich Ihnen auf.«

Ich steckte das Handy ein, ging zur Haustür und wartete. Als der Summer ertönte, drückte ich sie auf. Der Eingangsbereich menschenleer, kein Empfangschef zu sehen, auch in der Garage verlor sich bloß eine Handvoll Wagen. Diesmal nahm ich nicht den Aufzug, sondern die Außentreppe.

Driehms Frau trug ein ärmelloses Kleid, aus dem ihre kräftigen Oberarme herausstachen. Noch bevor ich ihre entgegengestreckte Hand ergreifen konnte, traf mich eine Wolke Kokosparfüm. Badete sie darin? Ihr Begrüßungslächeln war so hart und künstlich wie bei ihrer Geburtstagsfeier.

»Schön, Sie zu sehen, Herr Koller«, flötete sie. »Den Weg gut gefunden?«

»Welchen Weg? Ich stand direkt vor Ihrem Haus.«

»Ach, richtig. Darf ich Ihnen etwas anbieten?«

»Danke, nein. Oder doch, ein Glas Wasser wäre nicht schlecht.«

Sie wies mich in ein seitliches Zimmer mit ein paar Sitzgelegenheiten, einem großen Schrank und einem Panoramablick über die Stadt. Der mich aber nur kurz fesselte. Lieber studierte ich die Fotos an der Wand. Sie zeigten Therese als kleines Mädchen, mit Schultüte, bei einem Ball, im Kreise dumpf blickender Erwachsener. Auf keinem Foto war sie älter als 18. Papa Lorenz war ebenfalls mehrfach abgelichtet, die Mama nur ein einziges Mal.

Ich dachte an das Foto in Thereses Handtasche. Ja, das war sie; auf einem der Bilder war die Ähnlichkeit nicht zu übersehen.

»Bittesehr.« Frau Driehm stand mit einem Glas Wasser in der Hand hinter mir. »Setzen Sie sich doch.«

Ich nahm ihr das Glas ab und pflanzte mich in einen der schweren Stühle vor dem Panoramafenster. Auf der gegenüberliegenden Hangseite zogen sich die Schienen der Bergbahn bis zum Gipfel. Meine Gastgeberin nahm etwas entfernt Platz. Sie sah mir zu, wie ich das Glas in einem Zug leerte. Dann räusperte sie sich.

»Ja«, sagte sie, »dann sind Sie also der neue Freund meiner Tochter.«

»Frau Driehm.« Ich stellte das Glas auf das Fensterbrett und sah sie an. »Warum stellen Sie einem Kai Liebherr belastendes Material über Driehm Pharma zur Verfügung?«

Sie antwortete nicht. Nur ihre Finger spielten an der Perlenkette um ihren Hals. Ihr Gesicht war emotionslos, geradezu wächsern.

»Wollten Sie sich auf diese Weise an Ihrem Mann rächen? Warum?«

Auch jetzt dauerte es, bis sie antwortete. »Rächen?«, rief sie schrill. »Ich, an Lorenz?« Sie ließ die Kette los und klammerte sich mit beiden Händen um die Stuhllehnen. Ein Lächeln kämpfte sich auf ihre Lippen, entglitt ihr, wurde erneut aufgezogen. »Was reden Sie da? Ich begreife nicht. Ich begreife gar nichts, Herr Koller. Weshalb sollte ich diesem Liebherr … Wieso kommen Sie damit zu mir? Das ist absurd!«

»Das Material stammt von Ihnen, Frau Driehm. Ich weiß es.«

»Material, welches Material?« Sie begann zu kichern. »Warum wollen bloß alle meinem Mann an den Karren fahren? Die Leute sind so neidisch, überall herrscht nur noch Neid auf Menschen, die Erfolg haben. Wir haben schon überlegt, wegzuziehen aus diesem Land, aber dann sagte Lorenz, gehen wir lieber den anderen Weg und holen die Zentrale hierher, wir sind der Stadt ja auch etwas schuldig. Aber es hört nicht auf. Es hört einfach nicht auf.«

»Was hört nicht auf, Frau Driehm?«

»Diese Unterstellungen, der Neid, der Hass. Jetzt behaupten Sie, ich würde mich an meinem Mann rächen wollen. Wie kommen Sie darauf? So ein Irrsinn!« Sie legte den Kopf schief. »Sind Sie irre, Herr Koller?«

Ich und irre? Mit ihren verkrampften Händen, dem schiefen Kopf und dem hysterischen Kichern wirkte eher sie, als sei sie nicht ganz bei Trost. In ihrem Gesicht zuckte es, ständig war ein Muskel in Bewegung, deutete Missstimmung an oder versuchte sich am bewährten Höflichkeitslächeln. Nur die Augen blieben starr und ohne jeden Ausdruck. Es waren erloschene Augen in einem zuckenden Antlitz.

»Frau Driehm«, versuchte ich es noch einmal. »Ich weiß, dass Sie das Material gegen Ihren Mann zusammengestellt und mir heute Nacht in den Briefkasten gesteckt haben. Nun würde mich interessieren, warum.«

Sie lachte auf. Ihre rechte Hand löste sich von der Lehne und beschrieb einen unmotivierten Bogen in der Luft. Dabei fuhr sie sich wie versehentlich durch das Haar, bevor die Hand neuen Halt suchte: auf der Lehne eines Nachbarstuhls, auf dem Knie, im Schoß. Während dieser Bewegung schwabbelte das Fleisch ihres Oberarms hin und her. Ich sah den Schweißfleck, der sich von der Achselhöhle nach unten ausbreitete.

»Was für ein Sternzeichen sind Sie, Herr Koller?« In ihren Mundwinkeln hing noch ein Rest von Munterkeit. »An welchem Tag sind Sie geboren? Ich könnte Ihnen ein Horoskop erstellen, vielleicht hilft Ihnen das weiter.«

»Frau Driehm …«

»Ich weiß doch, dass es Unsinn ist.« Plötzlich leuchtete ihr Gesicht auf wie das eines erwartungsfrohen Kindes, das sich seiner Freude auch ein bisschen schämt. »Natürlich ist es Unsinn, aber es tut gut, und es ist immer wieder verblüffend, wie viel davon zutrifft. Da gibt es Übereinstimmungen, verblüffende Übereinstimmungen. Ich vermute, Sie sind Stier. Genau wie mein Mann.«

»Frau Driehm, Sie können diesen Fragen nicht entkommen. Mir müssen Sie nicht antworten, aber irgendwann wird die Polizei anrücken und die gleichen Fragen stellen.«

»Die Polizei!« Wieder ihr schrilles Lachen. »Immer drohen die Leute mit der Polizei, wenn sie nicht mehr weiterwissen. Was glauben Sie, wie oft uns die Polizei auf den Hals gehetzt wird! Täglich passiert das, mein Mann könnte Ihnen ein Lied davon singen. Es sind die Neider und Erfolglosen, die das tun. Sie akzeptieren nicht, dass es andere gibt, denen … Es steht auch in den Horoskopen drin. Sie versuchen es immer wieder, aber sie schaffen es nicht.«

»Ehrlich gesagt verstehe ich nicht, wovon Sie reden, Frau Driehm. Ich neide Ihnen nichts, ich will Ihnen auch nicht drohen, ich weiß nur eins: Sie haben Liebherr das Material über Driehm Pharma zur Verfügung gestellt. Und nun frage ich mich, wer Kai Liebherr ermordet hat. Was hat Ihr Mann damit zu tun?«

»Mein Mann?«, schrie sie auf. »Lassen Sie das! Sie lügen! Sie sind unverschämt. Warum erfinden Sie solche Dinge?«

Sie war aufgesprungen. Hass sprach aus ihren Gesten, dampfte mir geradezu entgegen. Es war körperlich unangenehm, mit dieser Frau in einem Raum zu sein. Lediglich ihre Augen blieben ausdruckslos und stumpf.

»Ich erfinde nichts«, erwiderte ich. »Soll ich Ihnen sagen, wie ich auf Sie kam?«

Bevor sie antworten konnte, wurde die Tür aufgerissen. Lorenz Driehm stand im Raum, ebenso wütend, ebenso empört wie seine Frau und doch auf eine ganz andere Weise. Er war beherrscht, er hatte seinen Körper unter Kontrolle. Dafür lebten seine Augen. Wenn sie einen trafen, schmerzte das mehr als eine Backpfeife.

»Raus!«, sagte er, ohne die Stimme zu heben. »Sie haben hier nichts verloren.«

»Lorenz«, rief seine Frau. »Dieser Herr Koller redet ganz verrücktes Zeug, ganz verrücktes. Er ist Stier!«

»Verschwinden Sie! Sonst zeige ich Sie wegen Hausfriedensbruchs an.«

»Nur die Ruhe, Herr Driehm.« Ich erhob mich. »Ihre Frau hat mich hereingelassen. Ich habe mich vorher telefonisch angemeldet, es geht also alles mit rechten Dingen zu.«

»Haben Sie sich wieder als Freund unserer Tochter ausgegeben? Verstehen Sie das unter rechten Dingen?«

»Nein. Ich bin als Ermittler hier. Als derjenige, den Kai Liebherr in sein Vertrauen zog. Sie können mich jetzt rausschmeißen, Sie können mich auch anzeigen oder was weiß ich. Trotzdem werde ich Ihnen nachweisen, dass Sie meinen Computer stehlen ließen, Herr Driehm. Und was Sie mit Liebherrs Tod zu tun haben, werde ich auch herausbekommen.«

»Da hörst du es!«, rief Frau Driehm. »So redet er schon die ganze Zeit.«

»Reiß dich zusammen!«, schnarrte er. Und dann, zu mir gewandt: »Hauen Sie ab. Wenn Sie mein Grundstück nicht binnen zwei Minuten verlassen, rufe ich die Polizei.«

»Den Anschlag auf Stacy nicht zu vergessen«, sagte ich. »Sie haben doch bestimmt Erdnüsse im Haus.«

Ein Handy läutete. Die Drohkulisse, die Driehm aufgebaut hatte, wurde durch das Geräusch gebrochen; in seinem Schatten ließ es sich unauffälliger verkrümeln. Also ging ich. Von den Fotos an der Wand beobachtete das Kind Therese die Szenerie: ihre aufgelöste Mutter, den erfolglosen Privatdetektiv und ihren Vater, der wartete, bis ich den Raum verlassen hatte, bevor er das Gespräch annahm. Als ich im Aufzug stand, bedauerte ich es, keinen Filzschreiber dabei zu haben. Oder eine Spraydose. Irgendetwas, um diese heillos heile Welt zu beschmutzen.

Draußen brannte die Sonne. Wo blieb der Streifenwagen, der mit Blaulicht um die Ecke jagte, um den Philosophenweg von Gesindel wie mir zu säubern?

Kein Streifenwagen. Stattdessen ein Knacken in der Sprechanlage neben der Tür.

»Herr Koller? Hören Sie mich?«

»Ich habe es sogar unter zwei Minuten geschafft, Herr Driehm.«

»Der Anruf eben kam von meinem Freund Dircksen. Er möchte Sie sehen.«

»Mich?«

»Sie und mich. Jetzt. Warten Sie auf mich, ich bringe Sie hin.«

KAPITEL 33

Krebs.

Der Krebs verkapselt sich. Niemals geht er aus sich heraus, ist verschlossen und träge. Zu seinen typischen Eigenschaften gehört das Horten und Raffen. Auch wenn man es ihm nicht ansieht, hat er einen Hang zum Schwärmerischen. Wenn er könnte, würde er die Zeit rückwärts drehen.

*

Hatten Menschen vom Schlage eines Lorenz Driehm keinen Fahrer? Driehm hatte bestimmt einen, aber in diesem Fall steuerte er seinen dunkelblauen Jaguar höchstpersönlich durch den Heidelberger Verkehr. Durch radelnde, hupende, schwitzende Mobilitätsnormalität. Auf dem Neckar trieben Touristenschiffe, den Bismarckplatz verstopften Autos und Busse.

»Wo wohnt Ihr Freund Dircksen?«, fragte ich.

»In Weinheim. Aber das ist nicht unser Ziel.«

»Sondern?«

»Dreamcity.«

»Darf ich erfahren, warum er mich sehen will?«

»Das hat er mir nicht gesagt.«

Vor einer Ampel hielt Driehm. Eine Handvoll Fußgänger kreuzte die Straße. Den Nacken rot verbrannt, Sandalen an den Füßen, in der Hand Kaufhof-Tüten. Ihr da draußen, wir da drinnen. Die Klimaanlage des Jaguars sorgte für angenehme Temperaturen. Schade, dass mich Fatty so nicht sah. Oder Christine! Max Koller, Seite an Seite mit dem Retter Heidelbergs.

Der im Übrigen schwieg. Keine weiteren Erklärungen, wohin die Reise ging und was mich an ihrem Ende erwartete. Sollte es tatsächlich Shaun Dircksens Wunsch gewesen sein, mich in der Bahnstadt zu treffen? Wir hatten uns doch gestern erst gesprochen. Log Lorenz Driehm? Aber warum?

Auch darauf wusste ich keine Antwort.

Driehm nahm die südlichere der beiden Brücken, die zu dem neuen Stadtteil führten. Eben fuhr ein IC in den Bahnhof ein. Noch ein Stückchen geradeaus, dann bogen wir nach rechts ab in den Langen Anger, die zukünftige

Hauptachse der Bahnstadt. Rechterhand lagen die Schuppen des alten Güterbahnhofs, ebenso die Stelle, an der Liebherr zu Tode gekommen war. Driehm fuhr weiter bis zum Ende der Straße. Vor uns unerschlossenes Gelände, ein Puzzle aus Erdaufschüttungen, Gräben, Senken und Rampen. Buschwerk wucherte, gestapeltes Holz bleichte in der Sonne. Langsam schaukelte der Jaguar über ein löchriges Schotterbett, dann war die Fahrt zu Ende. Wir hielten direkt vor dem fünfstöckigen Bau, der schon beim Spatenstich für eine denkwürdige Kulisse gesorgt hatte.

»Dircksens Entwurf?«, fragte ich.

Driehm nickte.

Wir stiegen aus und betraten das Erdgeschoss. Unsere Schritte hallten von den nackten Betonwänden wider. Durch die leeren Fensterhöhlen walzte warme Luft.

»Shaun?«, rief Driehm.

»Ganz oben!«

Dem Ruf folgend, stiegen wir über ungesicherte Treppen bis in den vierten Stock. Je höher wir kamen, desto mächtiger wuchs der grüne Wall des Odenwalds im Osten empor, während sich die dunstige Rheinebene weit in den Westen ergoss.

»Shaun?«

»Hier.«

Eine weitläufige, lichtdurchflutete Etage. Am gegenüberliegenden Ende saß Dircksen im Schneidersitz auf dem Boden, die Beine über Kreuz wie ein Buddha vor dem Verhungern. Hinter ihm gähnte ein leerer Fahrstuhlschacht. Zwischen seinen Fingern steckte eine Zigarette. Als er uns sah, nickte er und nahm einen Zug. Er hatte Schluckauf.

»Nehmen Sie Platz, Herr Koller.« Seine Hand wies auf den nackten Beton.

»Danke, ich bleibe lieber stehen.«

Nichts gegen Dircksens Beton, aber warum sollte ich mich setzen, wenn es ein Lorenz Driehm nicht tat? Ohne uns weiter zu beachten, ging der Millionär zu einem seitlichen Fenster und schaute hinaus. Oder hinunter? Erwartete er noch jemanden? Die Sache gefiel mir nicht. Ich ließ meine Blicke durch die Etage wandern. Aus ihr konnte einmal ein Großraumbüro werden, es gab viel Platz, nur hier und da eine Trennwand und neben dem Treppenhaus ein paar separate Zimmer. Wenn sich dort jemand versteckte, saß ich in der Falle. Oder unten, ein Stockwerk tiefer.

»Misstrauisch, unser Detektiv«, lachte Dircksen zwischen zwei Hicksern. »Was, Lorenz?«

Driehm schwieg.

»Obwohl hier nur zwei alte Männer sind«, fuhr sein Kumpel fort. »Zwei harmlose alte Männer. Unbewaffnet. Naja, fast unbewaffnet.« Er zog eine Pistole aus der Jackentasche, ein niedliches, kleines Ding, und legte sie vor sich auf den Beton.

Driehm rührte sich nicht.

Ich mich auch nicht.

Eine Weile herrschte Stille. Es war eine komische Art von Stille. Nicht nur wegen Dircksens Schluckauf. Da gab es einen – nämlich mich –, der den Atem anhielt. Der auf dem Sprung war, sämtliche Muskeln unter Anspannung. Wie weit war es zur Treppe – wie schnell griff Dircksen zur Pistole – hatte ich eine Chance, wenn ich bei meiner Flucht Haken schlug? Fragen wie ein intrakranielles

Trommelfeuer. Dircksen dagegen war die Ruhe selbst, ein abgemagerter Buddha mit Kippe. Was Driehm betraf, so wandte er uns den Rücken zu. Keine Ahnung, was in ihm vorging. Er war gleichsam nicht vorhanden.

Schließlich ertrug ich das Schweigen nicht mehr. Bekam ja schon den Zittermann in den Oberschenkeln!

»Schönes Haus«, sagte ich. »Machen Sie auch die Inneneinrichtung, Herr Dircksen? Ich habe gehört, dass braune Tapeten wieder in sind.«

Keine Antwort. Nur das regelmäßige Hick, das von seinem Zwerchfell ausging und seinen Kehlkopf niederdrückte.

Vielleicht sollte ich ihn erschrecken. Erschrecken half gegen Schluckauf. Ich vergrub die Hände in den Hosentaschen und machte ein paar Schritte. Dabei näherte ich mich Dircksen. »Und nicht irgendwie braun, sondern richtig braun, aber so richtig. Schokolade, verstehen Sie, man muss die Wände essen wollen. 70er-Jahre – das kommt alles wieder.«

»Hört ihr das?«, entgegnete Dircksen und legte den Kopf schief.

Ich blieb stehen. Driehm sah kurz zu uns herüber. Vorhin hatte sich ein Kran wimmernd um die eigene Achse gedreht. Immer wieder vernahm man Klopf- und Bohrgeräusche von der großen Baustelle Dreamcity. Aber gerade jetzt war alles ruhig. Bis auf Dircksens Schluckauf. Und ein fernes, eintöniges Rauschen.

»Das ist die A5«, erklärte Dircksen mit seiner heiseren Stimme. »Und das bei Ostwind. Wenn der Wind erst mal von Westen kommt, hat man hier oben das Gefühl, auf dem Mittelstreifen zu sitzen.« Er wartete einen Hickser ab, um danach an seiner Zigarette zu ziehen. »Versprich mir, dass du die besten Fenster einbaust, Lorenz, hörst du? Die müssen dicht sein!«

Driehm nickte.

Anschließend kehrte wieder Stille ein. Ich sah vom einen zum anderen – nichts. Allmählich riss mir der Geduldsfaden. Was war denn das für ein Altherrenballett?

»Okay«, sagte ich, »genug gescherzt. Ich weiß nicht, wie Ihr Tagesablauf aussieht, aber ich habe noch jede Menge Arbeit. Erzählen Sie mir jetzt, warum Sie mich hergebeten haben, oder muss ich mich erst auf den Kopf stellen?«

Dircksen musterte mich. Eingehend. Sein ewiger Schluckauf, einfach irre. Ein letzter Zug, dann schnippte er den Zigarettenstummel zur Seite und griff zur Pistole. Er hielt sie am Lauf, so dass der Griff in meine Richtung zeigte.

»Hier«, sagte er. »Erschieß mich.«

Ich schwieg.

»Was ist los, warum zögerst du, Detektiv? Ich«, Schluckauf, »ich bin doch der, der sein Kind im Stich lässt. Der keine Berechtigung hat, weiterzuleben. Also schieß schon!«

Und als ich immer noch nicht reagierte, zuckte er mit den Achseln und sagte: »Gut. Dann tue ich es.« Er stand auf, ging zu Driehm hinüber und sah ihm über die Schulter. Was natürlich eine haarsträubende Formulierung war, schließlich überragte er seinen Kumpel um mehr als Haupteslänge. Wie Driehm blickte er aus der Fensterhöhle über das Freigelände, auf dem einmal Dreamcity sprießen sollte. Ihr gemeinsames Kind, haha. Der Lange plante, der Kleine finanzierte. Ein schönes Pärchen waren die zwei. Jetzt löste sich Dircksen wieder und drehte sich zu mir um.

»Für dich ist das alles nur ein Spiel, Junge. Therese hat dich eingeladen, und du hattest nichts Besseres zu tun, als mitzumachen. Was hat sie dir dafür gezahlt?«

»Mehr, als Sie sich vorstellen können.«

»Das dachte ich mir. Das Leben als Spiel. Eine Mutprobe unter jungen Leuten, eine Wette. Hauptsache, Spaß dabei. Für mich ist es Ernst. Ich habe Krebs. Einen Hirntumor, inoperabel. Glioblastom nennt sich das Scheißding. Sitzt irgendwo da oben Richtung Zwischenhirn und wächst schneller, als man hingucken kann.« Ein Hickser, dann sprach er weiter. »Mein Schluckauf rührt auch daher. Frag mich nicht, warum. Das ist so eine Gemeinheit von den Dingern, wenn sie an der richtigen Stelle hocken. Vor dem Spatenstich hatte ich eine Woche lang Schluckauf. Eine Woche lang, ohne Pause. Sogar im Schlaf. 24 Stunden lang Schluckauf, jeden Tag. Jetzt wieder. Und dann kommst du und willst mich mit deiner Aktion provozieren, du Arschgeige. Hier ist die Pistole. Bring's zu Ende, wenn du dich traust.«

Wieder hielt er mir die Waffe hin. Hick.

Ich fuhr mir mit der Zunge über die Lippen. Dann grinste ich und sagte: »Interessante Geschichte, Herr Dircksen. Aber stimmt sie auch?«

Er lachte auf. Zweimal, weil ihm sein Schluckauf in die Quere kam. Driehm drehte sich um und warf mir einen hasserfüllten Blick zu. Dass er nach wie vor keine Anstalten machte, das Wort an sich zu reißen, irritierte mich. Mehr noch: Es ließ mich befürchten, dass an Dircksens Geschichte etwas dran war.

»Du traust dich nicht«, sagte Dircksen. »Dachte ich mir. Dabei tätest du mir einen Gefallen. So muss ich es tun. Ich will nicht in irgendeinem Krankenhaus verrecken. Oder zu Hause, wo mir eine polnische Pflegerin den Arsch abputzt. Will ich nicht. Für mich ist die Sache durch.«

»Am Samstag hatten Sie keinen Schluckauf.«

»Weil ich eine Monatsration Cortison eingeworfen hatte. Dafür konnte ich kaum den Spaten heben.«

»Sagten Sie deshalb gestern, ich solle erst mal in Ihr Alter kommen?«

»He, du hast was kapiert, Junge! Weißt du, man lebt so dahin, fühlt sich stark und denkt, man wird 100. Und plötzlich geht eine Tür zu. Zack. Keinen Schritt weiter! Da wird einem so manches klar.«

»Wenn das stimmt und wenn Sie tatsächlich mit allem abgeschlossen haben – warum machen Sie dann nicht reinen Tisch und erzählen mir, um welches Kind es geht?«

Driehms Fuß stampfte heftig auf dem Boden auf. »Sie sind wirklich das Letzte«, fauchte er. »Haben Sie immer noch nicht verstanden, dass dieser Mann am Ende ist? Er will Schluss machen, einen Schlussstrich ziehen. Und da haben Sie nichts Besseres zu tun, als ihn auszuquetschen?«

»Einen Schlussstrich ziehen, genau. Und dazu gehört nun mal, dass man sein Gewissen erleichtert.« Ich wandte mich an Dircksen. »Was ist? Hatte Therese recht mit ihrer Geschichte?«

Ein müdes Lächeln flog über das Gesicht des Architekten. »Vergiss es, du Parasit. Wenn da etwas zwischen mir und Therese gewesen wäre, hätte ich es mit ihr ausgemacht und mit niemandem sonst.« Er sah auf die Waffe hinunter, die er nun richtig herum hielt. Sein Zwerchfell arbeitete.

»Moment!«, rief ich und machte einen Schritt auf ihn zu. Sofort wich er ein Stück zurück. »So dürfen Sie sich nicht davonstehlen! Letzte Woche starb Kai Liebherr, nur ein paar 100 Meter von diesem Gebäude entfernt. Was hat es damit auf sich? Was wissen Sie über seinen Tod?«

Verwirrt schaute er mich an. »Welcher Liebherr? Sollte ich den kennen?«

»Lassen Sie das«, ging Driehm dazwischen, doch ich scheuchte ihn zurück.

»Wer hat denn Sie gefragt? Dircksen, natürlich kennen Sie Liebherr! Ehemaliger Angestellter bei Driehm Pharma, war auch mal mit Therese zusammen.«

»Ach der. Und der soll …?«

»Das gibt's doch nicht!« Nun war ich es, der mit dem Fuß aufstampfte. »Sie müssen von seinem Tod gehört haben! Er hier hat ihn auf dem Gewissen.« Ich zeigte auf Driehm. »Liebherr hatte belastendes Material gesammelt, und nun ist er tot. Bei mir wurde eingebrochen. Verdammt, Dircksen, sagen Sie, was Sie über Ihren sauberen Freund wissen. Dann können Sie meinetwegen den Abgang machen!«

»Sie sind widerlich!«, brüllte Driehm und baute sich vor mir auf. »Haben Sie nicht gemerkt, dass Shaun wegen Ihnen hier steht? Bis Samstag war er bereit, zu kämpfen, und dann stellen Sie ihn vor aller Öffentlichkeit bloß!«

»Das glaube ich Ihnen nicht«, brüllte ich zurück. »Ihr lügt beide! Sie sind nicht krank, Dircksen. Sonst würden Sie reinen Tisch machen. Also los, was wissen Sie über Liebherrs Tod?«

Dircksen lachte. Der Schluckauf quälte ihn, doch er lachte heiser vor sich hin. Mit dem Handrücken wischte er sich den Schweiß von der Stirn. »Ich weiß nichts«, sagte er. »Tut mir leid, Koller, aber in den letzten Wochen hatte ich verdammt wenig Bedürfnis, mich um die Belange meiner Mitmenschen zu kümmern.«

»Da hören Sie's!«, schnaubte Driehm.

»Aber dass du mir den Todesstoß versetzt hättest, stimmt auch nicht. Mach dir deshalb keinen Kopf. Lorenz zuliebe habe ich den Spatenstich abgewartet – danach: Ende offen. Eher hast du mit deiner lächerlichen Aktion mein Leben noch um einen Tag verlängert. Ich wollte wissen, was dahintersteckt.«

»Und warum bin ich dann hier?«

»Um zu lernen. Erkundige dich nächstes Mal gefälligst, wer auf der anderen Seite des Tisches sitzt, bevor du ihn mit Dingen konfrontierst, von denen du keine Ahnung hast.«

»Erkundigen? Bei einem Schweigekartell namens Dircksen und Driehm? Wissen Sie, was, Herr Dircksen? Sie sind feige! Sie inszenieren hier einen tränendrüsigen Abgang, aber zur Wahrheit fehlt Ihnen der Mumm. Ich könnte kotzen!«

»Sie sind ekelhaft«, zischte Driehm.

»Lass ihn«, winkte Dircksen ab. Er ging noch ein paar Schritte zurück, bis er vor der Öffnung des Fahrstuhlschachts stand. Dann entsicherte er die Pistole. »Ich wäre so weit. Machs gut, Lorenz.«

Driehm neben mir schloss die Augen. Ich starrte von ihm zu Dircksen – und in diesem Moment wurde mir klar, dass der Architekt es ernst meinte. Bis hierhin hätte es eine Inszenierung sein können. Aber als Lorenz Driehm die Augen schloss …

»Nein!«, brüllte ich. »Tun Sie's nicht, Dircksen!«

Er schob sich die Waffe in den Mund und atmete tief durch. Ein letzter Hickser.

»Dircksen!«

Ich stürzte auf ihn zu, langte mit beiden Händen nach der Waffe, um den Lauf aus Dircksens Lippen zu reißen, als ich ins Stolpern kam. Meine Hände griffen ins Leere, ich fiel, über mir dröhnte der Schuss, mit der Seite kam ich auf dem Boden auf, blieb mit dem Rücken an der seitlichen Fahrstuhlwand hängen, spürte etwas Schweres auf meinen Beinen. Noch im Fallen sah ich Dircksens Körper im Schacht verschwinden. Erst Kopf und Oberkörper, Hüfte und Beine, zuletzt die Füße. Sekundenlang Stille, dann der Aufprall, dumpf, gefolgt von einem Scheppern, als die Pistole mit ihm das Erdgeschoss erreichte.

Sofort war ich an der Schachtöffnung und starrte in die Tiefe. Fünf Stockwerke. Ganz unten lag er, regungslos. Der Körper eines toten Mannes.

Dafür bewegte sich etwas zu meinen Füßen. Es war Driehm. Er sah blass aus und hielt sich eine Schulter.

»Du Arschloch!«, brüllte ich den Retter Heidelbergs an. »Du verdammtes Arschloch!« Mit beiden Händen packte ich den Zwerg am Kragen und wuchtete ihn zum Fahrstuhlschacht. Bis sein Kopf in der Öffnung hing, zwölf Meter über seinem toten Freund. »Ich hätte ihn retten können«, schrie ich Driehm an. »Ich hätte ihn retten können, wenn du nicht dazwischen gegangen wärst. Du verdammter Mörder!«

Driehm keuchte. So blass er eben noch gewesen war, lief sein Gesicht nun in Sekundenschnelle rot an. Seine Finger krallten sich in mein Hemd. Auf seinen Backen glänzten Spucketröpfchen – die stammten von mir. Und es gab Blutspritzer. Von Dircksen.

»Herr Koller«, presste Driehm hervor. »Nicht …!«

»Warum?«, knirschte ich und schob seinen Oberkörper noch ein wenig weiter in den Schacht. »Warum hast du mich aufgehalten, du Schweinekerl?«

Der Schweinekerl japste. An seinem Hals traten die Muskeln hervor, die Augen waren weit aufgerissen. Er stammelte etwas, das ich nicht verstand.

»Warum?«, brüllte ich, dass es von den Wänden des Fahrstuhlschachts widerhallte. Dann merkte ich, dass meine Arme zitterten. Es war zu viel passiert in den letzten Sekunden. Ich musste mich davor hüten, nicht die Kontrolle zu verlieren. Ich war kein Mörder. Driehm vielleicht. Aber ich nicht.

Mit einem Ruck zog ich den kleinen Mann vom Schacht weg und ließ ihn los. Mühsam rappelte er sich auf. Kroch von mir weg, lehnte sich mit dem Rücken an die Wand, atmete schwer. Seine Schläfen glänzten vor Schweiß.

Eine Weile herrschte Stille. Unsere Atemstöße waren das einzige vernehmbare Geräusch. Die Welt außerhalb des Gebäudes hatte eine Auszeit genommen. Rauschte die A5 noch? Ich wusste es nicht.

»Er wollte doch sterben«, flüsterte Driehm schließlich. »Verstehen Sie, er wollte es so. Ich habe ihm zugeredet, wo es nur ging … Sie haben ihn ja gehört: Er wollte nicht leiden.«

»Nein«, sagte ich. Auch meine Stimme war angeknackst. »Das war es nicht. Sie wollten seinen Tod, damit er Sie nicht belasten kann. Deshalb haben Sie mich zurückgehalten.«

Driehm wandte mir sein Gesicht zu. »Er war mein Freund. Seit 40 Jahren.«

»Sie haben verhindert, dass ich ihn rette. Sie sind ein Mörder, Driehm.«

»Ich wollte *Sie* retten, Herr Koller. Der Schuss hätte Sie treffen können. Am Ende wären Sie auch noch in den Schacht gefallen.«

»Sie sind ein Mörder.«

Mit großen Augen starrte er mich an. Dann hob er eine Hand und zeigte auf mich. »Es tut mir leid, dass Sie so … Für die Reinigung komme ich auf. Und wenn das Blut nicht rausgeht aus den Kleidern, bekommen Sie neue. Auf meine Rechnung natürlich. Es tut mir leid.«

Ich sah an mir herunter. Mein Hemd war voller Blutspritzer. Blut und eine andere Flüssigkeit. Kontrollierte Hände, Unterarme; auch hier: Dircksens Blut. Und mein Gesicht?

Mit wackligen Knien stand ich auf. Suchte zur Sicherheit Halt an der Wand, atmete ein paar Mal durch. Dann wischte ich mir die Hand an der Hose ab und stiefelte los. Zur Treppe hinüber. Driehm rührte sich nicht. Nur seine Blicke folgten mir.

Im Erdgeschoss angekommen, schaute ich nach Dircksen. Er lag auf dem Grund des Schachts, mehr als einen Meter unterhalb des Bodenniveaus. Unter seinem Kopf hatte sich eine große Blutlache gebildet. Ich musste in die Grube springen, um mich von seinem Tod zu überzeugen. Und um die Pistole einzustecken. Eine kleine, handliche Glock.

Vor der Tür des Gebäudes traf mich die Sonne wie ein Peitschenschlag. Ich war schon an Driehms Jaguar vorbei, als ich mich noch einmal umdrehte. Was jetzt kam, war etwas für Psychologen. Ich brachte die Glock in Anschlag und zielte auf einen der Vorderreifen. Das Seufzen, mit dem die Karosserie in sich zusammensackte, fühlte sich an wie eine Befreiung. Anstatt die Waffe wegzuwerfen, steckte ich sie ein. Das kleine Ding verschwand komplett in einer Hosentasche.

Dafür zog ich das besudelte Hemd aus und verließ Dreamcity mit nacktem Oberkörper.

KAPITEL 34

Das Gute an tropischen Temperaturen ist, dass Männer mit nacktem Oberkörper nirgendwo groß auffallen. Weder im Taxi, das mich in die Altstadt brachte, noch auf der Straße. Nur ein paar japanische Touristinnen kicherten, als sie mich sahen. Klar, im gepflegten Nippon lief man so nicht rum. Da stürzte man sich in Anzug und Krawatte vom Dach des Firmensitzes, wenn die Bilanz nicht stimmte.

Mein Hemd hielt ich zerknüllt in der Hand. Mit ihm hatte ich mir Dircksens Blut aus dem Gesicht gewischt.

»Das ist der Klimawandel«, meinte der Taxifahrer, dem man den gescheiterten Akademiker ansah. »Der lässt die Leute am Rad drehen. Aber völlig.«

So einer bekam kein Trinkgeld von mir.

Thereses Wohnung lag nicht weit vom Marktplatz in einem Hinterhof. Kopfsteinpflaster, Glyzinien, blau-weiß gestreifte Markisen. Die reine Idylle. Ich läutete, nannte meinen Namen, ging hoch in den zweiten Stock. Zuvor stopfte ich das blutige Hemd in eine Restmülltonne.

»Wie siehst du denn aus, Max?« Konsterniert stand Therese in der geöffneten Wohnungstür.

»Schräger als sonst?«

»Nicht gut jedenfalls.«

»Mit geht es auch nicht gut.«

Sie ging voran. »Kann ich dir etwas anbieten?«

Ein paar Minuten später saß ich mit einem Glas Whisky auf Thereses Sofa. Gewissermaßen zweigeteilt. Unten meine Hose, die Taschen prall gefüllt. Mit Dircksens Waffe, meinem Geldbeutel, dem Handy, meinen Schlüsseln. Der Hosenbund als Demarkationslinie. Oben dagegen: nichts. Nackte Ermittlerhaut. Nur der Whisky und halbgeschlossene Augen, aus denen ich meine Gastgeberin beobachtete. Ihre klaren, zielstrebigen Bewegungen. Ihre Mimik, konzentriert und ohne Mätzchen. Da gab es keine Überflüssigkeiten. Mir gefiel das.

»Du blutest ja, Max«, sagte sie und zeigte auf meine Stirn. Offenbar war meine Säuberungsaktion nicht gründlich genug gewesen.

»Das ist nicht mein Blut.«

»Sondern?«

»Das von Shaun Dircksen.«

Sie blickte mich fragend an. Ich wich ihrem Blick aus und widmete mich lieber der bernsteinfarbenen Flüssigkeit in meinem Glas. Caol Ila nannte sich die Sorte. Keine Ahnung, wie sich das aussprach. Aber er schmeckte prima, ein echter Islay-Whisky, der weich und ölig die Kehle hinabrann. Ohne das Zeug hätte ich Therese die Wahrheit nicht beibringen können.

»Er hat sich umgebracht. Vor meinen Augen.«

Sie erstarrte. Ihre Hand bewegte sich langsam Richtung Mund, wurde zur Faust, die sie gegen die Lippen presste. Dabei ließ mich ihr Blick nicht los. Er hakte sich regelrecht bei mir ein.

»Mit der Sache vom Samstag hatte es nichts zu tun«, sagte ich. »Überhaupt nichts. Wusstest du, dass er Krebs hatte?«

»Was?«, flüsterte sie.

»Ein Hirntumor, bösartig. Er hatte seinen Selbstmord längst geplant. Dein Vater wusste Bescheid.«

»Shaun … Shaun hatte Krebs?«

»Du hast also nichts davon mitgekriegt?«

Sie sprang auf und machte ein paar wacklige Schritte durch das Zimmer. Jetzt war es natürlich aus mit der Souveränität und der Selbstbeherrschung. Ihre freie Hand suchte Halt, fand keinen, fuhr sich durchs Haar. Ein Hocker stand im Weg, sie stolperte dagegen.

»Therese.« Ich stellte das Glas ab. »Mach dir keine Vorwürfe. Es war nur … Verstehst du, er wollte nicht als Krebspatient dahinvegetieren. Sein Entschluss muss schon vor längerer Zeit gefallen sein.«

Sie wandte mir ihr Gesicht zu. Es war aschfahl. »Wir hätten es nicht tun dürfen«, rief sie. »Wir hätten es einfach nicht … Hat er noch etwas gesagt, Max? Irgendetwas über mich? Über das Kind?«

»Leider nein.«

»Hat er mir nichts ausrichten lassen? Du warst doch dabei! Aus welchem Grund hättest du sonst dabei sein sollen?«

»Tut mir leid, Therese, aber da war nichts. Ich habe alles versucht, habe ihn gedrängt, sein Gewissen zu erleichtern – keine Chance. Dein Vater …«

»Mein Vater?«, schrie sie. »Er war auch Zeuge?«

»Ja.«

Ein Wutgeheul entrang sich ihrer Kehle. Sie stand vor mir, beide Hände zu Fäusten geballt, ihre Brust hob und senkte sich heftig. »Warum er?«, rief sie. »Warum weiß er es und ich nicht? Ich könnte ihn …« Sie brach ab und schlug die Hände vors Gesicht. Durch ihre Finger tröpfelte ein Schluchzen. Zögernd stand ich auf, wollte sie beruhigen, wusste nicht, wie. Als ich sie am Arm berührte, zuckte sie zusammen. Langsam gaben ihre Hände das Gesicht wieder frei.

»Noch einmal: Du kannst nichts für Dircksens Tod«, sagte ich. »Er war wild entschlossen, Schluss zu machen. Ich wollte ihm in den Arm fallen, aber dein Vater hielt mich zurück.«

Sie stöhnte auf. Dann wandte sie sich von mir ab, drückte beide Hände gegen die Schläfen, wie um sie zu massieren. Hin und her bewegte sich ihr Kopf. Schließlich legte sie ihn in den Nacken und richtete den Blick zur Decke.

»Magst du was trinken, Therese? Den Whisky kann ich empfehlen.«

Keine Reaktion.

»Sorry … wenn ich gewusst hätte, dass dir doch so viel an Dircksen liegt, hätte ich versucht, es dir schonender beizubringen.«

»Schonender?«, gab sie zurück. Ihre Stimme klang heiser, so heiser wie die des toten Shaun Dircksen. »Wie hättest du das tun wollen?« Sie drehte sich zu mir um. »Mir liegt nichts an Dircksen, überhaupt nichts. Er war ein Scheißkerl, aber auch mein … der Vater dieses Kindes. Das nun keinen Vater mehr hat.« Sie holte Luft. »Vergiss es. Alles ist gut. Ich habe mich im Griff. Weißt du, mein erster Gedanke war, dass mein Kind nun endgültig ohne Vater aufwachsen muss. Unwiderruflich. Aber das wäre so oder so passiert. Auch ohne Dircksens Erkrankung. Ich habe dir ja gesagt, dieser Mann stiehlt sich aus der Verantwortung.«

»Er hatte Schluckauf. Ununterbrochen. Die ganze Zeit, während wir uns unterhielten. Er sagte, der Tumor sei schuld daran.«

Sie setzte sich. »Schenkst du mir jetzt einen Whisky ein, Max?«

Schweigend füllte ich mein Glas erneut und reichte es ihr. Sie trank, geistesabwesend. Ihr Blick ging ins Nichts, die Finger klammerten sich eher zufällig um das Glas, ihre Gedanken waren weit weg. Wo genau sie waren, blieb ihr Geheimnis.

»Du kannst immer noch einen Vaterschaftstest machen lassen«, sagte ich nach einer Weile.

»Darum geht es nicht.« Sie schüttelte den Kopf. »Darum geht es nicht.«

»Ich habe Dircksen übrigens nach Liebherr gefragt.«

»Und? Konnte er sich an ihn erinnern?«

»Kaum.«

»Jetzt sind sie beide tot«, flüsterte sie. »Beide.«

»Therese? Alles klar mit dir?«

»Ja sicher.«

»Wirklich?«

Sie lächelte. »Ja.«

Mir lief eine Gänsehaut über den Rücken. Nicht wegen der Außentemperaturen, es war immer noch angenehm warm. Sondern weil mich innerlich fröstelte. Seit ich Therese kannte, hatte sie noch nie gelächelt! Jedenfalls nicht so. Sie war die Frau ohne Lachen – bis zu dem Augenblick, da sie vom Tod Dircksens erfuhr. Alles klar, Max, alles gut. Nichts war gut! Ihr Lächeln war falscher als Falschgeld, es war so viel wert wie Barschels Ehrenwort oder die CIA-Beweise gegen Saddam Hussein. Ab sofort musste ich auf der Hut sein!

»Meine Güte«, sagte ich und schlug mir gegen die Stirn. »Ich Depp! Du bist schwanger, und ich biete dir Alkohol an!«

»Egal.« Sie schaute in ihr Glas. »Was ist schlimmer für ein Kind: wenn der Vater stirbt oder die Mutter einen Schluck Whisky trinkt?«

Ich zuckte die Achseln. »Darf ich dein Bad benutzen? Ich muss mich mal gründlich waschen.«

»Im Flur rechts.« Ihre Stimme war immer noch heiser.

Ich stand auf und verließ das Zimmer. Dircksens Waffe beulte den Stoff meiner Hose ganz schön aus. Draußen sah ich mich um. An der Garderobe hing Thereses Handtasche. Dieselbe, die ich am Freitag im Kunstkeller versehentlich durchwühlt hatte. Ich schnappte sie mir, verzog mich ins Bad und sperrte ab. Dann drehte ich den Wasserhahn auf.

Der Inhalt der Handtasche war derselbe wie vor drei Tagen. Auch der Streifen Antibabypillen war noch vorhanden. Wie lautete der Fachbegriff für diese Art der Verpackung? Blister, genau. Am Rand des Blisters waren die Wochentage verzeichnet, und über der letzten leeren Stanzung stand Montag. Also heute. Als ich den Streifen am Freitag in der Hand hielt, hatte sich an dieser Stelle noch eine Tablette befunden.

»Max!«, kam es von draußen.

Rasch warf ich mir etwas Wasser ins Gesicht. »Ja?«

»Was sagtest du eben über meinen Vater?«

Ich drehte den Hahn zu. »Was meinst du?«

»Du sagtest, er hätte dich abgehalten, Dircksen in den Arm zu fallen. Stimmt das?«

»Ja. Ich wollte mich auf Dircksen stürzen, da hielt er mich fest oder gab mir einen Stoß. Jedenfalls verlor ich das Gleichgewicht und kam zu spät.«

Pause. »Und was glaubst du, warum tat er das?«

Ich kontrollierte mein Aussehen im Spiegel. Oben am Haaransatz lauerte noch ein Spritzer Blut, ansonsten war alles sauber.

»Weißt du«, rief ich, »ich will deinem Vater ja nichts unterstellen. Aber vielleicht hätte mir Dircksen doch noch etwas Interessantes erzählen können. Über den Mord an Liebherr zum Beispiel. Insofern könnte ich mir durchaus vorstellen, dass dein Vater nicht ganz unglücklich war, einen Belastungszeugen loszuwerden.«

Keine Reaktion.

»Wenn es mir gelungen wäre, Dircksen zu knacken …

Wahrscheinlich kannte keiner deinen Vater so gut wie er.«
Ich richtete mich auf. »Therese?«

Nichts. Zwei Sekunden lang herrschte Stille. Tiefe, schwere Stille. Dann ging es los. Jemand schrie, wie ich noch nie jemanden hatte schreien hören. Gleichzeitig krachte und splitterte es, als zerbräche eine Fensterscheibe. Ich ließ Handtasche, Pille und alles andere, wo sie gerade waren, drehte den Schlüssel im Schloss der Badtür und stürzte hinaus. Wieder das Splittergeräusch, wieder der langgezogene Schrei.

Im Wohnzimmer stand Therese vor einem Spiegel, der kein Spiegel mehr war, sondern ein Trümmerfeld. Mit beiden Fäusten schlug sie auf die letzten verbliebenen Glassplitter ein. Zwischen ihren Fingern quoll Blut.

»Therese!«, brüllte ich. »Spinnst du?«

Ich packte sie bei den Armen und zog sie vom Spiegel weg. Sie schrie, wehrte sich, riss sich los. Als ich erneut zupackte, bekam ich eine Ohrfeige. Mit blutiger Hand.

»Was soll das, Therese? Reiß dich zusammen!«

Genauso gut hätte ich mir wünschen können, dass sie mir eine Torte backte. Die Frau drehte durch! Sie drosch auf alles ein, was sich in ihrer Nähe befand, heulte, trat um sich. Endlich gelang es mir, sie von hinten zu umklammern und ihr die Oberarme fest gegen den Leib zu pressen. Da versuchte sie es mit Beißen.

»Nun hör schon auf«, keuchte ich. »Verdammt noch mal, was ist los mit dir?«

Aber das waren keine Sätze, die zu ihr drangen. Immer wieder bäumte sie sich auf, trat mit den Hacken gegen meine Schienbeine, schrie und schluchzte. Sie war wie im Wahn. Gleich würden die Nachbarn vor der Tür stehen!

Da, noch ein Tritt gegen mein Schienbein. Ich machte eine Ausweichbewegung, blieb an einem Stuhl hängen und fiel mitsamt meiner Last auf den Boden. Die ich auch im Fallen nicht losließ.

Das Schreien hörte auf. Jetzt wimmerte Therese nur noch. Ich fühlte, wie die Anspannung ihres Körpers in Zittern überging, in ein heftiges, quälendes Zittern, das vom Unterkiefer bis zu den Füßen reichte. Ich lockerte meinen Griff. Gleichzeitig hörte ich ein Geräusch vom Flur her.

»Lass sie los!«, brüllte Stacy, die dunkelhäutige Sängerin, die plötzlich im Zimmer stand. Nein, sie stand nicht, sondern stürzte sich auf mich. In ihrer Hand blitzte etwas auf, ich konnte gerade noch einen Arm schützend vors Gesicht reißen. Es gab einen Schlag gegen meinen Unterarm, Stacy verlor das Gleichgewicht und purzelte über mich. Ein Kerzenständer aus Metall rollte in eine Ecke.

»Du Schwein!« Jetzt ging es mit bloßen Händen weiter. Zack, versetzte sie mir einen Kinnhaken, dass ich um meine Inlays fürchtete. Ich langte ihr ebenfalls einen. Sie schrie auf. Dann bekam ich eines ihrer Handgelenke zu packen, kurz darauf auch das andere. Sie wehrte sich, trat, spuckte, biss, wand sich – ich musste sie mit aller Gewalt zu Boden drücken und mich halb auf sie knien.

»Hör auf!«, schrie ich sie an. »Mensch, begreif doch, ich habe ihr nichts getan! Sie hat sich selbst verletzt. Wir müssen ihr helfen! Verstehst du? Helfen!«

Ich ließ sie los. Ihre Blicke flammten noch, 1000 Grad mindestens, aber das Toben wurde eingestellt. Keine Kinnhaken mehr, kein Griff zum Kerzenständer. Sie richtete sich auf und wischte sich ein paar Strähnen aus dem Gesicht. Dann widmete sie sich ihrer Freundin. Therese hatte keine Notiz von unserer Catcheinlage genommen. Sie lag nur da, zusammengekrümmt, und wimmerte.

»Verdammt, ich wollte sie beruhigen«, sagte ich, neben den beiden kniend. »Dircksen hat sich umgebracht. Shaun Dircksen, der Freund ihres Vaters. Ich hätte nie gedacht, dass sie das so mitnimmt. Aber sie drehte durch, als sie es erfuhr. Der Spiegel dort, auf den hat sie eingedroschen, immer wieder.«

Stacys Blick fiel auf den traurigen Rest von Spiegel an der Wand. Vorsichtig schob sie ein paar Splitter außer Reichweite.

»Und warum läufst du hier mit nacktem Oberkörper rum?« Ihre Stimme troff von Misstrauen.

»Weil ich nur ein Hemd anhatte und dieses Hemd voll von Dircksens Blut ist. Er hat sich in meiner Gegenwart erschossen. Wenn du mir nicht glaubst, schau unten in der Mülltonne nach. Dort liegt es.«

Schweigend betrachtete Stacy ihre Freundin, deren Wimmern in einen einzigen ausgehaltenen Ton übergegangen war, fast in eine Art Singen. »Ich rufe einen Arzt«, sagte sie schließlich.

»Mach das. Aber lass uns erst diesen Splitter aus ihrer Hand ziehen.«

In Thereses Handballen steckte eine spitz zulaufende Scherbe des Spiegels. Während ich Therese festhielt, entfernte Stacy das Ding. Sofort strömte Blut nach. Wir besorgten Taschentücher, die wir auf die Wunden drückten, kühlten ihre Stirn mit einem kalten Lappen, streichelten sie. Gegen das Zittern half alles nichts. Dann telefonierte Stacy. Auf der Türschwelle stehend, ohne mich aus den Augen zu lassen.

Die Minuten bis zum Eintreffen des Notarztes vergingen größtenteils schweigend. Stacy hielt Thereses Hand, ich betastete meine Schienbeine. Meine Unterarme waren blutverschmiert – und wieder handelte es sich um Fremdblut! Dann fiel mir etwas ein.

»Wie kamst du eigentlich in die Wohnung? Die Tür war doch zu.«

»Ich wohne eins tiefer. Und ich habe einen Schlüssel. Als das Geschrei losging, dachte ich, sie wird abgestochen.«

Der Notarzt kam. Kontrolle der Pupillen, Pulsschlag et cetera; ein Beruhigungsmittel als Sofortmaßnahme. Und tatsächlich, schon nach Sekunden ließ das Zittern nach.

»Kann jemand von Ihnen sie begleiten?«, fragte der Arzt.

Stacy und ich wechselten Blicke. »Ich komme mit«, entschied die Schwarze.

Ich nickte. Brauchte ja selbst fast einen Arzt.

KAPITEL 35

Endlich Ruhe.

Als sie gegangen waren, schleppte ich mich zu Thereses Sofa und schloss die Augen. Legte einen Arm über die Stirn, wollte nichts mehr von der bösen Welt wissen. Menschen, die sich abknallten. Menschen, die durchdrehten. Menschen, die mich für einen Vergewaltiger hielten. Zu viel für einen normalen Montag.

Aber es funktionierte nicht. Denn auch jetzt war sie da, die Welt, die böse, sie machte sich unangenehm bemerkbar: indem sie klebte. Genau dort, wo mein Arm auflag, klebte Haut auf Haut, und nun hatte ich Thereses Blut auch an der Stirn.

Fluchend stand ich auf und ging ins Bad. Wusch mir wie vorhin das Gesicht, starrte in den Spiegel, fand mich hässlich, dreckig, besudelt, fluchte weiter, stellte Thereses Dusche an und duschte mich gründlich ab. Von Kopf bis Fuß, mit viel Seife. Kaltes Wasser natürlich, wir hatten schließlich Hochsommer.

So. Wenigstens sauber. Ich zog meine Sachen wieder an, dann legte ich Thereses Antibabypillen in die Handtasche zurück und hängte die Tasche an die Garderobe. Ob ich mir ein T-Shirt von ihr ausleihen durfte? So ein Unisexding? Ich war allein in der Wohnung, niemand würde mich beim Stöbern stören.

Aber zuvor gab es anderes zu tun. Ich hängte die Ruine von Spiegel ab, sammelte alle Scherben ein und legte sie in einen Abfalleimer. Dann wischte ich Thereses Blut vom Boden auf. Stellte den Kerzenständer auf den Tisch. Zum Abschluss gönnte ich mir den Rest Whisky aus ihrem Glas. Solange es Caol Ila gab, hatte das Böse in der Welt noch nicht endgültig gesiegt.

Apropos: Wie ging es eigentlich Stacy? Allergiemäßig und so?

Überflüssige Frage. Meine Backe wusste die Antwort!

Nachdem ich mit Aufräumen fertig war, nahm ich wieder auf dem Sofa Platz und sah mich um. Warum hatte Therese ausgerechnet den Spiegel in Stücke gehauen? Weil er sich gerade in der Nähe befand? So ein Spiegel zeigte einem doch zunächst mal nur eines: das eigene Bild. Ging es ihr also darum? Um die Zerstörung des eigenen Anblicks? Dann fragte ich mich, woher diese Wut auf sich selbst rührte. Und darauf gab es nur eine Antwort: aus Schuldgefühlen. Ja, ganz offensichtlich fühlte sich Therese schuldig, Dircksen durch ihre Vorwürfe in den Tod getrieben zu haben. Obwohl das nach allem, was wir wussten, nicht stimmte.

Andererseits war in jenem Moment, als sie die Kontrolle verlor, von Dircksen nicht die Rede gewesen. Sondern von Thereses Vater. Ich hatte ihr sein Verhalten bei Dircksens Tod geschildert und vermutet, dieser Tod könne ihm in die Karten spielen – danach kam die Stille und dann ihr Schrei. Vielleicht stand Thereses Selbsthass für Hass gegen den eigenen Vater; beim Blick in den Spiegel hatte sie ihn erkannt. Ihn und sein väterliches Erbe. Die Gene, denen man nicht entkam.

Auch wenn sie ihm überhaupt nicht ähnlich sah.

Wie viel Uhr war es eigentlich? Ich zog mein Handy aus der Hosentasche. Halb fünf, noch verdammt früh am Tag. Vor dem Besuch bei Frau Driehm hatte ich das Telefon ausgeschaltet. In der Zwischenzeit waren Anrufe von Christine und Leonard eingegangen, Marc hatte eine SMS geschrieben. Ich solle mal in der Redaktion vorbeikommen. Wg. Castor. Der hatte Probleme!

Marc und Christine konnten warten, aber mein Praktikant, den brauchte ich jetzt. Und stellte fest, dass er ungewohnt mieser Laune war.

»Hab ja nix zu tun«, nölte er. »Immer nur im Büro rumsitzen, bis Sie endlich auftauchen, nervt.«

»Aber wenn ich auftauche, nervt das noch viel mehr, oder? Pass auf, Leonie, du bist doch sicher in irgendeiner Form online.«

»Klar.«

»Dann such mir mal die Telefonnummer eines Rechtsanwalts Schroth heraus. Vorname unbekannt, Heidelberg oder Weinheim. Schaffst du das in einer halben Minute?«

»Logo.«

26 Sekunden später hatte ich die Nummer, spendete Lob und gab folgende Anweisung: »Du machst jetzt Feierabend, gehst früh zu Bett und stehst morgen um Punkt acht Gewehr bei Fuß, verstanden? Könnte ein langer Tag werden.«

Stille. »Ist was passiert, Herr Koller?«

»Erzähle ich dir, wenn wir uns sehen.«

»Was denn? Etwas Wichtiges?«

»Nichts, was nicht Zeit bis morgen hätte. Ciao.«

Bevor er weiternörgeln konnte, beendete ich das Gespräch. Dann wählte ich Schroths Nummer und berichtete ihm von Dircksens Tod.

»Verstehe«, sagte er knapp.

»Sie scheinen damit gerechnet zu haben?«

»Er kündigte so etwas an. Schon vor längerer Zeit.«

»Wenn ich Sie gestern richtig verstanden habe, war Dircksen gar nicht in der Lage, ein Kind zu zeugen. Stimmt das? Lag es an seiner Erkrankung?«

Schroth zögerte. Anwaltsgeheimnis, schon klar. Aber auch noch nach dem Tod des Mandanten?

»Dass Therese Driehm mich belogen hat, ist mir bewusst«, sagte ich. »Nur würde ich es ihr gern nachweisen können.«

»Es gab eine Vorerkrankung im Unterleibsbereich. Vor zehn Jahren etwa. Dircksen musste sich einer Chemotherapie unterziehen und war seitdem zeugungsunfähig. Reicht Ihnen das?«

»Ja danke. Solche Dinge hat er wohl nie an die große Glocke gehängt? Ich rede von seiner Erkrankung, nicht von den Folgeschäden.«

»Dazu war er nicht der Typ.«

Nein, war er nicht. Aber ich, Max Koller, war der Typ für Whisky. Genau wie meine pseudoschwangere Exgeliebte. Ich goss mir nach, trank einen Schluck auf Lügen-Therese und entschuldigte mich. Bei ihr. Für das, was jetzt kam.

Die Durchsuchung begann im Wohnzimmer. Regale, Schränke, Schubladen, Tische – was so zum Schnüffeln einlädt. Dann der Flur. Das Schlafzimmer. Küche und Bad nur kursorisch. Es gab auch ein Musikzimmer mit großem Flügel. Keine Ahnung, wie sie den damals in das Altstadthaus gekriegt hatten. Komplizierter, als zwei Tigerhaie in ein Penthouse zu hieven, war es aber wahrscheinlich nicht. Apropos. Auch hier gab es eine Dachterrasse. Zehn Quadratmeter, aus der Dachschräge herausgeschnitten, mit Blick auf Schloss und Königstuhl. Hübsch. Hübsch und exklusiv. Trotzdem nicht gerade die Wohnung, die man mit einer Millionärstochter verbindet.

Als ich fertig war, setzte ich mich wieder auf das Sofa und zog Bilanz. Was hatte ich gefunden? Und vor allem: was nicht?

Zählen wir mal auf:

Mehr Schallplatten als CDs. Jazz, Klassik, Pop, alles vorhanden.

Schicke Kleider, etwas Schmuck, jedoch keinesfalls im Überfluss. Mengenmäßig eher Durchschnitt.

Bücher und Zeitschriften aus dem Arsenal des Bildungsbürgers, auch da keine Massen, sondern der Wohnungsgröße angepasst.

Die Küche spartanisch. Reichlich Tiefkühlware, kaum Frisches. Zum Kochen schien Therese die Zeit zu fehlen.

Und wie sah es mit ihren Männerbekanntschaften aus? Wo waren sie, das gerahmte Foto mit Herzchen darauf, die Botschaft an der Pinnwand, der vergessene Rasierpinsel im Bad? Komplett Fehlanzeige. Natürlich gab es auch keine Kondome in der Nachttischschublade, schließlich nahm Therese die Pille. Was war da los? Enthaltsamkeit wegen Schwangerschaft? Die hatte sie doch erfunden. Oder wechselte sie ihre Liebhaber, bevor die irgendeine Spur in ihrer Wohnung hinterlassen konnten?

Nun, das waren alles keine entscheidenden Fragen. Auch keine entscheidenden Funde. Eine Sache allerdings gab es, die mir Kopfzerbrechen bereitete. Die ich nicht einordnen konnte. Von der ich aber auch nicht wusste, ob sie von Bedeutung war.

Da lagen sie vor mir auf dem Couchtisch. Ein paar Ausdrucke. Immer dieselbe Szene, extrem körnig, die Personen kaum zu erkennen. Offenbar ein Standbild aus einem Video. Mal das komplette Bild, mal Ausschnitte.

Was wollte Therese damit?

Und warum trug sie das gleiche Foto in ihrer Handtasche? Ein kleines Mädchen an der Hand eines Mannes. Das Mädchen, das war offenbar sie selbst. Aber der Mann? Ein Unbekannter. Aus irgendeinem rätselhaften Grund schienen die beiden Thereses Interesse geweckt zu haben; weshalb sonst die Kopien und Ausschnittsvergrößerungen? Was allerdings dieser Grund war – da konnte ich nur raten.

Das Klingeln des Handys setzte meinen Überlegungen ein Ende. Kommissar Fischer, auf den hatte ich momentan gar keine Lust. Trotzdem nahm ich ab und wurde zur Belohnung gleich mal angemuffelt.

»Wir müssen reden, Koller. Sofort. Wo stecken Sie?«

»Nee, Herr Fischer, so nicht. Wir legen jetzt beide auf, dann versuchen Sie es noch einmal. Mit Begrüßung und Bitteschön und allem, was dazugehört.«

»Sparen Sie sich das Gesülze!« Schon war er auf 180. »Ich hab den Hals gestrichen voll von Ihnen und Ihrer Flunkerei! Was auch immer uns die Pathologen und die Spusi an Ergebnissen liefern, widerspricht dem, was Sie zu Protokoll gegeben haben. Ich hätte größte Lust, Sie einzubuchten, damit Ihnen der Sinn für die Realität wiederkehrt. Also: Wo treffen wir uns?«

Statt einer Antwort tat ich etwas, was ich so gut wie nie tue: Ich schwieg.

Selbst Kommissar Fischer war irritiert. »Hallo? Was ist los, sind Sie noch da? He, Herr Koller! Keine Spielchen jetzt!«

»Ich treibe keine Spielchen. Bin aktuell nicht im Spielemodus. Herr Fischer, mir ist ein Rätsel, was Sie meinen mit ›Ihrer Flunkerei‹, aber das sollten wir besser in Ruhe besprechen. Morgen Vormittag stehe ich zu Ihrer Verfügung. Wir können …«

»Jetzt!«, schnitt er mir den Satz ab. »Ich habe …«

»Nein!«, gab ich noch heftiger Kontra. »Heute Abend nicht mehr, Herr Fischer. Gerade ist ein Mensch in meinen Armen gestorben. Ein anderer ist durchgedreht. Alles, was wir beide zu bereden haben, können wir auch morgen noch bereden. Ende der Durchsage.«

»Wer ist gestorben?«, fragte er nach einer Pause.

»Shaun Dircksen. Er hat sich erschossen. In meiner und Lorenz Driehms Anwesenheit. Mein Hemd konnte ich in den Müll schmeißen.«

Fischer brummte und knötterte, bevor er sich ein »Das tut mir leid« abrang.

»Verbiegen Sie sich nicht«, sagte ich. »Wir sehen uns morgen. Wenn es sein muss.«

»Ja, es muss sein.« Schon bellte er wieder, der alte Griesgram. »Um Punkt neun stehe ich bei Ihnen auf der Matte. Und dann: Butter bei die Fische.«

»Bei die Haifische, ich weiß. Apropos: Was hat eigentlich die Untersuchung des Weinglases ergeben? Sie sind doch informiert, oder?«

»Natürlich bin ich das. Hundsnormales Erdnusspulver, Herkunft unbekannt.« Seine Stimme nahm einen süffisanten Ton an. »Aber warum über etwas sprechen, was wir auch morgen noch bereden können?«

Grußlos legte ich auf.

Anschließend blieb ich noch eine ganze Zeit lang sitzen und schaute Löcher in die Luft. Da hatte es der alte Fischer doch tatsächlich geschafft, mir die Laune zu verhageln. Dircksens Selbstmord war das eine, Thereses Zustand etwas anderes – aber was in diesem Moment drückte und zwickte, war das kurze Gespräch mit meinem Lieblingskommissar.

Egal, kurzes Gespräch bedeutete kurzen Ärger. Ich sprang auf, durchwühlte Thereses Kleiderschrank in ihrem Schlafzimmer, bis ich ein T-Shirt fand, dem man seine Herkunft nicht auf den ersten Blick ansah. Ein T-Shirt in Kornblumenblau. Blau stand mir. Außerdem roch es gut.

Anschließend setzte ich mich wieder auf das Sofa und beschäftigte mich mit den rätselhaften Fotos.

KAPITEL 36

Als die Wohnungstür ging, schob ich die Ausdrucke zusammen und legte eine Zeitschrift darauf. Stacy betrat das Zimmer, wortlos, zögerte kurz, dann setzte sie sich neben mich auf das Sofa.

»Und?«, sagte ich. »Wie geht es ihr?«

»Sie haben sie ruhiggestellt. Ich denke, sie ist in besten Händen.« Sie blickte mich von der Seite an. »Sorry wegen vorhin. Ich dachte wirklich, du wolltest sie …«

»Sah ja auch komisch aus.«

»Schon.«

»Hätte ich ein Oberteil getragen, wäre das jetzt auch voller Blut. So wie mein Hemd. Verrückte Geschichte. Ich hätte nie gedacht, dass sie vom Selbstmord Dircksens dermaßen aus der Bahn geworfen wird. Im Gegenteil, sie wirkte ganz gefasst. Dann ging ich ins Bad, und sie …«

»Du brauchst dich nicht zu rechtfertigen. Ich konnte kurz mit Therese sprechen. Alles in Ordnung.«

Na wenigstens das.

»Und es war wirklich die Nachricht von seinem Tod, die sie so umgehauen hat?«, fragte Stacy. »Sonst nichts?«

Ich überlegte. Durfte ich ihr von der Sache zwischen Therese und Dircksen erzählen? Streng genommen natürlich nicht. Therese gegenüber hatte ich Stillschweigen gelobt. Andererseits war in der Zwischenzeit so viel passiert, Dircksen tot, Therese im Krankenhaus. Ich musste doch irgendwie weiterkommen!

»Es gibt da eine Vorgeschichte«, sagte ich. »Therese behauptete, schwanger zu sein. Von Shaun Dircksen. Weißt du etwas darüber?«

»Bitte? Therese schwanger? Das hätte sie aber gut verborgen. Nein, davon weiß ich nichts. Und ausgerechnet Dircksen …« Sie stand auf, ging zu einem Schrank und kehrte mit einem leeren Glas zurück. »Meinst du, ich könnte mir auch so einen Whisky genehmigen?«

Ich schenkte uns beiden ein. »Kanntest du Dircksen?«

»Nur als Freund ihres Vaters. Therese und ihre Männer«, sie zuckte die Achseln, »das ist ein Kapitel für sich. Ein ganz spezielles. Trotzdem, dass sie etwas mit Dircksen hatte, übersteigt meine Vorstellungskraft.«

»Sie hat kein Kind mit Dircksen, das weiß ich inzwischen. Auch ihre Schwangerschaft ist vermutlich eine Erfindung.«

»Und warum behauptet sie es dann?«

»Das wollte ich dich fragen.«

Sie schüttelte den Kopf. »Keine Ahnung.« Nippte an ihrem Whisky, dachte nach, verneinte erneut. »Ich weiß es wirklich nicht. Wollte sie ihm etwas anhängen? Aber die beiden sahen sich doch so gut wie nie.«

Ich nahm ebenfalls einen Schluck. Als ließe sich so mein

Misstrauen fortspülen. Sollte ich der Schwarzen glauben? Sie war Thereses beste Freundin, ihre Mitmusikerin, Mitbewohnerin. Und wollte nichts von einem Verhältnis zu Dircksen gewusst haben? Wenn das stimmte, hatte es dieses Verhältnis nie gegeben.

»Ja«, sagte ich, »ich glaube tatsächlich, dass sie Dircksen etwas anhängen wollte. Deshalb auch ihr heilloses Entsetzen, als sie von seinem Suizid hörte. Sie wird sich Vorwürfe machen, zu weit gegangen zu sein. Andererseits muss ihre Lüge irgendetwas mit ihrem Vater zu tun haben. Sie brach nämlich erst zusammen, als ich erwähnte, dass ihr Vater Zeuge des Selbstmords war.«

»Kapiere ich nicht.«

»Schade.«

Es entstand eine Pause. Ich versuchte, Ordnung in dieses Chaos zu bringen, in das Geflecht aus Lügen, Wahrheiten und irgendwas dazwischen, aber es gelang mir nicht. Nicht mal mit Unterstützung aus Islay.

»Okay, andere Frage, Stacy: Wie geht es dir eigentlich?«

»Mir? Wieso?«

»Als wir uns das letzte Mal sahen, warst du am Ersticken.«

»Ach das.« Sie lächelte schwach. »Schön war's nicht. Eher im Gegenteil. Aber es war auch schnell vorbei. Am nächsten Morgen ging es mir wieder ganz passabel.«

»Und wer steckt dahinter?«

»Wenn ich das wüsste! Ich habe nicht die geringste Ahnung, Detektiv. Vielleicht war es einfach Pech. Ein verschmutztes Glas, oder sie haben Erdnüsse verschüttet an der Bar.«

»Das glaubst du nicht wirklich!«

Wieder lächelte sie. »Es schläft sich besser, wenn man daran glaubt.«

»Thereses Onkel hätte eine Gelegenheit gehabt. Er stand eine ganze Weile allein an der Bar.«

»Felix von Wittstock?« Das Lächeln verschwand. »Aus welchem Grund hätte er mir etwas antun sollen?«

»Keine Ahnung. Gab es niemals Streit? Missstimmung, irgendwelchen Ärger?«

Nanu, was war denn das für ein Blick, den sie mir da zuwarf! Geradezu feindselig. Sie ließ den Whisky in ihrem Glas kreisen, und als sie wieder aufsah, hatte sich ihre Miene geglättet.

»Du kriegst es ja doch raus«, murmelte sie. »Also kann ich es dir auch erzählen.«

Ich wartete. Natürlich fand ich es raus. Max Koller, der Meisterschnüffler der Metropolregion! Es auf dem Silbertablett serviert zu bekommen, war allerdings noch angenehmer. Fragte sich nur, was sie mit ›es‹ meinte.

»Onkel Felix«, begann Stacy, »hat mal versucht, mich zu vergewaltigen. Besoffen natürlich, in seinem Auto. Von außen betrachtet, war es eher eine unkontrollierte Grapscherei und Fummelei als gezielte Gewaltanwendung, aber wenn du das Opfer bist, scheißt du auf die Außensicht. Außerdem machte er weiter, obwohl ich dreimal Nein gesagt hatte. Dachte wohl, wir Neger aus dem Busch wollen es nicht anders.«

»Und dann?«

»Ich habe ihn angezeigt.« Sie nahm einen Schluck. »Aber vorher habe ich ihm das Nasenbein gebrochen.«

»Cool«, grinste ich.

Sie stellte das Glas auf den Tisch. Fing mit dem Daumen einen Tropfen auf, der am Rand hing. Dann sagte sie mit einer Stimme, wie sie eisiger nicht hätte sein können: »Es war nicht cool. Es war scheiße. Verstehst du? Es war eine scheiß Situation, die mir noch lange in den Kleidern hing. Verdammt lange.«

»Sorry, das meinte ich nicht. Ich finde cool, dass du dich gewehrt hast. Und dass du ihn angezeigt hast.«

Bitter winkte sie ab. »Er hat mich auch angezeigt. Wegen der Nase. Und das mit der Vergewaltigung hat er natürlich bestritten. Aussage gegen Aussage. Am Ende wurden beide Anzeigen zurückgezogen.«

Diesmal verkniff ich mir jeglichen Kommentar. Beschloss lieber, meinem Praktikanten die Leviten zu lesen. Hatte ich den Knaben nicht beauftragt, ein Dossier über Wittstock anzulegen? Mit allem, was wichtig war? Herrje, Leonie, das Wichtigste ist dir entgangen bei all deiner Googelei!

»Der Vollständigkeit halber«, fuhr Stacy fort, »sollte man erwähnen, dass Felix von Wittstock sich entschuldigt hat. Monate später und auf Drängen seines Bruders.«

»Lorenz Driehm hält seinen Laden sauber, scheint's.«

»Er bemüht sich. Ohne Wittstocks Entschuldigung hätte ich das Haus der Driehms nicht mehr betreten. Hab's ohnehin erst zwei oder drei Mal getan.«

»Wie lang ist all das her?«

»Zwei Jahre.«

»Also kein Anlass, dir jetzt Erdnusspulver in den Wein zu schütten?«

»Nein.«

»Wenn nicht Wittstock, wer dann? Was meint Therese? Hat sie dir gegenüber mal einen Verdacht geäußert?«

»Verdacht nicht.« Stacy fuhr sich mit einer Hand durchs Haar. »Jedenfalls nicht direkt. Allerdings ist Therese gerade massiv auf dem Anti-Papa-Trip, und ich glaube, wenn sie könnte, würde sie es ihm gern anlasten.«

»Aber warum?«

»Ich weiß es nicht.«

»Wie ist dein Verhältnis zu den Driehms? Zu Lorenz und Ursula, meine ich. Immerhin hast du auf ihrem Geburtstag gesungen.«

Sie warf mir einen spöttischen Blick zu. »Ja, aber was! Die Driehms haben es bis heute nicht verschmerzt, dass aus ihrer Tochter keine klassische Pianistin geworden ist, und daran bin vor allem ich schuld. Ihrer Meinung nach. Mein Geburtstagsständchen kann man also so oder so sehen. Als Versöhnungsangebot oder als Provokation.«

»Den Gästen hat es gefallen.«

»Sagst du. Übrigens gehört das Haus hier Lorenz Driehm. Anfangs wohnte ich sogar umsonst. Aber seit der Sache mit Felix zahle ich Miete. Mein ganz persönlicher Entschluss. Bloß keine Abhängigkeiten, die falsch verstanden werden könnten.«

Ich nickte. Klare Kante, was Miss Stacy da zeigte. Bei der bissen die Driehms auf Granit. Und ich konnte froh sein, mit heilem Nasenbein aus der Sache rausgekommen zu sein.

»Mich würde interessieren«, sagte ich, »wie es um Thereses Eltern bestellt ist. Weißt du von einem Zerwürfnis zwischen den beiden? Hätte Frau Driehm ein Motiv, ihrem Mann zu schaden?«

»Zu schaden? Wie das denn?«

»Zum Beispiel, indem sie ihm die Polizei auf den Hals hetzt. Indem sie der Presse belastende Dokumente über die Geschäfte ihres Mannes zuspielt.«

Stacy lachte. »Ursula doch nicht! Wie kommst du darauf?«

»Jemand hat es getan, und ich suche diesen Jemand. Du schließt Frau Driehm also aus?«

»Aber völlig. Du hast sie doch kennengelernt. Diese Frau existiert nicht. Sie ist bloß ein Anhängsel ihres Mannes, Dekor, Beiwerk, hat keinen eigenen Willen, einfach nichts. Wenn Lorenz sagt, krabbel die Wand hoch, tut sie das. Bevor sie ihn der Presse ausliefert, springt sie lieber selbst in den Neckar.«

»Und wenn sie einen Punkt erreicht hat, an dem ihr all das klar wird? Wenn sie plötzlich merkt, wie es um sie steht? Wäre das nicht denkbar?«

»Seit wann wedelt der Schwanz mit dem Hund?«

Seufzend streckte ich die Füße aus und legte sie auf den Tisch.

»Das ist wohl nicht das, was du hören wolltest?«

»Absolut nicht. Irgendjemand will Lorenz Driehm reinreiten, und ich hatte Thereses Mutter in Verdacht.«

»Stiefmutter.«

»Stiefmutter?«

»Das wusstest du nicht? Thereses Mutter starb, als sie sechs oder sieben war.«

»Nee, wusste ich nicht.«

Eine Zeitlang schwiegen wir. Tranken Whisky, lauschten dem Glockenschlag der Heiliggeistkirche auf dem Marktplatz. Dann nahm ich die Füße vom Tisch und setzte mich aufrecht hin. Stellte das Whiskyglas ab und zog die

Ausdrucke ans Licht. Wo wir gerade über Thereses Kindheit sprachen …

»Hier, Stacy, schau dir das mal an. Diese Blätter habe ich vorhin beim Aufräumen gefunden. Kannst du damit etwas anfangen?«

Die Ausdrucke zeigten ein Kind an der Hand eines Mannes. Das Kind war etwa drei Jahre alt, der Mann trug weite Hosen, ein Hemd mit großem Kragen, Sonnenbrille und Schnurrbart. Seine Haare waren eindeutig zu lang. Nicht alle Blätter zeigten beide Personen. Es gab Ausschnittsvergrößerungen, auf denen nur sie zu sehen war oder nur er, mal auch nur sein Kopf. Um die Gesichter erkennen zu können, waren die Abbildungen viel zu grobkörnig.

»Ist das Therese?«, fragte Stacy.

»Scheint so. Bei ihren Eltern hängen Fotos, da sieht sie dem Kind hier sehr ähnlich. Außerdem hat sie ein kleines Bild dieses Mädchens in ihrer Handtasche.«

»Woher weißt du das?«

»Weil ich letzten Freitag auf der Suche nach deinem Asthmaspray versehentlich an ihre Tasche geriet. Da stellt sich doch die Frage, was für ein Interesse Therese an diesem Bild hat. Und wer der Mann an ihrer Seite ist. Ihr Vater nicht, der ist viel kleiner.«

Stacy sah sich Ausdruck für Ausdruck an. »Könnte das Dircksen sein?«

Genau das wollte ich hören. Shaun Dircksen, durchaus denkbar. Obwohl die Ähnlichkeit nicht eben auf der Hand lag. Die Größe, ja. Beide waren schlank. Aber der Typ auf dem Foto hatte volles Haar, wirkte längst nicht so ausgemergelt, hielt sich viel aufrechter. Wie hatte Dircksen mit 30 ausgesehen? Ohne Sonnenbrille wäre unser Urteil eindeutiger ausgefallen.

»Ich denke auch, dass es Dircksen ist«, meinte ich. »Aber was ist so spektakulär an einem Foto, das Therese mit dem Uraltkumpel ihres Vaters zeigt?«

Stacy schwieg. Sie rollte ihre Unterlippe ein und begann, darauf herumzunagen. »Mir fällt da etwas ein«, sagte sie schließlich. »Könnte es sich bei dem Foto um ein Filmstill handeln? Ein Standbild aus einem alten Spielfilm?«

»Möglich. Hast du eine Idee, aus welchem Film?«

»Vor ein paar Wochen haben wir einen ›Tatort‹ geschaut. Einen aus den 70ern oder 80ern. Und da gab es eine Szene, bei der sich Therese komisch benahm. Erst ging sie ganz nah ran an den Computer, dann ließ sie die Szene noch ein paar Mal laufen. Ich fragte, was los ist, aber sie winkte nur ab.«

»Ihr hattet eine DVD?«

»Nein, der Film war in der ARD-Mediathek abgelegt. Ein alter ›Tatort‹ aus München.«

»Und in der Szene waren der Mann und das Mädchen zu sehen?«

»Keine Ahnung. Eigentlich ging es um einen, der verfolgt wird. Die Szene spielte am Hauptbahnhof, und es kamen jede Menge Passanten darin vor.«

»Wie hieß die Folge?«

»Hab ich vergessen. Aber das lässt sich ja rauskriegen.«

Ich schenkte mir Whisky nach. Her mit dem schottischen Gehirndoping! Was war passiert? Ein Fernsehabend. Therese und Stacy auf dem Sofa. Eine 30 Jahre alte ›Tatort‹-Folge, die so vor sich hinplätschert. Der

Münchner Hauptbahnhof. Darsteller und Passanten. Und plötzlich fällt Therese ein Mädchen auf, das ihr ähnlich sieht. Ein Mädchen an der Hand eines Mannes. Der vielleicht Shaun Dircksen ist. Beide zufällig in eine Filmszene gerutscht.

Und? Wo war das Problem?

Ratlos nahm ich einen der Ausdrucke zur Hand. »Wenn das hier tatsächlich die dreijährige Therese ist und der Mann neben ihr tatsächlich Dircksen – warum sagt sie dir nichts, sondern betreibt diesen Aufwand mit Kopien und Vergrößerungen?«

»Diese Frage stelle ich mir auch gerade«, murmelte Stacy.

»Hat Therese jemals ein Kokosparfüm benutzt?«

»Bitte?« Sie bedachte mich mit einem Blick, als hätte ich behauptet, die Erde sei eine Scheibe. »Therese und Kokos? Passt doch gar nicht zu ihr!«

»Ihre Mutter verwendet so ein Zeug.«

»Ihre Mutter, ja.« Stacy rollte mit den Augen. »Aber sie – nie im Leben.«

Ich roch an meinem T-Shirt. Da war irgendetwas Fruchtiges, Frisches. Passend zu Therese. Kokos war wirklich jenseits, da hatte Stacy recht.

KAPITEL 37

Steinbock.
Auf der Suche nach dem Gold der Berge begegnete ein Jäger einem Steinbock. Er folgte ihm, und tatsächlich führte das Tier ihn zu einer Goldader, wie noch keines Menschen Blick sie je erfasst hatte. Als der Jäger aber das Gold berühren wollte, verwandelte er sich selbst in einen Steinbock.

*

Ich beschloss, zu Fuß nach Hause zu gehen. Den ganzen Weg vom Marktplatz bis nach Bergheim. Am Neckar entlang, dort hatte man Muße zum Nachdenken. Und nachzudenken gab es eine Menge.

Hunger gab es allerdings auch. Mittlerweile war es Abend geworden, und ich hatte seit Stunden nichts zu mir genommen. Außer einem Single Malt von der Insel Islay. Da traf es sich gut, dass gegenüber von Thereses Hofeingang eine neue Dönerbude lockte. Der Oğlak-Imbiss, geöffnet bis ein Uhr nachts!

»Mit allem, mit scharf und mit einem Bier«, sagte ich.

»Mit allem?«

»Ja. Und scharf, bitte.«

»Bier ist da drüben.« Der Türke zeigte auf einen brummenden Kühlschrank.

Während ich wartete, kamen weitere Hungrige und bestellten ebenfalls Döner. Natürlich nicht mit allem und schon gar nicht scharf. Die wussten halt nicht, was gut war. Immer, wenn ein neuer Gast eintrat, pfiff ein Plastikvogel über der Tür eine Melodie. Sie klang scheußlich, kam mir aber irgendwie bekannt vor.

»Sechs Euro«, sagte der Türke und reichte mir mein Fresspaket.

»Sechs Euro? Da ist wohl ein Extrazuschlag für die Musik dabei?«

»Nee, die Musik ist gratis. Altes Volkslied aus Erzurum: Oğlak burcundanım.«

»Wunderbar.« Erzurum? Nie gewesen. Nur einmal Pauschalwoche in Antalya mit Christine. Durchfall und Langeweile. Allerdings konnte man dort für sechs Euro am Tag leben, und zwar fürstlich.

So. Genug Vorurteile gepflegt. Ab zum Nachdenken an den Neckar! Ein bisschen Abendstimmung, ein bisschen Wellengeplätscher, und schon prasselten die Erkenntnisse auf einen ein. Bloß das eigene Schmatzen lenkte ab, und der Erzurum-Schlager ging mir nicht aus dem Kopf.

Mit wie vielen Fällen hatte ich es hier eigentlich zu tun? Da war die Liebherr-Geschichte. Die belastenden Dokumente und der Mord. Beteiligte: Kai Liebherr, Lorenz Driehm, Felix von Wittstock. Sowie der noch unbekannte Mitwisser Liebherrs. Im Grunde war das nicht mehr mein Fall, sondern der von Kommissar Fischer. Allerdings wollte Liebherrs Hintermann, dass ich dranbliebe. Warum sonst hätte er mir den zweiten Umschlag zukommen lassen?

Dann die Sache mit Therese. Mein Auftritt beim Spatenstich, der Selbstmord Dircksens und nun Thereses Zusammenbruch. Eine ganz andere Geschichte, mit anderen Akteuren. Einziges Verbindungsglied war Lorenz Driehm, Dircksens Uraltkumpel.

Driehm, der auch hinter dem Einbruch in meinem Büro steckte, davon ging ich mittlerweile aus. Und möglicherweise hinter dem Anschlag auf Stacy. Der zusammen mit Dircksen den Spatenstich vollzogen hatte. Und beim Selbstmord seines Freundes war er ebenfalls anwesend. Ganz abgesehen von der Tatsache, dass im Westen der Stadt ein Viertel entstand, das er finanzierte und das seinen Namen trug.

Ja, ich konnte es drehen und wenden, wie ich wollte; eine Erkenntnis blieb: Lorenz Driehm war der Schlüssel zu allem. Egal, um wie viele Fälle es sich handelte.

Was noch lange keinen Mörder aus ihm machte.

Mein Döner war verputzt, ich hatte beide Hände zum Trinken frei. Und zum Telefonieren. Auf Höhe der Anlegestelle der Weißen Flotte schrieb ich Felix von Wittstock eine SMS: »Wenn Sie sich nicht endlich bei mir melden, breche ich Ihnen noch mal die Nase, Sie elender Vergewaltiger!«

Elegant war das nicht, aber vielleicht die Sprache, die er verstand.

Es dauerte keine Minute, bis ich einen Anruf erhielt. Onkel Felix? Nicht ganz.

»Herr Koller? Hier Wieland, Polizeirevier Mitte. Sie waren heute Zeuge eines Suizids in der Bahnstadt. Wir bräuchten noch Ihre Zeugenaussage.«

»Aber bitte nicht vor morgen. Ich bin ziemlich durch den Wind, das können Sie mir glauben.«

»Natürlich. Wir kommen morgen früh bei Ihnen vorbei.«

Da bin ich schon mit deinem Kollegen verabredet, dachte ich, schwieg aber.

»Und noch etwas, Herr Koller: Wir brauchen die Tatwaffe. Bitte bewahren Sie sie an einem sicheren …«

»Tatwaffe? Wieso Tatwaffe? Die habe ich nicht.«

»Der andere Zeuge, Herr Driehm, hat zu Protokoll gegeben, dass Sie die Pistole an sich genommen hätten.«

»Dann lügt er.«

Stille. Der Retter Heidelbergs und lügen – das musste der gute Mann erst mal verdauen. Schließlich kam ein zögerndes: »Sie ist aber verschwunden.«

»Ich nehme doch keine Waffe an mich, mit der sich gerade ein Mensch erschossen hat! Wenn sie nicht mehr bei der Leiche liegt, muss Lorenz Driehm sie eingesteckt haben.«

Ich hörte den Polizisten nach Luft schnappen. »Herr Driehm? Warum sollte er das getan haben?«

»Das müssen Sie ihn fragen. Ich habe das Ding jedenfalls nicht.«

Wieder herrschte Stille am anderen Ende der Leitung. Würde er jetzt mit dem zerschossenen Reifen kommen? Oder hatte Driehm den verschwiegen?

»Dann bis morgen, Herr Koller.«

Er hatte ihn verschwiegen. Auch interessant. War das Driehms ganz persönlicher Beitrag zur Deeskalation? Na, dem würde ich was husten.

Wieder das Handy. Diesmal war es Wittstock.

»Ihnen huste ich auch was!«, bellte ich, bevor er Piep sagen konnte. »Sie Republikflüchtling! Wo stecken Sie?«

»Geht's Ihnen noch gut?«, blaffte er zurück. »Mich dermaßen zu belästigen! Und wenn Sie mir gegenüber noch einmal das Wort Vergewaltiger verwenden, zerre ich Sie vor Gericht.«

»Genau das sind Sie aber. Ein Vergewaltiger. Und Rassist außerdem. Mit so einer kleinen Schwarzen kann man es ja machen, stimmt's?«

»Sind Sie jetzt völlig durchgedreht? Ihnen werde ich …«

»Nichts werden Sie. Oder doch, eins: mir verraten, wo Sie sind.«

»Geht Sie nichts an.«

»Aber die Polizei geht es etwas an. Sie haben Stacy irgendein Erdnusspulver in den Wein geschüttet und sich dann aus dem Staub gemacht. Malediven? Cayman Islands? Wo taucht ein Vergewaltiger und Betrüger heutzutage unter?«

Ich hörte ihn keuchen. »Gott, Sie sind wirklich krank! Ihnen sollte man das Handwerk legen.«

»Hat Ihr Bruder Ihnen den Flug bezahlt? Er steckt doch hinter allem.«

»Flug?« Er brach in Lachen aus. »Warum soll ich nach Dresden fliegen, wenn es mit dem Auto schneller geht?«

»Dresden, ja? Glauben Sie, in Sachsen vor Auslieferung sicher zu sein?«

»Mann, Sie Kanaille, der Ausflug war lang geplant, wir sind am Mittwoch wieder zurück. Sie können meine Frau fragen, wenn Sie mir nicht glauben.«

Seine Frau? Ich erinnerte mich an die getrennten Betten der beiden. Was wollte sie dann mit ihm in Dresden? Bevor ich diese Frage beantworten konnte, vernahm ich eine weibliche Stimme.

»Von Wittstock?«

»Ja«, sagte ich. »Das ist ja schön.«

»Worum geht es?«

»Koller mein Name. Worum es geht? Ja. Genau darum. Um Ihren Namen nämlich. Es hieß, Sie seien eine Verwandte von Bismarck. Eine entfernte Verwandte.«

»Richtig«, erwiderte sie kühl.

»Wie entfernt? Würde mich interessieren. So interessehalber.«

»Meine Ururgroßmutter war eine Schwester Bismarcks. Noch Fragen?«

»Nein. Vielen Dank. Wiederhören.« Ich beendete das Gespräch und kickte einen herumliegenden Stein, so weit ich konnte. Ein eng umschlungenes Pärchen, das auf Romantik machte, schaute mir nach. Den Stein erwischte es noch zwei Mal, eine Litfaßsäule musste auch dran glauben. Das war ein Tag so richtig nach meinem Geschmack. Nichts klappte, niemand sagte die Wahrheit. Die einen fummelten an dunkelhäutigen Mädels rum, die anderen starben vor meinen Augen. Und wer ging ungeschoren aus dem ganzen Mist hervor? Lorenz Driehm!

»So eine Scheiße!«, brüllte ich, dass es weit über den Fluss schallte. Ich nahm die leere Bierflasche und warf sie in den Neckar.

Eigentlich fehlte jetzt nur noch eine Sache, um diesen Tag zu krönen. Wenn ich nach Hause käme, ausgelaugt und frustriert, und dort meine Ex säße. Mit einem Sack voller Vorwürfe.

Und genau so war es auch.

Ich kam nach Hause, da saß sie. Christine. Ernsten Blicks. So richtig schwergängig-problembeladen. Wir müssen reden, Max. Jetzt. Dabei sagte sie kein einziges Wort. Ihre Miene sprach Bände.

»Ich will aber nicht reden!«, brüllte ich. »Keine Lust, keine Zeit, keine Geduld.«

»Doch«, sagte sie.

»Nein! Die Leute erschießen sich, wenn sie mich sehen, ich musste mein Hemd in den Müll schmeißen deswegen, die Polizei sitzt mir im Nacken, und die ganze Welt lügt, lügt, lügt. Da will ich abends keine Problemgespräche mehr führen!«

»Ich habe auch gelogen.«

»Du? Quatsch. Warum solltest du ...?« Ich ließ mich in einen Sessel plumpsen. »Na und wenn? Ist doch egal.«

»Nicht egal. Ich war gestern Abend bei Harald.«

»Bei welchem Harald?« Ich versuchte es mit einem Kichern. »Dem vom Kunstkeller oder einem neuen?«

»Schmider.«

»Gestern? Aber sagtest du nicht, du wolltest mit Arbeitskollegen kegeln gehen?«

»Eben. Das war gelogen.«

»Ach so.«

Danach sagte eine Weile niemand etwas. Ich nicht, sie nicht. Eine der Stehlampen war an und erleuchtete einen Teil des Zimmers. Der Rest lag im Dunkeln. Ich hatte Knoblauchzwiebelgeschmack auf der Zunge und ein kornblumenblaues T-Shirt an.

»Kegeln wird sowieso überschätzt«, meinte ich schließlich.

Christine sprang auf. »Max! Das ist zum Kotzen, was du da von dir gibst! Kannst du nicht mal normal reagieren? Liegt dir denn gar nichts an mir? Warum schreist du nicht rum, warum scheißt du mich nicht zusammen, verdammt noch mal?« Sie stand vor mir, bebend, gleich würde sie sich auf mich stürzen. »Mit den Kollegen kegeln – das ist die dämlichste von allen dämlichen Ausreden, und dich kümmert es nicht! Was soll ich denn noch alles anstellen, dass du mal den Hintern hochkriegst?«

»Du sollst nichts anstellen. Niemand sagt, dass du etwas anstellen sollst.«

»Verdammt, kapierst du nicht?« Ihre Augen blitzten. »Ich war mit ihm im Bett! Mit Harald, dem Langweiler.«

»Echt?«

Das Blitzen verschwand. Es war wie beim Gewitter: erst das Donnergrollen, dann die Blitze, zuletzt der Platzregen. Schon trübte sich ihr Blick ein. Gleich würden sie übergehen, die Augen, so hieß es doch, oder?

»Mit dem Schmider?«, murmelte ich. »Gestern?«

»Scheiße.« Sie holte Luft. »Ich dachte, du hättest dich geändert, wärst nicht mehr ganz so chaotisch und egoistisch wie früher, und ein bisschen stimmt das ja auch, es hat Spaß gemacht, mit dir zusammenzuleben, wenn man keine großartigen Erwartungen hatte.« Die Sätze quollen jetzt regelrecht aus ihr heraus. Ihr ganzer Körper war in Aufruhr, die Hände fuchtelten, um ihren Mund zuckte es, sie konnte kaum stillstehen. »Aber vielleicht sind meine Erwartungen heimlich zurückgekommen, da wächst ja etwas heran, wenn man unter einem Dach wohnt, oder bei dir hat es wieder eine Änderung gegeben, ich weiß es nicht. Jedenfalls lähmt mich diese Unverbindlichkeit, ich ersticke förmlich daran. Mir fehlt etwas. Und da kommt dann dieser Schnarchsack von Harald, mit all seinen Spießerattitüden, ja, das weiß ich selbst, aber verdammt noch mal, er hat mir wenigstens zugehört! Oder er hat so getan als ob. Er hat sich Zeit genommen, verstehst du, dieses Gefühl kannte ich schon gar nicht mehr, dass da einer sitzt und dich erzählen lässt oder von sich erzählt, und dann vergeht so ein Abend wie im Flug, und man verabredet sich für den nächsten.«

Der nette Harald, dachte ich. Sonst dachte ich nicht viel.

»Nun sag mal was, Max! Das kannst du doch nicht so stehen lassen. Bedeute ich dir nun etwas oder nicht? Willst du ewig vor dich hin krautern und einen auf unabhängig machen? Was glaubst du, was passiert, wenn mal ein richtig toller Typ auftaucht?«

»Was soll ich da machen? Dann ist das halt so!«

»Max!« Sie stampfte mit dem Fuß auf. »Schmider trägt karierte Anzüge und sammelt Aschenbecher. Das kannst du doch nicht einfach so hinnehmen!«

»Das ist ja auch scheiße, verdammt!« Zum Aufspringen reichte es nicht, aber wenigstens setzte ich mich aufrecht hin. »Und? Was soll ich jetzt tun? Ihn massakrieren? Amok laufen? Mensch, Christine, heute hat sich einer vor meinen Augen erschossen! Ich wollte ihm noch die Waffe entreißen, aber anstatt ihn zu retten, war ich plötzlich voll Blut. Und da soll ich mich über einen karierten Langweiler aufregen?«

»Einen Langweiler, der mit deiner Frau im Bett war«, murmelte sie. »Aber schon klar, gegen so ein Erlebnis komme ich natürlich nicht an.« Sie massierte sich die Nasenflügel. »Entschuldige meinen Ausbruch, er war unpassend. Er ist immer unpassend. Reden wir ein anderes Mal weiter. In einem anderen Leben oder so.«

Sie ging.

Ich sank in den Sessel zurück. Meine Müdigkeit war groß, sie war übermächtig und ließ nur wenig Platz für eigene Gedanken. Harald. Der freundliche Herr Schmider. Sein feuchter Händedruck. Irgendwie überflüssig, der Typ. Ja, überflüssig und unnütz. Die einzige Funktion seiner Spezies im ewigen Weltengewebe bestand darin, Paare wie mich und Christine auseinanderzubringen. Oder für immer zusammenzuschweißen. Ein anderes Existenzrecht hatte der gar nicht. Langweilig. Abgeschmackt.

Und Christine fiel darauf rein. Anstatt unsere Beziehung, korrigiere: Ex-Beziehung, einfach laufen zu lassen – Panik. Hysterie. Träne im Abgang.

Ich seufzte. Nicht heute Abend. Heute Abend alles nichts. Max müde. Mein Mund stand offen, die Zunge hing heraus. Sogar um mir ein Bier aus dem Kühlschrank zu holen, war ich zu faul. Kann bitte jemand für mich atmen? Hab grad keine Lust dazu.

Morgen würde sie die Szene bereuen. Ich kannte das. Und gleich ein Versöhnungsangebot machen. Ein Wochenende in Dresden zum Beispiel. Zusammen in Urlaub. Wie damals nach Irland, aber das waren besondere Umstände gewesen. Oder in die Türkei. Volkslied aus Erzurum, sechs Euro.

Plötzlich saß ich senkrecht im Sessel. Natürlich war ich müde. Aber selbst die größte Müdigkeit schützt nicht immer vor überraschenden Erkenntnissen.

Ich wusste jetzt, wo ich das Gepiepse aus dem Dönerladen schon einmal gehört hatte.

KAPITEL 38

»Es kann sein, dass mich die Polizei gleich abholt«, eröffnete ich einem hellwachen, wissbegierigen Leonard Untersteller am nächsten Morgen. »So mit Handschellen und Blaulicht und Schlagknüppeln. Dann machst du Fotos, so viele du kannst, und benachrichtigst Amnesty International.«

Wie erwartet, wurden seine Augen groß und rund – aber nur kurz. Dann regierte das Misstrauen. »Jetzt flunkern Sie wieder, stimmt's?«

»Nein, die wollen wirklich anrücken. Vielleicht lassen sie diesmal die Knüppel weg. Aber ohne Gewalt wird es nicht abgehen.« Ich klopfte ihm auf die Schulter. »Leonie, ich verlasse mich auf dich. Du hältst die Stellung, solange ich weg bin.«

»Leonard.«

»Habe ich doch gesagt.«

»Haben Sie nicht. Wenn ich die Stellung halten soll, brauche ich Ihr Handy. Damit ich Aufträge entgegennehmen kann. Wie soll ich mich melden? Untersteller, Apparat Koller? Oder: Detektivbüro Koller & Untersteller?«

»Nun riskier mal keine große Lippe«, knurrte ich. Über Leonards Gesicht huschte ein Schmunzeln. Verdammt, der Kerl spielte bloß den Naiven! Wurde Zeit, dass es zu Ende ging mit diesem Praktikum. »So, heute ist Großkampftag. Ein Rechercheauftrag für dich: Welcher Uralt-›Tatort‹ aus München wurde in den letzten Monaten als Wiederholung gesendet? Erstausstrahlung frühe Achtziger. ARD, Dritte Programme, Spartensender, bitte alles kontrollieren. Den exakten Titel kenne ich nicht, kann ich aber vielleicht nachliefern. Dann schaust du nach, ob der Film noch in der Mediathek liegt, und lädst ihn runter. Verstanden?«

»Wird erledigt, Chef.«

»Das wollte ich hören. Dafür hörst du jetzt, was gestern passiert ist.«

Und das war ja einiges. Während meiner Erzählung rechnete ich ständig mit dem Auftauchen der Kommissare, aber als ich geendet hatte, waren sie immer noch nicht da. Leonard saß wie erschlagen in seinem Stuhl.

»Wahnsinn«, stöhnte er. »Am Samstag nimmt Dircksen noch den Spatenstich vor, sonntags taucht er bei Ihnen auf und am Montag ist er tot.«

»Auch wenn mir diese Zusammenstellung missfällt, korrekt ist sie. So, und jetzt ergreife ich die Flucht. Ich schicke Kommissar Fischer eine SMS, dass er mich im ›Englischen Jäger‹ findet.«

»In Ihrer Stammkneipe? Ist die denn schon auf?«

»Nur für besondere Gäste. Bis nachher.«

Ja, die wenigen Tage, die dem ›Englischen Jäger‹ noch verblieben, musste man ausnutzen. Ganz allein war ich übrigens nicht in der Gaststube. Ein alter Mann mit langen Haaren schlurfte zur gegenüberliegenden Wand, um ein Foto vom Nagel zu nehmen. Er hielt es ein paar Sekunden in den faltigen Händen, dann zeigte er es Maria.

»Gelber Sack.«

Auf dem Foto waren zwei Trinker zu sehen, die dem Betrachter zuprosteten. Von jetzt an zechten sie im Wertstoffbeutel weiter. Als Nächstes war ein schmiedeeisernes Kruzifix dran, das neben dem Foto gehangen hatte.

»Gelber Sack«, sagte Maria.

Der Alte schlurfte weiter. Röhrender Hirsch vor Schwarzwaldkulisse, Rahmen handbreit und nachgedunkelt. Als das Bild endlich von seinem Nagel herunter war, leuchtete ein helles Rechteck auf der Wand.

Maria kratzte sich im Nacken. »Was meinst du, Max?«

»Gelber Sack.«

»Den Rahmen könnte man noch verwenden.«

»Gelber Sack. Sei froh, wenn es kein Sondermüll ist.«

Sie nickte. Was an den Wänden des ›Englischen Jägers‹ hing, wanderte in den Müll. Nach und nach wurde die Kneipe entkleidet. Es war ein Trauerspiel, ein unwürdiges Spektakel, in dem die Hauptperson ihre Würde bewahrte. Keine Tränen, keine Wut, kein Gejammer. Maria hätte ihr ganzes Leben lang Grund zum Jammern gehabt, jeden Tag, jede Stunde. Aber das überließ sie den anderen. Denen, die nur ein paar 100 Meter weiter wohnten, in den Villen am Hang. Die über den hohen Steuersatz klagten, über den Neid, der ihnen angeblich entgegenschlug, über die ganze Unbotmäßigkeit der niederen Klassen.

»Machst du mir noch einen Kaffee, Maria?«

Die Wirtin nickte und schlurfte in die Küche.

Eigentlich machte der ›Englische Jäger‹ erst kurz vor Mittag auf. Der Boden war frisch gefegt, sämtliche Stühle standen auf den Tischen. So früh am Morgen war ich noch nie hier gewesen. Und gefrühstückt hatte ich auch schon. Dass ich nun hier saß, Brötchen und gekochtes Ei vertilgte, während Maria ihre Kneipe ausweidete, war meine Art, Solidarität zu zeigen.

Was hätte ich sonst tun können?

Maria kam eben aus der Küche, als meine drei Herzenspolizisten den ›Englischen Jäger‹ betraten.

»Noch geschlossen«, rief sie. »Tut mir leid!«

»Sie gehören zu mir«, sagte ich. »Wird auch nicht lange dauern.«

Wortlos kamen die drei an meinen Tisch. Kommissar Fischer mürrisch und gelbgesichtig wie immer, seine beiden Bluthunde mit allen Anzeichen von Missfallen und Abscheu. Das gefiel mir! Wenn sie mir schon wertvolle Zeit stahlen, dann bitte in meinem zweiten Zuhause. Dort, wo es nach Unterschicht roch, nach dreckigen Witzen und dem verschütteten Bier von gestern Abend.

Und nach frischem Kaffee.

»Auch eine Tasse, die Herren?«, fragte Maria, während sie mir eingoss.

Fischer, der alte Herzpatient, schüttelte den Kopf. Sorgwitz tat es ihm nach, begann dann aber zu schnuppern, schnupperte heftiger und meinte schließlich: »Ein Tässchen. Wirklich nur ein kleines.« Greiner verzog das Gesicht und deutete auf seinen Magen: »So sehr ich möchte, aber …«

»Immer noch die Verdauung, Herr Kommissar?«, flötete ich.

Greiner warf mir einen vernichtenden Blick zu.

»Ich hab was für Sie«, meinte Maria und trollte sich.

Kaffee schlürfend sah ich den dreien zu, wie sie sich jeder einen Stuhl nahmen und an meinen Tisch stellten. Sorgwitz betrachtete die Sitzfläche seines Stuhls mit Skepsis, wagte es aber doch.

»Um eines gleich klarzustellen«, sagte ich und zeigte auf die große Wanduhr, die der Einsackung noch entgangen war. »Das hier ist meine Arbeitszeit. Solange ich frühstücke, stehe ich Ihnen Rede und Antwort. Darüber hinaus: nix, nada. Also kommen wir gleich zur Sache.«

»Nada«, nickte Sorgwitz ehrfürchtig. »Der Herr Koller ist mehrsprachig! Kann sogar Spanisch!«

»Italienisch. Und wenn Sie auf Spanisch beharren, behaupte ich Portugiesisch.« Demonstrativer Blick zur Wanduhr. »Da, schon wieder zehn Sekunden Verhörzeit weg.«

»Das ist kein Verhör«, schnarrte Fischer, »und wie lange Sie hier sitzen, bestimmen wir! Ansonsten liegt es in unser aller Interesse, gleich zur Sache zu kommen.«

»'tschuldigung, Chef«, meldete sich Greiner. »Gibt's in dem Laden eine Toilette? Nur für den Notfall.«

Mein Gott, der Rottweiler sah wirklich zum Heulen aus. Kein Biss heute, was? Ab mit dir ins Körbchen!

»Wir müssen noch einmal mit Ihnen über den Mord an Liebherr sprechen«, begann Kommissar Fischer. »Über den exakten Tatablauf. Die Zweifel an Ihrer Version sind nicht kleiner geworden, im Gegenteil. Sie sind gewachsen.«

»Anders formuliert«, Kampfhund Sorgwitz bleckte sein Prachtgebiss, »Sie haben uns belogen, Herr Koller.«

Bevor ich dem Blonden eine Frechheit oder meinen Kaffee an den Kopf werfen konnte, ging sein Chef dazwischen. »Nun lassen Sie den Mann doch erst mal Stellung nehmen, Sorgwitz!«

»Wieso Stellung nehmen?«, ereiferte ich mich. Maria kam mit einem Riesenbecher Kaffee für den Kampfhund. Dem Rottweiler setzte sie ein Glas mit einer giftgrünen Flüssigkeit vor. »Sie kennen meine Version dieses Abends, und von der rücke ich keinen Millimeter ab. Ich habe Ihnen die Ereignisse haargenau so geschildert, wie ich sie erlebt habe, und ich …«

»Momentchen«, hauchte Greiner mit flehendem Blick und hielt die Wirtin am Rockzipfel zurück. »Ist das … Kann man das einnehmen? Soll ich das jetzt …?«

»Trinken«, nickte Maria, »und gesund, mein Junge. Glaub mir!« Weg war sie. Vorsichtig näherte Kommissar Greiner seine große Nase dem kleinen Glas.

»Weiter!«, befahl Fischer.

»Ich habe nichts hinzugefügt«, fuhr ich fort, »nichts weggelassen, nichts erfunden. Wie oft soll ich das noch sagen? Warum versteifen Sie sich so auf diesen Mist? Ich habe doch gar keinen Grund, Sie zu belügen!«

»Gelber Sack?«, rief der Alte von der anderen Seite der Gaststube. Maria nickte.

»Ihre Version der Ereignisse«, sagte Fischer grimmig, »deckt sich nicht mit unseren Ermittlungen. Zum Beispiel war Liebherr schon tot, als Sie eintrafen. Angeblich eintrafen. Wäre es möglich, Herr Koller, dass Sie uns eine Stunde Ihrer Anwesenheit in der Bahnstadt vorenthalten haben? Eine Stunde, in der Sie Handlungen vornahmen, die es zu verschweigen galt?«

Ich starrte ihn an. Wovon redete der? Drehten die jetzt alle durch bei der Polizei? Grassierende Sommermatschbirne? Ein Reviervirus, der irgendwann jedes Beamtenhirn erwischte?

»Ough«, machte Kommissar Greiner. Mit flatternden Augenlidern stellte er sein Glas auf den Tisch zurück. Es war leer.

Okay, manchen schlug der Virus auf den Magen.

»Herr Fischer«, sagte ich, mühsam um Fassung ringend. »Was Sie da von sich geben, ist, mit Verlaub, totaler Quatsch. Kompletter Polizistenbockmist. Es gab diese Stunde nicht. Ich war …«

»Erstens«, unterbrach er mich, »haben Sie es in der Vergangenheit mit derartigen Angaben nie so genau genommen. Zweitens, und das ist das Entscheidende, kennen wir mittlerweile den exakten Todeszeitpunkt Liebherrs. Dieser Zeitpunkt liegt eine Stunde vor dem, den Sie uns genannt haben.«

»Unmöglich.«

»Wir haben es sogar mehrfach gegenchecken lassen«, behauptete Sorgwitz, während sein Kumpel schon wieder ein »Ough!« hören ließ.

»Und was hätte ich in dieser Stunde tun sollen? Die Leiche fleddern? Dafür brauche ich drei Minuten, höchstens! Ihre Experten haben sich verrechnet, so sieht's aus!«

»Erschwerend kommt hinzu«, das war jetzt wieder Fischer, »dass Liebherr nicht dort erschossen wurde, wo er lag. Übrigens mit Kaliber 9 Millimeter, gängige Ware also. Er hatte Blut verloren, aber das Erdreich unter seinem Körper war praktisch trocken. Anders formuliert: Der Fundort ist nicht der Tatort. Punkt. Deshalb fragen wir uns, was für einen Schuss Sie gehört haben wollen, Herr Koller.«

Jetzt begriff ich gar nichts mehr. Das wurde ja immer schöner! Demnächst würden sie noch behaupten, Liebherr sei überhaupt nicht ermordet worden, sondern hole gleich Marias gelbe Säcke ab. Der Fundort war nicht der Tatort? Der Tatort war doch eine Sendung aus den 80ern, in der kleine Mädchen … Nein, falscher Film. Total falsch.

»Einen Moment«, flüsterte ich. »Einen klitzekleinen Moment. Können Sie das wiederholen? Fundort nicht gleich Tatort? Liebherr wäre eine Stunde vor meinem Eintreffen erschossen worden? Und zwar ganz woanders? Aber den Schuss habe ich mir doch nicht eingebildet! Was war das für ein Schuss? Wie erklären Sie sich …?«

Ich brach ab.

Überflüssige Fragen! Die Antwort lag auf der Hand. Wenn ich recht hatte mit dem Schuss (und ich hatte recht) und wenn die Polizisten ebenfalls recht hatten (nehmen wir mal an, sie hätten recht), dann war der Schuss, den ich gehört hatte, nicht der tödliche Schuss gewesen. Sondern irgendeiner. Ein Schuss in die Luft. Eine Luftnummer.

»Scheiße«, stöhnte ich. »Verdammte, verkackte Scheiße.«

»Na, na, na«, rügte Kommissar Fischer.

»Wortwahl, Herr Koller!«, mahnte Kommissar Sorgwitz.

Kommissar Greiner rieb sich über den Magen. Oben rum sah er schon wieder ganz vergnügt aus. Im Gegensatz zu mir.

»Das darf doch nicht wahr sein!« Ich raufte mir das bisschen Haupthaar, das ich besaß. »Da hat mich jemand verarscht. Hat mich nach Strich und Faden hinters Licht geführt. Erschießt Liebherr, irgendwo, wahrscheinlich in Oberflockenbach oder hinter Beerfelden, legt die Leiche in der Bahnstadt ab, bestellt mich per SMS dorthin, und kaum tauche ich auf, ballert er in die Wolken.«

»Nicht Beerfelden«, brummte Fischer. »Viel zu weit weg. Es muss innerhalb des Stadtgebiets passiert sein.«

»Meine Fresse, ich Idiot! Warum bin ich nicht gleich drauf gekommen?« Und da die beiden Wadenbeißer schon wieder grinsend ihr Gebiss fletschten, brüllte ich sie an: »Weil Sie mit Ihren tollen Erkenntnissen hinterm Berg halten, deswegen! Diese verdammte Geheimnistuerei! Ein Wort zu mir über den Todeszeitpunkt von Liebherr, und die Sache klärt sich von selbst!«

Das ließen sie natürlich nicht auf sich sitzen. Wobei – seit wann waren Polizeibeamte einem wie mir rechenschaftspflichtig? Aber es ging ja um mehr, um einen Mord, der aufgeklärt werden musste, deshalb zerrissen sie sich schier die Mäuler, um mir einzureden, dass es sich keinesfalls um Geheimniskrämerei gehandelt habe, aber woher denn, und selbst wenn, was änderte das, zum Beispiel hätten sie an jenem Mittwochabend, als sie – hier um die Ecke, genau – mit mir die kleine Kneipenunterredung geführt hatten, da hätten sie noch keinen definitiven Bescheid über den Todeszeitpunkt Liebherrs gehabt, nur vorläufige Hinweise, mündliche Informationen, deshalb ihre Nachfragen, die Zweifel an meiner Version des Tathergangs und so weiter und so fort.

»Hören Sie auf«, winkte ich ab. »Ist doch alles Müll, was Sie da sagen.«

»Gelber Sack«, rief Maria aus dem Hintergrund.

»Sie verkennen«, ergriff Kommissar Fischer das Wort, »dass unsere Arbeit etwas mit Gründlichkeit zu tun hat. Da dauern bestimmte Vorgänge etwas länger als bei Ihrem Hauruckverfahren. Nein, sagen Sie jetzt nichts. Aber vielleicht interessiert es Sie zu erfahren, dass unsere Ermittlungen in diesem Fall durchaus ungewöhnliche Wege nahmen. Da gab es nämlich gleich am Morgen nach dem Mord ein Gespräch mit meinem direkten Vorgesetzten, der mir klarmachte, dass ich jeden Heidelberger, groß und klein, dick und dünn, als potenziellen Täter anzusehen habe – bis auf einen.«

»Lorenz Driehm«, knurrte ich.

»Kurz darauf machte sich ein Abgesandter aus dem Innenministerium ein Bild vor Ort – und so ein Zufall: Er sagte praktisch wortgleich dasselbe. Wir sollten allen nur denkbaren Spuren nachgehen, wirklich allen. Nur dass Lorenz Driehm etwas mit dem Mord an Liebherr zu tun haben könnte, das sei keine Spur. Sondern ein Ding der Unmöglichkeit.«

»Immerhin stand der Spatenstich für Dreamcity an«, mischte sich Greiner ein. »Wer will schon neben einem Mordverdächtigen posieren?«

»Am Ende überdenkt dieser Verdächtige noch sein Engagement im neuen Stadtteil«, nickte Sorgwitz. »Fatal wäre das.«

Marias Auftauchen gab mir Gelegenheit, über diese Informationen nachzugrübeln. Sie erkundigte sich nach weiteren Wünschen der Herren, und tatsächlich bestellte nicht nur der Kampfhund ein Tässchen nach (»aber bitte nur ein kleines«), sondern auch der Rottweiler wagte den Versuch (»mir geht's wieder bombig«). Allein Kommissar Fischer blieb standhaft.

»Und wie haben Sie reagiert?«, wollte ich nach dem Intermezzo wissen.

»Wie wir reagiert haben?« Fischer zog einen Flunsch, der ihn gleich zehn Jahre jünger aussehen ließ. Seine Wadenbeißer grinsten. »Nun, wir haben bis zum Wochenende alles daran gesetzt, um Lorenz Driehm eine Beteiligung an dem Mord nachzuweisen. Still und heimlich natürlich. Auf der Suche nach dem Tatort haben wir die

Kriminaltechnik über das komplette Dreamcity-Gelände gejagt. Wir haben uns mit der Staatsanwaltschaft, die gegen Driehms Bruder ermittelt, kurzgeschlossen, haben Liebherrs Wohnung auf den Kopf gestellt – leider umsonst. Driehm hat natürlich ein Alibi für die Nacht, und die Motivlage ist einfach zu dünn.«

»Bei den Ermittlungen in der Bahnstadt gab es mächtig Knatsch«, sagte Greiner. »Ständig rasselte die KTU mit den Driehm-Leuten zusammen. Die wollten partout eine hübsche Kulisse für den Spatenstich zaubern, waren den ganzen Tag am Graben und Aufschütten. Einer unserer Spezialisten kam fast unter einen Bagger.«

»Das Gelände dort verändert sich stündlich«, ergänzte Sorgwitz. »Sie würden die Grube, in der Liebherr lag, nicht mehr wiedererkennen.«

»Meinen Sie, Driehm forciert diese Veränderungen?«, fragte ich. »Um Spuren zu verwischen?«

»Vielleicht, vielleicht auch nicht«, seufzte Fischer. Maria kam mit dem Kaffee und verteilte großzügig. Die beiden Jungspunde strahlten sie an, nicht zu glauben! Fischer wartete, bis sie weg war, dann fuhr er fort: »Dass Liebherr nicht in Dreamcity ermordet wurde, können wir mit ziemlicher Sicherheit sagen. Ob dort sonst noch etwas Finsteres läuft, wissen wir nicht. Für einen Mordverdacht gegen Driehm fehlt jedenfalls die Grundlage, weshalb unsere Ermittlungen nun, wohl oder übel, genau in die Richtung laufen, die uns von oben vorgegeben wurden: nämlich weg von Driehm.«

»Weg von Driehm«, nickte ich finster. »Das ist der Punkt. Überlegen Sie mal: Warum wurde all der Aufwand mit dem toten Liebherr betrieben? Warum schafft man seine Leiche in die Bahnstadt, beordert mich per SMS dorthin, um mich anschließend mit dem Schuss zum Narren zu halten? Darauf gibt es nur eine Antwort: weil der Mörder den Verdacht auf Lorenz Driehm lenken wollte. Liebherr hat nicht nur belastendes Material gegen Driehm Pharma gesammelt, er stirbt auch noch in einer Baugrube von Dreamcity. Da muss man ja auf Driehm als Täter kommen!«

»Vor allem, wenn man Max Koller heißt«, nickte Sorgwitz.

»Es sei denn, Driehm hätte über die Bande gespielt«, sagte Fischer, »und hätte genau dieses Arrangement benutzt, um von sich abzulenken. Aber das sind alles Spekulationen. Wir konzentrieren uns derzeit auf die letzten Stunden von Kai Liebherr. Wo war er, was hat er getan, wen könnte er getroffen haben? Leider ist sein Handy immer noch nicht aufgetaucht.«

»Er hat mich an dem Abend angerufen«, sagte ich. »Während des Geburtstagsständchens für Ursula Driehm. Wollte bloß hören, wie es läuft. Was er vorhatte, sagte er nicht.«

»Und wo befand er sich da? Zu Hause?«

»Nein, in irgendeiner Kneipe.« Ich trank meine Tasse aus. »In welcher, sagte er nicht.«

Und das war nicht mal gelogen.

KAPITEL 39

»Leonie!«, brüllte ich, noch bevor ich die Schwelle meines Büros überschritten hatte. »Herr Untersteller junior! Leonard! Praktikanten aller Länder, vereinigt euch! Und zwar jetzt. Generalversammlung!«

Bestürzt sah Leonard vom Laptop auf. »Was ist denn los? Hab ich was falsch gemacht?«

»Nein. Ja! Klar hast du was falsch gemacht. Praktikanten machen immer etwas falsch, deshalb sind sie ja Praktikanten. Egal.« Ich warf mich auf einen Stuhl. »Vergiss alles, was wir bisher ermittelt haben, und spitz die Ohren. Und heiz den Computer schon mal an.«

»Er ist hochgefahren, falls Sie das meinen.«

»Ich«, mein Zeigefinger schnellte nach vorn und nahm Leonies Nasenspitze aufs Korn, »hasse es, hinters Licht geführt zu werden. Von wem auch immer. So etwas kotzt mich an!«

»Von wem reden Sie?«, gab er erschreckt zurück. »Von mir?«

»Ausnahmsweise nicht. Ich kann noch nicht sagen, von wem. Aber ich habe eine Ahnung. Hör zu: Liebherr wurde nicht in Dreamcity ermordet. Sondern eine Stunde vorher an unbekanntem Ort. Der Schuss, den ich hörte, diente als Täuschungsmanöver. Ich sollte glauben, dem Mord an Liebherr live beigewohnt zu haben. Und warum sollte ich das? Hast du eine Idee?«

Er zwinkerte mit den Augen. Klar, so einem stechenden Privatermittlerblick hielt nicht jeder stand.

»Vielleicht …«, begann er zögernd.

»Vielleicht?«

Kopfschütteln. »Nee, doch nicht.«

»Mann, Leonie! Weil der wahre Tatort klare Hinweise auf den Täter gegeben hätte, darum! Angenommen, Liebherr wäre in Lorenz Driehms Wohnzimmer gefunden worden, unterm Flügel. Wie hätte Driehm das erklären sollen? Besser, man transportiert die Leiche in die Bahnstadt, stellt bei meinem Eintreffen den Mord nach, und schon sind alle der Meinung, das Motiv für die Tat sei dort zu suchen. In Dreamcity nämlich.«

»Und das ist es nicht?«

»Unwahrscheinlich. Allerdings auch nicht unter Lorenz Driehms Flügel. Und nun frag bitte nicht: sondern wo?«

Leonard hatte bereits die Lippen geöffnet. Anstatt sie zu schließen, überlegte er ein paar Sekunden. »Sondern was?«, fragte er anschließend.

»Bitte?«

»Ich meine, was soll ich stattdessen fragen?«

»Gar nichts sollst du fragen, sondern zuhören. Ich weiß nämlich mittlerweile, von wo Kai Liebherr mich kurz vor seinem Tod anrief. Du erinnerst dich an das Telefonat während des Geburtstagsständchens?«

»Klar«, grinste er. »Wie sollte ich das vergessen?«

»Na, bravo. Also, ich weiß nun, woher der Anruf kam.«

»Woher? Ich meine, woher wissen Sie das?«

»Recherche. Volksnah, unter Einsatz aller fünf Sinne. Als Liebherr telefonierte, befand er sich in einer Dönerbude beim Marktplatz.«

»Aha.«

»Gegenüber der Bude liegt der Eingang zu Therese Driehms Wohnung.«

Nun sagte Leonard nichts mehr. Nicht mal »aha«. Zog bloß die Pennälerbrauen in die Höhe.

Ich verschränkte die Arme vor der Brust. »Gut gemacht, Chef. Sehr gut. Das hat mein letzter Praktikant in solchen Situationen immer gesagt.«

»Sie hatten doch noch nie einen Praktikanten.«

»Aber passen würde es.«

»Okay: Gut gemacht, Chef! Und was fangen wir mit dieser neuen Erkenntnis an?«

»Keine Ahnung.« Arme wieder normal: auf den Knien, ratlos fuchtelnd in der Luft. »Welchen Grund sollte Therese gehabt haben, Kai Liebherr zu erschießen? Und vor allem: Warum sollte sie anschließend Liebherrs Leiche auf einem Grundstück ihres Vaters deponieren? Okay, sie hat kein gutes Verhältnis zu ihren Eltern, aber reicht das? Ich habe ihre Wohnung durchsucht. Eine Waffe habe ich nicht gefunden. Irgendwie passt das alles nicht zusammen.«

Nach diesen Worten herrschte Schweigen. Leonard spielte einhändig auf der Tastatur seines Laptops herum, bis ich mir das Geklapper verbat.

»Ist Therese Driehm noch im Krankenhaus?«, fragte er.

»Vermutlich, ja. Ich werde mich bei ihrer Freundin Stacy erkundigen. Die wohnt übrigens im selben Haus wie Therese. Das nur so nebenbei. Hat eigentlich jemand angerufen, während ich im ›Englischen Jäger‹ war?«

»Nur dieser Journalist. Marc Covet. Er meint, Sie müssten unbedingt bei ihm in der Redaktion vorbeikommen. Er hat sich einen Geigerzähler besorgt.«

»Ja, später. Was ist mit dem alten ›Tatort‹? Du solltest doch …«

Das breite Grinsen, das auf Leonards Gesicht erschien, ließ mich verstummen.

»Okay«, knurrte ich. »Sieht nach Erfolgsmeldung aus.«

»Gut gemacht, Prakti, pflegte mein letzter Chef in solchen Situationen zu sagen. Sehr gut gemacht sogar!«

»Ein paar popelige Kilobyte aus dem Internet herunterzuladen, ist ja wohl kein …«

»Moment, Herr Koller!« Sofort schaute er wieder ernst drein, ein frühreifes Rechthabergesicht wie aus dem Lehrbuch. »Sie stellen sich das viel zu leicht vor! Man kann sich in der ARD-Mediathek Filme nicht einfach so runterladen. Man kann sie sich bloß anschauen, und das auch nur begrenzte Zeit. Bei Krimis ist zudem der Zugang vor 20 Uhr aus Gründen des Jugendschutzes …«

»Verschone mich!«, stöhnte ich. »Hast du den Film oder hast du nicht?«

»Legal kommt man an den nicht ran, Herr Koller.«

»Hast du, Leonie?«

»Sie wollen also, dass ich illegale Handlungen begehe?«

Ich ballte die Fäuste. Verdammter, sturer Praktikantenbock! Sie haben uns in der Hand, diese online aufgewachsenen Grünschnäbel. Noch kein Härchen auf der Teenagerbrust, aber schon dreimal durch das Pentagon gehackt! Am liebsten hätte ich dem Kerl eine nichtvirtuelle Ohrfeige versetzt. Aber ich brauchte ihn ja, diesen Milchbubi.

So weit war es also gekommen: Ohne seinen Praktikanten löste Max Koller keinen Fall mehr. Geh unter, Welt!

»Wenn du nicht willst«, knirschte ich, »dass in deinem Zeugnis etwas von Verstocktheit und Zwergenrevolution steht, dann zeig mir jetzt diesen Film. Capito, Kleiner?«

»Sie wollen also lieber nicht wissen, von welcher Seite ich ihn mir downgeloaded habe?«

»Nee, will ich nicht.«

»Na gut.« Nachsichtig schob er mir den Laptop hin. »Sie brauchen mich auch nicht zu loben. Ich weiß selbst, dass ich gute Arbeit geleistet habe.« Ein Tastendruck, und schon tönte die ›Tatort‹-Fanfare durch mein Büro.

»Stopp, nicht so fix. Während ich schaue, könntest du dich über Therese Driehm schlaumachen.« Im nächsten Moment winkte ich ab. »Ach, vergiss es, wir haben ja nur einen Computer.«

»Und das da?« Er legte sein Smartphone auf den Tisch.

Ich sage ja: Sie sind uns überlegen. Mehr als ein Nicken brachte ich nicht zustande.

»Informationen über Therese Driehm wollen Sie?«

»Und über ihre leibliche Mutter. Die muss vor 25, 30 Jahren gestorben sein.«

Schon begann die Tipperei. Ich konzentrierte mich auf den Film, hangelte mich im Schnelldurchgang von Szene zu Szene und bekam trotzdem eine Gänsehaut. Diese Frisuren! Viel zu viel Haar, mit dem Unmögliches angestellt wurde. Dazu diese wuchernden Koteletten! Nach all den Hippie-Eskapaden der 70er wusste man in den 80ern überhaupt nicht mehr, wohin. Weder ästhetisch noch sonst wie. Überall waren Pershings verbuddelt, der Ostblock dominierte den Sport, und ein Pfälzer Saumagen verkündete die geistig-moralische Wende. Die dann erst Ende des Jahrzehnts kam, als die Mauer fiel, und dafür konnte er rein gar nichts.

»Herr Koller?«, meldete sich Leonard.

»Was?«

»Über Therese und ihre Mutter kriege ich nichts raus. Nur dass die Mama 1985 gestorben ist.«

»Okay, dann schau hier mal mit.«

Ich hatte Glück: Die gesuchte Passage befand sich im ersten Drittel des Films. Wie Stacy beschrieben hatte, wurde ein Verdächtiger beim Gang durch den Münchner Hauptbahnhof beobachtet. Er sollte dort jemanden treffen oder etwas entgegennehmen, alles ganz konspirativ natürlich. Die Kamera blieb auf Distanz, manchmal verschwand der Beschattete zwischen den Passanten, die ganz offensichtlich nicht bemerkten, dass sie gerade als Statisten in einem Kriminalfilm fungierten. Am Ende der Szene verließ der Typ den Bahnhof, und während er sich über den Bürgersteig bewegte, kam es zu der Begegnung mit dem Mädchen und dem Mann. Natürlich war es keine echte Begegnung. Bloß ihre Wege kreuzten sich: der des Schauspielers mit dem der beiden Namenlosen. Gefilmt wurde von der gegenüberliegenden Seite einer mehrspurigen Straße, auf der auch noch Trambahngleise verliefen. Die Kamera folgte dem Schauspieler, Mädchen und Mann verschwanden aus dem Bild.

»Und?«, fragte ich Leonard, den Film anhaltend. »Wer war das?«

»Keine Ahnung. Die Darsteller müssten im Abspann aufgeführt sein.«

Also noch mal die Szene. Ich zeigte Leonard die beiden, auf die es mir ankam, aber er erkannte niemanden. Therese nicht, Dircksen schon gar nicht. Was kein Wunder war, schließlich hatte er den Architekten nie persönlich kennengelernt, und dreijährige Mädchen sahen für Jungs seines Alters alle gleich aus.

»Was hat diese Szene nun mit unserem Fall zu tun?«, wollte er wissen.

»Das, fürchte ich, kann uns nur Therese selbst sagen. Aber wenn sie es schon ihrer Freundin Stacy verschwiegen hat, wird sie uns gegenüber nicht unbedingt mitteilsamer sein.« Ich rieb mir die Augen. Dieses Herumsitzen und Bildschirme Beglotzen war nichts für mich. »Hast du wirklich gar nichts über Therese und ihre Mutter gefunden? Dann müssen wir jemanden fragen, der die Familie kennt.«

»Meine Mutter zum Beispiel?«, schlug Leonard in aller Unschuld vor.

Einen Moment lang stutzte ich. Um dann zu nicken. »Deine Mutter zum Beispiel.«

Wir telefonierten zeitgleich. Während er per Smartphone bei Mama recherchierte, wählte ich draußen im Hof die Nummer des Elisabeth-Krankenhauses. Mein Telefonat war deutlich kürzer. Für Frau Driehm gebe es noch keine Besuchserlaubnis, weitere Auskünfte über ihren Zustand erhielten nur ihre Verwandten.

»Wenn ich nicht gewesen wäre, läge Frau Driehm jetzt nicht bei Ihnen, sondern in der Pathologie«, raunzte ich in den Hörer, aber so ließ sich die Dame am anderen Ende nicht weichklopfen. Ich stürmte hoch in unsere Wohnung, ging aufs Klo, und als ich wieder im Büro eintraf, hatte auch Leonard seinen Anruf beendet.

»Thereses Mutter hat sich umgebracht«, erklärte er nicht ohne Stolz. »Mit Tabletten. Meine Mama kannte sie allerdings nicht persönlich. Der Kontakt zu den Driehms besteht erst seit etwa 15 Jahren.«

»Lange genug.«

»Ja, aber da war Lorenz Driehm längst wieder verheiratet. Mit seiner jetzigen Frau.«

»Okay, also Suizid. Und warum? Konnte deine Informantin da Angaben machen?«

»Meine Informantin?«

»Deine Mama.«

»Ach so, ja. Also nein. Nicht konkret. Frau Driehm soll depressiv gewesen sein, das ist alles, was sie gehört hat.« Nachdenklich legte er einen Finger an die Backe. »Die erste Frau Driehm.«

»1985 war das, sagst du?« Ich rechnete zurück. »Da war Therese sechs. Weißt du etwas über das Verhältnis zu ihrer Mutter? Oder über das Verhältnis von Lorenz Driehm zu seiner ersten Frau?«

Er schüttelte den Kopf. »Nur dass Therese mit ihrer Stiefmutter nie warm wurde.«

»Wundert dich das? Altes Märchengesetz.« Wieder rieb ich meine Augen, bis sie schmerzten. Viel war das nicht, was wir hatten. Einen Film von 1982. Einen Suizid drei Jahre später. Noch einmal Jahre danach die zweite Heirat des Witwers. Und jetzt seine Tochter, der beim Anblick des Films etwas auffällt. Über das sie mit niemandem redet. Aber was?

Wir schauten uns die Szene noch mehrfach an. Achteten auf weitere Personen, auf Blickrichtung und Bewegungen unserer beiden, versuchten zu ergründen, woher sie kamen, wohin sie wollten. Nichts. Es war völlig hoffnungslos. Dircksen und Therese – wenn sie es tatsächlich waren – blickten im Gehen geradeaus, Therese eher auf ihre Fußspitzen, während man es bei Dircksen nicht genau sagen konnte, schließlich trug er eine Sonnenbrille.

Sie rutschten ins Bild, als die Kamera dem Gang des Schauspielers folgte, und wenige Augenblicke später rutschten sie wieder heraus. Ein Zufallsprodukt, belanglos, auswechselbar.

Und doch hatte es für Therese eine Bedeutung gehabt.

»Sie werden mit Therese Driehm reden müssen«, meinte Leonard. »Anders kommen wir nicht weiter.«

Nachdenklich nagte ich an meiner Unterlippe. Warum hatte Therese mir die Lüge mit ihrem Kind aufgetischt? Warum dichtete sie Dircksen ein Kind an, das es überhaupt nicht gab? Das musste doch einen Sinn ergeben! Mir kam Dircksens Lachen in den Sinn, als er von seiner angeblichen Vaterschaft hörte. Dieses halb fassungslose, halb anerkennende Lachen, zerrissen vom Schluckauf. Nein, falsch. Als Dircksen hier in meinem Büro gelacht hatte, war er frei von Schluckauf gewesen.

»Jetzt«, sagte Leonard stirnrunzelnd, »sehen Sie aus, als hätten Sie eine Idee.«

»Idee ist zu hoch gegriffen«, murmelte ich.

Das Klingeln meines Handys riss mich aus den Gedanken. Es war Marc, der mir unbedingt seinen albernen Geigerzähler vorführen wollte. Mein Praktikant habe bestimmt vergessen, mir auszurichten …

»Hat er nicht«, unterbrach ich ihn. »Mein Praktikant gehört zu den zuverlässigsten weit und breit. Was anderes kommt mir nicht ins Haus. Und damit du endlich aufhörst, mir auf die Nerven zu gehen, werde ich mich halt in Gottes Namen aufmachen und dein Wundergerät persönlich bestaunen. Aber nur, wenn du mir alle verfügbaren Fakten über Lorenz Driehms erste Ehe und den Tod seiner Frau zusammensuchst.«

»Ich bin nicht dein Praktikant«, erwiderte er kühl.
»Sei froh«, sagte ich.
Leonard Untersteller nickte heftig.

KAPITEL 40

Krebs.
Jährlich erkranken in Deutschland etwa 480.000 Menschen neu an Krebs. Bis zum Jahr 2030 soll diese Zahl um circa 50 Prozent steigen. Tödlich verlaufen pro Jahr gut 200.000 Erkrankungen. Auch diese Zahl wird steigen.

*

Später, als ich losfuhr, nickte Leonard nicht mehr, sondern beschwerte sich. Wieder einmal! Nie dürfe er mit, dauernd müsse er in diesem schäbigen Büro herumsitzen und Däumchen drehen, während ich die interessanten Sachen für mich gepachtet hätte. So habe er sich sein Praktikum nicht vorgestellt. Wo bliebe da der Einblick in die Arbeit eines Ermittlers?

»Interessant?« Ich tippte mir an die Stirn. »Wenn ich zu einem Kumpel in die Redaktion fahre und der mir irgendeinen Technikfummel vorführt, ist das exakt das Gegenteil von interessant. Fass du lieber zusammen, was wir bisher haben, bevor du auf dumme Gedanken kommst.«

»Das sage ich meinem Lehrer, wie Sie mich behandeln.«

»Und nenne mein Büro nie wieder schäbig, hörst du? Hier haben sich schon ganz andere Vögel wohlgefühlt.«

Darauf fiel ihm nichts ein. Finster vor sich hin brütend ließ ich ihn zurück.

Okay, vielleicht war das nicht nett von mir. Trotzdem, bei all dem Mist, der jetzt noch folgen sollte, konnte ich mich zu dem Entschluss, auf Leonard Untersteller zu verzichten, im Nachhinein nur beglückwünschen.

Aber noch war es nicht so weit. Noch war draußen alles beim Alten. Ein strahlend blauer Himmel verbreitete Optimismus, als sei das ganze Leben ein Sommertag, in den Eiscafés drängelten sich die Leute, der Fahrtwind kitzelte in meinen Ohren. Auch mein Rucksack war leicht, denn er enthielt nicht mehr als den Umschlag mit den neuen Dokumenten über Driehm Pharma.

Dachte ich.

In Covets Redaktionsbüro herrschte trügerischer Alltag. Marc lümmelte sich missmutig vor seinem Computer herum, schräg gegenüber strich Kollege Lothar liebevoll über den Medizinball, der unter seinem T-Shirt steckte. Lothar, so blond wie leutselig, war eigentlich Mitglied der Sportredaktion, aber aus unerfindlichen Gründen – vielleicht, weil er zu viel Platz einnahm – in Marcs Büro zwischengelagert. Er begrüßte mich mit dem breitesten Grinsen der Stadt, dann stöhnte er. Trotz offener Fenster herrschten drückende Temperaturen.

»Ah«, sagte Marc. »Du.«

»Ich«, nickte ich und stellte meinen Rucksack auf seinen Tisch. »Hier ist übrigens noch Arbeit für dich drin.«

»Ah.«

»Nun übertreib's nicht gleich mit der Begeisterung. Du wolltest doch, dass ich komme.«

Marcs Finger fuhren raspelnd durch seinen Vollbart. Mit einem Gesicht, in dem irgendwie alles schief hing, Mund, Brauen, sogar die Nase, sah er mich an. Dann fuhr seine andere Hand aus, um den Computerbildschirm in meine Richtung zu drehen.

»Da«, sagte er. »Schau dir das an.«

»Krokodil im Waldschwimmbad gesichtet«, las ich. »Na und? Taucht doch jeden Sommer auf.«

»Nicht das. Die Anzeige daneben.«

Die Anzeige? Eher eine ganzseitige Wohnverführung. Ein Immobilientraum in Weiß: Leben in Dreamcity. Sichern Sie sich die letzten verfügbaren Objekte! Nur noch wenige Einheiten frei! Stadtwohnungen, Passivhäuser, Lofts. Wer hier nicht aufspringt, hat sein Leben verfehlt.

»Lässt Lorenz Driehm neuerdings regelmäßig schalten«, meinte Covet. »Mal eine ganze Seite, mal eine dreiviertel. Zeitgleich bremst uns die Chefredaktion in Sachen Driehm Pharma aus. Komisches Zusammentreffen, oder?«

»Und du? Lässt du dich auch ausbremsen?«

»Die Vorwürfe gegen Wittstock sind nicht neu, heißt es, und die gegen seinen Bruder nicht belegt, heißt es.«

Ich zeigte auf den Rucksack. »Vielleicht kannst du damit etwas anfangen. Man hat mir neues Material zukommen lassen.«

»Konkreter als das andere?«

»Heißt es.«

»Na dann.« Sich einen Ruck gebend, stand er auf. »Aber jetzt zu etwas Erfreulicherem. Schau dir mal dieses Maschinchen an.« Er stolzierte um seinen Schreibtisch herum zu einer Art Teewagen, der als Ablage diente. Zwischen einigen Papierstapeln und einer leeren Wasserflasche stand ein kastenförmiges Gerät von der Größe einer Rattenfalle. Die Umhüllung war gelb, seitlich an einem Kabel war ein Rohr angebracht, oben gab es einen Griff. Stolz wie ein frischgebackener Papa nahm Covet das Ding in beide Hände. »Ist es nicht wunderbar?«

Ich schwieg.

»So was hast du noch nie gesehen, stimmt's?«

»Na ja.«

»Was, na ja?«

»Ich hab mir die Dinger moderner vorgestellt. Mehr Hightech und so.«

»Das ist Hightech, Max!«, rief Covet empört. Im Hintergrund kicherte Lothar sein glucksendes Dickemännerkichern. »Spielt doch keine Rolle, wann das Teil gebaut wurde. Hauptsache, es funktioniert. Und das tut es.«

»Damit willst du also durch die Bahnstadt tigern?«

»Einen Versuch ist es wert.«

Ich ließ mir das Gerät reichen. Schwer war es nicht. Ein Drehknopf, daneben eine Anzeige für den Ausschlag: counts per second. »Das ist die berühmte Suche nach der Nadel im Heuhaufen, Marc. Selbst wenn es so eine Stelle gäbe …«

»Lass mir doch den Spaß, ewiger Miesmacher.«

»Na, dann viel Glück.«

»Das Ding ist klasse.« Er nahm mir den Geigerzähler aus der Hand. »Pass auf, du wirst überrascht sein. Ich schalte es jetzt ein. Achtung!« Mit der Entschlossenheit eines Wünschelrutengängers richtete er das Rohr in die Mitte des Raumes.

Es knackte.

Ich schaute ihn an. Im Hintergrund unterdrückte Lothar ein Kichern. Noch so ein Knacken.

»Ist das normal?«, fragte ich.

Covet grinste. Während es weiter knackte, belehrte er mich über ein Phänomen namens terrestrische Strahlung, die es überall gebe, mal schwächer, mal stärker, im Süden der Republik übrigens stärker als im Norden, warum, könne er nicht sagen. »Aber gefährlich«, schloss er, »gefährlich ist das nicht.«

»Erst wenn es knack-knack macht?«

»Eher knack-knack-knack. Schon bei einer Uhr mit fluoreszierender Anzeige hört man deutlich mehr. Hast du eine?«

Ich schüttelte den Kopf. Zum Teufel mit Covets Geknacke! Das war doch beknackt.

»Vorhin«, fuhr Marc fort, »gab es hier eine Stelle, an der mehr los war. Aber jetzt …« Er schwenkte seine Wünschelrute hin und her, ohne dem Apparat eine erwähnenswerte Reaktion entlocken zu können. »Oder auf dem Schreibtisch, dort stößt man ab und zu auf etwas Interessantes.« Er hob das Rohr – und da passierte es.

Knack-knack-knack-knack-knack-knack.

Vor Schreck ließ Covet das Rohr los. Augenblicklich kehrte Stille ein. Abgesehen von dem hinlänglich bekannten Sekundenknacken. Marc wich zurück, das Messgerät mit dem baumelnden Rohr in der Hand.

»Was war das?«, flüsterte er. Lothars Kinnlade klappte nach unten.

Mein Blick fiel auf den Schreibtisch. Lag da vielleicht eine fluoreszierende Armbanduhr herum? Oder veräppelten mich die beiden Spaßmacher?

Aber wenn, dann war das Zittern von Marcs Hand, mit der er nach dem Rohr langte, verdammt gut gespielt. Knack, machte es. Als er sich dem Schreibtisch näherte: knack-knack. Und als er das Rohr ganz nah an den Schreibtisch hielt, gab es ein Trommelfeuer von Knacklauten.

»Verdammte Scheiße!«, schrie Covet und wich erneut zurück. »Was ist denn hier los? Was hast du in deinem Rucksack drin, Max?«

In meinem Rucksack? Lothar war aufgesprungen und drückte sich mit dem Rücken gegen die Wand. Natürlich stand da mein Rucksack auf dem Schreibtisch, ich hatte ihn ja abgelegt, als ich gekommen war, aber was hatte mein Rucksack mit dem knack-knack zu tun?

»Was ist da drin?«, brüllte mich mein Freund an.

»Wie, drin? In dem Rucksack? Da sind die Unterlagen drin. Die von Driehm Pharma.«

»Und warum sind die verseucht?«

»Was?«

»Ja, hörst du es nicht? Die strahlen, verdammt noch mal!«

Ich schüttelte den Kopf. »Die stinken höchstens nach Kokos, die Papiere. Wieso sollten die strahlen?«

»Also, ich bleibe keine Minute länger in diesem Raum«, piepste Lothar und drückte sich an der Wand Richtung Tür.

Marc starrte mich an. Was lag nicht alles in seinem Blick! Unglaube, Entsetzen, Misstrauen und jede Menge Vorwürfe.

»Herrje, dann gib mir mal das Ding!«, schnauzte ich ihn an und entriss ihm das Messgerät. Während Lothar am liebsten hinter der Tapete Schutz gesucht hätte, richtete ich das Zählrohr auf verschiedene Dinge innerhalb des Redaktionsraums. Wo ich auch hinzielte, knackte es, müde und emotionslos. Aber dann kam der Schreibtisch an die Reihe, und schon ging es wieder los. Knack-knack-knack, der Apparat schien sich regelrecht zu freuen, dass Leben in die Bude kam. Und verantwortlich dafür war mein Rucksack, kein Zweifel.

»Merkst du es jetzt?«, keuchte Marc in meinem Rücken.

Ich warf einen Blick auf das ›counts per second‹-Feld. Der Zeiger zitterte, er schlug immer wieder aus, bis zur Mitte des Feldes, manchmal weiter. Langsam führte ich das Rohr um den Rucksack herum. Es wollte mir nicht in den Kopf, dass ein Packen kopierter Papiere für die Strahlung verantwortlich sein sollte. Oder arbeiteten moderne Kopierer mit radioaktiven Substanzen?

Da, jetzt tendierte der Zeiger deutlich nach rechts. Knack-knack-knack. Ich musste auf die Strahlenquelle gestoßen sein. Hinter mir hörte ich Marc schnaufen. Das Rohr berührte fast den Rucksack, und zwar seine Vorderseite, an der eine Netztasche angebracht war. Und in der Tasche …

»Verdammt noch mal!« Ich machte einen Schritt zurück. Liebherrs Schirmmütze!

Marcs Finger krallten sich in meinen Arm. »Was ist das, Max? Was hast du da?«

»Liebherrs Mütze. Ich habe sie auf dem Bahnstadt-Gelände gefunden. Sie lag …«

»Was?«, schrie er. Polternd stürzte Kollege Lothar zur

Tür. »In der Bahnstadt? Raus hier, Max! Dann stimmt es also. Raus mit uns!«

Knack. Ich starrte meinen Rucksack an. Er sah so unschuldig aus. Enthielt doch nichts als einen Umschlag mit belastenden Materialien. Belastend, ja, aber nicht belastet! Vielleicht noch einen Kugelschreiber, ein Taschentuch oder ein Kräuterbonbon. Und die Mütze. Die Mütze des toten Liebherr, die in einer Pfütze neben der Baugrube gelegen hatte. Strahlend. Kontaminiert.

War die Leiche vielleicht auch …?

»Max!« Covets Brüllen riss mich aus meinen Gedanken. Er zerrte mich am Ärmel aus dem Raum. »Wir müssen raus hier, verstehst du das denn nicht?«

Ja, ich verstand. Und verstand nicht. Hier, in Marcs Büro, lauerte etwas, das man weder sah noch schmeckte. Man konnte es nicht hören, nicht riechen, nicht fühlen. Es war keinem unserer Sinne zugänglich. Es war sinnlos. Und doch hatte es Auswirkungen. Es traf uns, es verschmolz mit uns, es nistete sich in uns ein. Ließ die Zellen mutieren, ließ sie Geschwulste bilden. Es war böse und hässlich. Krebs. Hatte die Bahnstadt Dircksen krankgemacht? Die verseuchte, strahlende Bahnstadt?

Nein, das war Unsinn. Ausgemachter Blödsinn war das.

Trotzdem lief es mir kalt den Buckel runter, als ich draußen vor der Tür den Geigerzähler abstellte.

Knack, machte das Gerät.

Knack.

Es klang wie Schluckauf.

KAPITEL 41

Die folgenden Stunden vergingen wie in Trance. Ein Tag unter Milchglas, hinter einem Schleier, der sich weder wegziehen noch zerreißen ließ. So sehr ich auch mit den Augen zwinkerte, es half nichts. Ich hörte meinen eigenen Atem, schwerer und schneller als sonst. Kopfweh bekam ich auch. Und dann war da natürlich dieses Jucken, beharrlich, hinten im Rücken. Dort, wo der Rucksack mit Liebherrs Mütze auf mir aufgelegen hatte. Woran merkte man, dass man verstrahlt war? Wurde die Stelle rot? Heiß? Schälte sich die Haut, gab es Pickel? Verdammt, was war das für ein Teufelszeug, diese Radioaktivität? Warum gab es so etwas überhaupt? Wer trug die Verantwortung? He, du Gott da oben in deinem Wolkenpalast, warum hast du uns dieses Danaergeschenk vor die Füße gekippt? Wo man auch hintrat, strahlte der Erdball, die Geigerzähler waren in Habachtstellung. Da, ein Cäsiumatom: knack. Radium im Vorbeiflug: knack. Auch Uran entkommt uns nicht: knack.

Knack-knack-knack. Der Pulsschlag der Moderne. Schluckauf der Apparaturen.

Wann würde ich Schluckauf bekommen? Heute noch? Nächste Woche? In einem Jahr?

»Komm du erst mal in mein Alter, junger Freund« – hatte wer gesagt? Na, Preisfrage? Shaun Dircksen, genau. Der tote, tote Dircksen. Es würde mich nicht wundern, wenn er jetzt zur Tür hereinkäme.

Hick.

Als ich an diesem Punkt war, packte ich Marc beim Arm und zog ihn in eine Ecke. »Hast du was zu trinken?«, bettelte ich an. »Wenn ich jetzt nichts zu trinken bekomme, drehe ich durch!«

»Nur drinnen!« Marcs Gesicht war kalkweiß. »Im Büro, einen Whisky und einen Selbstgebrannten. Zwetschge, glaube ich. Nein, Mirabelle.«

»Scheiße!«

»Oder doch Zwetschge?«

»Ich brauche was, Marc. Jetzt!«

»Ich doch auch!« Er klapperte mit den Zähnen.

Von Lothar war in dieser Beziehung nichts zu erwarten. Wie ein dickes Häufchen Elend saß der Blonde auf seinem Stuhl und jammerte. Ab und zu wuchtete er sich hoch und schritt den Raum ab, in den man uns – evakuiert hatte? In Quarantäne gesteckt? Ja, das traf es wohl. Als ein Typ – oder eine Frau, wie sollte ich das erkennen? – im Strahlenschutzanzug eintrat, bekam ich einen hysterischen Lachanfall. Mit verschiedenen Instrumenten tastete er/sie/es uns ab, ganz sorgfältig, jeden einzeln. Immer wenn es Knack machte, fuhren wir drei zusammen, als sei der Blitz eingeschlagen. Es machte häufig Knack, aber nicht häufiger als vor der Rucksack-Episode. Minuten später war die Prozedur vorbei, und der geschlechtslose Typ winkte ab.

»Was soll das heißen?«, schrie Marc aufspringend. »Sind wir jetzt Sondermüll?«

Neue Geste: Daumen hoch. »Alles in Ordnung. Keine akute Verstrahlung.«

Alles in Ordnung? So einer hatte gut reden und Daumen recken! Ihm brannte es ja auch nicht auf dem Rücken, ihm dröhnte kein Schädel, lauerte kein Schluckauf in der Kehle. Nichts war in Ordnung! Mein Körper war gebrandmarkt bis in alle Ewigkeit. Noch wenn er zu Staub zerfiel, in einem Grab abseits der Gräber, würde es Knack machen, sanft und zufrieden. Vorher würde mich Christine aus der Wohnung kehren, meine Mandanten würde ich hinter faustdicker Plexiglasscheibe empfangen, und zum ›Englischen Jäger‹ hatte ich auch keinen Zutritt mehr.

Okay, das mit meiner Lieblingskneipe hatte sich so oder so erledigt.

In Marcs Büro waren sie etwas länger zugange. Dort stand ja auch das Corpus Delicti, der strahlende Kern der Ereignisse, das Zentrum der Knackerei. Wir durften wieder unter die Leute, was mir nicht guttat. Mein Magen hing durch. Um mich herum lauter Uniformierte: Strahlenjäger, Polizisten, Feuerwehrleute, Sanitäter, Nuklearmediziner. Mummenschanz des Atomzeitalters. Lothar wollte unbedingt mit seiner Mutter telefonieren, Marc und ich riefen nach Getränken. Beides wurde uns verboten. Durch den immer stärker werdenden Nebel erkannte ich plötzlich Kommissar Fischer und seinen Tross. Kurz darauf waren sie wieder verschwunden. Ein Mediziner zitierte mich in ein anderes Nebenzimmer, leuchtete mir in den Hals und die Augen, maß dies und jenes, horchte und klopfte ab. Dann löcherte er mich. Nicht mit seinen Instrumenten, sondern mit Fragen. Wann ich die Mütze gefunden hätte und wo. Zwei weitere Typen kamen und notierten meine Angaben. Wie lange die Mütze dort gelegen hätte, notierten sie nicht, denn woher sollte ich das wissen? In einer Pfütze, aha. Was für eine Art von Pfütze war diese Pfütze? Ich sagte, so Wasser halt. Wasser, capito? Ja, aber wie groß war die Pfütze, wie tief, wie kalt, wie sauber. Was ich dann gemacht hätte. Ob ich Handschuhe getragen hätte. Keine Handschuhe? Der Mediziner schaute bedenklich. Was ich anschließend mit meinen Finger getan hätte. Abgeleckt? In den Mund gesteckt? Gewaschen, abgeputzt, in den Ohren rumgefummelt?

»Ich stecke doch keine dreckigen Finger in den Mund!«, brüllte ich verzweifelt – und siehe da, das gefiel dem Doc. Weil, Radioaktivität im Körper – Inkorporation, dozierte er –, das sei das Schlimmste vom Schlimmen. Wobei das Schlimme in meinem Fall wohl nicht ganz so schlimm sei, da es sich bei der Mütze, wenn er die Kollegen richtig verstanden habe, um eine eher schwache Strahlungsquelle handle.

»Schwach?« Ich wackelte mit den Ohren. »Und das Knack-knack-knack?«

»Unterhalb des gesundheitsgefährdenden Bereichs. Wobei die Intensität ja nur ein Faktor ist. Es geht auch um die Dauer der Bestrahlung und um den Anteil von Alpha-, Beta- und Gamma-Strahlen, es geht um die Halbwertszeit des betreffenden Elements, und um die Art der Kontaktaufnahme geht es auch. Aber das hatten wir ja schon.«

»Um die Delta-Strahlung nicht?«, flüsterte ich.

Er schüttelte den Kopf und bombardierte mich weiter mit seinen Fragen. Was ich mit der Mütze getan hätte. In die Netztasche des Rucksacks, soso. Da hätten die Alpha-Strahlen schon mal keine Chance mehr, ihr böses Werk zu verrichten. Auch die Beta-Jungs kämen ein bisschen in Schwierigkeiten, während die Kraftmeier von der Gamma-Front – also, gegen die hätte ich schon eine Bleiweste tragen müssen. Eine dicke.

»Und was heißt das jetzt?«

»Abwarten.« Er war noch nicht fertig mit Liebherrs Mütze, sondern wollte haarklein wissen, wo sie mitsamt dem Rucksack gestanden und übernachtet habe, wer Kontakt mit ihr gehabt habe, was dann passiert sei. Meine Antworten schienen ihn zufrieden zu stellen, jedenfalls rief er nicht den nationalen Notstand aus, sondern meinte zum Abschluss, dann würden wir mal hinüber zur Bahnstadt fahren. Gut gelaunt stand er auf.

Ich hielt ihn fest und zeigte auf meinen Rücken. Weil es da juckte. Das juckte ihn nicht. Ich solle mir keinen Kopf machen, sagte er, ich hätte zwar eine erhöhte Dosis abgekriegt, aber soweit er sehe, liege die noch im vertretbaren Bereich, wenn ich den nächsten fünf Jahren auf Röntgenbilder verzichtete, sei mein Strahlenkonto wieder ausgeglichen. Ansonsten könne man in diesem Fall aus medizinischer Sicht keine sicheren Prognosen abgeben, das könne man ohnehin nie, aber bei einem Strahlenunfall am allerwenigsten, Radioaktivität sei nämlich ein Phänomen, das vom Zufall regiert werde, und ob ein einzelnes Teilchen Krebs auslöse oder ein ganzer Eimer von Teilchen keinen Krebs, all dies sei möglich und liege nicht in der Hand des Menschen. Zufall halt.

Damit ging er.

»Und der Schluckauf?«, rief ich ihm nach. »Was soll ich tun, wenn der Schluckauf kommt? Haben Sie eine Pille dagegen? Haben Sie?«

Ärzte! Ich hasse sie alle. Dass wir Spielball des Zufalls sind, weiß ich selbst. Eine rotierende Roulettekugel! Keine Pille gegen Schluckauf, das muss man sich einmal vorstellen. Zum Mond können wir fliegen, den Irak bombardieren, 28-stellige Primzahlen sind auch bekannt – aber wenn es um den Schluckauf geht, versagt die Menschheit.

Das war Grund genug, den Glauben an sie zu verlieren,

an die Menschheit nämlich, und der Einzige, der diesen Eindruck milderte, war ein Kollege Marcs aus dem Feuilleton, der uns im Vorbeigehen einen Flachmann zusteckte. Die eiserne Reserve der Literaturkritik, wie er raunte.

Was ihn nicht davon abhielt, auf Distanz zu achten. Körperlich und so.

Wir hatten eben ausgetrunken, als ein neues Kommando durch die Räume schallte: zur Bahnstadt. Es gab Knäuel und Grüppchenbildung, die einen blieben, die anderen machten sich marschbereit. Lothar, dem einer der untersuchenden Ärzte gesagt hatte, strahlungstechnisch sei nichts zu befürchten, aber wenn er nicht bald abnähme, mache er schneller den Abgang als jedes Neutron, Lothar also wollte nach wie vor seine Mutter anrufen, während sich Marc erst mit ihm, dann mit mir solidarisch erklärte und schließlich mit allen, dic jemals gegen Kernkraft demonstriert hatten. Auf der Rückbank eines Zivilfahrzeugs der Polizei durchmaßen wir die suppige Trübheit dieses Tages, versuchten, dem Flachmann letzte lebensspendende Tropfen zu entlocken, leider vergeblich.

»Na, das ist ja noch mal gut gegangen«, kam es fröhlich vom Beifahrersitz, wo irgend so ein Wichtigtuer vom Bundesamt für Strahlenschutz eine mehrseitige Liste abhakte. Häkchen für Häkchen setzte. Die Welt in Kästchen und Felder einteilte.

»Vielleicht, wenn man viel pinkelt«, murmelte Covet neben mir. »Dass man dann alles rausschwemmt mit der Zeit. Was meinst du?«

»Gut, dass ich Leonie nicht mitgenommen habe.« Mein Kopf pendelte von einer Seite zur anderen. »Das würden mir seine Eltern nie verzeihen. Nie!«

»Ihre Eltern?«

»Seine.«

Die Bahnstadt. Die bereits fertiggestellte Südwestzeile mit Sicht auf die Felder. Wohnungen, in denen Menschen lebten, in denen gekocht, geschlafen, gestritten wurde. Draußen die monströse Baustelle, die aufgeworfene, aufgeplatzte Erdhülle, Risse und Schlünde, lecke Krater, das Geheimnis der Tiefe. Da brodelte und schwärte nichts, kein grünlich schillerndes Teufelssüppchen schwappte über. Alles ging ganz lautlos vor sich. Man musste schon genau hinhören, um die tödlichen Signale zu vernehmen.

Knack.

Knack.

Knack.

Der Wagen hielt. Mein Kopf kippte zur Seite, bis er von der Fensterscheibe aufgehalten wurde. Mit offenem Mund starrte ich auf die Narben von Dreamcity, sah, wie es sich in den Gräben regte, wie sich die Mauern türmten, die Etagen blähten, Dächer reckten, ich sah Dreamcity wachsen, einen Pilz von Stadt, der sich wuchernd über der Rheinebene erhob, strotzend vor Kraft und doch nur ein Scheingebilde. Urplötzlich war da kein Schleier mehr um mich herum. Alles, was milchig, trübe, opak gewesen war, ballte sich nun im konvulsivischen Spiel des Dreamcity-Pilzes, der muskulös über der Stadt stand, von einer gleißenden Sonne erleuchtet. Ich blinzelte. Der Pilz blieb. Die Sonne brannte. So riesig hatte ich mir Lorenz Driehms Traumstadt nicht vorgestellt. Die reichte ja bis zum Himmel! Und nun nahm der Pilz, der rotierende, wachsende Pilz, der ständig sein Aussehen veränderte, auch noch die Züge Driehms an. Das Energische, Zusammengeraffte, alles auf ein Ziel hin Ausgerichtete; oben ballte sich eine Stirn, unten formte sich das Kinn. Grauenhaft! In diesem Moment öffnete jemand die Tür des Streifenwagens, und mein Oberkörper fiel ihm entgegen. Allein der Sicherheitsgurt bewahrte mich vor dem Herausfallen.

»Oh pardon«, meinte ein junger Polizist, den Türgriff in der Hand.

»Halb so wild.« Ich öffnete den Gurt. Der Dreamcity-Pilz war verschwunden. Vor mir die klaffenden Wunden des Neubaugeländes, jene knirschende Sinfonie aus Erde, Sand, Schutt, Splitt, Steinen, Schotter. Betonpfeiler, Mauern und Gerüste. Das Dröhnen der Bagger, Jaulen der Sägen, die Pfiffe und Hammerschläge.

Und schon prasselten die Fragen wieder auf mich ein, sorgten für erneute Trübung, hüllten mich ein wie ein Schleier. Liebherrs Mütze: Wo hatte sie gelegen? Wo war die Pfütze, die Mützenpfütze, ihre exakte Position, wo? Ich wies mit der Hand, folgte dem Weg von damals, im Geiste, in der Realität. Dosimeter verschiedener Größe wurden in Position gebracht. Wo jetzt, Herr Koller? Dort, zeigte ich. Am Fuß der Halde. Welcher Halde? Da war keine Halde mehr. Ich müsse mich irren. Ich irrte mich nicht. Aber da ist keine Halde mehr!

»Idioten!«, fluchte ich. »Sehe ja selbst, dass da nichts mehr ist. Wurde halt weggeräumt, das Zeug. Bloß keine Spuren hinterlassen! Fort mit dem verstrahlten Dreck! Driehm hat ganze Arbeit geleistet.«

Wieso Driehm? Was ich damit sagen wolle?

»Schaut sie euch doch an!« Ich zeigte auf die Arbeiter, Vorarbeiter, Schichtleiter, Bauleiter, Architekten von Dreamcity, die sich uns zugesellt hatten. »Wohin habt ihr den Abraum gebracht? Wo ist er verbuddelt? Na los, sagt schon!«

Achselzucken. Gegenseitiges Zuschieben der Antworten. Autobahnbau in Bayern, da sei einiges von dem Zeug hin. Oder Deiche in Sachsen-Anhalt, auch möglich. Was den genauen Bestimmungsort beträfe, müsse man erst nachschauen. In den Unterlagen.

Ich starrte auf den Boden zu meinen Füßen. Keine Pfütze mehr. Bloß Baggerspuren in der aufgeworfenen Erde. Die Abraumhalde beseitigt, weiter hinten eine ganz frische Baugrube. Die Geigerzähler schwiegen, mochten sie noch so oft über das Gelände gleiten. Ab und zu nur ein vereinzeltes Knacken. Höhnisch klang es.

Achtung, jetzt eine Verlautbarung: »Für diesen Abschnitt können wir Entwarnung geben.« Für diesen Abschnitt. Die Suche wurde ausgedehnt. Wortgefechte mit den Bauleitern. Die Arbeiten müssten vorübergehend eingestellt werden. Wie man sich das vorstelle von Amts wegen? Noch mehr Verzug? Verzug bedeute Verlust, finanziellen Verlust, hier stehe ein ganzer Stadtteil auf der Kippe.

»Ich werde Lorenz Driehm informieren«, drohte einer der Architekten mit hochrotem Kopf. »Dann rückt hier der Oberbürgermeister mit dem gesamten Gemeinderat an!«

Die Gefechte hielten an. Die Strahlenexperten auf der einen Seite, Driehms Leute auf der anderen, dazwischen die Polizei. Und wir, Marc und ich, mit Ringen unter den Augen, einer Handvoll Alkohol im Blut, einem Brennen im Rücken.

»Ich kann nicht mehr«, ächzte ich. »Mir platzt der Kopf. Lass uns abhauen!«

Bevor Marc antworten konnte, fuhr eine Hand auf seine Schulter, dass er in die Knie ging.

»Mensch, Covet!«, grunzte ein grobschlächtiger Anzugträger. »Du machst ja Sachen! So was hat unser Blatt noch nicht erlebt. Hallo? Das wäre ja fast ins Auge gegangen! Wer kann denn auch ahnen, dass hier strahlender Mist herumliegt?«

Und so ging es weiter, im brachial burschikosen Kumpelton, den allmächtige Vorgesetzte gegenüber ihren Untergebenen anschlugen, wenn es galt, eine Peinlichkeit aus der Welt zu brüllen. Covet, Sportsfreund! Echtes Spektakel, das! Müssen die Geschichte der Zeitung neu schreiben! Marc brummte und seufzte dazu, außerdem knickte er immer noch unter den Folgen des Schulterschlags ein, während ich mich fragte, woher ich die Fresse des Typen kannte. Irgendein Wichtigtuer aus der Führungsriege der Neckar-Nachrichten war das, der Chefredakteur oder der Herausgeber wahrscheinlich. Seine genaue Funktion interessierte mich nicht. Die Stelle vorn an seinem Hemd, kurz unterhalb des Krawattenknotens, interessierte mich viel mehr, denn genau dort packte ich ihn und schüttelte ihn durch.

»Wollt ihr Lorenz Driehm jetzt immer noch mit Samthandschuhen anfassen?«, brüllte ich ihn an. »Immer noch Schonwaschgang, was? Du und dein Käseblättchen, hier hättet ihr endlich mal was zu schreiben, wenn ihr euch trauen würdet!«

Natürlich gingen sie gleich dazwischen, die Polizisten und alle anderen, die um uns herumstanden. Rissen mich zurück, brachten mich zur Besinnung oder versuchten es zumindest.

»Den Aufmacher will ich sehen«, tobte ich weiter. »Morgen früh, Seite eins: Dreamcity auf radioaktivem Müll errichtet! Wie gefällt dir diese Überschrift? Deswegen musste Kai Liebherr sterben! Weil er wusste, dass das Gelände verseucht ist.«

»Ist der jetzt völlig übergeschnappt?«, keuchte der Zeitungsfuzzi, seinen Schlips zurechtrückend. »Zu viel Becquerel abgekriegt, oder was?«

»Driehm sind ein paar 1000 Menschenleben doch egal! Wahrscheinlich hat er den Grund und Boden deshalb zum Spottpreis gekriegt. Bis zum Philosophenweg dringen die Gamma-Teilchen ja nicht! Und was machen die Neckar-Nachrichten? Kuschen! Spielen mit bei diesem Scheißspiel!«

»Nun mal langsam«, mischte sich einer ein. »In so einer Situation gilt es, kühlen Kopf zu bewahren.«

»Der soll froh sein, wenn ich ihn nicht anzeige«, zischte der Krawattenheini. »Das war ein tätlicher Angriff, und Sie alle sind meine Zeugen.«

»Du hast wohl auch in Dreamcity investiert«, blaffte ich zurück. »Na, Schiss um die Mieteinnahmen?«

»Vorsicht!« Sein Zeigefinger schnellte in die Höhe. Es war ein sehr krummer Zeigefinger, so unschön, dass ich mich beinahe wieder auf den Kerl gestürzt hätte. Die Umstehenden und Marcs resignierter Gesichtsausdruck hielten mich davon ab.

Nach diesem ulkigen Intermezzo war meine Energie endgültig verbraucht. Ich setzte mich auf einen Stein, verlangte etwas zu trinken, bekam aber nur Wasser. Die Strahlenjäger durchkämmten Dreamcity, ohne Erfolg. Ein Trupp stieg in die Baugrube hinab, in der Liebherrs

Leiche gelegen hatte. Dort war mittlerweile die Bodenplatte gegossen. Kein Wunder, dass sie unverrichteter Dinge wieder herauskletterten. All das gehörte zu Driehms teuflischem Plan. Die Leiche, die Strahlung, das ständige Umwühlen der Erde. Es hing zusammen, irgendwie. Driehm hatte Liebherr erschießen lassen. Weil der zu viel wusste. Logisch. Und wer hatte die Leiche nach Dreamcity gebracht, damit wir auf die Verseuchung aufmerksam würden? Liebherrs Komplize natürlich. So einfach war das. Ich würde es Driehm schon noch nachweisen.

»Unfug«, sagte Covet neben mir. »Totaler Unfug.«

Er rieb sich die Augen dabei, und ich hatte keine Ahnung, auf was sich seine Bemerkung bezog. Trotzdem, er hatte recht. Es war Unfug, was ich mir da zusammenreimte. Aber an irgendetwas Tröstlichem musste man sich ja festklammern, wenn man gerade mit einem Heer von Radionukliden zusammengerasselt war.

KAPITEL 42

Der Mann, der sich an diesem Abend Zutritt zu Lorenz Driehms Haus verschaffte, hatte keine Ähnlichkeit mit dem Eindringling vom Tag zuvor. Dabei trugen beide Männer denselben Namen, hatten die identische Blutgruppe, teilten sich einen Personalausweis. Privatdetektiv der eine wie der andere. Und: Sie waren beide mit dem Rad gekommen.

»Herr Koller!« Ursula Driehm fasste sich an die mutig dekolletierte Brust. »Sie schon wieder!«

Ja, ich schon wieder. Der Typ von gestern. Auch wenn es schwer war, mich für mich zu halten. Hatte ich gestern blutunterlaufene Augen gehabt? Hatte ich nach Alkohol gestunken? War ich ins Haus getorkelt, auf der Schwelle schier gestürzt, hatte ich gestöhnt, dabei mit der Linken einen Rülpser einfangend? Und vor allem: Hatte der Max Koller, der gestern bei den Driehms eingefallen war, schon jemals Bekanntschaft mit radioaktivem Material gemacht? (Streng genommen lautete die Antwort hierauf natürlich ja, schließlich schleuderte Liebherrs Mütze bereits seit einer knappen Woche ihre Zerfallsprodukte fröhlich in die Welt hinaus. In meine Welt! Aber darum ging es nicht. Es ging um das Bewusstsein ihres Tuns, und dieses Bewusstsein hatte mit dem Knack-Knack von Marc Covets Geigerzähler eingesetzt. Das war die Markscheide, die das Früher vom Jetzt trennte. Das Paradies von der Hölle. Klammer zu.) Nein, der Max Koller von heute hatte kaum noch etwas mit dem Max Koller von gestern zu tun, und deshalb war es erstaunlich, dass mich Driehms Gattin auf Anhieb erkannte.

»Wo ist Ihr Mann?«, plärrte ich. Meine Fahne flatterte einmal durch das Erdgeschoss der Villa und wieder zurück.

»Nicht im Haus«, gab Frau Driehm so perplex wie angeekelt zurück. »Was wollen Sie?«

»Ihn umarmen. Umarmen und nicht mehr loslassen. Bis er auch Knack macht. Kon-ta-mi-na-ti-on nennt man das, und ein zweites Mal werde ich das Wort nicht mehr unfallfrei herausbringen. Wo steckt er, der Verbrecher?«

»Sie … Sie sind ja völlig betrunken!«

»Aber völlig.« Mein Zeigefinger zielte auf ihre Stirnfalte. »Das ist korrekt. Zu Fuß von der Bahnstadt nach Hause, weiter per Rad und auf dem Weg keine Kneipe ausgelassen. Hätten Sie auch getan, wenn Sie … Also, wo ist er?«

»Unterwegs. Bitte gehen Sie! Sonst …«

»Sonst was? Rufen Sie die Polizei?« Ich kicherte. »Die sollen Strahlenschutzanzüge mitbringen. Sonst macht es bald Knack bei ihnen. Hören Sie doch mal!« Ich legte den Finger auf die Lippen, flüsterte: »Hören Sie. Leise!«

Sie starrte mich an, als sei ich vom Mond gefallen. Bin ich nicht, du Kokospalme und Zweitgattin! Ich komme bloß von unten, aus der Suburbs, drei Serpentinen tiefer, vom Bodensatz der Gesellschaft. Leise jetzt! Wir wollen doch das Knack hören.

Aber das Einzige, was ich hörte, waren entfernte Schritte.

»He!«, rief ich enttäuscht. »Er ist ja doch da! Sie haben mich angelogen!«

»Das ist nicht mein Mann!«

»Angelogen hat sie mich.« Ich musste mich an einem Kleiderständer festhalten. Angelogen! Sie mich! In meiner Situation! »Da wird man zum Strahlenopfer, und die Leute lügen einem die Hucke voll.«

»Es ist nicht mein Mann«, flehte Frau Driehm. »Bitte lassen Sie uns in Frieden!« Rund um ihre Nase begann es zu bröckeln – oder kam mir das nur so vor? Doch, da zeigten sich Risse in ihrer Gesichtstünche, der Lack platzte ab, eine Landschaft aus Panik und Verzweiflung freigebend. Sollte Ursula Driehm zu solchen Regungen fähig sein?

»Moment«, sagte ich und ließ den Kleiderständer los. »Nicht Ihr Mann?« Dann bemerkte ich, dass der Kleiderständer kein Kleiderständer war, sondern eine ausgemergelte Holzstatue, Prädikat künstlerisch wertvoll, bei der ich mich für die unsittliche Berührung umgehend entschuldigte. Aber wenn es sich bei dem Menschen dort hinten in der Villa nicht um Lorenz Driehm handelte – um wen dann? Felix von Wittstock? Mirceu Varsim? Stacy?

»Bitte gehen Sie«, flehte Driehms Frau im Ton einer verzweifelten Mutter. Oder Stiefmutter.

»Therese? Therese ist hier? Hat sie sich erholt? Ist sie wieder gesund?« Mit meinen Fragen bahnte ich mir gleichsam einen Weg an der gebrochenen Frau vorbei, die es nicht einmal schaffte, ihre Arme so weit zu heben, dass sie Widerstand, wenn auch vergeblichen, signalisierten. Ich drang in die Villa ein wie in die Eingeweide eines feindlichen Körpers. Durch den mit Teppichen ausgelegten Flur, hinein in das riesige Wohnzimmer, am verwaisten Flügel vorbei, bis zur Terrasse, deren Türen offen standen.

»Therese? Ich bin's, Max.«

Ein Geräusch auf der Treppe, die zu den oberen Stockwerken führte. Ich drehte mich um und nahm zwei Stufen auf einmal. War ich wieder nüchtern? Fast glaubte ich es selbst.

»Therese?«

Nichts. Nur ein Schlurfen von unten, das auch ein Schluchzen sein konnte. Der erste Stock lag verlassen da. Noch eins höher. Warum antwortete Therese nicht? Sollte ich vielleicht die Schlafzimmer ihrer Familie durchsuchen?

»Ich will nur mit dir reden, Therese!«

Das nächste Geräusch sorgte für Klärung. Ganz oben befand sie sich, im Penthouse der Haie. Ich atmete tief durch. Pulsbremse. Dann erklomm ich die schmale Treppe zum Dach der Villa.

Therese saß am Rand des Beckens, die Beine angewinkelt, und hielt eine Hand ins Wasser. Das sich übrigens sanft bewegte. Anders als Therese. Sie war eine Statue, sehr blass, gleichsam zusammengeschrumpft, ein konzentrierter Punkt Mensch am Übergang zwischen Land und Meer.

»Hallo«, sagte ich, langsam näherkommend. Die beiden Riesenschatten pflügten lautlos durch den Pool.

Keine Antwort.

»Wie geht's dir?« Ich kam noch etwas näher, bis ich neben ihr stand. Dann setzte ich mich. »Heute Morgen habe ich im Krankenhaus angerufen, aber da hieß es, du bräuchtest noch Ruhe.«

Sie nickte versonnen. Ihr linker Unterarm war verbunden. Die Hand, die durchs Wasser glitt, war diejenige, aus der wir den Glassplitter gezogen hatten. Herrje, Mädchen, das Salzwasser muss doch in der Wunde brennen! Oder war die Verletzung schon verheilt?

Oder – mir wurde plötzlich heiß – wollte sie die Haie mit ihrem Blut anlocken?

»So eine Hand«, sagte ich leichthin, »gehört wohl nicht zum Beuteschema der Viecher, was?«

»Ich habe mich selbst entlassen«, erwiderte sie und zog die Hand aus dem Becken. Still sah sie zu, wie das Wasser von ihren Fingern tropfte. Auf dem Handballen klebte ein großes Pflaster.

»Also fühlst du dich wieder ganz gut?«

Sie blickte auf. »Warum bist du hier, Max?«

Ich zögerte mit der Antwort. In ihren Augen stand etwas, was mir Angst machte. Oder war es bloß die Kälte ihres Blicks, die meinem malträtierten Hirn nicht bekam? Gestern Abend hatte ich ihr Gewalt antun müssen, um Schlimmeres zu verhindern. Jetzt gab sie den Felsbrocken und sprach mit den Fischen.

»Warum ich hier bin?«, sagte ich. »Wegen Liebherrs Mütze. Ich habe sie gefunden. Letzten Mittwoch, etwas abseits der Leiche. Sie lag in einer Pfütze, und das Wasser dieser Pfütze war radioaktiv verseucht.«

»Was?« Zum ersten Mal regte sich etwas an und in ihr. Ihr Gesichtsausdruck wechselte, ebenso die Beinstellung. Natürlich lag Bestürzung in diesem Umschwung, aber auch Misstrauen, erhöhte Aufmerksamkeit, sozusagen die Hellhörigkeit des Tieres, das jede neue Situation sofort auf Folgen für Leib und Leben hin überprüft. »Die Bahnstadt … die Bahnstadt ist radioaktiv verseucht?«

»Das wohl nicht. Sie überprüfen es gerade. Es sieht so aus, als hätte es nur die verdammte Pfütze getroffen. In der muss ein Ding gelegen haben, das …«

»Und was hat mein Vater damit zu tun?«

»Sag du es mir.«

Sie wich meinem Blick aus. »Dass mein Vater etwas mit radioaktivem Material zu schaffen hätte, wäre mir neu.«

»Du meinst: Zu diesem Thema hast du in seinen Mails nichts gefunden?«

Jetzt schwieg sie wieder. Das Licht der untergehenden Sonne fiel auf die leicht schaukelnde Wasseroberfläche und färbte sie golden. Einer der Tigerhaie näherte sich, wendete mit einem einzigen Flossenschlag, drehte ab. Sein

Kompagnon kam angeschwebt. Wie hießen die beiden eigentlich? Castor und Pollux würde passen. Wenn Tischfußball-Kurts Dackel nicht schon diesen Namen trügen.

Therese schwieg noch immer. Auch auf ihren Augen spiegelte sich die Abendsonne. Aber das Licht drang nicht ein. Prallte ab an ihren dunklen Pupillen.

»Du warst es«, sagte ich, »die Kai Liebherr mit den Dokumenten über Driehm Pharma versorgt hat. Du wolltest, dass dein Vater ins Gerede kommt. Dass er sich möglicherweise vor Gericht zu verantworten hat. Warum?«

Ich wartete, aber sie war noch nicht so weit. Mit der linken Hand tastete sie nach der verwundeten rechten.

»Du hast Liebherr vorgeschickt«, fuhr ich fort, »weil der noch eine Rechnung mit deinem Vater offen hatte. Wer außer dir hätte die Gelegenheit gehabt, an den internen Mailverkehr deines Vaters zu kommen? Deine Mutter natürlich, und die hatte ich auch gleich in Verdacht, weil der Umschlag, der gestern Morgen in meinem Briefkasten steckte, nach ihrem Parfüm roch. Ich nehme an, dass du dir einen ihrer Umschläge ausgeborgt hast.« Sie sprach noch immer nicht, nur um ihren Mund zuckte es. Also weiter im Text. »Stacy meinte, du seist auf so einer Art Anti-Papa-Trip, aber das klingt mir zu harmlos. Immerhin hast du sogar weitergemacht, nachdem Liebherr ermordet wurde. Was hast du gegen deinen Vater, Therese? Was steckt dahinter?«

»Was dahintersteckt?« Sie biss sich auf die Lippen. »Er hat meine Mutter in den Selbstmord getrieben. Jedenfalls glaube ich das. Nein, ich weiß es. Aber ich will es aus seinem Mund hören. Aus seinem, verstehst du? Er redet immer nur von Plänen, von Projekten, von Sachen, die in der Zukunft passieren. Ich bin auch so ein Projekt. Eines der wenigen, die ihm missglückt sind. Nie beschäftigt er sich mit der Vergangenheit. Aber ich, ich will wissen, wo ich herkomme. Mit sechs Jahren habe ich meine Mutter verloren. Kann mich nur noch vage an sie erinnern. Dabei bin ich ihre Tochter. Ich will endlich wissen, warum sie mich verlassen hat.«

»Nannte er nie einen Grund?«

»Depressionen!« Mit einer Handbewegung wischte sie das Wort weg. Ins Wasser gewissermaßen. Sollten es die Haie fressen.

»Er ist ein Machertyp. Dem passt so eine tragische Geschichte nicht ins Weltbild.«

»Eben. Genau darum ging es mir: sein Weltbild zu erschüttern.«

»Und deshalb hast du ihn unter Druck gesetzt? Indem du einen Exfreund mit ein bisschen belastendem Material zu mir schicktest? Damit ich an die Öffentlichkeit gehe oder sonst einen Wirbel veranstalte? Ganz schön kompliziert. Hätte es keinen direkteren Weg gegeben?«

»Welchen denn?«

»Na, ihn zur Rede zu stellen. Zum Beispiel.«

Sie blitzte mich an. »Idiot! Was meinst du, wie oft ich das getan habe? Ich habe geschrien, gebettelt, gefleht, habe mich erniedrigt vor ihm. Das interessierte ihn nicht! In seinen Augen war Mama liebenswert, aber schwach. Nicht lebenstauglich, nicht gemacht für diese Welt. Keine Silbe über eine Mitschuld, keine Reue, nichts! Ich musste etwas tun, Max!« Anscheinend schaute ich immer noch skeptisch, denn ihre nächste Handbewegung war so voller

Wut und Verachtung, dass ihre Finger das Wasser trafen. Es spritzte bis zu meinen Beinen.

»Okay, du hast also versucht, ihn unter Druck zu setzen. Mithilfe von Liebherr und mir. Was passiert dann? Jemand dringt in mein Büro ein und klaut meinen Computer.«

»Das war er. Dafür hat er seine Leute. Und so leid es mir tut, Max, die Warnung galt weniger dir als mir. Ich solle bloß nicht denken, ein Lorenz Driehm ließe sich zu irgendetwas zwingen. Auch nicht von«, sie setzte neu an, »von seiner eigenen Tochter.«

»Hat er dir das so gesagt?«

»Genau so. Aber das war noch, bevor ich Liebherr mit dem Material versorgte. Mein Vater pflegt solche Dinge nur einmal zu formulieren. Anschließend lässt er Taten sprechen. Du hast es ja selbst erlebt, im Kunstkeller.«

»Die Vergiftung Stacys? Du glaubst, das war er auch?«

»Stand Felix nicht die ganze Zeit an der Bar, während Stacy sang? Mein feiner Onkel ist so dermaßen unten, der hat doch gar keine andere Wahl, als sich mit dem einzigen Menschen, der noch seine Hand über ihn hält, gut zu stellen. Außerdem hat er nie verwunden, dass Stacy ihn mal angezeigt hat.«

»Wegen der versuchten Vergewaltigung?«

»Ach, hat sie es dir erzählt? Ja, das hat sein Ego vielleicht angekratzt. In Stücke zerlegt hat es ihn! Wahrscheinlich kam er selbst auf die Idee mit dem Erdnusspulver. Warum lässt er sich seit Freitag hier nicht mehr blicken?«

»Und der Mord an Liebherr? Meinst du, dein Vater steckt auch hinter ihm?«

»Wenn ich das wüsste! Ich traue es ihm nicht zu, wirklich nicht. Aber es könnte etwas schief gegangen sein. Vielleicht hat Kai sich gewehrt, plötzlich fiel ein Schuss …« Sie zuckte die Achseln.

»Und die Inszenierung danach? Mit dem Ziel, den Tatort zu verschleiern?«

»Inszenieren kann er«, sagte sie leise. »Das kann er, mein toller Vater.«

»Okay.« Grübelnd fuhr ich mir übers Kinn. Der Alkohol machte meine Gedanken träge. »Ihr habt euch also die ganze Zeit bekriegt, du und dein Vater. Allerdings auf Nebenkriegsschauplätzen. Zulasten anderer. Da frage ich mich doch, was Shaun Dircksen mit der ganzen Sache zu tun hat.«

»Wieso Dircksen?« Schau an, wie sie plötzlich wieder zu fauchen wusste! »Was soll Dircksen damit zu tun haben? Gar nichts! Ich habe bloß die Gelegenheit genutzt, dass mir einer wie du über den Weg gelaufen ist. Jemand, dem ich vertraue, fertig. Und ja, wenn ich auf Dircksen sauer war, dann stand mir natürlich auch immer mein Vater vor Augen. Dass diese scheiß Männer sich alle so aus der Verantwortung stehlen, das kotzt mich an, Max! Für die Depressionen und die versehentlichen Schwangerschaften sind immer nur wir Frauen zuständig. Widerlich!« Sie sprang auf und lief am Beckenrand hin und her. Der Hai an Land, schoss es mir durch den Kopf.

»Therese«, sagte ich vorsichtig, »wie soll ich dir glauben, wenn du immer noch die Pille nimmst? In deiner Handtasche …«

»Das ist eine Uraltpackung. Hab vergessen, sie rauszunehmen.«

»Dircksen kann keine Kinder zeugen. Schon seit Jahren nicht. Er hatte eine Unterleibsoperation und ist seither«, ich verbesserte mich, »war seither zeugungsunfähig.«

Therese blieb stehen und starrte mich an. »Das stimmt nicht!«, brach es aus ihr heraus. »Du lügst! Hat dir das mein Vater erzählt?« Ihr Brustkorb hob und senkte sich, wie eine Pumpe, die lebensspendendes Wasser aus der Tiefe holt.

Ich schwieg.

Endlich beruhigte sie sich. Sie vergrub ihr Gesicht in den Händen, verharrte so ein paar Augenblicke, dann schaute sie wieder auf. »Tut mir leid, Max«, sagte sie. »Das war alles etwas viel für mich. Dircksens Tod … Ich konnte doch nicht ahnen, dass er Krebs hatte. Gib mir ein, zwei Tage, um die Sache mit meinem Vater zu klären. Ich werde jetzt nach Hause gehen.«

»Okay.«

Sie nickte. »Und danke für alles.«

»Einen Moment noch.« Ich stand auf. »Hast du Liebherr getötet?«

»Ich? Nein. Wieso sollte ich?«

»Hast du Liebherr getötet, Therese?«

Sie lachte leise. Dann kam sie auf mich zu, fast schwebend. »Warum«, sagte sie mit einer ganz weichen Stimme und legte mir eine Hand auf die Schulter, »warum sollte ich Männern, die ich einmal geliebt habe, etwas antun?«

Die Hand kroch weiter, zu meinem Nacken, wo sie mir kurz über das Haar strich. Thereses Gesicht näherte sich meinem, ich sah ihre dunklen Augen größer und größer werden. Ihre Lippen öffneten sich. Verdammt, ich glaubte der Hexe kein Wort, aber was sprach dagegen, einen Kuss mitzunehmen?

Nun, sie selbst sprach dagegen.

Als ich eben die Augen schließen wollte, versetzte sie mir mit der anderen Hand einen Stoß vor die Brust. Ich verlor das Gleichgewicht und fiel hinterrücks ins Wasser.

KAPITEL 43

Wassermann.

Der Wassermann steht für bedingungslose Freiheit. Seine Freundschaften sind zahlreich und wechselnd. Grenzen ignoriert er. Er plädiert für die Auflockerung und Zerstreuung von festen Normen. Nachts blüht er auf. Sprunghaftigkeit ist sein Lebenselixier.

*

Wasser.

Salz.

Und ich mittendrin.

Max Koller, der Wassermann. Ich hatte zwei zappelnde Hände, zwei wild tretende Füße, vor allem aber hatte ich zwei Augen, die ich weit aufsperrte bei der Suche nach Castor und Pollux. Für jeden Hai ein Auge. Ob das Wasser warm oder kalt war, kann ich nicht sagen. Für mich, in diesem Moment, war es kalt. Eiskalt. Mit einem Schlag war ich hellwach. Und nüchtern. Null Komma null Promille. Die Haie! Ihr Beuteschema! Sofort hörte ich auf zu zappeln. Hatte keine Hände, keine Füße mehr. Trieb stocksteif im Wasser. Nicht bewegen, Max! Toter Mann sein, nicht flüchtende Robbe.

Nur meine Blicke flitzten durch das Becken. Wie Flipperkugeln.

Während ich langsam nach oben trieb, umtanzt von Abertausenden Luftbläschen, kam mir der eine der beiden Haie entgegen. Mein Mund öffnete sich wie von selbst. Lorenz Driehm hatte recht gehabt: was für ein Anblick! Ein Dreitausender, der vor einem aufragt, ein Tornado, der Bäume entwurzelt, oder eine Monsterwelle im Pazifik – sie hatten eine vergleichbare Aura. Zunächst sah ich bloß einen Schatten. Dem Schatten entwuchs eine Schnauze, riesenhaft breit, hinter der sich ein Körper von geballter Kraft wölbte. Da war nichts Überflüssiges, alles gespannt und gewuchtet, pure, tödliche Energie. Das Konzentrat dieser Energie: die Augen. Und doch bewegte sich das Vieh mit einer Eleganz, dass das komplette Bolschoi-Ballett einpacken konnte.

Ich übrigens auch. Einpacken. Selbst wenn ich gewollt hätte, hätte ich mich jetzt nicht mehr rühren können. Willenlos trieb ich an die Wasseroberfläche, fühlte Luft an meiner Stirn, in meinem Gesicht, schnappte nach ihr, aber nur so nebenbei, denn das Leben und die Welt spielten sich unter mir ab, im Wasser. Der Hai schwamm an mich heran, schwamm vorbei, wendete, verschwand.

Ich war ein Nichts für ihn. Plankton. Ein Knacken im Ozean.

Gott, wie es in meinen Ohren dröhnte!

Kaum war das Viech weg, machte mir das andere seine Aufwartung. Aber da hatte ich schon – reiner Automatismus – eine Bewegung Richtung Beckenrand ausgeführt. Konnte die Begrenzung fast mit der Hand erreichen. Fast. Das Nahen des Hais ließ mich erneut zur Salzsäule erstarren. Zur Salzsäule im Salzwasser. Das Spiel wiederholte sich: das Herankommen, das Ignorieren, das Entfernen.

Anderes Beuteschema.

Zack, krallte sich meine Hand um den Rand des Beckens, ein, zwei Beinschläge, die andere Hand fasste nach, und schon hievte ich mich, krabbelte, rollte, schmierte geradezu an Land. Ins Leben zurück. In die Freiheit. Keuchend lag ich neben dem Pool, ein tropfnasses Stück Mensch, gewesenes Haifutter, Überlebensjongleur.

Erst die Verstrahlung.

Dann die Haie.

Was für ein Tag!

Ich lag da und keuchte. Mehr tat ich nicht. War froh, dass wenigstens das funktionierte. Das Liegen. Das Keuchen. Es keuchte mich. Ich wurde gelegen. Ließ alles mit mir geschehen. Zwei Handbreit von mir entfernt schwappte das Wasser über den Beckenrand.

Und während ich so lag, unbeweglich, platt auf dem Bauch, sah ich plötzlich von weit weg und hoch oben auf mich herab. Aus der Vogelperspektive. Das machte mir die Absurdität meiner Situation erst so recht bewusst. Auf dem Dach eines der höchstgelegenen Häuser der Stadt wäre ich fast von Haien gefressen worden. Hätte ertrinken können in Heidelbergs Bel Etage, 100 Meter über dem Neckar. In Salzwasser. Dem Himmel näher als der Erde, aber in Salzwasser.

Plötzlich fiel mir etwas ein. Die Pistole. Dircksens Waffe. Bei meinem Abstecher zu Hause hatte ich sie eingesteckt. Aufrichten, Hand in die Hosentasche. Sie war noch da. Nass wie alles an mir, aber vorhanden. Wenigstens das.

Ich stand auf und sah mich um. Die Abendsonne durchglühte das Penthouse. Als hätte jemand in einem gläsernen Sarg das Licht angeknipst. Im Becken zogen die beiden Ungetüme ihre Kreise.

Diese verdammte Hexe! Ich begann zu fluchen, ballte eine Faust – Rückkehr zur Normalität. Der Futtereimer stand im Weg, ich gab ihm einen Tritt. Ein Tintenfisch flutschte über den Boden. Doch, das musste jetzt sein. Diese Hexe! Ein lächerlich kleiner Schubser hatte gereicht. Verschleierter Blick, glänzende Lippen, und schon war der Koller auf dem Weg zur Haimahlzeit.

War er? In meinem Kopf ratterten die Schlagzeilen. Die Angst vor dem Hai: unbegründet – die Zahl der Haiattacken: weit überschätzt – eher ist der Mensch eine Gefahr für den Hai als umgekehrt. So las man es doch überall. Und zwar wann? Genau: wenn mal wieder ein Surferbein hopsgegangen war. Beuteschema hin oder her, diese Frau hatte mit meinem Leben gespielt, damit ich mich raushielt aus dem anderen Spiel, das sie mit ihrem Daddy spielte.

So nicht, Therese. Bevor ich ging, warf ich Castor und Pollux einen letzten, demutsvollen Blick zu.

Ein Stockwerk tiefer begegnete ich Frau Driehm. Ich war so geladen, dass ich sie fast über den Haufen gerannt hätte.

»Was ist denn mit Ihnen passiert, Herr Koller?«

»Haben Sie vielleicht ein Handtuch für mich?«

»Ja, aber …«

»Ihre Tochter hat mich zu den Haien geschickt. Macht sie das öfter mit ihren Verflossenen?«

›Verflossene‹ klang gut. Da schwangen die Flossen mit, die mir gerade solchen Respekt eingeflößt hatten. Eingeflossen hatten? Frau Driehm waren meine Wortklaubereien schnuppe, sie schlug eine Hand vor den Mund und wurde noch blasser, als sie schon war. Unten ging eine Tür, man hörte Schritte im Wohnzimmer. Es gibt nicht viele Menschen auf dieser Welt, die ich an ihrem Gang erkennen würde, aber Lorenz Driehm gehörte dazu.

»Zu den Haien?«, flüsterte Ursula Driehm. »Und Sie haben sich nicht … Sie sind …?«

»Ja, bin ich. Vor allem aber nass bis auf die Unterhose. Deshalb wäre ein Handtuch jetzt praktisch.«

Sie drehte sich auf dem Absatz um. Wollte in eines der angrenzenden Zimmer, hörte ihren Mann die Treppe hochpoltern, änderte die Richtung, warf sich in seine Arme, stammelte ihm die furchtbaren Neuigkeiten entgegen, wurde barsch zurückgewiesen.

Handtuch, Frau Driehm. Einfach ein Handtuch. Warum sind Sie so plötzlich außer Fassung? Sie, die Sie seit Jahrzehnten die Geschäfte Ihres Mannes dulden und gutheißen?

»Was ist hier passiert?«, rief Driehm, weniger fragend als Auskunft begehrend. Seine Frau huschte davon.

»Ich bekomme ein Handtuch«, sagte ich.

Er musterte mich von oben bis unten. »So, wie Sie riechen«, meinte er, »könnte man glauben, Sie hätten eine Runde in meinem Aquarium gedreht.«

»Habe ich.«

»Ach? Und meinen beiden Tierchen geht es gut?«

»Ihren Tierchen?«, lachte ich.

»Dass es Ihnen gut geht, sehe ich.«

»Sie meinen sicher das Strahlen in meinen Augen. Meinen Sie das?«

Das Handtuch kam. Es war fliederfarben und roch nach Kokos. Ich rubbelte mir die Haare trocken und hoffte, dass sie den Geruch nicht annähmen. Dann lieber Fisch.

Driehm räusperte sich. »Wären Sie nun so freundlich, mir zu erklären, was Sie hier wollen? Wenn mich meine Erinnerung nicht täuscht, ist es gerade mal 24 Stunden her, dass ich Sie meines Hauses verwiesen habe.«

»Therese war hier«, raunte seine Frau ihm zu.

»Therese? Sie hat das Krankenhaus verlassen? Ist das der Grund Ihres Besuchs, Herr Koller?«

»Nein, aber der Grund meines Bades. Danke für das Handtuch, Frau Driehm. Der Rest wird draußen trocknen.« Ich baute mich vor dem Hausherrn auf. »Herr Driehm, ich bin gekommen, um mit Ihnen zu reden. Und zwar über so viele Dinge, dass ich gar nicht weiß, wo ich anfangen soll.«

»Zerbrechen Sie sich darüber nicht den Kopf«, winkte er ab. »Mit Ihnen rede ich nämlich nicht. Verlassen Sie mein Haus, Herr Koller. Und damit das klar ist, ein für alle Mal: Ich will Sie hier nicht mehr sehen, in welcher Funktion auch immer. Sollten Sie uns noch einmal belästigen, erstatte ich sofort Anzeige.«

»Sie sind mir noch einen Computer schuldig. Vom Schmerzensgeld ganz zu schweigen.«

»Sie sind mir noch Ihre Bankverbindung schuldig«, gab er ungerührt zurück und zeigte zur Treppe.

»Auf Ihrem Gelände in der Bahnstadt wurde radioaktives Material gefunden. Schon gehört?«

»Ich wurde informiert, ja. Aber bleiben wir doch bitte bei den Tatsachen. Bis zu dieser Stunde wurde auf dem Gelände von Dreamcity nichts Beunruhigendes gefunden. Gar nichts. Da hat sich lediglich ein Mensch eines Gegenstands bemächtigt, der erhöhte Strahlungswerte aufwies. Für mich stellt sich in diesem Zusammenhang die Frage, ob dieser Mensch korrekte Angaben über den Fundort des Gegenstands gemacht hat oder ob er nicht vielmehr einen Anlass suchte, mir zu schaden.« Wieder der Wink zur Treppe. »Herr Koller? Wären Sie nun so freundlich?«

Lachend stieg ich die Treppe hinab. Es war kein befreites, eher ein bitteres Lachen, aber zu mehr war ich nicht imstande. Wir hatten den Saal erreicht, als ich einen letzten Versuch startete.

»Wissen Sie, was ich nie für möglich gehalten hätte?«, sagte ich. »Dass jemand wie Sie es nötig hat, sich mit der eigenen Tochter in einen Kleinkrieg zu verstricken. In ein Duell, das ausschließlich fremde Opfer fordert. Mich, Stacy, Liebherr. Vielleicht noch Ihren Bruder und Shaun Dircksen. Das ist doch nicht Ihr Niveau, Herr Driehm.«

Es war ein schwacher Versuch, ihn zu provozieren, und er verpuffte, weil in diesem Moment sein Handy klingelte. Genau wie gestern. Parallelität der Ereignisse! Ob er mich auch heute zu einer Spritztour einladen würde?

Driehm linste auf das Display – und zögerte. Man sah

ihm an, dass er den Anruf gern entgegengenommen hätte. Aber noch stand ich da, mitten im Raum.

»Bring ihn raus, Ursula«, wies er seine Frau an und wandte sich ab. Im Weggehen hob er das Handy zum Ohr. »Ja?«

»Bitte, Herr Koller«, murmelte Frau Driehm. »Sie haben gehört, was mein Mann sagte.«

»Keine Angst, ich bin schon weg. Aber erzählen Sie mir vorher noch, was Therese hier wollte. Wo kann sie jetzt stecken?«

»Ich weiß es nicht. Wirklich nicht.«

»Wo bist du?«, hörten wir Lorenz Driehm sagen. Dann lauschte er wieder.

»Frau Driehm«, drang ich in beschwörendem Ton auf sie ein. »Ihre Tochter steht im Begriff, etwas Dummes anzustellen. Dass sie mich in den Pool geschmissen hat, war nur der Anfang. Sie müssen mir helfen!«

»Aber ich weiß wirklich nicht …«

»Warum kam sie hierher? Wollte sie ihren Vater sprechen?«

»Nein, sie … sie war doch nur ganz kurz im Haus.« Du meine Güte, wie sich die Frau wand! Eine flüchtende Ringelnatter war nichts dagegen. Dabei irrte ihr Blick immer wieder ab, zu einem Sekretär, der etwas versteckt in einer Ecke stand.

»Hatte sie etwas vergessen? Kam sie, um es abzuholen?« Aus den Augenwinkeln sah ich, dass Driehm immer noch telefonierte, telefonierend zuhörte, einen finsteren Zug um den Mund. Und da fiel es mir wie Schuppen von den Augen. »Hat Ihr Mann eine Waffe, Frau Driehm?«, zischte ich. »War Therese deshalb da?«

Die Frau nickte. Resigniert, ergeben.

»Kaliber 9 Millimeter?«

»Das weiß ich nicht. Eine Walther.«

»Aber die Waffe ist weg? Sie hat sie mitgenommen?«

Wieder nickte sie.

»Gut«, sagte ihr Mann. Ein einziges Wort nur, hart und schnalzend. »Ich komme.« Damit beendete er das Gespräch.

»War das Therese?«, fragte ich.

»Verschwinden Sie!«

»Natürlich war sie es. Sie will mit Ihnen reden, Herr Driehm. Ein Gespräch zwischen Vater und Tochter. Hat sie nicht um meine Anwesenheit gebeten? Das wäre doch eine schöne Parallele zu gestern. Ein Anruf, und wir fahren gemeinsam zu …«

»Raus!« Er stand vor mir, ein Ausbund an Durchsetzungsfähigkeit, an geballter physischer Präsenz, und versuchte, mich mit Blicken aus seinem Haus zu scheuchen. Was sogar im Ansatz gelang. Ohne dass ich es hätte kontrollieren können, machten sich meine Glieder gehbereit, die Muskeln spannten sich. Ich, das heißt mein Körper, wollte nicht länger mit diesem Kampfzwerg in einem Raum bleiben.

Aber da war ja noch mein Kopf, dieser sture, eckige Ermittlerkopf. »Nehmen Sie mich mit, Herr Driehm«, sagte ich, während ich schon erste Schritte zur Tür machte. »Nehmen Sie mich mit, zur Sicherheit. Therese ist unberechenbar. Außerdem weiß ich, was passiert ist.«

Er schob mich Richtung Ausgang. Nur mit Gesten, ohne mich anzufassen. Seine Frau stand als nutzlose Dekoration herum.

»Ich weiß, dass es Therese war, die mir das Material über Liebherr zugestellt hat. Ich weiß, dass Ihre Leute in mein Büro eingedrungen sind, und wie das mit Stacy im Kunstkeller abgelaufen ist, kann ich mir auch denken.«

»Gehen Sie.« Wir waren an der Haustür angelangt. Draußen führte der kurze Hangweg in die Tiefe.

»Herr Driehm, ich bin Mitwisser in jeder Hinsicht. Sie können nicht so tun, als gebe es mich nicht.«

»Auf Wiedersehen.« Es war, als würde man eine Betonwand mit Fingernägeln bearbeiten. Wenn sich Lorenz Driehm etwas in den Kopf gesetzt hatte, hätte man ihm schon diesen Kopf abreißen müssen, um an der Situation etwas zu ändern. Er hielt mir sogar die Tür auf!

»Sie ist bewaffnet«, sagte ich noch.

»Ich weiß.«

Dann war ich draußen. Stolperte bergab, zur Straße. Hinter meiner Stirn schlugen die Gedanken Purzelbaum. Dass meine Kleider immer noch klatschnass waren – nebensächlich. Therese hatte eine Waffe. Vermutlich die, mit der Liebherr erschossen worden war. Die ihrem Vater gehörte. Hatte Lorenz Driehm sie letzte Woche benutzt? Oder benutzen lassen? Oder hatte sich Therese zwischenzeitlich ihrer bemächtigt? Das waren Fragen, die mir nur die Driehms beantworten konnten. Vater und Tochter.

Verdammt, ich musste dabei sein! Und ich hatte auch schon eine Ahnung, wohin Therese ihren Daddy beordert hatte. Stichwort: Parallelen zu gestern.

Was war eigentlich mit meinem Handy? Wie Dircksens Glock steckte es tief in einer Hosentasche, und wie sie war es nass. Aber: Es funktionierte. Ich wählte die Nummer meines Praktikanten.

»Ja?«

»Leonard, wo steckst du?«

»An der Kasse vom Rewe. Lena und ich wollen zusammen kochen.«

»Welche Lena?«

»Meine Freundin.«

»Wieso Freundin? Ich dachte, dafür hättest du keine Zeit?«

»So einfach ist es auch wieder nicht«, entgegnete er fast feierlich. »Lena und ich …«

»Spielt auch keine Rolle«, schnitt ich ihm das Wort ab. »Ich brauche dich. Jetzt! Pass auf, ich bin auf dem Weg in die Bahnstadt. Zum Ort des Spatenstichs. Dort wird Therese ihren Vater treffen, und es geht um alles. Komm du auch!«

»Jetzt? Aber Chef …!«

»Mit Lena kannst du immer noch …« Mir fiel kein passendes Verb ein. »Es ist wichtig, hörst du, Leonie? Leonard, meine ich natürlich. Und bitte rufe vorher Kommissar Fischer an. Er soll mit ein paar Leuten anrücken. Aber ohne Aufsehen, keine Sirenen oder so was.«

»Das soll ich alles …?« Im Hintergrund piepsten die Barcodes.

»Hier, die Durchwahl von Fischer.« Ich diktierte sie ihm zwei Mal. Hoffentlich verwechselte er sie nicht mit dem, was er bei Rewe zu bezahlen hatte! Als ich sah, wie sich das breite Garagentor der Villa hob, beendete ich das Gespräch. Egal, wohin Lorenz Driehm jetzt fuhr, ich würde ihm folgen. Ich hatte eine radioaktive Mütze mit mir herumgeschleppt, hatte ein Tête-à-tête mit Tigerhaien überlebt, da würde mich so ein lächerlicher 200 PS-Motor doch nicht ausbremsen. Aber dann sah ich, dass Driehm die Ausfahrt im BMW Cabrio unternahm. War der Jaguar noch nicht aus der Werkstatt zurück? Umso besser! Während er die steile Straße hinabrollte, schwang ich mich auf mein Fahrrad und hetzte ihm nach.

Wie viel Gefälle hat der Philosophenweg? Wer weiß es? Richtig: teilweise über 20 Prozent. Wenn du hier bergab in die Pedale trittst, bist du entweder lebensmüde oder ein Privatflic im Einsatz. In der S-Kurve auf halber Strecke rasierte ich Driehms Stoßstange, auf der anschließenden Passage zog er mir kurz davon. Am Fuß des Bergs bremste er scharf, ich auch, aber nicht scharf genug, so dass ich an dem Cabrio vorbei auf die Kreuzung rutschte. Rechts stieg einer in die Eisen und hupte wie blöd. Driehm nutzte die Chance, um mit quietschenden Reifen Richtung Neckar davonzujagen. Bis ich mich berappelt, dem hupenden Zeitgenossen eine gestenreiche Erklärung gegeben und wieder Fahrt aufgenommen hatte, war das Cabrio bereits um die nächste Ecke verschwunden. Ich hinterher. Wenn jetzt die Ampel am Brückenkopf Rot zeigte …

Sie zeigte Rot.

Driehm hielt, den Blinker links gesetzt, beide Augen starr im Rückspiegel. Er sah mich heranstürmen, das Rad gegen eine Hauswand werfen, Anlauf nehmen und … Wupp! Noch in der Luft wurde mein Grinsen breit und zufrieden. Ich plumpste auf den Beifahrersitz des Cabrios, dass die Karosserie ins Wippen geriet. Driehm brüllte etwas, die Ampel schaltete auf Gelb, vom Himmel lachte die Sonne.

»Wollen Sie nicht fahren, Herr Driehm?« Ich tippte ihm auf die Schulter. »Grüner wird's nicht.«

Hinter uns drängelte einer. Wahrscheinlich der Huper von eben.

Driehm legte den ersten Gang ein und gab Gas.

KAPITEL 44

Es dämmerte bereits, als wir uns dem neuen Stadtteil näherten. Abendstimmung über den Bahngleisen, Neoromantik à la Heidelberg. Lorenz Driehm hatte geschwiegen, ich mich still meines Triumphs gefreut. Der BMW war ein älteres Modell und bekundete das durch sonores Oldtimerbrummen. Vor dem wild belebten, von Gold bis Schwarzviolett eingefärbten Himmel formierten sich die Wohnblocks der Bahnstadt zur Skyline.

»Shaun Dircksen«, durchbrach ich das Schweigen. »Shaun Dircksen, Ihr alter Kumpel, war 1982 mit Ihrer Tochter in München. Was wollte er da, Herr Driehm?«

Überraschte ihn die Frage? Anmerken ließ er sich nichts. Sein Gesichtsausdruck blieb verschlossen. Er setzte den Blinker und steuerte den Wagen um eine Kurve. Ohne jede Eile.

»Und was war der Grund für den Selbstmord Ihrer Frau?« Ich betrachtete ihn von der Seite. Nicht, dass ich eine Antwort erwartet hätte. Es ging darum, Driehm in Kenntnis zu setzen, wie nah ich ihm mit meinen Ermittlungen gekommen war. »Schon gut, ich weiß, dass mich das nichts angeht. Aber Ihre Tochter geht es etwas an, und sie wird eine Antwort einfordern. Heute, morgen, immer wieder. Wenn Sie …«

»Ihr!«, unterbrach er mich. Er spuckte mir das Wort geradezu vor die Füße. »Glaubt ihr etwa, ihr imponiert mir, ihr jungen Leute? Da liegt das ganze Leben noch vor euch, ihr könntet es gestalten, könntet etwas daraus machen – und was tut ihr? Wühlt euch durch die Vergangenheit wie Maulwürfe. Immer nur damals, damals! Ist das alles, was ihr könnt? Dann tut ihr mir leid. Als ich in eurem Alter war, hatte ich bereits einen Jahresumsatz von mehreren Millionen.«

»Und als Napoleon in unserem Alter war, hatte er bereits die halbe Welt erobert«, erwiderte ich. Alles Sprüche! Keine Ahnung, ob das mit Napoleon stimmte, aber es passte zu dem Giftzwerg neben mir.

»Jedem das Seine, Herr Koller. Aber kommen Sie bloß nicht auf den Gedanken, dass ich irgendeiner Person Rechenschaft schuldig wäre, nur weil diese Person zufällig meine Tochter ist. Was ich brauche, ist ein Dialog auf Augenhöhe. Und dazu gebt ihr jungen Leute mir leider keinen Anlass.«

»Weil Therese nicht die Art von Musik macht, die Sie mögen? Weil sie nicht den Lebensweg einschlagen wollte, den Sie ihr ausgeguckt haben?«

Driehm winkte ab. Verächtlich. Angewidert.

»Bei Ihrem Bruder, Herr Driehm, sehen Sie die Sache nicht so eng.«

»Für Felix gilt exakt dasselbe«, entgegnete er scharf. Scharf und eine Spur zu schnell. Ja, ja, der wunde Punkt in der Biografie des Lorenz Driehm. Sogar sein Bremsmanöver fiel jetzt etwas forscher aus als zuvor. Wie gestern fuhren wir den Langen Anger hoch, linkerhand besiedeltes Gelände, vor uns die Mondlandschaft von Dreamcity.

»Darum geht es«, sagte Driehm und wies nach vorn. »Nur darum. Eine Stadt. Etwas Konkretes, eine Sache zum Anfassen. Der Menschheit etwas zu hinterlassen, das war schon immer mein Anspruch. Ich bin über 60, vielleicht bleiben mir nur noch wenige Jahre – denken Sie an den armen Dircksen –, vielleicht werde ich 100. Na und? Das ist zweitrangig. Ich habe etwas aufgebaut, das ist der Punkt. Etwas, das Bestand hat, über das keiner hinwegsehen kann. Sobald Dreamcity steht, ist dieser Prozess abgeschlossen. Und wissen Sie, was? Es steht bereits. Ich kann es sehen.« Der BMW wurde langsamer, als wir das Ende der Straße erreichten. »Wirklich, Herr Koller, ich kann Dreamcity sehen. Jedes einzelne Gebäude.« Er zeigte nach vorn. »Hier eines, dort. Das Forschungszentrum, daneben das Altenheim. Und natürlich die Zentrale von Driehm Pharma. Bei der kenne ich bereits die Farbe der Toilettenhandtücher. Alle Pläne sind genehmigt, die Mieter stehen Schlange, und über die Finanzierung brauchen wir nicht zu reden. Es gibt kein Zurück mehr. Ich habe mein Soll erfüllt.«

»Man nennt Sie auch Mr. Dream, stimmt's?«

Der Wagen hielt. Driehm zog den Zündschlüssel ab. »Es gibt Dinge, Herr Koller, über die können Sie nicht hinwegsehen. Die sind nicht mehr aus der Welt zu schaffen. Wegmarken. Ein Spatenstich zum Beispiel. Die Fotos, die gemacht wurden, die Berichte, die geschrieben wurden – jetzt ist die Sache ein Faktum. Dreamcity steht. Auch wenn es noch nicht jeder sehen kann. Deshalb war es mir so wichtig, dass mein Freund Shaun Dircksen beim Spatenstich dabei ist.«

»Und nur ich habe gestört.«

»Haben Sie das? Ja. Wie die Mücke einen Elefanten beim Wasserlassen stört. Eine nach Fisch stinkende Mücke, wenn Sie diese Bemerkung gestatten.« Er stieg aus. »Nehmen Sie ruhig die Tür, Herr Koller. Bei einem Cabrio ist das Hinein- und Hinausspringen keinesfalls Vorschrift.«

Natürlich hüpfte ich trotzdem. Ironie stand ihm nicht, meinem Chauffeur. Der Sand stob unter meinen Füßen, ich klopfte mir die Hände an der Hose ab. Vor uns das skelettartige Gebäude, in dem Shaun Dircksen den Tod gefunden hatte. War seitdem erst ein Tag vergangen? Ein lächerlicher Tag bloß?

Ein Déjà-vu jagte das nächste. Das Betreten des Hauses durch die breite Türöffnung; die Stille, die uns umgab; das scharrende Geräusch unserer Schritte auf dem Betonboden. Nur dass es gestern heller Tag gewesen war, als wir Dircksen getroffen hatten. Heute zogen sich die letzten Sonnenstrahlen aus den Winkeln zurück, wurden die Schatten dichter.

Schweigend stiegen wir nach oben. Der Fahrtwind hatte mein T-Shirt weitgehend getrocknet, nur die Hose fühlte sich noch klamm an. Driehm ging voran. Ab dem dritten Stockwerk hatten wir freien Blick auf den Pfälzer Wald im Westen, hinter dem die Sonne eben untergegangen war.

Das Obergeschoss. Driehm blieb stehen und sah sich um. Ich trat neben ihn.

»Nein!«, schrie jemand. Gleich danach fiel ein Schuss.

Ich hechtete zur Seite. Machte mich klein, suchte Schutz hinter einer Säule. Wenn mich nicht alles trog, war die Kugel nur um Haaresbreite an mir vorbeigesaust.

»Du solltest allein kommen«, hallte Thereses Stimme durch das Stockwerk. »Allein, habe ich gesagt!«

Der nächste Schuss. Wie es in dem leeren Stockwerk hallte! Ich presste mich an die Säule. Jetzt drehte die Frau völlig durch!

»Ich bin's, Therese!«, rief ich. »Max! Hör auf zu schießen!«

»Verschwinde!«

»Dein Freund hängt an mir wie eine Klette.« Ich konnte Driehm nicht sehen, aber seine Stimme drang klar und deutlich durch das Halbdunkel. »So gern ich ihn losgeworden wäre …«

»Hau ab, Max! Ich will dich hier nicht sehen!«

»Dann warte noch ein paar Minuten. Bis die Sonne endgültig weg ist!«

War das eine originelle Reaktion? Die Thereses war es nicht: Schuss Nummer drei. Genau das hatte ich gewollt.

»Bevor du zum vierten Mal abdrückst«, rief ich, »solltest du kurz nachrechnen, Therese. In das Magazin deiner Pistole passen genau sechs Patronen. Mit der ersten wurde Liebherr getötet. Die zweite liegt irgendwo auf dem Bahnstadt-Gelände; das war der Schuss, der mich in die Irre führen sollte. Gerade eben hast du drei Mal geschossen. Dir bleibt also maximal eine Patrone.« Ich machte eine Pause. »Bitte überleg dir genau, wofür du sie verwendest. Wofür und für wen.«

Damit trat ich hinter der Säule hervor.

Die Stille, die mich umgab, war fast schmerzhaft.

Durch die offenen Fensterhöhlen fiel das ersterbende Licht des Abends. Wo es nicht hindrang, regierte der finstere Gott der Schatten. Sein Reich wuchs mit jedem Wimpernschlag.

Und es geschah: nichts. Kein Schuss, kein Wutschrei, alles blieb ruhig. Eine Sekunde. Noch eine. Eine dritte. Nichts tat sich.

Nur mein Herz raste.

Es raste mit Grund. Denn erstens hatte ich, was die Magazinkapazität der Walther anging, ziemlich hoch gepokert. Zweitens konnte das Magazin zwischen Mittwoch und heute nachgefüllt worden sein. Meine einzige Hoffnung in diesem Fall war die schlechte Sicht auf der Etage und die Entfernung zwischen mir und Therese.

Denn jetzt sah ich sie. Sie stand vor dem Fahrstuhlschacht, in den der tote Dircksen gefallen war. Ihren Umriss konnte ich nur schemenhaft erkennen, ihr rechter Arm jedoch, dessen war ich mir sicher, zeigte nach unten. Und nicht in meine Richtung.

»Okay«, sagte ich. »Ich komme jetzt näher. Einverstanden?«

»Wo ist mein Vater?«

Aus dem Dunkel löste sich der Schatten Lorenz Driehms. Er ging ein paar Schritte auf Therese zu, um dann stehenzubleiben.

»Was machst du mit meiner Pistole? Du hast überhaupt keinen Waffenschein!«

Er stand so, dass ein wenig Helligkeit über seine Züge fiel. Seine Tochter hatte mich zu den Haien gestoßen, sie hatte drei Mal auf mich geschossen, doch seine einzig erkennbare Regung bestand in Empörung. Empörung darüber, dass es jemand wagte, eine Waffe ohne Waffenschein zu verwenden.

Wo kommen wir denn da hin?

Auch Therese setzte sich nun in Bewegung. Ein paar Schritte im Licht, ein paar in der Dunkelheit. Noch immer zeigte die Pistolenhand zum Boden. Etwa einen Meter von ihrem Vater entfernt blieb sie stehen. Ich wartete. Mein Pulsschlag beruhigte sich. Ich hatte sie so weit: Es ging nicht mehr um mich. Sondern um ihn.

»Du willst also dabei sein?«, fragte Therese in meine Richtung.

»Nach dem Bad im Haifischbecken habe ich wohl einen Wunsch frei, oder?«

Sie schwieg. Hielt den Kopf leicht gesenkt, als müsse sie nachdenken. Oder sich zumindest auf die neue Situation einstellen. Es war so still, dass sich nach und nach die Geräusche der Umgebung in meine Wahrnehmung schlichen. Das Rauschen der A5, sehr weit entfernt diesmal. Ein dumpfes Grollen, vermutlich von einem LKW auf einer der Ausfallstraßen. Das Zirpen der Grillen, der Ruf eines Vogels. Alles nur angedeutet, sanft, hintergründig, vom Scharren unserer Füße sofort zu überdecken.

Aber da scharrte kein Fuß. Wir standen regungslos, schweigend.

Dafür hörte ich plötzlich ein anderes Geräusch: trocken, sehr kurz, regelmäßig. Dircksens Schluckauf. Ich wusste, dass dieses Geräusch nur in meinem Kopf existierte, dass die anderen beiden es nicht wahrnahmen. Aber es war da. Kurz und trocken. Der Schluckauf.

Oder das Knacken eines Geigerzählers?

»Gut«, sagte Therese, und sofort verschwand das peinigende Geräusch. »Dann bist du also dabei. Ein Zeuge, warum nicht.« Sie hob die Pistole. »Erzähl uns, was 1982 in München passiert ist, Lorenz. Erzähl uns alles. Mir und diesem Mann da.«

Der Lauf der Walther richtete sich gegen die Schläfe Driehms. Sonderlich beeindruckt schien er nicht. Er lachte kurz auf. »Du glaubst doch nicht, dass ich in Anwesenheit eines Privatschnüfflers …«

»Und ob ich das glaube«, unterbrach sie ihn schroff. »Wir waren oft genug zu zweit. Da hättest du reden können. Das hier ist deine letzte Chance, Lorenz. Jetzt, wo mein Vater tot ist, habe ich nichts mehr zu verlieren.«

»Du wirst nicht schießen«, sagte er.

»Willst du es riskieren?«

»Du wirst nicht schießen.«

Ich hielt den Atem an. Was war das für ein verrückter Dialog? Von welchem Vater sprach Therese? Ihr Vater stand doch vor ihr, die Mündung der Pistole an der Schläfe. Er war nicht tot. Jedenfalls noch nicht! Und weshalb sollte Therese Driehm ihren eigenen Vater erschießen?

»Was ist in München passiert?«, wiederholte sie, mit einer Stimme, die sich wie ein Muskel zusammenkrampfte.

Und in diesem Moment wusste ich, von welchem Vater sie sprach. Shaun Dircksen! Es blieb nur diese eine Möglichkeit. Der Kerl war 30 Jahre älter als sie. Deshalb hatte sie den Krieg gegen Driehm angezettelt: um ihn zur Wahrheit über ihre Abstammung zu zwingen. Ihre Mutter war tot, Dircksen selbst hatte bis zu seinem Tod ebenfalls geschwiegen – also blieb nur ihr Vater. Der Mann namens Lorenz Driehm. Und deshalb hatte sie mir die Geschichte ihrer angeblichen Schwangerschaft aufgetischt. Weil ich so die Botschaft, die ich beim Spatenstich in die Welt hinausposaunte, nicht kapierte. Nein: weil ich sie falsch verstand, falsch verstehen musste. »*Shaun Dircksen! Wollen Sie sich nicht endlich zu Ihrem Kind bekennen?*« Das Kind war sie selbst, Therese. Die Tochter Dircksens und der verstorbenen Gattin Driehms. Und natürlich galt die Botschaft dem offiziellen Vater ebenso wie dem leiblichen. Driehm oder Dircksen, einer von beiden sollten endlich reden.

Stattdessen hatte sich Dircksen, der Feigling, eine Kugel durch den Kopf gejagt. Hier, an diesem Ort. An dem nun Lorenz Driehm stand, im Dämmerlicht, ungerührt, unbeeindruckt.

»Du wirst nicht schießen«, sagte er zum dritten Mal. »Und weil ich das weiß, bist du es nicht wert, die Wahrheit zu erfahren. Oder das, was du für die Wahrheit hältst. Ihr jungen Leute könnt mit der Vergangenheit nicht umgehen. Ihr seid ja nicht einmal fähig, eure Zukunft zu gestalten. Du solltest froh sein, dich meine Tochter nennen zu dürfen, Therese. Alles andere interessiert nicht.«

Therese wollte etwas entgegnen, doch ich kam ihr zuvor. Ich hatte bemerkt, dass ihr Arm zitterte.

»Ja vielleicht«, rief ich und stellte mich neben ihn. »Vielleicht bringt es Ihre Tochter nicht übers Herz, zu schießen. Aber ich, Herr Driehm, ich werde es tun.« Damit zog ich die kleine Glock aus der Hosentasche und hielt sie ihm an die andere Schläfe. Driehm war so verblüfft, dass er sich keinen Millimeter rührte. Nur das Fleckchen Weiß in seinen Augen veränderte sich. Seine Pupillen waren von der einen Seite zur anderen gewandert. Von Thereses Waffe zu meiner.

»Hör auf, Max!«, zischte Therese.

»Lass mich. Warum willst du für die Verstocktheit dieses Mannes büßen? Für all den Mist, den er angerichtet hat? Bei mir spielt das keine Rolle. Wenn sie seine Leiche finden, werde ich sagen, ich hätte in Notwehr gehandelt. Er hat schließlich schon einmal seine Schläger auf mich gehetzt. Und vergiss nicht: Er ging dazwischen, als ich Dircksen die Pistole entreißen wollte. Wenn er nicht gewesen wäre, würde Dircksen heute noch leben.«

»Ja, mit einem gefräßigen Tumor im Kopf!«, rief Driehm, eine Spur schriller als sonst.

»Na und? Darüber haben Sie nicht zu entscheiden. Sie entscheiden jetzt nur noch über eine Sache: ob Sie weiterleben dürfen oder nicht. Also raus mit der Sprache. Warum haben Sie Therese nie erzählt, dass Dircksen ihr Vater ist?«

Therese ließ den Arm sinken. Wahrscheinlich hatte sie keine Kraft mehr. Nur noch eine Pistole war gegen Driehm gerichtet. Der stand ganz starr da. Das Weiß in seinen Augen leuchtete. Dann begann er zu lachen.

»Versuchen Sie es schon wieder mit Ihrem Imponiergehabe, Herr Koller?«, sagte er. »Den starken Mann spielen und den edlen Ritter gleich mit? Gott, wie verzweifelt müssen Sie sein! Ich sehe nur Schwäche um mich herum. Schwäche und Erbärmlichkeit. Lauter kleine Seelen, die mich für irgendeine alte Geschichte zur Rechenschaft ziehen wollen. Wenn man etwas auf die Beine stellt, ist man umzingelt von Rechtfertigungsfanatikern. Das war schon immer so. Ich pfeife darauf! Hier, schauen Sie aus den Fenstern. Dreamcity, mein Werk. So etwas ist nur zu schaffen, wenn man sich nicht ständig rechtfertigen muss. Wenn man nicht unablässig in der Vergangenheit wühlt.«

»Wissen Sie eigentlich, was Sie da für einen Mist reden?«, sagte ich. »Aber egal. Sie werden jetzt alles erzählen. Jetzt, Herr Driehm. Sonst drücke ich ab.«

»Auch Sie werden nicht schießen. Ich kenne euch doch viel zu gut, euch junge Leute. Große Klappe, nichts dahinter.«

»Wollen Sie es ausprobieren?«

»Sie werden nicht schießen. Und falls doch: Es kümmert mich nicht. Ich habe mein Tagwerk vollbracht. Ich bin zufrieden, Herr Koller. Sie sind es nicht. Das ist der Unterschied zwischen uns beiden.« Wie zum Hohn rieb er sich die Hände. »War's das? Therese, Herr Koller? Gut. Dann empfehle ich mich. Schießen Sie oder schießen Sie nicht. Ihre Entscheidung. Von meinem Weg werden Sie mich jedenfalls nicht abbringen.«

Damit drehte er sich um und ging. So schlicht diese Handlung war, so ungeheuerlich war sie auch. Driehm riskierte die Eskalation. Er setzte alles auf eine Karte! Mit einer einfachen Bewegung entzog er seinen Kopf meiner Waffe, würdigte mich keines Blickes mehr, wandte mir im Gehen seinen Rücken zu. Mir – und seiner Tochter. Denn auch Therese hatte die Pistole wieder erhoben. Zwei Läufe zielten auf Driehms Hinterkopf. Zwei Kugeln hätten ihn treffen können. Gleichzeitig. Oder nacheinander.

Ein kurzer Druck mit dem Finger hätte genügt.

Ich oder sie.

Sie oder ich.

Als er die Treppe erreichte, ließen wir beide die Arme sinken. Der Zwerg verschwand. Seine Füße zuerst, dann seine Beine, die Hüfte, bis ganz zuletzt Driehms Kopf in der Tiefe versank.

Wir hatten beide nicht geschossen.

Driehms Schritte klangen zu uns herauf. Immer leiser, aber in regelmäßig. Ohne jeden Stolperer, geradezu stoisch.

Ich wollte wetten, dass er nicht einmal weiche Knie hatte.

»Und jetzt?«, flüsterte Therese neben mir. »Was soll ich denn jetzt noch tun?«

Ich sah sie an. Ihr blasses Gesicht, von irgendwoher beschienen, schimmerte in der Dunkelheit.

»Tja«, sagte ich. »Du wirst dich wohl erschießen müssen.«

KAPITEL 45

Von unten, dort, wo Lorenz Driehm seinen Wagen geparkt hatte, wirkte das unfertige Bauwerk bedrohlich. Ein Gerippe, fahl und abweisend. Die Fensterhöhlen wie die Augen eines Totenschädels. Aussparungen, Lücken, fehlende Wandteile, die einmal von Glas geschlossen werden sollten. Durch die jetzt der Wind fuhr. Ein Totenhaus. Und nun strich auch noch das Blaulicht der von Leonard einbestellten Streifenwagen über die Betonhülle. Immer wieder bäumte sich das Gebäude im Zucken der Lichter auf, sank zusammen, wurde erneut von Helligkeit gepeitscht.

Kommissar Fischer, griesgrämiger denn je, knibbelte sich die Nase wund. Seine Wadenbeißer tippelten auf der Stelle, wollten unbedingt etwas unternehmen. Lorenz Driehm dagegen wartete nur auf den Moment, an dem er nach Hause fahren konnte.

»Dann gehen wir mal rein und schauen uns die Sache an«, entschied Fischer. In diesem Moment ließ ein Geräusch, ein halb verwehter Ruf, alle in die Höhe blicken.

»Vater!«, hatte Therese gerufen. Nicht ›Lorenz‹ wie zuvor, sondern: Vater. Da stand sie, ganz oben im vierten Stock, an einem Fenster, das bis knapp über den Boden reichte. An einem der Totenschädelaugen. In der rechten Hand hielt sie die Pistole, mit der anderen suchte sie Halt am Mauerwerk. Das Blaulicht, das über ihre blasse Gestalt pulsierte, verlieh ihr einen geisterhaften Schimmer. Jedes Mal, wenn ihr Gesicht aufglomm, warf sie einen riesigen Schatten.

Niemand sprach.

»Wenn du jetzt gehst, Vater«, rief Therese mit schriller Stimme, »werde ich es tun.«

Fischer sah Driehm stirnrunzelnd an. Der rührte sich nicht.

»Ich werde mich erschießen, hörst du?«

»Tun Sie's nicht, Frau Driehm!«, rief der Kommissar nach oben. »Verdammt, Driehm, sagen Sie doch etwas!«

Der Millionär schwieg und spielte mit dem Zündschlüssel in seiner Hand.

»Du hast es so gewollt, Vater.«

Die Gestalt am Fenster hob die Pistole und steckte sie sich in den Mund.

»Frau Driehm! Nicht!«

Dann fiel der Schuss.

Thereses Kopf kippte nach hinten, ihr Körper sackte zusammen und verschwand im Innern des Gebäudes. Dort fing jemand an zu schreien.

»Nein, Therese! Nein! Was hast du getan? Therese!«

Das war ich. Oben, im verfluchten vierten Stock dieses Totenhauses. Erst Dircksen, jetzt Therese. Und immer war ich Zeuge. Immer stand ich direkt daneben. Ein einziger Schuss nur …

»Hiergeblieben!«, brüllte Kommissar Fischer und hielt Driehm am Arm fest. Wollte Thereses Vater tatsächlich zu seiner Tochter? Zu seiner toten, aus Verzweiflung über seine Stummheit gestorbenen Tochter? Jedenfalls wand er sich im Griff des Kommissars, ließ den Schlüssel fallen, die Gesichtszüge entglitten ihm. Seine Blicke prallten an der Betonhülle des Gebäudes ab, nur mein Getobe ließ erahnen, wie es um Therese stand.

»Bleiben Sie ruhig, Herr Driehm!«

Greiner und Sorgwitz hatten ihre Dienstwaffen gezogen und wurden von Fischer in das Gebäude gescheucht. Sich gegenseitig Deckung gebend, drangen sie ins Erdgeschoss vor. Weiter zur Treppe. Waffe immer im Anschlag. Währenddessen heulte ich und schrie, dass es weit über Dreamcity schallte. Der Soundtrack einer Tragödie.

»Therese!«, keuchte Driehm. Er hatte den Widerstand aufgegeben. Starrte apathisch auf das leere, kalte Haus. Sein Haus, errichtet auf seinem Stadtteil. Geplant von Dircksen, dem Toten.

Still rotierte das Blaulicht. Die Streifenpolizisten riefen telefonisch Verstärkung herbei.

Und dann kam mein Auftritt. Max Koller, aus dem Gebäude torkelnd. Blutbespritzt. Am Montag Dircksen, am Dienstag Therese. Wie konnte es derartige Wiederholungen geben? Was war das bloß für eine gehässige Volte des Schicksals? Ich stolperte auf Driehm zu, krallte, grapschte nach ihm, heulte, wollte ihn am Kragen packen, spie nach ihm.

»Sie verdammtes Schwein!«, brüllte ich. »Sie sind schuld! Weil Sie den Mund nicht aufkriegen, bringt sie sich um!« (Komisch eigentlich, dass ich die Höflichkeitsform wahrte. Schwein, aber Sie …!)

Driehm wich zurück. Kommissar Fischer drängte sich zwischen uns, hob beruhigend die Hände.

»Weg da!«, schrie ich ihn an. »Er hat sie auf dem Gewissen!«

»Langsam, Koller! Tun Sie jetzt nichts Unüberlegtes.«

»Er war's! Er ist schuld.«

Der Zwerg war leichenblass geworden. Unter dem Dauerfeuer des Blaulichts drohte er sich aufzulösen. Seine Konturen verschwammen. Über sein Gesicht trieben die widersprüchlichsten Empfindungen. Nur sein Blick war starr, hing wie gebannt an den roten Flecken und Spritzern, die mich bedeckten. Die auf meiner Stirn waren, in meinem Haar, an Backen, Hals, Armen, auf meinem T-Shirt. Rot, schwarz, violett, je nach Lichteinfall.

Genau wie bei Dircksens Tod.

Driehm stöhnte auf. Er schloss die Augen, nur um sie gleich darauf wieder zu öffnen. Als risse ihm jemand die Lider auseinander. Meine Blicke verfolgten jede seiner Regungen. Noch immer stand Kommissar Fischer zwischen uns und hielt uns auf Distanz.

»Sind Sie jetzt zufrieden, Herr Driehm?« Ich schleuderte ihm die Frage regelrecht vor die Füße. »Jetzt, wo Ihre Tochter endlich einmal Konsequenz gezeigt hat? So recht nach Driehm-Art: Wir ziehen die Sache durch. Wir ziehen Sie durch bis zum bitteren Ende. Ja, Sie können zufrieden sein. Wenigstens dieses eine Mal hat Therese dem Namen Driehm alle Ehre gemacht. Um den Preis ihres Lebens.«

Der Zwerg suchte nach einer Antwort. Seine Kiefer mahlten. Plötzlich ging sein Blick in die Höhe. Fischer und ich drehten uns um. Oben im vierten Stock stand Kommissar Greiner am Fenster und schüttelte den Kopf. Hilflos, so schien es.

Dann zog er sich wieder zurück.

Driehm sank in sich zusammen. Nicht dass er umgefallen wäre, so weit kam es nicht. Aber jedes seiner Glieder verlor einen Bruchteil seiner Ausdehnung, wie eine Ziehharmonika, die man ein klein wenig staucht. Urplötzlich sah der Retter Heidelbergs alt aus. Alt und verbraucht. Geradezu menschlich.

»Ja«, sagte er. »Nun ist das also vorbei.«

Er drehte sich um. Mechanisch setzten sich seine Beine in Bewegung und trugen ihn davon. Weg von dem Skelettbau, weg von der Straße. Driehms Füße stapften über Erde und Steine, über Baggerspuren und Grasbüschel. Hinein in die Wildnis von Dreamcity. Irgendwann blieb er stehen. Vor ihm gähnte die große Grube, in der Liebherr gelegen hatte. Es war die Grube, und es war sie nicht. Wie hatte Kommissar Sorgwitz heute Morgen formuliert? Stündlich ändert dieses Dreamcity sein Aussehen. Und das stimmte. Der Boden der Grube war frisch betoniert, überall wuchsen die Kellerwände in die Höhe.

Woher ich das wusste? Nun, ich befand mich direkt hinter Lorenz Driehm, als der die Baugrube erreichte. Blieb stehen wie er, setzte mich an den Grubenrand wie er. Dann wartete ich. Beobachtete, wie er ein Häufchen Erde aufnahm und es langsam durch die Finger rinnen ließ. Noch mal eine Hand. Und noch eine. Anschließend wischte er sich die Hände an der Hose ab und schaute über die Grube hinweg in die Nacht.

Vom Blaulicht drangen nur schwache Signale bis zu uns. Irgendwann hörte es ganz auf. Die Polizisten mussten es abgestellt haben.

»Therese hatte recht«, hörte ich Driehm sagen. So matt war seine Stimme noch nie gewesen. Aber als er nach kurzer Pause und einem Räuspern weitersprach, hatte sie wieder ihren gewohnt sicheren Klang. »Therese hatte recht: Dircksen ist ihr Vater. Shaun und ich waren Freunde, gute Freunde, die vieles teilten. Nur unsere Frauen nicht. Deshalb verheimlichte mir Rebecca ihre Affäre zunächst. Aber dann, als das Kind auf der Welt war, rückte sie doch mit der Wahrheit heraus. So war sie. Immer schwankend. Je länger, je mehr.« Wieder machte er eine kurze Pause. »Dircksen war die Sache peinlich. Schließlich war ich nicht nur sein Freund, sondern verschaffte ihm auch lukrative Aufträge, damals schon. Er zog dann für einige Jahre nach München. Das schien allen Beteiligten die beste Lösung. Aber Rebecca wurde immer … haltloser. Unausgeglichener. Sie war so unzufrieden. Ich erwischte sie, wie sie ihm Briefe schrieb oder lange mit ihm telefonierte. Dircksen erzählte mir sogar davon. Ein unerfreulicher Zustand.

Und dann, eines Tages, war Rebecca plötzlich fort. Hatte sich in den Zug gesetzt und war nach München gefahren. Zu Dircksen, einfach so.«

»Sie war geflohen«, sagte ich.

Er machte eine verächtliche Geste. »Abgehauen ist sie. Getürmt, ja. Aber nicht vor mir, sondern vor der eigenen Verantwortung. Und das Kind nahm sie mit. Plötzlich hatte diese Frau die fixe Idee, sie könne nur mit Dircksen glücklich werden. Weil er ja auch der Vater der Kleinen war.«

»Von Therese.«

»Ja, von Therese. Erst habe ich es auf die sanfte Tour versucht, dann mit Nachdruck. Es war eine zähe Geschichte, das können Sie mir glauben, Herr Koller.«

»Das glaube ich Ihnen, Herr Driehm.«

»Mit Dircksen kam es deshalb fast zum Bruch. Er war immer noch scharf auf Rebecca, gut, das verstand ich sogar. Die Sache mit dem Kind war ihm dagegen lästig. Sie stritten viel deswegen. Aber es dauerte Wochen, bis wir Rebecca so weit hatten, dass sie zurückkehrte.«

»Freiwillig?«

»Mehr oder weniger. Ich musste schon in einer Nacht- und Nebelaktion nach München fahren und Therese abholen, damit sie klein beigab.«

»Abholen?«

»Ich bin hin, habe das Kind ins Auto gepackt und gleich wieder umgedreht.«

»Klingt eher wie eine Entführung.«

»Ohne Therese hielt Rebecca es nicht lange aus. Nach ein paar Tagen war sie wieder in Heidelberg.«

»Wie schön für Sie. Und Dircksen?«

»War heilfroh. Zum Vater taugte er nicht. Hat ja auch nie eine Familie gegründet. Das ist alles.« Wieder machte er eine Pause, bevor er sich mit bitterem Blick an mich wandte. »Und nun frage ich Sie: Ist diese Geschichte ein Grund, sich eine Kugel durch den Kopf zu jagen?«

»Ist diese Geschichte ein Grund, sie der eigenen Tochter zu verheimlichen?«

Er schüttelte den Kopf. »An Rebeccas Grab haben Dircksen und ich uns geschworen, Therese niemals davon zu erzählen. Sie sollte nicht mit diesem Riss in ihrer Biografie aufwachsen. Sie sollte stärker sein als ihre Mutter. Ein Wunsch, der leider nicht in Erfüllung ging.«

»Und deshalb hat auch Dircksen gestern nicht den Mund aufgemacht? Weil er sich noch in seiner Todesstunde an diesen Uraltschwur erinnerte?«

»Er wusste, dass er sterben würde. Aber er wusste auch, dass wir, Therese und ich, weiterleben würden. Deshalb schwieg er. Er wollte mir keine Schwierigkeiten bereiten.«

»Ein echter Freund.«

»Allerdings.«

Ich nickte still vor mich hin. Wunderbar, diese Männerkumpanei. Erst war Thereses Mutter daran zerbrochen und nun, beinahe, auch Therese. Ein Schwur, Stillhalteabkommen, Stärke, Konsequenz – was für eine Ansammlung von Sekundärtugenden. Wen interessierte da das Seelenheil eines Partners? Okay, manchmal fuhr einem das Triebleben in die Parade, dann rappelte es kurz in der Freundschaftskiste, aber so waren Männer nun mal. Schwamm drüber.

»Warum ist es so wichtig, diese alten Geschichten aufzuwärmen?«, fragte Driehm in die Nacht hinein. »Ich habe damals um meine Frau gekämpft. Ich war verletzt, gedemütigt, eifersüchtig. Und Rebecca dankte es mir mit Selbstmord. All das hat Wunden hinterlassen. Warum muss man die nach so vielen Jahren wieder aufreißen? Dircksen und ich hatten einen Weg gefunden, damit zu leben. Gut zu leben. Bis meine Tochter anfing, alles infrage zu stellen.«

»Sie erzählte Ihnen von der ›Tatort‹-Szene.«

»Und löcherte mich. Ich weiß bis heute nicht, was daran ihr Misstrauen weckte. Es hätte doch 1000 banale Erklärungen dafür gegeben. Ich sagte, wir seien zu viert in München gewesen, wir drei zusammen mit Dircksen. Und dabei müsse er sie wohl einmal eine Strecke an der Hand geführt haben. Sie glaubte mir nicht. Sie fragte und fragte, wurde immer argwöhnischer und verbohrter …« Er schüttelte den Kopf. »Und als sie dann noch Fremde hineinzog, Leute wie Liebherr und Sie, war das Tischtuch zerschnitten. Endgültig. Mit einem Lorenz Driehm legt man sich nicht an. Auch nicht als Tochter.«

»Adoptivtochter.«

Er sah mich von der Seite an. »Dass Ihre Kleider schon wieder voller Blut sind, tut mir leid, Herr Koller. Natürlich komme ich auch in diesem Fall für die Reinigung auf.«

»Blut?« Ich blickte an mir herab. »Ach das. Das ist kein Blut. Ich habe mich versehentlich mit Ketchup verkleckert. In der Dunkelheit kann man die Flecken schon mal für Blut halten.«

Er schwieg. Ich sah, wie es in ihm arbeitete.

»Der tödliche Schuss auf Kai Liebherr«, fuhr ich fort, »war eine Luftnummer. Ein Schuss in die Luft. Genau so haben wir es auch gemacht, Therese und ich. Ihre Tochter lebt, Herr Driehm. Und sie wird sich freuen, endlich die Wahrheit über ihren Vater zu erfahren.«

Ich stand auf. Andere wären jetzt ausgeflippt, hätten sich auf mich gestürzt, hätten mich beschimpft oder mir die Augen ausgekratzt. Ein Zusammenbruch mit Herzstillstand wäre das Mindeste gewesen. Lorenz Driehm tat nichts von alledem. Er blieb sitzen, die Beine über dem Rand der Baugrube, und schwieg. Auch als ich ging. Nur seine Blicke folgten meinen Bewegungen.

KAPITEL 46

»Ich soll mich erschießen?«, fragte Therese, als ihr Vater im Treppenhaus verschwunden war.

Im Grunde war es keine Frage. Sondern eine Art Rückversicherung, dass sie mich auch richtig verstanden hatte, während es über die Sache selbst nichts mehr zu verhandeln gab. Du meinst, ich soll mich erschießen? Gut. Dann sag mir, wo und wie.

Therese hatte resigniert.

Max Koller aber nicht! Ich steckte die Glock ein und packte sie bei den Armen. »Therese! Wir müssen etwas riskieren! Sonst erfährst du nie, was damals passiert ist. Niemals! Hast du einen Lippenstift dabei?«

Mehr verstört als verwundert sah sie mich an. »Ja, warum?«

»Kannst du mir damit Blutspritzer ins Gesicht und aufs T-Shirt malen?«

Sie schwieg. Trotz der Dunkelheit sah ich, wie sich ihre Augen weiteten, wie sie förmlich vor mir und meinem Plan zurückschreckte. Sie hatte verstanden.

»Nein«, flüsterte sie, und dann, lauter: »Nein, Max! Das funktioniert nicht!«

»Wenn das nicht funktioniert, funktioniert überhaupt nichts. Dann wirst du für immer mit der Ungewissheit leben müssen. Es ist die einzige Möglichkeit, Therese. Unsere letzte Chance. Dein Vater ist ein harter Brocken, aber nicht halb so hart, wie er tut. Wir brauchen nur etwas Zeit. Am besten jemanden, der deinen Vater aufhält.« Ich stürzte zum Fenster. Wo blieb eigentlich mein Praktikant? Dort hinten, auf dem Langen Anger, näherte sich ein Scheinwerfer. War er das? Ich zückte mein Handy und betätigte die Wahlwiederholung. Unten trat Lorenz Driehm zu seinem Wagen.

»Hallo, Chef!«, meldete sich Leonard. »Alles klar bei Ihnen?«

»Geht so. Alarmstufe eins. Bist du das, der gerade über den Langen Anger fährt?«

»Keine Ahnung, wie die Straße heißt. Sie führt jedenfalls mitten durch die Bahnstadt.«

»Perfekt, ich kann dich sehen! Du fährst direkt auf das Gebäude zu, in dem wir uns aufhalten. So ein fünfstöckiges Ungetüm, skelettartig.«

»Hab ich.«

Der Scheinwerfer war nun ganz nahe. Driehm startete den Motor und steuerte vorsichtig rückwärts.

»Sehr gut. Gleich wirst du auch einen Wagen sehen,

der das Gelände verlassen will. Ein BMW Cabrio, da sitzt Driehm drin. Halt ihn irgendwie auf, er darf noch nicht fahren!«

»Aufhalten? Herrn Driehm?« Leonards Stimme klang plötzlich nervös. »Wie soll ich denn das …?«

»Lass dir was einfallen! Sag ihm, er solle auf die Polizei warten. Kommissar Fischer hätte noch ein paar Fragen. Die ist doch hoffentlich im Anmarsch, oder?«

»Ja, sicher. Scheiße, da ist er ja schon!«

»Also, aufhalten, Leonie!«

Keine Antwort. Zum ersten, wirklich allerersten Mal tat es mir ein bisschen leid, den Jungen Leonie genannt zu haben. Ich steckte das Handy ein und starrte gespannt aus dem Fenster. Driehm hatte gewendet. Er wollte eben zur Straße zurück, als eine schneeweiße Vespa mit aufjaulendem Motor auf ihn zuschoss und im letzten Moment beidrehte. Zentimeter vor der Kühlerhaube des Cabrios blieb sie stehen.

Gleichzeitig leuchtete im Süden Blaulicht auf. Die Polizei!

»Es klappt!«, rief ich Therese zu. »Den Lippenstift, schnell!«

Während sie mir Streifen und Kleckse ins Gesicht malte, linste ich in die Tiefe. Driehm schimpfte und gestikulierte wie erwartet, allerdings ohne seinen Platz hinterm Steuer zu verlassen. Leonard Untersteller kletterte umständlich von seiner Vespa herunter und kroch nun vor dem Bekannten seiner Eltern zu Kreuze. Wie er sich entschuldigte! Wie ihm die Pein aus den Augen tropfte! Auch wenn ich Einzelheiten weder hörte noch sah, sprach doch Leonards Körperhaltung für sich.

»Das wird nichts.« Therese ließ die Hand sinken. Sie zitterte. »Nicht mal an Fasching könntest du so gehen.«

»Es muss nur ungefähr so aussehen. Denk an die Dunkelheit!«

Sie schüttelte den Kopf.

Verdammt, ausgerechnet jetzt wurde sie schwach! Wo doch sogar Leonie ihren Mann stand. Wieder lugte ich nach unten. Driehm war aus dem Cabrio gestiegen und schaute den Langen Anger hinunter, den Streifenwagen entgegen. Es waren zwei, beide mit Blaulicht, aber ohne Sirene. Leonard nutzte die Gelegenheit, um behutsam den Rückzug anzutreten. Vielleicht klappte es ja noch mit dem Abend zu zweit. Er hatte doch eingekauft!

Und da kam mir ein Gedanke, der so grandios waghalsig war, dass ich fast aufgelacht hätte.

»Leonard!«, flüsterte ich – ja, wirklich, ich flüsterte vor Begeisterung! »Leonard, jetzt kommt die Krönung.«

Ich wartete, bis die beiden Streifenwagen eingetroffen waren. Eine Handvoll Uniformierte, Fischer, seine Wadenbeißer, alle da. Sehr gut. Driehm blaffte sie an, zeigte auf Leonard und das quergestellte Töffchen, was Kommissar Fischer mit einer missmutigen Bemerkung quittierte. Nichts davon hörte ich, aber ich ahnte es. Mein Praktikant stand dabei und verstrickte sich in Abwehrgesten. Wenn er jetzt ein paar Meter zur Seite ginge … Nein? Dann nimm wenigstens meinen Anruf an!

Wieder wählte ich Leonards Nummer. Es läutete. Er sagte etwas zu Fischer. Es läutete. Geh ran! Driehm mischte sich ein. Nun geh schon ran!

Immer noch nichts.

»Geh ran, Leonie!«, knirschte ich.

Da: eine entschuldigende Handbewegung; ein Schritt zur Seite; seine unterdrückte Stimme in meinem Hörer: »Was ist?«

»He, das hast du super gemacht! Geh noch ein bisschen weg von der Gruppe. So. Leonard, du warst doch einkaufen. Und hast bestimmt eine Wagenladung Ketchup in deinem Rucksack.«

»Wieso denn das jetzt?«

»Hast du?«

»Zwei Flaschen.«

»Mann, ich könnte dich knutschen! Pass auf, du verdrückst dich unauffällig und bringst mir eine Flasche Ketchup. Aber hintenrum! Ich komme an eines der Fenster im Erdgeschoss. Niemand darf uns sehen.«

»Wie bitte? Was wollen Sie denn mit ...?«

»Nicht fragen! Einfach tun. Schaffst du das?«

»Äh, ja. Wird schon gehen.« Er zögerte. »Ketchup? Sind Sie sicher?«

»Todsicher. Ich komme jetzt runter.«

Keine Ahnung, wie er es schaffte, aber ich hatte kaum das Erdgeschoss erreicht und spähte durch eine der Fensterhöhlen, da kam er auch schon angewetzt. Etwas Licht fiel auf ihn. Er schwitzte. In der Hand hielt er eine rote Kunststoffflasche.

»Du bist ein Held, Leonie!«

»Und was machen Sie mit dem Zeug? Pommes essen?«

»Nicht ganz. Wirst gleich sehen.« Ich streckte die Hand aus dem Fenster. »Wenn ich dich nicht hätte!«

Er reichte mir die Flasche – um sie plötzlich wieder zurückzuziehen. Seine hübsche Stirn lag in Furchen.

»Was ist?«, zischte ich.

»Sie brauchen den Ketchup für irgendwas?«

»Ja!«

»Eine wichtige Sache?«

»Ja verdammt!«

»Okay.« In aller Seelenruhe verschränkte er die Arme vor der Brust. »Dann möchte ich, dass Sie mir jetzt hoch und heilig versprechen, mich nie wieder Leonie zu nennen.«

»Spinnst du? Hier ist die Kacke am Dampfen, und du machst einen auf …«

»Ich gehe.« Er drehte sich um.

»Stopp!« Er blieb stehen. »Leonie!«, rief ich mit unterdrückter Stimme. »Nein, verdammt, ich meine Leonard! Nun mach keinen Mist und gib mir das Ding!«

»Nie wieder Leonie, Herr Koller«, sagte er, mit dem Rücken zu mir.

»Ist ja gut.«

»Sie müssen schwören.«

»Okay, ich schöre.«

Er drehte sich um. »Hoch und heilig? Bei allem, was Ihnen teuer ist?«

Ich knirschte mit den Zähnen, streckte beide Hände aus, um diesen renitenten Wicht wenigstens virtuell zu würgen – doch es half alles nichts. »Ich schwöre«, brachte ich mit Mühe heraus. »Bei allem …«

»Ja?«

»Bei allem, was mir lieb und teuer ist.«

»Gut.« Er grinste, dass seine Schneidezähne in der Dunkelheit leuchteten. »Sehr gut. Bitte, Ihre Flasche.«

Ich entriss ihm das Ketchup und rannte fluchend die Treppen nach oben. Vielleicht sollte Therese sich das mit ihrer letzten Patrone doch noch einmal überlegen …

Nein, meinen Praktikanten würde ich mir später vorknüpfen. Bei Therese angelangt, riskierte ich einen Kontrollblick aus dem Fenster. Das Grüppchen aus Driehm, den Kommissaren und den Uniformierten stand noch am selben Platz, machte allerdings Anstalten, das Gebäude zu betreten. Durch die Dunkelheit zuckten die Blaulichter.

»Los geht's«, zischte ich und öffnete die Ketchupflasche. Dass sie aus Plastik war, vereinfachte die Sache. Ich richtete die Öffnung auf mich, dann presste ich beide Hände mit Wucht gegen die Hülle. Es gab einen hässlich sprotzenden Laut, als der Tomatensaft aus der Flasche schoss, mir ins Gesicht und über den Körper. Therese starrte mich an.

»Jetzt dein Auftritt!«

Wie in Trance stellte sie sich ans Fenster. Ihre Stimme zitterte, als sie nach ihrem Vater rief, aber das erhöhte nur die Authentizität der Szene. Ich zog Dircksens Glock. An die Möglichkeit, dass sie bei meinem Bad im Pool Schaden genommen haben könnte, dachte ich keinen Moment.

»Dann werde ich jetzt schießen!«

Ich zielte in die hinterste Ecke des Stockwerks. Peng! Therese fiel und blieb so unbeweglich liegen, als sei sie tatsächlich getroffen. Mit weit aufgerissenen Augen starrte sie zur Decke. Schien sogar das Atmen eingestellt zu haben.

Ich dagegen brüllte und heulte, dass es eine Pracht war. Raus mit der Anspannung, dem Frust und der Wut! Ich imponierte mir gewissermaßen selbst. Nur nicht zu viel Ketchup verschmieren! Dann stürmte ich die Treppen hinab und lief den beiden Jungkommissaren in die Arme. Die, kein Wunder, vor mir zurückwichen.

»Herr Greiner, Herr Sorgwitz, ich beschwöre Sie! Sie müssen mir helfen! Wenigstens dieses eine Mal. Wir brauchen ein Geständnis von Lorenz Driehm. Und wir bekommen es nur, wenn er glaubt, seine Tochter sei tot. Therese Driehm ist wohlbehalten, wir haben das Ganze arrangiert. Ich werde dem Alten jetzt etwas vorheulen und hoffen, dass er weich wird. Sie müssen nichts tun, als oben am Fenster zu stehen und den Kopf zu schütteln. Mehr nicht. Ich bitte Sie! Zur Not auf Knien!«

Okay, das mit den Knien sparte ich mir. Hatte eh keine Zeit für solche Mätzchen. Während ich weiterrannte, standen die beiden Helden noch auf derselben Stelle und kratzten sich am Kopf. Nicht gegenseitig, sondern jeder für sich. Egal, es ging auch ohne die zwei.

Draußen die entsetzten Gesichter Driehms und Fischers, der aufgesperrte Mund Leonards, der etwas abseits stand, meine Wut, die Handgreiflichkeiten. Endlich durfte ich dem Zwerg an den Kragen gehen! Jeder hatte Verständnis dafür, auch Kommissar Fischer, selbst wenn er seiner Pflicht nachkommen und mich von Driehm fernhalten musste.

Dass zuletzt Kommissar Greiner am Fenster auftauchte und theatralisch das Haupt schüttelte, war das i-Tüpfelchen auf unserer Inszenierung.

»Ja«, sagte Driehm und wandte sich zum Gehen. »Nun ist das also vorbei.«

Als ich das hörte, wusste ich: Er würde reden.

KAPITEL 47

Waage.

Sie sind ausgeglichen. Sie ruhen in sich. Sie halten die Enden der Welt. In Ihrer Mitte begegnen sich der Tod und das Leben. Wer sollte Sie nicht beneiden? Bewahren Sie das Gleichgewicht in diesen ungleichen Zeiten. Der Erfolg gibt Ihnen recht. Sie sind: die Waage.

*

»Er will mich enterben, sagt er.« Therese hielt ihr Gesicht in den Wind. »Jedenfalls hat er es mir durch seinen Anwalt so ausrichten lassen.«

Sie trug wieder ihre Sonnenbrille. Gut beschirmt saßen wir auf der Terrasse des Neckarwiesenkiosks, ein leichtes Lüftchen wehte, die Blätter raschelten. So ließ sich die Mittagshitze ertragen. Zumal mir die Bedienung eben ein eiskaltes Weizenbier gebracht hatte, an dem das Kondenswasser herabperlte. Ohne Alkohol diesmal, also bitte Ruhe auf den billigen Plätzen. Stacy hatte sich ebenfalls ein Weizen bestellt, Therese trank einen Gin Tonic, mein kleiner Praktikant eine Cola. Der Kiosk war nur mäßig besucht, direkt neben uns saß ein mürrisch dreinblickender Senior allein am Tisch, beständig an seiner Nase rubbelnd. Auch am Wasserspielplatz herrschte kaum Betrieb, dafür zogen etliche Segelboote im Zickzack über den Fluss.

»Enterben?«, sagte ich. »Wie soll das funktionieren? Rein rechtlich, meine ich.«

»Keine Ahnung. Aber wenn ein Lorenz Driehm sich das in den Kopf gesetzt hat, wird er es irgendwie hinkriegen.«

»Das Argument, dass du nicht seine leibliche Tochter bist, wird er ja wohl kaum ins Feld führen, oder?«

Therese zuckte die Achseln. »Wie gesagt, ich weiß es nicht, und es ist mir auch egal. Ich bin auf sein Geld nicht scharf. Soll er damit tun und lassen, was er mag.«

Ich verkniff mir einen Kommentar. Auf sein Geld nicht scharf? So ein Satz konnte nur jemandem wie ihr über die Lippen kommen. Einer Frau, die noch nie einen Gedanken an den täglichen Gelderwerb hatte verschwenden müssen. Auch in Zukunft würde sich daran wenig ändern, denn selbst wenn sie auf irgendeinen Pflichtteil zurechtgestutzt würde, bliebe ihr noch mehr als meiner gesamten Hausgemeinschaft zusammen.

»Wenn er ihr das Haus am Marktplatz ließe, müssten wir nicht ausziehen«, warf Stacy ein. »Mir hat er nämlich schon gekündigt.«

»Willst du da wohnen bleiben?« Therese schüttelte den Kopf. »Lass uns lieber was Neues suchen.«

»Ich würde Lorenz Driehm auch lieber aus dem Weg gehen«, sagte ich. »Er wird dir den vorgetäuschten Selbstmord nie verzeihen. Mir nicht, aber vor allem dir nicht.«

»Damit muss ich leben.«

»Bereust du es, ihn so hinters Licht geführt zu haben?«

Sie wandte mir ihr Gesicht zu. Auch wenn die komplette Augenpartie und mehr durch die Sonnenbrille verdeckt waren, kannte ich die Antwort, bevor sie ausgesprochen wurde: »Natürlich nicht.«

Ich grinste schwach. »Dann ist ja gut.«

»Und du? Lorenz hat geschworen, dass du in dieser Stadt nie wieder ein Bein auf den Boden kriegst. Du solltest dich in acht nehmen, Max.«

»Mach dir um mich mal keine Sorgen. Vielleicht meint er mit ›Stadt‹ ja Dreamcity. Das restliche Heidelberg reicht mir völlig aus.«

»Aber Ihren Computer hat er immer noch nicht ersetzt«, rief Leonard.

»Den würde ich von ihm auch nicht annehmen.«

»Das regle ich«, sagte Therese. »Kein Widerspruch! Schließlich hast du mir immer noch kein Honorar berechnet.«

»Muss ich vergessen haben«, murmelte ich.

»Na, das ist ja eine tolle Bilanz.« Leonard tippte auf seinem Smartphone herum, während er sprach. »Die eine wird enterbt, der anderen gekündigt, Ihnen klaut man den Computer – unbeschadet ist offenbar niemand aus der Sache herausgekommen.«

»Doch, du.«

»Wie man es sieht. Ich habe zu Hause Ärger. Weil sich die Driehms aus dem Afrika-Projekt meiner Mutter zurückgezogen haben.«

»Das tut mir leid, Leonie. Ehrlich.«

Zack, schaute er von seinem Smartphone auf.

»Leonard, sorry. Auf diese Weise rächt sich Driehm dafür, dass du mir geholfen hast. Wie kann man nur so nachtragend sein?«

»Konsequent«, verbesserte Stacy mit spöttischem Blick. »Konsequent, nicht nachtragend.«

»Egal«, meinte Leonard und legte sein Spielzeug auf

den Tisch. »Dafür habe ich wahnsinnig viel gelernt in den zwei Wochen bei Ihnen.«

»Quatsch, hast du nicht.«

»Doch!«

»Red keinen Müll, sonst schmeiße ich dich in den Neckar. Dort gibt es Welse, die sind schlimmer als jeder Tigerhai.«

Komisch, keiner lachte. Ich fand es ja auch nicht lustig. Der Alte am Nebentisch hustete zum Gotterbarmen. Mensch, Opa, wir haben Sommer! Da wird nicht gehustet!

»Leonard hat recht«, nahm Stacy den Faden wieder auf. »In diesem Fall scheint es nur Verlierer zu geben. Und warum das Ganze? Wegen einer kleinen Szene in einem uralten ›Tatort‹.«

»Uralt?« Therese verzog das Gesicht. »Der Film ist jünger als ich!«

»Er ist uralt«, bekräftigte ich. »Die Frisuren: finsterstes Mittelalter. Aber jetzt mal raus mit der Sprache: Was ist dir an der Szene eigentlich aufgefallen? Was hat dich dazu gebracht, deinen Vater deswegen zur Rede zu stellen?«

»Ich habe mich erkannt, ganz einfach.«

»Ja, aber ist das ein Grund, Driehms Vaterschaft anzuzweifeln?«

Therese schwieg. Ihre Lippen wurden schmal. »Okay«, sagte sie schließlich, »ich will versuchen, es zu erklären. Da kamen mehrere Dinge zusammen. Zunächst die Tatsache, dass ich an Dircksens Hand lief. Ich konnte mich nicht erinnern, das jemals getan zu haben. Es wirkte so unnatürlich. Gut, ich war drei Jahre alt. Aber dass ich in München gewesen sollte, daran erinnerte ich mich ebenfalls nicht. Schon gar nicht mit Dircksen. Meine Eltern hatten nie etwas von diesem Aufenthalt erzählt, es gab auch keine Fotos. Meine Mutter hätte doch dabei sein müssen, und ich kenne alle Fotos meiner Mutter, wirklich alle! Sie war nie in München, jedenfalls nicht nach offizieller Familienhistorie.« Sie drehte das Glas Gin Tonic in ihren Fingern. »Entscheidend aber war etwas anderes. Ich habe schon immer geahnt, dass mit mir und meinem Vater etwas nicht stimmt. Da stand etwas zwischen uns, etwas Böses, etwas, das mit Gewalt zu tun hat. Ich konnte nie sagen, was. Aber da waren diese Alpträume, die ich schon als Kind hatte. Träume, in denen ich in ein enges, dunkles Ding gesperrt wurde.« Sie machte eine Pause. »In einen Kofferraum.«

Leonard und ich starrten uns an. »Moment«, rief ich. »Willst du damit sagen, dass du … dass Lorenz Driehm dich in den Kofferraum seines Wagens gesperrt hat, als er dich aus München entführte?«

Therese zuckte so betont mit den Schultern, dass das als vollgültiges Ja durchgehen konnte.

»Er hat dich in seinen Kofferraum gesteckt? Die ganze Fahrt?«

»Das weiß ich nicht. Vielleicht nur anfangs, bis er draußen war aus der Stadt. Glaubst du, er hätte mir je die Wahrheit gesagt? Jedenfalls kam dieses dumpfe Gefühl, das mich verfolgt, seit ich denken kann, diese bohrende Angst, der eigene Vater könne mir Gewalt angetan haben, schlagartig hoch, als ich die ›Tatort‹-Szene sah. Ich in einer fremden Stadt, mit einem anderen Mann. Ein Aufenthalt, von dem ich noch nie gehört hatte. Und dann die Fragen rund um den Tod meiner Mutter. Natürlich hatte sie Depressionen, natürlich war sie krank – aber gab es vielleicht einen Auslöser dafür? Wie lautete die Vorgeschichte? Über Jahre hinweg habe ich meinen Vater gelöchert, ohne Auskunft zu bekommen. Irgendwann ließ ich es.«

»Bis zu dieser Filmszene.«

Sie nickte.

»Und dann? Wie kamst du darauf, dass Dircksen dein Vater sein könnte?«

»Eigentlich sofort.« Sie überlegte. »Nein, ich muss das trennen. Als ich das Mädchen an der Hand des Mannes sah, hatte ich sofort das Bild eines Vaters mit seiner kleinen Tochter vor Augen. Das Mädchen kannte ich, das war ich selbst. Aber wer war der Mann? Mein Vater? Ich erkannte Dircksen nicht. Er hätte es sein können, ja, aber nach so langer Zeit kamen alle möglichen Leute in Betracht. Und irgendwann habe ich jemanden gefragt, der unsere Familie gut kennt. Liebherr.«

»Liebherr arbeitete schon länger für deinen Vater?«

»Ja, ewig. Und er erkannte Dircksen auf Anhieb. Das half mir zwar, machte die ganze Sache aber noch komplizierter. Denn jetzt war auch Liebherr im Spiel. Der war gerade erst entlassen worden und witterte seine Chance, meinem Vater eins auszuwischen. Natürlich fragte er sich auch, was Dircksen mit klein Therese in München wollte.«

»Und?«, fragte ich, weil sie schwieg. »Kam er drauf?«

»Nein, wie sollte er?«

Nach diesen Worten herrschte Stille. Ich sah zwei Mädchen zu, die auf eine Wippe kletterten. Da sie gleich groß und wohl auch ähnlich schwer waren, wippten sie ganz gleichmäßig, schön im Takt. Eine perfekte Balance war das, fast ein Standbild in der Bewegung. Vergangenheit und Zukunft auf den Punkt gebracht. Lorenz Driehm hätte sich eine Scheibe abschneiden können.

»Er kam also nicht drauf«, sagte ich. »Und warum hast du ihn dann erschossen, Therese?«

KAPITEL 48

Leonard Untersteller ließ fast seine Cola fallen. Stacy sah mich starr an. Selbst der Alte nebenan schien die Ohren zu spitzen. Nur Therese war die Ruhe selbst.

»Warum hast du Liebherr erschossen?«

»Habe ich das?«, fragte sie müde.

»Liebherr rief mich während der Geburtstagsfeier deiner Mutter an. Aus einer Dönerbude in deiner Straße. Ein paar Stunden später lag er tot in der Bahnstadt. Dort hatte man ihn hingebracht, um vom wahren Tatort abzulenken.«

»Soll heißen, du weißt nicht, was in den Stunden zwischen dem Anruf und dem Mord geschehen ist.«

»Nein, aber du weißt es. Vergiss nicht, er wurde mit der Waffe deines Vaters erschossen.«

»Dann ist mein Vater also doch verdächtig?«

»Nein.«

Therese seufzte. »Kai, dieser Idiot. Und ich bin auch nicht besser. Warum falle ich immer wieder auf solche Typen rein? Ich dachte wirklich, er hilft mir. Erst sah es auch so aus; wie verabredet wurde er mit dem Material, das ich gesammelt hatte, bei den Neckar-Nachrichten vorstellig. Aber die ließen ihn abblitzen. Und was tat dieses Arschloch dann? Ging zu meinem Vater.«

»Was?«, rief ich. »Zu Lorenz Driehm?«

»Ja, er dachte wohl, er könnte ihm ein paar Scheine aus den Rippen leiern. Aber da war er an den Falschen geraten.«

»Liebherr versuchte, deinen Vater zu erpressen? Gott, wie dämlich! Erwähnte er, dass die Unterlagen von dir stammten?«

»Das wird mein Vater auf den ersten Blick erkannt haben. Er ist ja nicht blöd. Seit diesem Tag stand Liebherr unter Überwachung, natürlich auch, als er mit dir Kontakt aufnahm. Wenn ich das gewusst hätte, hätte ich dich gar nicht erst eingeschaltet oder entsprechende Sicherheitsvorkehrung getroffen. Aber ich erfuhr es erst am Tag nach dem Überfall auf dein Büro.«

»Am Tag der Geburtstagsfeier also.«

»Genau. Morgens rief mich mein Vater an. Er habe gehört, dass in Bergheim ein Privatdetektiv überfallen und verletzt worden sei. Kein Wort über Liebherr, kein Wort über die Unterlagen. Er meinte nur, dass er Verständnis dafür hätte, wenn ich unter diesen Umständen auf mein abendliches Ständchen verzichten würde.«

»Da vergaß er wohl, was für einen Sturkopf du hast.«

»Ganz zu schweigen von dir, Max.«

»Hast du deshalb in das Spielchen mit mir als Liebhaber eingewilligt?«

Sie lachte leise. »Das war die beste Idee, die Kai hatte. Vielleicht sogar die einzig gute seines Lebens. Mit dir hatte mein Vater nun wirklich nicht gerechnet.«

Leonard Untersteller nickte beeindruckt. Wenn er in diesen zwei Wochen etwas gelernt hatte, dann das: Mit einem Max Koller muss man immer rechnen. Immer! Bevor ich selbst vor Stolz barst, trank ich lieber einen Schluck Bier. Aber wenn Therese geglaubt hatte, sie könne sich so um die Fragen aller Fragen drücken, hatte sie sich getäuscht.

»Um Liebherr ist es nicht schade«, sagte sie und blickte mich geradewegs an. Nein: Ihre Sonnenbrille blickte mich an! »Er wollte bloß Geld, garniert mit ein wenig Rache und Genugtuung. Als er bei der Zeitung nichts bekam, ging er zu meinem Vater, und als der ihn abblitzen ließ, brachte er dich ins Spiel. Er hat mein Vertrauen missbraucht. Aber deswegen habe ich ihn nicht umgebracht.«

»Kannst du den Satz wiederholen, wenn ich deine Augen sehe?«

»Selbstverständlich.« Sie zog die Brille ab. »Deswegen habe ich Liebherr nicht umgebracht.«

»Sondern weswegen?«

Wieder lachte sie. »Wie wär's mit: gar nicht?«

Ich hielt ihrem Blick stand. Eine leichte Übung. Man musste bloß innerlich loslassen, und schon versank man in diesen grünen Augen. Trotzdem registrierte ich, was sonst noch am Tisch geschah. Dass sich mein Praktikant am Kopf kratzte, zum Beispiel. Und dass Stacy tief Luft holte.

»Lass gut sein, Therese«, sagte die Farbige mit belegter Stimme. »Du brauchst mich nicht länger zu schützen.« Sie räusperte sich. »Ich habe Liebherr erschossen.«

Therese und ich wandten gleichzeitig unsere Köpfe. »Was soll das?«, fauchte Therese. »Spinnst du?«

»Schon gut. Früher oder später käme er ja doch darauf. Es stimmt, Liebherr wartete in der Dönerbude auf Therese. Er fing uns ab, als wir von der Feier kamen, und ging mit Therese in ihre Wohnung. Ich hatte gleich ein schlechtes Gefühl, weil er betrunken war. Kurz danach hörte ich Lärm von oben. Ich ...«

»Das stimmt nicht!«, rief Therese. »Was ist das für eine Geschichte? Es war genau umgekehrt!«

»Lass sie ausreden«, sagte ich. »Wie ging es weiter, Stacy?«

»Plötzlich schrie Therese. Es war kein Wutschrei, dazu kenne ich sie viel zu gut. Also bin ich hoch. Einen Schlüssel habe ich ja. Da sah ich Liebherr, wie er über sie herfiel. Er dachte wohl, er hätte immer noch ein Anrecht auf sie, was weiß ich.« Sie zögerte. »Und auf einmal kamen die Bilder von damals wieder hoch, als Thereses Onkel mich vergewaltigen wollte. Er war genauso betrunken gewesen. Ich dachte, hört das nie auf? Geht das immer so weiter? Und da ...« Sie hielt sich die Hand vor die Augen.

»Warum erzählst du das?«, zischte Therese in die Stille hinein. »Glaubt ihr kein Wort!«

»Nur weiter, Stacy«, sagte ich. »Woher hattest du die Waffe?«

»Ich wusste, wo sie liegt. Wir hatten darüber gesprochen. Nach der Sache mit Felix hatte Therese sie sich von ihrem Vater geliehen. Ohne dessen Wissen.«

»Und dann?«

»Dann?« Sie biss sich auf die Lippen. »Ich habe die Kontrolle verloren. Sah ihn vor mir, diesen scheiß Typ, in seiner Besoffenheit und Aggressivität, wie er sich auf Therese gestürzt hatte … ich nahm die Pistole in die Hand … und plötzlich fiel der Schuss.«

Therese lachte auf. Wir anderen schwiegen. Am Nebentisch rief der Alte die Bedienung zu sich.

»Es war keine Absicht«, schloss Stacy leise. »Wir haben dann gemeinsam beschlossen, ihn in die Bahnstadt zu bringen. Bitte, Therese darf nicht verurteilt werden, nur weil sie mir geholfen hat.«

Ich zuckte die Achseln. »Verurteilen ist ohnehin nicht mein Job.«

Stacy nickte.

»Max!«, zischte Therese. Und gleich noch einmal: »Max, hallo? Jemand zu Hause? Lass dir doch von ihr nichts weismachen! Ich weiß nicht, warum sie den Mord auf sich nehmen will, aber es war genau umgekehrt. Hörst du? Genau andersherum.« Sie griff nach meiner Hand, ihr Blick suchte meine Augen. »Wir gingen alle drei zu mir hoch. Liebherr war betrunken, ja. Ich hätte ihn gar nicht erst hereinbitten dürfen. Aber er sagte, er wüsste nun, was Dircksen mit mir in München gewollt habe. Und kaum waren wir drin, wollte er Sex mit uns. Einen flotten Dreier, irgendwas Ekliges halt. Er dachte wohl, er hätte mich mit seinem Wissen in der Hand. Völlig abgedreht, der Kerl. Und als er sich auf Stacy stürzte, passierte es. Ich konnte einfach nicht mit ansehen, dass schon wieder jemand aus meinem Umkreis ihr etwas antut.«

Sie ließ meine Hand los. Niemand sprach. Leonard und ich blickten Therese an, Stacy schüttelte still den Kopf.

»Was glotzt ihr so?« Thereses Augen funkelten. »Ich habe ihn erschossen. Mit der Waffe meines Vaters. Ich wünschte, ich könnte es rückgängig machen. Aber dass es Stacy noch einmal so ergeht wie damals mit meinem Onkel – nein, ausgeschlossen.« Sie wandte den Kopf und schaute auf den Neckar hinaus.

Leonard und ich schwiegen noch immer. Dafür nahm mich nun Stacy bei der anderen Hand. »Merkst du was, Max?«, sagte sie mit unglücklichem Gesichtsausdruck. »Sie hat ein schlechtes Gewissen. Seit dieser Geschichte mit Felix. Deshalb nimmt sie jetzt die Verantwortung auf sich. Sie will nicht, dass ich wegen Liebherr ins Gefängnis gehe.«

»Unsinn!«, rief Therese. »Sie hat das schlechte Gewissen. Oder Mitleid, nennt es, wie ihr wollt. Sie denkt, ich hätte schon genug mitgemacht: das Schweigen meines Vaters, die Alpträume, der Tod Dircksens. Nun will sie, dass mir wenigstens eine Mordanklage erspart bleibt. Das ist es, Max, begreifst du?«

Begreifst du? Merkst du? Ich merkte nur eins: dass die beiden nicht mit-, sondern übereinander redeten. Und ich war der Mittelsmann, der Punchingball, den sie bearbeiteten. Kein Wunder, dass meine Blicke von der einen zur anderen flogen – wie damals im Haifischbecken. Max im Fadenkreuz.

Und wer hatte jetzt recht? Welche Version der Geschichte stimmte? Dass Therese log, weil sie ein schlechtes Gewissen hatte, wollte ich gern glauben. Es passte zu ihr. Aber Stacys Geständnis war so unvermittelt gekommen. Wenig überzeugend! Sagten sie vielleicht beide nicht die Wahrheit? Eine der beiden Frauen musste Liebherr doch erschossen haben? Aber wer?

»Ich war's«, sagte Therese.

»Hör nicht auf sie, Max«, sagte Stacy.

Sie saßen nebeneinander, ohne sich ein einziges Mal anzublicken. Jede sprach für sich. Sprach und sah in meine Richtung. Mein Praktikant war stummer, ratloser Zeuge. Allerdings nicht ratloser als ich. Der Tatort stand fest, die Tatwaffe ohnehin, Zeitpunkt und Motiv ebenfalls. Etwas Entscheidendes fehlte: der Täter. Die Täterin!

»Eure gegenseitige Rücksichtnahme in allen Ehren«, begann ich, »trotzdem wäre es in diesem Fall besser ...«

»Welche Rücksichtnahme?«, fauchte Therese. »Ich nehme keine Rücksicht, auf niemanden! Ich habe gesagt, dass ich es war, und damit basta.«

»Was ich soll denn noch tun?«, rief Stacy. »Mehr als gestehen kann ich nicht!«

»Hört auf mit dem Spiel. Wer von euch war es?«

»Das ist kein Spiel!«

Ich schwieg. Blick nach rechts, Blick nach links. Mein Weizenbier war auch keine Hilfe. Was sollte ich tun?

In diesem Augenblick erhob sich der alte Mann nebenan und kam an unseren Tisch. Der mürrische Gesichtsausdruck war flächendeckend, bis in die hintersten Winkel seiner Geheimratsecken gewandert.

»Damit kommen Sie nicht durch«, knurrte der Mann. »Das hat noch nie geklappt, seit ich bei der Polizei bin. Wir haben Methoden entwickelt, davon können Sie nur träumen, meine Damen.«

»Kommissar Fischer!«, stieß Leonard hervor.

Therese warf mir einen flammenden Blick zu. »Ach so ist das also? Die Polizei hört mit, während wir hier ganz freundschaftlich plaudern?«

»Herr Fischer ist ein Freund«, sagte ich.

»Von dir vielleicht. Gut, dann kann er mich ja gleich verhaften. Oder war mein Geständnis nicht laut genug, Herr Kommissar?«

»Hören Sie nicht auf sie«, sagte Stacy. »Ich habe Liebherr erschossen.«

Fischer schüttelte den Kopf. »Das werden Sie nicht durchziehen. Wer auch immer hier die Verantwortung auf sich nehmen möchte: Es ist ehrenwert, aber es funktioniert nicht.«

»Ich bin nicht ehrenwert«, murmelte Therese und sah in die eine Richtung.

»Ich war's«, seufzte Stacy und sah in die andere.

»Dann kommen Sie beide morgen zu mir ins Büro und geben zu Protokoll, was Sie gerade …«

»Morgen ist Samstag«, meldete sich Leonard.

»Dann halt am Montag!« Kommissar Fischer wurde lauter. Gleichzeitig begann er, wieder an seiner Nase zu knibbeln, was seiner natürlichen Autorität Abbruch tat. Mein Lieblingspolizist wirkte ebenso mit seinem Latein am Ende wie ich. Verstockt saßen die zwei Frauen da, nebeneinander und doch in zwei getrennten Welten, sich keines, aber auch keines Blickes würdigend. Wie feindliche Zwillinge.

Zwillinge?

»Leonie«, sagte ich langsam. »Sorry: Leonard. Könntest du ein Foto vom Neckar für mich machen?«

»Vom Neckar?«

»Ja.«

»Wie, vom Neckar? Soll ich hingehen? Ein Ausschnitt? Wollen Sie eines der Boote draufhaben?«

»Machs von hier. Einfach ein Foto vom Fluss.«

Er hob sein Smartphone. »Eher rechts oder links?«

»Ganz egal.« Mein Gott, war der begriffsstutzig. Nun knips schon!

Wisch-wisch, ein kurzer Druck auf den Touchscreen – fertig. »Okay so?«, fragte er in all seiner Praktikantentreuherzigkeit.

Ich nickte, nahm ihm das Ding aus der Hand und fixierte die Stelle, mit der er den Auslöser betätigt hatte. Schauten alle zu mir? Egal, sollten sie ruhig. Ich war schneller!

Mit einer raschen Bewegung beförderte ich das Smartphone unter den Tisch und drückte auf den Touchscreen. Klick. Stacy und Therese starrten mich überrumpelt an. Auch Kommissar Fischer hielt mich wohl für einen selten bescheuerten Voyeur.

»Ihr habt euch abgesprochen«, rief ich, sprang auf und legte das Smartphone mitten auf den Tisch. »Hier ist der Beweis. Obenrum zankt ihr rum, aber unterm Tisch haltet ihr Händchen. Eure widersprüchlichen Geständnisse sind reine Show, alles inszeniert!«

Fischer und Leonard beugten sich über das Gerät. Auch wenn das Foto nicht besonders scharf war, sah man deutlich die ineinander verschränkten Hände der Frauen. Eine weiße und eine schwarze Hand.

»Schauen Sie sich diese Hexen an, Herr Fischer! Die haben sich vorher bis ins Detail abgesprochen. Wahrscheinlich haben sie Liebherr gemeinsam umgelegt. Und jetzt glauben sie, sie kämen durch mit ihrer Strategie.«

»Das schaffen sie nicht«, brummte der Kommissar.

Therese warf mir einen zuckersüßen Blick zu. »Was ist so schlimm daran, einer Freundin die Hand zu drücken? Macht ihr Männer das nie?«

Stacys Blick war auch nicht von schlechten Eltern. »Hab ich ganz unbewusst getan. Liegt wahrscheinlich an der komischen Situation.«

»Aber …« Leonard sah entgeistert von einer zur anderen. »Aber wer hat denn nun Kai Liebherr …? Ich meine, in echt?«

»Wir kriegen das raus«, meinte Kommissar Fischer und tätschelte ihm die Schulter. »Keine Sorge, mein Junge, wir kriegen das raus.«

Mit beiden Fingern schnippte ich nach der Bedienung. Ich brauchte etwas zu trinken, jetzt! »Ein Weizenbier, aber mit Umdrehungen, ja? Und zwar pronto!«

Als ich das Ding endlich bekam – von wegen pronto! –, stand ich noch immer am Rand der Terrasse und sah auf den Neckar. In meinem Rücken zahlten Stacy und Therese, verabschiedeten sich, flöteten mir ein »Danke für alles, Max« zu. Ich drehte mich nicht einmal um. Hatte nur mein Weizenbier in der Hand, viel Frust in mir und die Sonne im Gesicht. Dieses Jahr schien dem Sommer die Puste überhaupt nicht mehr ausgehen zu wollen. Würde mich nicht wundern, wenn der Neckarwiesenkiosk noch im November geöffnet hatte. Vielleicht kam ich jetzt öfter hierher. Mit dem ›Englischen Jäger‹ war es ja aus.

Leonard und Kommissar Fischer stellten sich neben mich. Eine Weile herrschte Schweigen. Die Mücken summten um unsere Köpfe. Dann sagte der Kommissar: »In Dreamcity ist nichts gefunden worden. Kein strahlendes Material, meine ich. Das, was Liebherrs Mütze kontaminiert hat, stammt auch nicht vom Castor. Unsere Experten sagen, da hätte wohl jemand illegal Sondermüll aus der Klinik entsorgt. In der Hoffnung, dass der Aushub dort bald weggeschafft wird. Und so ist es ja auch passiert.«

»Was heißt das für Herrn Koller?«, fragte mein Praktikant. »Entwarnung?«

»Mehr oder weniger. Zumindest keine aktuelle Gefährdung. Wobei man bei dem Teufelszeug ja nie ganz Entwarnung geben kann.« Er kniff die Augen zusammen. »Sagen Sie, Herr Koller, ist das nicht Ihre Frau dort drüben?«

»Hab keine Frau.«

»Die Dame, die am Ufer spaziert, mit dem Herrn im karierten Anzug.«

Ich hob nicht einmal eine Braue, so egal war mir alles.

»Natürlich ist das Ihre Frau«, fiel Leonard ein.

»Ihre Zwillingsschwester. Die beiden werden immer verwechselt, weil sie sich so ähnlich sehen. Ist mir auch schon passiert.«

»Ah«, sagte Kommissar Fischer.

»Ja.«

»Na, dann ist ja gut.«

Ich nickte. Das war es wirklich. Alles war gut. Hick und Knack und gut.

Alles gut.

Ich hob mein Bier.

ENDE

Weitere Krimis finden Sie auf den folgenden Seiten und im Internet: www.gmeiner-verlag.de

Unser Lesermagazin

2 x jährlich das Neueste aus der Gmeiner-Bibliothek

24 x 35 cm, 40 S., farbig; inkl. Büchermagazin »nicht nur« für Frauen und HistoJournal

Das KrimiJournal erhalten Sie in Ihrer Buchhandlung oder unter www.gmeiner-verlag.de

GmeinerNewsletter

Neues aus der Welt der Gmeiner-Romane

Haben Sie schon unsere GmeinerNewsletter abonniert?

Monatlich erhalten Sie per E-Mail aktuelle Informationen aus der Welt der Krimis, der historischen Romane und der Frauenromane: Buchtipps, Berichte über Autoren und ihre Arbeit, Veranstaltungshinweise, neue Literaturseiten im Internet und interessante Neuigkeiten.

Die Anmeldung zu den GmeinerNewslettern ist ganz einfach. Direkt auf der Homepage des Gmeiner-Verlags (www.gmeiner-verlag.de) finden Sie das entsprechende Anmeldeformular.

Ihre Meinung ist gefragt!

Mitmachen und gewinnen

Wir möchten Ihnen mit unseren Romanen immer beste Unterhaltung bieten. Sie können uns dabei unterstützen, indem Sie uns Ihre Meinung zu den Gmeiner-Romanen sagen! Senden Sie eine E-Mail an gewinnspiel@gmeiner-verlag.de und teilen Sie uns mit, welches Buch Sie gelesen haben und wie es Ihnen gefallen hat. Alle Einsendungen nehmen automatisch am großen Jahresgewinnspiel mit attraktiven Buchpreisen teil.

GMEINER

Wir machen's spannend